HAYMON verlag

Georg Haderer

Ohnmachtspiele

Kriminalroman

HAYMON verlag
Innsbruck-Wien
www.haymonverlag.at

ISBN 978-3-85218-630-6

Umschlag- und Buchgestaltung:
Kurt Höretzeder, Büro für Grafische Gestaltung, Scheffau/Tirol
Mitarbeit: Ines Graus
Coverfoto: Ricardo Herrgott

Gedruckt auf umweltfreundlichem,
chlor- und säurefrei gebleichtem Papier.

„Wie ist das klein, womit wir ringen,
was mit uns ringt, wie ist das groß"
Rainer Maria Rilke

Prolog
September 1980

„Was sollen wir jetzt machen ... ich meine, wenn ..." Der Junge hielt inne, weil seine Stimme brach und in einen mädchenhaften Ton zu kippen drohte. Er kannte das. Es passierte immer, wenn er aufgeregt war oder Angst hatte. Wie jetzt. Und er wollte nicht, dass sich Florian darüber lustig machte. Nicht jetzt. Also schwieg er, warf einen Stein in die Mitte des dunklen Teichs und sah zu, wie sich das Wasser wellte. Gelbe, rote und gelbrote Ahornblätter trieben auf der Oberfläche, würden bald dunkelbraun werden, sich vollsaugen, auf den Grund sinken und verwesen. Der Sommer war fast vorbei. Der Sommer, der – wenn es nach ihm ging – irgendwann später zu einem aus unzähligen „Weißt du noch" hätte werden können. Der vor zwei Wochen, bevor sie es erfahren hatten, nur aus ewig scheinender Gegenwart bestanden hatte: aus dem Chlorgeruch des Schwimmbads, der ihrer Haut und ihren Haaren anhaftete, aus dem leicht modrigen Aroma, das den Männermagazinen entströmte, die sie aus den Altpapiertonnen gefischt hatten, wegen denen sie immer einen Liegeplatz weitab des Schwimmbeckens hinter einer alten Pappel wählten, wo sie gierig und verstohlen auf die nackten Brüste und Schamhaare von jungen Frauen blickten, die Namen wie Kathy, Linda oder Brittany trugen, wo sie ihre erigierten Glieder ins Gras drückten und so unauffällig wie möglich hin und her rieben, bis sie mit einem verhaltenen Grunzen in den feuchten Stoff der Badehosen ejakulierten, dann betreten grinsten und gemeinsam eine Dames rauchten, die sie seinem Großvater geklaut hatten. Dann war da der heiße Asphalt unter den Füßen, der Geruch des in der Hitze aufweichenden Bitumens in ausgebesserten Schlaglöchern, in die sie ihre nackten Zehen drückten, davon die schwarzen Flecken, die mit normaler Seife nicht abzukriegen waren. Die schwarzen Kunststofffusseln und der Benzingeruch, die sie an den Händen hatten, wenn ihnen einer der älteren Jungen aus der Nachbarschaft gegen ein paar Zigaretten erlaubt hatte, auf dem Parkplatz vor dem Supermarkt nach Ladenschluss ein paar Runden mit seinem Moped zu fahren, das er öfter reparierte, als er damit ausfuhr. Die Abende, die aus der Zeit gefallen schienen, mit der flach einfallenden Sonne, die den Parkplatz wie mit einem Weichzeichner färbte. Und die Limonadendosen, die sie gierig leerten, um so laut wie möglich rülpsen zu können. Und die Mädchen aus der Schule. Mit denen er nicht das Geringste zu tun haben wollte, anders als Florian, dessen Bemerkungen über sie abfällig in der Bedeutung und leidenschaftlich im Ton sein konnten, worauf er selbst immer wieder mit den gleichen Phrasen antwortete und hoffte, dass das Thema bald erledigt wäre. Schließlich hatten sie beide doch viel mehr, als Florian von einem dieser fremden Wesen je bekommen könnte. Würden sie mit ihm eine Semmel, die sie aus dem Schwimmbad mitgenommen hatten, am Rand des Teichs auslegen und auf Enten oder Tauben warten, um sie mit ihren Steinschleudern zu erledigen? Oder der Hund, den sie mehr oder weniger versehentlich getötet hatten, mit der Wehrmachtspistole des Großvaters, die sie an einem schulfreien Tag auf dem Dachboden gefunden hatten; das hatte sie zusammengeschweißt, das Schweigen, da hatten sie ein Geheimnis gewonnen, aus dem gemeinsamen Entsetzen, als sie dem Tier beim Sterben zusahen, und wie dann jeder für sich nach Hause gelaufen war – als sie am nächsten Tag darüber sprachen, wandelte sich das schlechte Gewissen bald in eine schaurige Erregtheit. Und beim zweiten Tier mischte sich unter die Übelkeit, die ihn einmal sogar zwang, sein Erbrochenes zu schlucken, bald ein Gefühl, das er nicht benennen konnte, anfangs beängstigend, als ob er seinen Körper verlieren würde, dann berauschend, weil er tatsächlich über sich hinauswuchs, als dem Hund der Atem hektisch wurde und ausging, als mit dem letzten schwachen Winseln das Leben in seinen Augen starb, er sah seinen Freund an und wusste, dass der das Gleiche empfand, hast du auch einen Ständer bekommen, hatte Florian ihn danach gefragt und er bejahte, obwohl er es nicht einmal mehr wusste, es war auch egal, es war etwas viel Größeres gewesen und in diesem Augenblick überfiel ihn eine schmerzhafte Zuneigung zu seinem Freund, für die er keinen Ausdruck fand, er suchte nach Worten, wenn auch nur für sich, und als er sie nicht fand, wurde er unendlich traurig, aber es war eine schöne Trauer, alles war schön, wenn er es nur mit Florian teilen konnte. Dann war die Welt in Ordnung.

„Weiß ich doch nicht ... was können wir schon groß tun." Florian wandte sein Gesicht ab, spuckte in den betonierten Zulauf, in dem sich ein Rinnsal mühsam durch die abgefallenen Blätter kämpfte.

„Wir könnten abhauen", meinte sein Freund unsicher und für einen Moment hellte sich seine Miene auf, als hätte er die Lösung aller Probleme gefunden.

„Bist du schwul oder wie ... abhauen kann man mit seiner Freundin oder allein. Vergiss es."

„Aber ..."

Wieder schwiegen sie für einige Minuten. Auf dem Spazierweg hinter ihnen machte sich eine Kindergartengruppe vom Spielplatz am anderen Ende des Parks auf den Weg nach Hause, ihr vielstimmiges Geschrei zu einer schwarmhaften Geräuschwolke vermengt. Kurz drehten sie sich beide um, betrachteten die kreischenden Zwerge, die beiden Kindergärtnerinnen, die ihre Schützlinge wie eine Schar Gänse zum Ausgang des Parks leiteten. Oh heile Welt. Sie wandten ihre Gesichter wieder dem Teich zu, wo ein Entenpaar vorbeischwamm und die Schnäbel wiederholt zwischen die treibenden Blätter tauchte. Florian hob seinen Arm, bildete mit Daumen und zwei Fingern eine Pistole nach, kniff ein Auge zu und zielte auf die Enten.

„Bamm, tot", flüsterte er und ließ den Arm wieder sinken.

„Haben deine Eltern gesagt, wie lang ihr dortbleiben werdet?", fragte sein Freund, bemüht, seine Stimme unter Kontrolle zu halten.

„Zwei, drei Jahre ... das wissen sie ja selber nicht genau ... wie immer ..." Er griff neben sich, nahm einen faustgroßen Stein und schleuderte ihn ins Wasser hinaus. „Blöde Schweine ... aber mir wird schon was einfallen."

Was?, wollte sein Freund wissen, doch die Frage blieb ihm im Hals stecken, was sollte ihm denn einfallen? Doch er musste ihm vertrauen, vielleicht gäbe es wirklich eine Lösung, die sich er, der Jüngere, nicht ausmalen konnte, weil er nicht fähig war, sich eine Vorstellung von der Zukunft zu machen, da waren nur die nächsten Wochen, die Schule, kein Florian, ein trüber Nebel, durch den er sich angstvoll tasten musste, außer seinem Großvater hatte er jetzt niemanden mehr. Jetzt sah Florian auf seine Armbanduhr, die sein dünnes Handgelenk umgab wie eine schwere klobige Handschelle. Firmungsgeschenk, sicher ein paar tausend Schilling wert, einmal hatten sie sogar überlegt, sie zu verkaufen. An Geld hatte es ihnen ja nie gefehlt. Das hatte Florian zur Genüge von seinen Eltern bekommen und ohne mit der Wimper zu zucken für sie beide ausgegeben. Aber das Geld würde ihm nicht abgehen.

„Ich muss dann langsam ..."

„Ja", antwortete der andere leise.

„Bleibst du noch?", fragte Florian und stemmte sich in die Hocke.

„Ja."

„Na dann ...", meinte der Ältere und stand auf.

„Lass mal was hören von dir", sagte der Jüngere und versuchte ein Lächeln.

„Sicher", erwiderte sein Freund, zögerte kurz, drehte sich um und ging.

Der Junge ließ ein paar Sekunden verstreichen und wandte ruckartig seinen Kopf nach hinten. Dann legte er sich auf den Rücken, schaute in den Himmel und krallte die Finger in den steinigen Boden.

1

„Sie werden bald wissen, wer diese Frau ist. Werden Sie doch, oder? Ich meine, mit den technischen Hilfsmitteln, die Ihnen heute zur Verfügung stehen ... früher ... nicht weit von der Stelle, wo ich sie ... da sind früher immer wieder Leichen angespült worden ... vor der Hafenregulierung ... ich führe ein Antiquariat in der Währinger Straße, habe Geschichte studiert und diese Gegend hier ... tagelang im Wasser sind die oft getrieben, aufgedunsen und entstellt ... das Leichenwachs, die Fische, Flussaale und andere Tiere ... was die mit einem Toten im Wasser anstellen, muss ich Ihnen ja nicht sagen. So viele Menschen, von denen man nicht gewusst hat, wer sie waren, woher sie gekommen sind oder was ihren Tod verursacht hat ... Namenlose ... vielleicht Verzweifelte, die sich irgendwo zwischen dem Alpenvorland und Wien nur mehr fallen lassen haben können, oder Betrunkene, die über die Uferböschung gestürzt sind ... sicher waren auch Verbrechensopfer dabei, die auf diese Weise entsorgt worden sind. Da hat deren Schicksal wohl schon zu Lebzeiten kaum einen interessiert; und dann wird selbst das Wasser ihrer überdrüssig und spuckt sie hier an Land ... da habt ihr sie wieder, schaut sie euch an, was aus euch allen einmal wird, ja, die Donau, wer sie kennt, hört nicht nur den verklärenden Walzer. Sie sind so still, geht es Ihnen nicht gut? Na ja, der November hat's schon in sich, oder? Jedenfalls hat man für diese namenlosen Toten 1840 einen eigenen Friedhof errichtet, auf dem bis 1900 fast fünfhundert unbekannte Tote bestattet worden sind. Stellen Sie sich vor: quasi jeden Monat eine Beerdigung, ohne Pomp und Buketts, ohne Trauergemeinde und Beileidsbekundungen. Aus dem feuchten Grab ins kühle Loch, und keine Witwen, die mit einem fleckigen Geschirrtuch oder einem zerfransten Handbesen Grabplatten von Staub und welken Blättern befreien, keine dürre, mit Altersflecken übersäte Hand, die das Türchen einer Grablaterne öffnet, vorsichtig eine Kerze hineinstellt, hier hält keine Flamme dem Wind stand, der oft über den Friedhof peitscht wie ein verrücktes Seil. Einen verlässlichen Besucher hat es allerdings gegeben: Das Hochwasser hat die Grabstätten überschwemmt, die rohen Erdhügel eingeebnet, die Holzkreuze davongetragen und den Friedhof schließlich der Natur zurückgegeben. Dort hinten im Wald, jetzt in der Dunkelheit sieht man es nicht, zwischen den Hollundersträuchern, dort verfault eine Holztafel, die wahrscheinlich nicht mehr lang an die Hunderten hier Begrabenen erinnert.

Um 1900 hat der Bezirksvorsteher von Simmering den neuen Friedhof anlegen lassen, hinter dem Hochwasserschutzdamm ... alles mit freiwilligen Arbeitern, ohne Lohn, die Mauer, die Kreuze, sogar die Särge hat immer wieder ein anderer Tischler aus dem Bezirk zur Verfügung gestellt. Einhundertvier, um genau zu sein, so viele Wasserleichen liegen hier unter der Erde. Ich habe die Kreuze und Tafeln gezählt, von dreiundvierzig kennt man den Namen, einundsechzig haben ihn mit ins Grab genommen haben – da steht dann nur ‚männlich', ‚weiblich' oder ‚namenlos'. Sie sehen mich so skeptisch an ... ich habe Ihnen doch gesagt, dass ich Geschichte studiert habe und jetzt ein Antiquariat führe, in der Währinger Straße ... und diese geschichtsträchtigen Orte in Wien ... wobei ich heute mehr oder weniger zufällig hierhergekommen bin. Gestern wollte ich eigentlich da sein, am ersten Sonntag nach Allerseelen, da veranstaltet der Fischerverein jedes Jahr eine kleine Gedenkfeier, bei der sie ein Floß mit Blumen und Kerzen in die Donau setzen. Vor etlichen Jahren bin ich während dieser Zeremonie zufällig vorbeispaziert. Schwermütig war ich, wie zumeist um diese Jahreszeit. Da habe ich mich zu diesen Leuten dazugestellt. Und diese Minuten, in denen wir stumm dem Floß hinterhergeschaut haben ... diese plötzliche Nähe zu mir völlig unbekannten Menschen ... als ob ein unsichtbarer Todesengel uns mit seinen Flügeln näher zueinander getrieben hätte ... verscheucht all die lächerlichen Differenzen, Platz da für etwas viel Mächtigeres! Was für eine Erleuchtung, und was für eine Erschütterung, vielleicht zehn Minuten, die wir schweigsam und demütig in unseren Mänteln versunken dort am Wasser gestanden sind, ich erinnere mich noch genau, irgendwann hat einer mit dem Schuh im Kies gescharrt, dann ist von einem anderen ein Räuspern gekommen, ich hätte sie ja noch viel länger ertragen können, diese schaurige Erkenntnis, aber dann seufzt einer ein lang gezogenes Ja, worin all die unausgesprochenen Gedanken der vergangenen Minuten versammelt sind, dann sind wir wieder unsere Wege gegangen.

Dieses Jahr habe ich es zum ersten Mal seit damals nicht geschafft. Eine Erkältung, Sie hören es ohnehin noch, dazu diese Kälte, der Nebel, Wien im Winter, das hat mir die Kraft genommen, ich bin im Bett geblieben. Und heute ... dass vielleicht noch etwas von dieser magischen Energie übrig geblieben ist, habe ich gehofft ... um drei habe ich mich entschieden, den Bus zu nehmen, bis zur Hafenzufahrtsstraße, dann bin ich am Frachtenlager entlang Richtung Donau gegangen. Diese rostigen Getreidespeicher, und das alte Industriegebäude mit den eingeschlagenen Scheiben, da erwartet man jeden Moment das Gesicht von einem verfolgten Verbrecher, oder? Na, Sie vielleicht nicht. Diese Gegend hätten wir als Kinder kennen sollen, das wäre was gewesen für eine Mutprobe, da hinein traust du dich nicht, traust dich nie ... nun gut, ich bin auf der Eisenbahntrasse weitergegangen, dort drüben, wo der Bärenklau und das ganze Unkraut wuchert, ich bin mit der Hand an eine Brennnessel angekommen und wieder auf den Schotterweg zurück. Zum Friedhof wollte ich zuerst gar nicht, aber dann ... was mache ich hier, habe ich mich gefragt. Wo sich bei so einem Wetter nicht einmal die üblichen Teenager hier aufhalten, mit dem Tod kokettieren ... vielleicht gibt's die auch gar nicht mehr ... in Einkaufszentren und Bahnhöfe flüchten sie heutzutage ... zu Recht ... während ich hier versuche, was versuche ... die Verzweiflung mit dem Grauen zu bezwingen ... Drum die Kreuze die da ragen, wie das Kreuz das sie getragen, Namenlos. Nach ungefähr einer Viertelstunde habe ich den Friedhof verlassen und bin auf der Uferpromenade flussabwärts gegangen, der Nebel war schon so dicht, dass man die Bäume nur mehr als dunkle Umrisse wahrgenommen hat, irgendwie auch schön. Wissen Sie, woran ich denken musste, als ich den Kies unter meinen Schuhen knirschen hörte ... an meinen Vater. Er hat mir immer wieder gesagt, dass man an den Schuhen den Charakter eines Mannes erkennt. Aber wenn man niemanden trifft, der einen Blick auf die Schuhe wirft, geschweige denn sich über den Zustand der Schuhe mokieren könnte? Das hat er wohl nie bedacht, der Herr Papa. Da vorne, wo Sie jetzt das Licht der Scheinwerfer sehen, führt ein Steg über ein schmales Rinnsal, das nach gut zehn Metern in die Donau fließt. Ich stehe also da, die Hände auf die Holzbrüstung gestützt, und schaue auf den Fluss. Dann, aus einer Laune heraus, gehe ich neben dem Bachbett zum Ufer vor; zwischen den großen Steinblöcken sehe ich eine orangefarbene Plastikente eingeklemmt. Der einzige Farbfleck weit und breit, so einsam, denke ich mir und bücke mich, um sie aufzuheben. Und da sehe ich sie. Zuerst ihre Haare, für einen Moment habe ich geglaubt, dass sich irgendein Abfall dort verfangen hat, dann treiben die Haare zurück und ich sehe ihr Gesicht, ganz weiß, darüber das Wasser wie eine grüne Folie, die Augen zu, und trotzdem habe ich das Gefühl gehabt, als würde sie mich ansehen. Ich springe auf, stolpere und falle auf den Hintern. Rappel mich auf und renne los. Ich habe mich immer wieder umgedreht; als könnte sie mir folgen, verrückt; von dem Gasthaus dort drüben habe ich Ihre Kollegen angerufen."

2

Als der Aufzug mit einem schweren stählernen Seufzer im vierten Stock zum Stehen kam, entschied sich Schäfer anders und nahm die Treppen. Vor dem Haus blieb er ein paar Minuten unter dem Vordach stehen. Er nahm sein Telefon heraus, deaktivierte die Lautlosfunktion und sah, dass sein Assistent Bergmann angerufen und eine Nachricht hinterlassen hatte. Kurz überlegte er zurückzurufen, dann steckte er das Handy wieder in die Mantelinnentasche. Er drehte sich zur Auslage des Spielwarengeschäfts hinter ihm um und sah sich die Stofftiere, die Holzeisenbahn, das Prinzessinnenset und die Titel der kleinformatigen Bücher an. Kindergärtner, hatte er vor etwa einer halben Stunde dem Therapeuten geantwortet, als der wissen wollte, ob sich Schäfer einen anderen Beruf als den des Polizisten vorstellen könnte. Er war selbst überrascht gewesen, mit welcher Selbstverständlichkeit ihm diese Antwort ausgekommen war. Kindergärtner. Wann hatte er denn zuletzt an diese Alternative zu seiner jetzigen Existenz gedacht? Sie bewusst in Betracht gezogen, nicht nur diesen Instinkt gespürt, wenn ihm irgendwo ein paar Kinder unterkamen, eine lärmende Ausflugsgruppe in der U-Bahn, eine Ansammlung auf der Straße, in Zweierreihe über einen Zebrastreifen, unter den geschäftigen Zurufen der Aufsichtspersonen. Auf der einen Seite die reine Unschuld, auf der anderen die deutlichste Form der Schuld, das Verbrechen, hatte der Therapeut angemerkt, und bei diesem Satz hatte er zum ersten Mal ein wenig Vertrauen zu diesem Mann gefasst, den zu besuchen er sich lange geweigert hatte. Wieso wehren Sie sich so dagegen, hatte Bergmann ihm zugeredet, wenn Sie angeschossen werden, greifen Sie ja auch nicht zu Küchenmesser und Beißzange und holen die Kugel selbst heraus. Eine Kugel, das war doch etwas anderes, die mochte ihm auch ein Loch in die Brust reißen, aber dieser diffuse Schmerz, den er nicht genau lokalisieren konnte, diese Hoffnungslosigkeit, diese Leere, wie sollte ihm die jemand nehmen können.

Er wusste ja nicht einmal, wann genau sie von ihm Besitz ergriffen hatte. Dieser Dämon hatte sich unmerklich eingenistet, wie ein Parasit, der nun an ihm nagte und ihm seine Kraft entzog. Können Sie sich einen Ort vorstellen, an dem Sie glücklich wären, hatte ihn der Therapeut gefragt. Und es war ihm keine Antwort eingefallen. Eine Sehnsucht spürte er, eine Art Heimweh, die sich jedoch auf keinen konkreten Ort bezog. Höchstens auf einen Nichtort, wo ihm dieser ganze Mist erspart bliebe. Vielleicht lag er deshalb seit fast einem Monat die meiste Zeit auf seiner Couch. Vier Wochen Krankenstand, was seine Kollegen wohl von ihm dachten. Dass ihm nun endgültig die Sicherungen durchgebrannt waren? Wenn es wenigstens warm wäre und er den Kopf in die Sonne halten könnte. Er drehte sich um und sah den Passanten zu, die ihre Mantelkrägen über das Kinn schlugen, den Gehsteig entlanghasteten, als Fluchtweg ins Warme und Trockene. Wer jetzt kein Zuhause hat, ist ein armes Schwein.

Er nahm sein Handy heraus und hörte Bergmanns Nachricht ab. Nach einer kurzen Einleitung, in der sich sein Assistent dafür entschuldigte, dass er ihn während des Krankenstands anrief, kam er auf den eigentlichen Grund seines Anrufs: Sie hatten eine Wasserleiche beim Alberner Hafen. Und wenn Schäfer sich vielleicht schon besser fühlte – oder möglicherweise sogar langweilte –, wäre er willkommen, sie beim Lokalaugenschein zu unterstützen. Schäfer legte auf und seufzte. Vor ein paar Monaten hätte ihm eine Nachricht wie diese wahrscheinlich geschmeichelt. Er, der Major, auf den Bergmann in fachlicher als auch emotionaler Hinsicht nicht verzichten wollte. Doch zurzeit waren andere Beweggründe wahrscheinlicher: Abgesehen davon, dass eine schlimme Grippewelle auch die Polizei nicht verschonte, hatte ihnen der Innenminister mit seiner hirnrissigen Reform in allen Ressorts Leute weggenommen. Und dort, wo eigentlich Führungskräfte mit langer kriminalistischer Erfahrung hingehörten, saßen zunehmend Politpolizisten – Karrieristen und Günstlinge, die kaum etwas von Polizeiarbeit verstanden. Darunter litt nicht nur die Aufklärungsquote, auch die Stimmung in den Dienststellen war am Boden, wie Schäfer in den letzten Monaten wiederholt hatte feststellen müssen. Dass sich der Innenminister und sein ebenso unfähiger Vollstreckungsgehilfe, der Polizeipräsident, in den Medien als die Retter der Polizei darstellten und sich gleichzeitig so gut wie nie in die Kommissariate trauten, sprach für sich. Dort erwartete sie ein Haufen frustrierter, überarbeiteter und bewaffneter Menschen ... verdammte Arschlöcher, dachte Schäfer, wenn die beiden einer abstechen sollte, würde er sich bestimmt nicht überanstrengen, den Täter zu fassen. So ähnlich hatte er sich übrigens auch einmal in der Kantine laut geäußert, worauf er nur knapp einer Disziplinaranzeige entgangen war. Sollten sie ihn doch feuern, sollten sie ihm doch die Entscheidung abnehmen.

Er überlegte, wie er am schnellsten zum Alberner Hafen gelangen konnte. Als er auf der gegenüberliegenden Straßenseite einen Streifenwagen erblickte, der an einer roten Ampel hielt, lief er hinüber, klopfte an die Scheibe des Beifahrers und zog seinen Ausweis heraus. Der Uniformierte ließ die Scheibe herunter.

„Servus, Kollegen, Schäfer, Kriminaldirektion“, stellte er sich vor, „seid ihr im Einsatz oder könnt ihr mich schnell wo hinfahren?“

„Jederzeit, Herr Major ... steigen Sie ein.“

Schäfer setzte sich auf die Rückbank und teilte der Fahrerin mit, wohin er wollte.

„Die tote Frau?“ Die Beamtin sah ihn im Rückspiegel an und fuhr los.

„Ja ... eine tote Frau.“

Als sie den Parkplatz am Ende des Hafengeländes erreichten, standen dort ein Einsatzwagen, ein Kleinbus und ein weiteres Zivilfahrzeug – ein schwarzer Mercedes, den Schäfer am Nummernschild als den Dienstwagen von Oberst Kamp erkannte. Was wollte der bei einem derart unspektakulären Fall? Schäfer öffnete die Wagentür, bedankte sich bei den Beamten und stieg aus. Das Gelände war großräumig abgesichert worden, wie er an dem Absperrband sah, das sich von einem Metallständer am Parkplatz zum Friedhof und bis in das kleine

Waldstück dahinter zog. Korrekt wie immer, der Bergmann. Schäfer ging auf den Polizisten zu, der rauchend neben dem Kleinbus stand. Auf dessen Rücksitz saß ein Mann um die vierzig, blass, mit einem abwesenden Gesichtsausdruck.

„Wer ist das?“, fragte Schäfer den Beamten, nachdem er ihm seinen Ausweis gezeigt hatte.

„Der hat die Frau gefunden.“

Schäfer schob die Wagentür auf, stellte sich vor und setzte sich neben den Mann.

„Nicht sehr schön ... so was zu sehen“, begann er das Gespräch.

„Nein ... aber schon seltsam ... jetzt geht es mir ... besser.“

„Wie soll ich das verstehen?“

„Dass ...“, der Mann zögerte, sah Schäfer an und musste plötzlich lachen. „Ach so, nein, das wird jetzt kein Geständnis ... ich wollte sagen: Als ich losgegangen bin, ist es mir nicht so gut gegangen ... ich bin ... na ja, ich habe zurzeit ein paar Probleme ... und jetzt, jetzt ist es mir richtig leicht ums Herz. Seltsam, oder?“

„Der Tod erinnert einen auch an das Leben“, meinte Schäfer, wusste nichts mehr zu sagen und wollte auch nicht aus dem warmen Wagen in die Kälte hinaus.

„Sie werden bald wissen, wer diese Frau ist, oder?“, fragte der Mann, und als Schäfer nichts erwiderte, redete er einfach weiter, als ob er dem Polizisten eine Gutenachtgeschichte erzählen wollte. Gut zehn Minuten verlor sich Schäfer in der Erzählung des Mannes über die Donau, den Alberner Hafen und seine Toten, bis er sich bewusst wurde, warum er eigentlich hier war.

„Haben Sie noch was vor oder ...?“, fragte Schäfer und schob die Tür auf.

„Nein, ich warte hier ... lassen Sie sich ruhig Zeit.“

Schäfer drückte die Tür zu und machte sich auf den Weg. Die Halogenscheinwerfer zeigten ihm den Fundort schon von weitem an. Mittlerweile war es finster geworden, aus dem tiefen Nebel nieselte es leicht, Schäfer steckte seine Hände in die Manteltaschen und zwang sich, einen Fuß vor den anderen zu setzen.

Als er nahe genug war, um seine Kollegen zu sehen, zwei Beamte der Spurensicherung in ihren weißen Schutzanzügen, Bergmann und Kamp, die sich miteinander unterhielten, den Arschkriecher Strasser, der etwas abseits die Wiese absuchte, einen jungen, ihm unbekannten Mann, der in ein Notizbuch schrieb, als Schäfer den mit einer schwarzen Plastikfolie abgedeckten Leichnam sah, überkam ihn das Gefühl, mit dem er seit dem Vierfachmord in Kitzbühel bei fast jedem Einsatz zu kämpfen hatte: Angst, Schwäche, Verzweiflung, eine Verlorenheit, als ob er ohne Möglichkeit einer Einflussnahme in einem Albtraum stünde, diese Ohnmacht, ein Zittern und der Wunsch, ganz woanders zu sein, ohne dass er sagen konnte, wo genau das wäre. Ein Burn-out, hatte er sich anfangs gedacht, ganz normal nach einem langwierigen Fall, der einem auch persönlich nahegeht; ein, zwei Wochen Urlaub, auf andere Gedanken kommen, dann würde es schon wieder werden. Doch es war nicht geworden.

Bergmann kam die Böschung herauf und begrüßte ihn freundlich.

„Und?“, fragte Schäfer.

„Weiblich, dreißig bis vierzig, keine Papiere, ist erst ein paar Stunden im Wasser gelegen, ziemlich sicher ertrunken, wie unser neuer Doktor meint.“

„Der da unten?“, Schäfer deutete auf den Mann mit dem Notizbuch. „Wie alt ist der, zwanzig?“

„Der sieht nur so jung aus ... Koller hat ihn hergeschickt, also wird er schon was können ...“

„Na ja“, meinte Schäfer und ging mit seinem Assistenten in Richtung Ufer, um sich umzusehen.

Nachdem er Oberst Kamp und die Beamten der Spurensicherung begrüßt hatte, ersuchte er den Gerichtsmediziner, die Tote abzudecken. Eine zierliche blonde Frau, an die fünfzig Kilo und nicht mehr als einen Meter fünfundsechzig, wie Schäfer schätzte. Im Gesicht und an den Händen hatte sie zahlreiche Abschürfungen, um den Mund erkannte er weißen, eingetrockneten Schaum. Er ließ sich von Bergmann ein Paar Latexhandschuhe geben und untersuchte vorsichtig die Kleidung der Frau.

„Markenware, gute Qualität, aber auch nicht übermäßig teuer, wetterfest, flache Stiefel", protokollierte er leise für sich selbst, „leere Taschen ... da fehlt eine Handtasche ..."

„Was haben Sie gesagt?", fragte Kamp, der mittlerweile neben ihm stand.

„Habt ihr eine Handtasche gefunden?"

„Nichts", meinte Bergmann, „aber einer von der Streife sucht weiter oben das Ufer ab."

„Gut", erwiderte Schäfer und sah schweigend auf den Fluss hinaus. Das sah nicht nach einem Sexualverbrechen aus. Und ein Raubmord in dieser Gegend ... Blödsinn, Schäfer ... Wieso in dieser Gegend? Die Frau konnte doch weiß Gott wo in die Donau gefallen sein. Vielleicht hatte sie sich ja einfach fallen gelassen. Sich dem kalten Wasser hingegeben in der Hoffnung, dass es alles auflöste.

„Ah, Major Schäfer", riss Strasser ihn aus seinen Gedanken, „ich dachte, Sie wären krankgeschrieben."

„Offensichtlich nicht mehr", meinte Kamp trocken, der Schäfers Widerwillen dem Chefinspektor gegenüber kannte und dessen schmeichlerische Arroganz ebenfalls schlecht vertrug.

„Also übernehmen Sie jetzt die Angelegenheit?", wollte Strasser wissen und strich sich die nassen Haare zurück, als hätte er Gel in den Händen.

„Eine Angelegenheit ist es erst, wenn wir genauer Bescheid wissen ... aber Sie können gern damit anfangen: Erkundigen Sie sich beim Fischereiverband, wer in der Nähe geangelt haben könnte. Fragen Sie bei der Schifffahrtsbehörde nach, welche Schiffe heute vorbeigekommen sind, und wenn Ihnen selber noch etwas einfällt, wie wir zu möglichen Zeugen kommen, nur zu."

Strasser zögerte einen Moment, versuchte ein Lächeln und ging dann die Böschung hinauf.

„Wo ist der Leichenwagen?“, wollte Schäfer wissen.

„Kommt jeden Moment“, sagte Bergmann.

„Na dann weiß ich die Sache ja jetzt in guten Händen“, brachte sich Kamp ein, klatschte in die Hände und verabschiedete sich. „Und lassen Sie sich gesundschreiben, bevor Sie wieder offiziell antreten“, rief er Schäfer zu, als er schon auf dem Spazierweg oben war.

„Viel können wir hier nicht mehr ausrichten“, wandte sich Schäfer an Bergmann, „kann ich mit Ihnen zurückfahren?“

„Sicher ... ich sollte allerdings noch die Besitzerin des Gasthauses befragen, von wo der Mann uns angerufen hat, der sie gefunden hat.“

„Der hatte kein Handy dabei?“

„Offenbar nicht ... der macht überhaupt einen leicht absonderlichen Eindruck ... Hans Albrecht ...“

„Ja ... ich habe mit ihm gesprochen ... aber nicht unsympathisch ... besitzt ein Antiquariat im Achtzehnten ... überprüfen Sie ihn ...“

Nachdem Schäfer mit den Beamten der Spurensicherung und dem Gerichtsmediziner gesprochen hatte, machten sie sich auf den Weg.

„Warum ist der Oberst dabei gewesen?“, fragte Schäfer.

„Laut Eigenaussage, weil wir momentan jeden Mann brauchen können. Aber ich denke, er ist froh, wenn er den Mugabe nicht so oft sehen muss.“

„Wen?“

„Mugabe ... ist der neue Spitzname vom Hofbauer. Schwarz, machtgeil und unfähig.“

„Sehr gut“, meinte Schäfer und lächelte, „unser Herr Polizeipräsident erfreut sich zunehmender Beliebtheit. Wie geht’s Bruckner und Leitner?“

„Favoriten. Zwei Tschetschenen, auf offener Straße erschossen“, sagte Bergmann und drückte die Tür des Restaurants auf.

Die Gaststube war leer, an der Bar saßen zwei Männer in orangefarbener Arbeitskleidung bei einem Bier und unterhielten sich mit der Wirtin. Aus dem Radio kam eine deutsche Version von „Ring of Fire“. Schäfer und Bergmann setzten sich an einen Tisch, worauf die Frau hinter dem Tresen ihnen zurief, dass sie gleich zusperren würde. Bergmann zog seinen Ausweis aus der Manteltasche und hob ihn gut sichtbar in die Höhe. Die Frau murmelte etwas, drückte ihre Zigarette in den Aschenbecher und kam an den Tisch.

„Setzen Sie sich für einen Moment", forderte Schäfer sie auf. Die Wirtin seufzte und ließ sich auf die freie Bank nieder.

Nein, sie hätte nichts Auffälliges bemerkt, es wären den ganzen Tag über höchstens zwanzig Gäste da gewesen, keiner, den sie nicht kannte, alles Stammgäste, nein, die Frau auf dem Display von Bergmanns Digitalkamera hätte sie noch nie gesehen, sicher nicht, sie müsse sich Gesichter von Berufs wegen gut merken können, aber diese Frau wäre bestimmt noch nie bei ihr gewesen, kämen ja so gut wie nie Frauen herein um diese Jahreszeit. Wirklich eine Überraschung, dachte Schäfer, der jetzt schon das Gefühl hatte, von den Molekülen des unaufhaltsamen Abstiegs angeflogen zu werden, die das Wirtshaus aus jeder Pore des braun gemaserten Resopals auszuschwitzen schien. Steckten die Gäste damit das Lokal an oder umgekehrt?

Nachdem Schäfer der Wirtin aufgetragen hatte, bis zum nächsten Tag eine Liste aller Stammgäste zu erstellen und sie mit einem lang gezogenen Seufzer eingewilligt hatte, verließen sie das Gasthaus. Auf dem Parkplatz saßen die beiden uniformierten Beamten in ihrem Streifenwagen, auf dem Rücksitz schlief Hans Albrecht, den Kopf an die Scheibe gelehnt. Schäfer und Bergmann stiegen hinten ein, weckten ihn und wiesen den Fahrer an, sie ins Kommissariat zu bringen. Als sie an einer U-Bahn-Station vorbeikamen, bat Schäfer den Fahrer anzuhalten. Dem überraschten Bergmann erklärte er, dass dieser sich bitte um die weitere Befragung kümmern und einen Kollegen die Vermisstenmeldungen durchsehen lassen sollte. Er wäre müde und hätte außerdem noch nichts gegessen.

„Kommen Sie morgen?", wollte Bergmann wissen, als Schäfer schon ausgestiegen war.

„Wird wohl das Beste sein", meinte dieser, schloss die Wagentür und ging zur U-Bahn.

Schäfer nahm den Aufzug ins Dachgeschoss. Obwohl er seine Wohnung erst am frühen Nachmittag verlassen hatte und – abgesehen vom kurzen Fußmarsch an der Donau – keiner körperlichen Belastung ausgesetzt gewesen war, fühlte er sich erschöpft. Er sperrte die Wohnungstür auf, drückte den Lichtschalter, zog sich Schuhe und Jacke aus.

Was für eine Arschkälte. Er sah auf den Thermostat der Gasheizung und fragte sich, wo die zweiundzwanzig Grad wären, die es anzeigte. Meister Einstein, auch die Temperatur ist relativ. Nachdem er sich einen dicken Wollpullover aus dem Schlafzimmer geholt hatte, setzte er sich auf den Fußboden vor der Stereoanlage und legte eine CD ein, die ihm seine Nichte Lisa aus Salzburg geschickt hatte. Er war ihr Taufpate, doch entgegen der üblichen Vereinbarung war sie es, die ihn immer wieder anrief und sich regelmäßig mit einer Zusammenstellung ihrer aktuellen Lieblingsmusik in Erinnerung brachte. Und damit jedes Mal sein schlechtes Gewissen freilegte, das kurz darauf wieder von seiner Arbeit und seiner Ignoranz zugemüllt wurde. Als er zuletzt in Tirol gewesen war, hatte er sich kein einziges Mal bei ihr gemeldet. Asoziales Arschloch, schimpfte er sich, stand auf und ging in die Küche, um sich etwas zu essen zu richten. Was kam da aus den Boxen im Wohnzimmer? Schubert? Welche Siebzehnjährige beginnt eine CD mit einem Schubertlied, fragte er sich, während er eine Pfanne auf den Herd stellte, die Platte anschaltete und zwei kleine Steaks aus dem Kühlschrank nahm. Barfuß auf dem Eise wankt er hin und her. Und sein kleiner Teller bleibt ihm immer leer. Ein wunderschönes Lied, aber doch todtraurig und ... er selbst hätte als Teenager wahrscheinlich schon beim Gedanken an Schubertlieder Ausschlag bekommen, geschweige denn, dass er sie sich angehört hätte. Er goss Öl in die Pfanne und wartete, bis es kleine Bläschen warf. Während die Steaks brieten, richtete er einen grünen Salat an und schnitt zwei Tomaten auf. Kurz überlegte er, ob er eine Flasche Wein öffnen sollte, doch dann beließ er es bei einem Glas Wasser. Er setzte sich an den kleinen Küchentisch und aß wie immer in den letzten Wochen: ohne Appetit, aus Pflichtbewusstsein seinem Körper gegenüber, mit einer leichten Übelkeit nach der Mahlzeit. Danach stellte er den Teller in die Spülmaschine und ging mit einer Zigarette auf den Balkon, weil er sich das Rauchen in der Wohnung untersagt hatte. Ein seltsamer Kompromiss, den er mit sich selbst geschlossen hatte, nachdem sein Versuch, mit dem Rauchen aufzuhören, wieder einmal gescheitert war. Dafür hole ich mir hier eine Lungenentzündung, murmelte er vor sich hin und verfluchte den November samt seiner Dunkelheit, dem Nebel, der Kälte und dem grausamen Wind.

Wieder im Wohnzimmer, nahm Schäfer seinen Laptop, setzte sich auf die Couch, legte sich eine Wolldecke um die Schultern und fuhr den Computer hoch. Er loggte sich in den Polizeiserver ein und ging zu den Vermisstenmeldungen. Nach dem ersten Aufruf, einem elfjährigen Mädchen, das zuletzt an einer Bushaltestelle im zwölften Bezirk gesehen worden war, klappte er den Laptop wieder zu und legte ihn beiseite. Er nahm die Fernsehzeitung vom Couchtisch und sah sie auf Filme und Serien durch, die mindestens dreißig Jahre alt waren. Griff sich die Fernbedienung und schaltete auf einen Kanal, auf dem gerade eine Folge von „Magnum" angefangen hatte. Mit Beginn der ersten Werbepause läutete das Telefon. Bergmann, der wieder einmal ein geradezu telepathisches Feingefühl für den richtigen Moment bewies.

„Entschuldigen Sie, dass ich Sie jetzt noch anrufe", sagte er, „aber wir wissen, wer die Tote ist."

„Und?"

„Sonja Ziermann. Ihr Mann hat uns informiert, weil sie nicht nach Hause gekommen ist und er sie schon den ganzen Abend nicht erreichen konnte."

„Hat er sie identifiziert?"

„Auf dem Foto. Ich bringe ihn jetzt zu ihr. Wollen Sie heute noch mit ihm reden?"

„Nein ... das machen Sie besser. Wie wirkt er?"

„Er hat in der letzten halben Stunde vielleicht zwei Minuten nicht geweint."

„Haben Sie jemanden vom Notdienst gerufen?"

„Ja, muss jeden Moment hier sein."

„Gut ... wollen Sie die Befragung heute noch machen?"

„Soll ich?"

„Das überlasse ich Ihnen. Schauen Sie aber auch auf sich selbst, Bergmann. Sie müssen nicht durcharbeiten, nur weil uns die Leute fehlen."

„Ich weiß. Kommen Sie morgen?"

„Das haben Sie mich heute schon gefragt ... ja, ich bin um acht da."

„Gut, dann bis morgen ..."

„Bis morgen", erwiderte Schäfer und legte auf.

Da die Werbepause noch nicht zu Ende war, nahm er abermals seine Zigaretten und ging auf den Balkon. Die Vorstellung, am nächsten Tag wieder im Kommissariat zu sein, erleichterte und ängstigte ihn gleichermaßen. Mit dem Rücken an den Heizkörper gelehnt im Büro zu sitzen und mit Bergmann zu diskutieren, dafür konnte er sich erwärmen. Doch das war es ja auch nie gewesen, was ihn so fertiggemacht hatte. Er drückte die Zigarette in den Untersetzer eines leeren Blumentopfs und ging zurück ins Wohnzimmer. Nach „Magnum" würde er sich „Der Wachsblumenstrauß" mit Margaret Rutherford ansehen. Wahrscheinlich würde er es nicht schaffen, genügend Schlaf zu bekommen, da er in den letzten Tagen kaum einmal vor drei Uhr ins Bett gegangen war. Doch wenigstens würde es am folgenden Morgen einen Grund geben aufzustehen.

3

Um sechs Uhr erwachte er aus einem wunderbaren Traum. Zum ersten Mal seit langer Zeit konnte er sich überhaupt wieder an einen Traum erinnern. Er stand auf und ging schlaftrunken ins Bad, stieß sich beinahe den Kopf am Türpfosten. Vor der Kloschüssel stehend bemühte er sich, die verbliebenen Fragmente des eben Erlebten im Kopf zu behalten. Da waren Blumenwiesen gewesen, ein See, Löwenzahnsamen, die wie kleine Fallschirme vom Himmel tanzten, und er selbst: am Wiesenrand unter einer Birke, so hoch, dass ihre Krone nicht auszumachen war; dort saß er in sich versunken und knüpfte eine Halskette aus Gänseblümchen, die schon mehrere Meter maß. Er sagte sich, dass es das Beste wäre, aufzubleiben und sich ein Frühstück zu machen – so würde er pünktlich ins Kommissariat kommen. Doch die Sehnsucht nach dem Traum trieb ihn zurück unter die Decke, und als er aufwachte, wusste er augenblicklich, dass er verschlafen hatte.

Am Schottenring stieg er aus der Straßenbahn, sah auf die Uhr und entschied sich, erst gar nicht zur Morgenbesprechung zu gehen. Außer Bergmann erwartete ihn wahrscheinlich ohnehin niemand und so wäre ein Fernbleiben besser, als zu spät zu kommen. Mit einem Kopfnicken ging er am Portier vorbei und nahm die Treppen in den ersten Stock. Auf dem Gang traf er Bruckner, tauschte mit ihm ein paar Sätze über die Vorkommnisse des vergangenen Tages aus. Die Morde an den beiden Tschetschenen waren auf den Titelseiten aller Tageszeitungen, mitsamt den üblichen Spekulationen über Wien als neuen zentralen Standort der Ostmafia. Und der Innenminister? Schwafelte von einem neuen Asylgesetz. Arschloch.

Als Schäfer sein Büro betrat, sah er zuerst eine mächtige Apparatur aus milchglasfarbenem Kunststoff auf seinem Schreibtisch stehen – bestimmt über einen halben Meter hoch und fast ebenso breit. Er hängte seine Jacke an die Wand, setzte sich und fuhr seinen Computer hoch. Kurze Zeit später betrat Bergmann das Büro und fand seinen Vorgesetzten gedankenverloren aus dem Fenster blickend.

„Guten Morgen“, sagte er fröhlich.

„Morgen“, murmelte Schäfer und deutete auf das seltsame Gerät, „was ist das da?“

„Eine Tageslichtlampe“, erklärte Bergmann stolz, griff über den Schreibtisch und drückte einen Knopf, worauf der gesamte Raum von einem kühlen, grellen Licht erfüllt wurde. Schäfer starrte auf die Lampe und dann Bergmann an, der wie ein Kind vor dem Christbaum stand.

„Aha ... und ...?“

„Die gleicht den Lichtmangel im Winter aus“, kam Bergmann seiner Frage zuvor, „das regt die Produktion von ... hab ich jetzt vergessen an und hebt die Stimmung. Eine Antidepressionslampe, quasi.“

„Wird man davon braun?“

„Nein ... die ist UV-frei.“

„So ... was ist mit unserer Toten vom Hafen?“

Bergmann setzte sich vor den Computer und klickte ein paar Mal mit der Maus.

„Sonja Ziermann, geborene Hansch, zweiunddreißig Jahre, Lehrerin an einer Privatschule in Döbling. Verheiratet mit Harald Ziermann, neununddreißig, Beamter im Landwirtschaftsministerium. Eine zehnjährige Tochter.“

„Was hat der Ehemann gesagt?“

„Ich habe nur während der Fahrt in die Gerichtsmedizin mit ihm gesprochen ... nicht mehr als das Nötigste. Sie hat gestern nur vier Stunden unterrichtet und dann freigehabt. Zu Mittag hat er mit ihr telefoniert, da hat sie gemeint, dass sie noch spazieren geht und dann zu Hause ist. Um fünf hat er sie angerufen und nur die Mailbox erreicht.“

„Haben Sie ihn wegen der Handtasche gefragt?“

„Hat sie fast nie eine mitgehabt ... Schlüssel und Telefon, mehr hat sie nicht mitgenommen, wenn sie spazieren gegangen ist ...“

„Was über ihre Beziehung?“

„Wenn er ehrlich war – und das hat ganz so ausgesehen –, dann waren sie ein Traumpaar. Immer noch verliebt, beide zufrieden mit ihrer Arbeit, eine brave Tochter ... ein seltener Glücksfall, würde ich mal sagen.“

„Und wir sind wieder mal Zeuge, wie es kaputtgeht, das Glück ... wen haben wir für die Befragungen?“

Bergmann sah ihn einen Augenblick schweigend an und meinte dann vorsichtig: „Na ja, wenn wir Glück haben, hat der Schreyer Zeit, und die junge Kovacs hilft uns immer wieder mal aus.“

„Die sitzt doch beim Betrug ...“

„Schon ... aber zurzeit müssen wir eben improvisieren und die Kovacs will ohnehin zu uns wechseln.“

„Fantastisch“, seufzte Schäfer, „das ist jetzt schon ein Negativrekordjahr für die Aufklärungsquote und wir ... wo ist denn die Leiche?“

„Im AKH ... warten Sie, ich habe die Nummer hier.“

Nachdem Schäfer mit dem Gerichtsmediziner telefoniert und mit Bergmann die Aufgabenverteilung besprochen hatte, stand er auf und nahm seine Jacke vom Haken. Er hätte sich den vorläufigen Obduktionsbericht auch schicken lassen können, doch zum einen waren ihm diese Berichte meistens zu wenig anschaulich, und zum zweiten wollte er den neuen Gerichtsmediziner persönlich kennenlernen.

Als er in der U-Bahn saß, bemühte er sich, die Wut zu unterdrücken, die in ihm aufzukochen begann. Es waren ja nicht nur die Personalkürzungen, die ihre Arbeit immer schwieriger machten. Welcher Führungsverantwortliche, der halbwegs bei Trost war, konnte veranlassen, die Gerichtsmedizin zuzusperren, nur weil das Gebäude veraltet war und die Technik nicht mehr dem neuesten Stand entsprach?

Outsourcing, Sparmaßnahme, hatte es vonseiten der Stadt geheißen, worauf sich Gesundheitsministerium, Wissenschaftsministerium und der Justizminister eine Zeitlang gegenseitig beschuldigt, jeweils den anderen für verantwortlich erklärt und den Ball schließlich zurück zur Stadtverwaltung gespielt hatten. Deren Beamte waren den Weg des geringsten Widerstands gegangen, hatten die zentrale Gerichtsmedizin in der Sensengasse aufgelöst und deren Aufgaben an verschiedene Krankenhäuser delegiert. Dass die dortigen Pathologen mit den neuen Aufgaben völlig überfordert waren, dass ein öffentliches Spital kein guter Aufbewahrungsort für Faulleichen war, dass die neue provisorische Gerichtsmedizin in ihren riesigen Metallcontainern in der Nähe des Zentralfriedhofs mangels moderner Diagnosegeräte für manche Obduktionsmethoden nicht geeignet war, das war die eine Sache. Die zweite Maßnahme unter dem Deckmantel des Sparens hielt Schäfer für noch folgenschwerer: Mit einer Reform des Wiener Bestattungsgesetzes wollte die Stadt die Zahl der Obduktionen reduzieren und nahm dafür als Erstes die Totenbeschauärzte – meistens der normale Hausarzt – in die Verantwortung. Diese sollten aus der Krankengeschichte, aus den Gesprächen mit Angehörigen und aus der Situation, in der die Menschen gestorben waren, eine Todesursache herauslesen. Gut so: Hatte der raffgierige Neffe nicht versehentlich das Messer in der toten Erbtante stecken lassen oder sie mit einer Schrotflinte erschossen, gab es eine hohe Wahrscheinlichkeit, dass er davonkam. Danke, Tante, aloha Hawaii! Erst vor einem Monat hatte sich ein aufmerksamer Mitarbeiter eines Bestattungsinstituts bei ihnen gemeldet, weil die Leiche eines älteren Mannes ein Einschussloch im Bauch hatte, das ihnen beim Waschen aufgefallen war. Wie das hatte übersehen werden können? Der zuständige Arzt hatte den Toten in Anwesenheit seiner Familie nicht ausziehen wollen und ein Herzversagen diagnostiziert. Immerhin: Seit einem Jahr führte die Gerichtsmedizin um ein Drittel weniger Obduktionen durch. Damit hatte sich die Stadt tatsächlich viel Geld gespart; aber auch goldene Zeiten für Giftmörder anbrechen lassen.

Schäfer stieg aus der U-Bahn und nahm die Überführung, die ihn direkt ins Klinikgelände brachte. Ohne sich anzumelden, nahm er den Lift in den Keller, ging einen fensterlosen Gang entlang und drückte die Flügeltür zur Pathologie auf. In dem riesigen Raum hielt sich nur der junge Mann auf, den Schäfer tags zuvor beim Alberner Hafen gesehen hatte.

„Major Schäfer", stellte er sich vor, „wir haben eben miteinander telefoniert."

„Ja ja, ich meine mich zu erinnern“, witzelte der Arzt, „Bernhard Föhring, sehr erfreut, ich assistiere Professor Koller, der …“

„Der nicht da ist, ich weiß … wie sieht's mit der Frau von gestern aus?“

Föhring ging zu den Kühlregalen, zog eine der Bahren heraus und schlug das grüne Tuch zurück. Wie Schäfer an den ypsilonförmigen Nähten erkannte, war Sonja Ziermann bereits obduziert worden.

„Wie haben Sie denn das so schnell hinbekommen?“, fragte er und sah den Gerichtsmediziner skeptisch an.

„Die Nacht durch … zurzeit schlafe ich schlecht, da kann ich auch gleich arbeiten. Sagen Sie das aber bitte niemandem, die Überstunden fallen nämlich aus dem Versicherungsschutz.“

„Na ja, wegen einem Kunstfehler wird Sie keiner verklagen … also, wie sieht's aus?“

„Typisches Ertrinken: stark aufgeblähte Lunge, also hat sie immer wieder nach Luft geschnappt. Die Abschürfungen am Kopf und an den Händen sind post mortem, kommen ziemlich sicher daher, dass sie am Grund gestreift ist. Im Magen und in der Lunge hab ich Kieselalgen gefunden, wie sie dort in der Donau vorkommen. Meiner Einschätzung nach ist sie also ganz in der Nähe ertrunken, wo sie gefunden worden ist … aber die genauen Analysen vom Schadstoffgehalt des Wassers stehen noch aus …“

„Todeszeitpunkt?“

„Tja, da würde ich mich lieber noch einmal mit Professor Koller absprechen … aber so zwischen zwölf und zwei, möchte ich meinen.“

„Irgendwelche Anzeichen auf ein Sexualverbrechen?“

„Nichts“, antwortete Föhring zu Schäfers Erleichterung.

„Was ist mit diesen Verletzungen da?“ Schäfer zeigte auf die Hände der Toten.

„Quetschungen und Risswunden, die sie vor dem Tod erlitten hat. Wahrscheinlich, als sie sich an den spitzen Steinen am Ufer hinaufziehen wollte.“

„Oder weil ihr wer auf die Finger gestiegen ist …“

„Es kann aber einfach nur ein Unfall gewesen sein …“

„Sicher.“ Schäfer wandte sich von der Leiche ab, worauf der Arzt die Bahre wieder ins Kühlfach schob.

„Was ist eigentlich mit dem Toten aus dem Wald?“, wollte Föhring unvermittelt wissen.

„Wer?“

„Der vom Exelberg“, sagte Föhring, ging ans andere Ende des Raums und zog dort eine Bahre heraus.

„Ach ja.“ Schäfer erinnerte sich an die Männerleiche, die vor gut einem Monat in der Nähe des Sendeturms von einem Jagdhund unter einem Reisighaufen entdeckt worden war. Sie war fast vollständig skelettiert und hatte bis dato nicht identifiziert werden können. Doch da in den verbliebenen Kopfhaaren eine hohe Dosis von verschiedenen Suchtgiften gefunden worden war und der Körper keine Spuren von Gewalteinwirkung aufwies, war der Fall auf der Prioritätenliste nach unten gerutscht. Dann war Schäfer in Krankenstand getreten und niemand hatte sich aufgedrängt, den Fall zu übernehmen.

„Den habe ich fast vergessen“, meinte Schäfer und trat an die Bahre.

„Ja, das passiert vielen Toten, nicht?“ Föhring tätschelte dem Skelett den Schädel. „Auf jeden Fall habe ich ihn noch einmal genau angeschaut und mir ein paar Gedanken gemacht.“

„Na dann mal los.“ Schäfer holte sein Notizbuch wieder heraus.

„Zum einen hab ich mich an eine genaue Altersbestimmung gemacht … mithilfe einer neuen …“

„Das Alter … nicht die Methode.“

„Ach so … mindestens dreißig, maximal fünfunddreißig – Professor Koller stimmt da mit mir überein. Außerdem ist sein Gebiss sehr aufschlussreich: Während ein Teil der Zähne überdurchschnittlich gut und vor allem kostspielig saniert ist, sehen ein paar andere recht eklig aus – zwei Backenzähne fehlen überhaupt. Die Vorderzähne sind dagegen verhältnismäßig gut erhalten. Koller hat gemeint, das könnte darauf zurückzuführen sein, dass er bis vor kurzem in geordneten Verhältnissen gelebt hat und auch entsprechend wohlhabend gewesen ist. Fünf Goldkronen in dieser Qualität, das kostet schon. Und dann muss ihn was aus der Bahn geworfen haben, er fängt zu fixen an, sein Körper verfällt, Karies ist ihm egal, und zack!, liegt er schon bei mir."

„Zack!, und jetzt die Preisfrage: Wer ist er?"

„Weiß ich nicht ... aber ich habe alle besseren Zahnärzte in Wien kontaktiert und ihnen ein Röntgen geschickt, auch mit der Bitte, es an Kollegen weiterzuleiten. Bis jetzt nur negative Ergebnisse, weshalb ich jetzt mal, auch in Anbetracht seiner Haarfarbe, spekuliere, dass er aus dem west- bis nordeuropäischen Ausland stammt und maximal seit drei Jahren in Österreich war."

„Was ist mit Nordamerika oder Australien?", meinte Schäfer, dem der Eifer des jungen Arztes guttat, amüsiert.

„Wie? ... Ach so, ja, ist auch möglich, stimmt."

Schäfer steckte seinen Notizblock ein und reichte dem Arzt die Hand.

„Sie sind ziemlich gut ... ich werde schauen, ob ich damit was machen kann. Danke."

Als er vor dem Krankenhaus stand, sah Schäfer auf die Uhr. In einer Stunde würde er sich mit Bergmann bei Harald Ziermann zu Hause treffen. Beim Gedanken daran wurde ihm jetzt schon flau im Magen. Tod, Trauer, Ohnmacht ... andererseits: Wäre ihm die Gegenwart einer dauergrinsenden Frohnatur zurzeit lieber? Sie gingen ihm doch alle gleich auf die Nerven. Er überquerte die Straße und betrat eine Bäckerei. Bestellte einen Milchkaffee und einen Topfenstrudel, setzte sich an einen kleinen Tisch und machte sich über sein spätes Frühstück her. Nachdem er einen zweiten Kaffee bestellt hatte, nahm er sein Notizbuch heraus und bereitete sich oberflächlich auf die Befragung vor. Konflikte, Feinde, Anzeichen einer depressiven Verstimmung? Währenddessen musste er immer wieder an den toten Junkie denken. Er hatte ihn vergessen, und alle anderen anscheinend auch. Weil er weniger wichtig war? Hatte er nicht immer danach gestrebt, keinen Unterschied zu machen? Auch wenn augenscheinlich niemand da war, der den Toten vermisste, alles zu tun, damit dieser einen Namen erhielt und dann ein anständiges Begräbnis? Er nahm sich vor, die Ermittlungen noch diese Woche wieder aufzunehmen. Dann bezahlte er und trat auf die Straße. Die Sonne hatte sich durch den Hochnebel gefressen und ließ ein paar strahlend blaue Löcher sehen. Schäfer schaute auf die andere Straßenseite, wo ein paar Menschen an der Straßenbahnhaltestelle standen und das Gesicht mit geschlossenen Augen nach oben hielten. Er betrachtete sie wie ein Bild in einer Ausstellung. Ein schönes Bild. Als die Straßenbahn einfuhr, lief er über die Straße und schaffte es gerade noch einzusteigen.

Bergmanns Auto stand bereits vor dem Wohnhaus der Ziermanns. Schäfer klopfte an die Seitenscheibe, worauf sein Assistent die Wagentür öffnete und mit ihm zur Eingangstür ging. Sophie, Sonja und Harald wohnen hier, stand in kindlicher Schrift auf einem blauen Keramikschild. Harald Ziermann sah schlecht aus, sie folgten ihm ins Wohnzimmer, wo Schäfer auf einer Anrichte eine Schachtel Beruhigungstabletten bemerkte. Dann ließ er seinen Blick über die Einrichtung und die Wände wandern. Fingerfarbenbilder, Familienfotos in offensichtlich selbst gebastelten Rahmen aus Muscheln und kleinem Schwemmholz, eine Glasvase, in der drei riesige weiße Callas kurz vor dem Welken standen, über der Couch ein bunter Überwurf, wahrscheinlich auch selbst gemacht, das strahlende Lachen der Frau auf dem Hochzeitsbild über dem offenen Kamin, verstummt, verlorenes Glück, der ganze Raum schien über den Verlust zu klagen, eine Weile sagte keiner von ihnen ein Wort, als ob die Tote vor ihnen aufgebahrt wäre und sie die ewige Ruhe nicht stören wollten. Warum tue ich mir das immer noch an, fragte sich Schäfer.

Nachdem sie sich an den Esstisch gesetzt hatten, stand Ziermann plötzlich wieder auf und fragte sie, ob er ihnen etwas anbieten könne. Ein Glas Wasser wäre sehr nett, meinte Schäfer, Bergmann stimmte zu. Kurz darauf kam Ziermann mit einem Krug und zwei Gläsern zurück, stellte sie auf den Tisch und setzte sich wieder.

„Herr Ziermann", begann Schäfer vorsichtig, „es ist furchtbar, was Ihnen und Ihrer Familie zugestoßen ist ... ich kann dafür keine angemessenen Worte finden. Warum so etwas passiert ... wir möchten jedoch herausfinden, was genau passiert ist, und dafür benötigen wir Ihre Mithilfe."

Ziermann sah ihn einen langen Augenblick schweigend an, als müsste er erst übersetzen, was der Polizist gesagt hatte.

„Was genau ist denn passiert?"

„Nach dem jetzigen Stand der Ermittlungen gibt es keine Anzeichen für fremde Gewalt", sagte Schäfer und merkte gleichzeitig, wie formelhaft er klang. „Also zurzeit sieht es so aus, als sei Ihre Frau ins Wasser gefallen und hätte sich nicht mehr ans Ufer retten können."

„War Ihre Frau eine gute Schwimmerin?", brachte sich Bergmann ein.

„Ja ... ich meine ... was offene Gewässer betrifft, war Sonja immer eher ängstlich, da ist sie nahe am Ufer entlanggeschwommen ... Sophie hat sie deswegen immer ausgelacht." Er krümmte sich zusammen und begann lautlos zu weinen. „Aber im Schwimmbad ... da konnte sie lange schwimmen", presste er hervor, nahm ein Taschentuch aus seiner Hosentasche und schnäuzte sich.

„Hat Ihre Frau in letzter Zeit ... bedrückt gewirkt?"

Ziermann schaute ihn verständnislos an.

„Sie meinen ... nein, sie war ein fröhlicher Mensch, ausgeglichen, herzensgut ... wenn sie mit irgendetwas unzufrieden war, hat sie es ausgesprochen ... sie hätte sich nie ... das hätte sie nie getan."

„Gab es Konflikte mit jemandem ... in der Schule oder privat?", wollte Bergmann wissen.

Ziermann schaute gedankenverloren aus dem Fenster.

„Nein ... mir fällt gar niemand ein, der sie nicht gemocht hat."

„Ist sie denn öfter an der Donau spazieren gegangen?"

„Sie hat über die ganze Stadt verteilt ihre Spazierwege gehabt", lächelte Ziermann unter Tränen, „immer hat sie Plätze gesucht, an denen sie ihren Schülern etwas Aufregendes zeigen könnte. Sie war wunderbar."

Schäfer schenkte sich und Bergmann ein Glas Wasser ein und trank seines in einem Zug. Er spürte eine Unruhe aufsteigen, er wollte hinaus, hier würde er noch ersticken.

„Haben Sie jemanden, der sich um Sie und Ihre Tochter kümmert?“

„Sophie ist bei ihrer Oma.“

„Und Sie?“

„Ich weiß es nicht“, flüsterte Ziermann, „ja, es gibt genug Freunde.“

„Wir können gerne jemanden von der Krisenintervention kontaktieren“, meinte Bergmann, „ich lasse Ihnen auf jeden Fall die Nummer da.“

„Danke ... wollen Sie nichts mehr wissen?“

„Wir werden uns sicher noch einmal bei Ihnen melden“, antwortete Schäfer und erhob sich, was Bergmann mit einem verwunderten Blick quittierte. Sie verabschiedeten sich und ließen sich von Ziermann zur Tür bringen. Als sie aus dem Haus traten, war der Himmel von einem fast schwarzen Blau. Der Nebel war verschwunden und wurde nun von der Dunkelheit abgelöst. Ein erster Stern hatte sich schon auf den Himmel getraut. In Bergmanns Wagen saßen sie beide ein paar Minuten schweigend nebeneinander, bis Schäfer schließlich sagte: „Wir bräuchten so eine Energiedusche, mit der man solche Erlebnisse immer wieder abwaschen kann.“

„Die nächste Bar?“, fragte Bergmann im Scherz und startete den Wagen.

Auf dem Kommissariat ließ Schäfer Kovacs und Strasser ins Besprechungszimmer kommen, um zu erfahren, wie weit sie mit ihren Ermittlungen gekommen waren. Im Gegensatz zu Chefinspektor Strasser, der selbstbewusst und ausschweifend über seine bislang ergebnislosen Bemühungen berichtete, war die junge Revierinspektorin Kovacs nervös und entschuldigte sich immer wieder dafür, dass sie nicht mehr in Erfahrung hatte bringen können, obwohl sie an nur einem Tag fast alle Kolleginnen von Sonja Ziermann befragt hatte.

Die junge Lehrerin schien nicht nur in den Augen ihres Mannes ein herzensguter Mensch gewesen zu sein: Hilfsbereit, einfühlsam, aufmunternd, ein echter Sonnenschein, zitierte Kovacs die Direktorin der Schule, an der Sonja Ziermann gearbeitet hatte, wo nach kurzer Absprache unterrichtsfrei gegeben worden war, weil sich angesichts des tragischen Ereignisses ohnehin niemand auf die Arbeit konzentrieren konnte. Feinde? Ein überraschtes Kopfschütteln von jedem Befragten. Sonja doch nicht.

Schäfer bat Kovacs, noch einen Augenblick zu bleiben.

„Sie haben heute gute Arbeit geleistet", sagte er, um ihr die Anspannung zu nehmen, „Kollege Bergmann hat mir gesagt, dass Sie zu uns wechseln wollen."

„Ja, möchte ich gern."

„Ich werde morgen mit Oberst Kamp sprechen ... vielleicht kann er das ja beschleunigen."

„Danke ... das wäre ... also, ich würde mich freuen."

„Gut ... dann bis morgen."

„Ja, danke." Kovacs deutete eine Verbeugung an.

Als Schäfer zurück ins Büro kam, war Bergmann eben dabei, seinen Mantel anzuziehen.

„Kommen Sie mit?", wandte er sich an Schäfer.

„Wohin?"

„Ich fahre zum Schießtraining ... mal wieder am Sturmgewehr üben."

Schäfer, den es eigentlich in seine Wohnung zog, überlegte einen Augenblick und willigte dann ein. Eine Stunde am Schießstand, das wäre eine willkommene Denkpause. Zielen, abdrücken, pamm, pamm, pamm, eine klare Sache, wenn sonst nichts mehr hilft, hilft schießen. Er nahm seine Dienstwaffe aus dem Schrank, fuhr den Computer herunter, zog seine Jacke an und folgte Bergmann in die Tiefgarage.

Als sie vom Gürtel abbogen und stadtauswärts Richtung Höhenstraße fuhren, fiel Schäfer abermals der Tote ein, der knapp zwei Kilometer entfernt gefunden worden war.

„Was macht ein Junkie im Wald?", sagte er zur Seitenscheibe.

„Wird das ein Witz?"

„Nein. Als ich heute bei Föhring war, haben wir über den Toten vom Exelberg gesprochen."

„Und?“

„Sie gehen doch regelmäßig im Wienerwald laufen, oder? Ist Ihnen da schon einmal jemand untergekommen, der wie ein Junkie oder ein Obdachloser ausgesehen hat? Das ist nicht ihre Gegend.“

„Kann ein Deal gewesen sein ... entweder er stirbt, weil der Stoff zu rein oder mit irgendeinem Dreck gestreckt ist, oder es hat einen Streit gegeben ...“

„Wäre möglich. Aber mitten im Wald? Außerdem gibt es keine Schädelverletzungen, keine Einschüsse, das Zungenbein ist noch heil ... wir wissen nicht mal, woran er genau gestorben ist.“

Bergmann bog nach links in eine Schotterstraße ab und blieb zwanzig Meter weiter vor einem Schranken stehen. Er stieg aus, sperrte das Schloss am Schranken auf und drückte ihn nach oben. Ein Rabe flatterte auf und beschimpfte sie mit einem rauen Krächzen. Schäfer stieg ebenfalls aus, ging unter dem Schlagbaum durch und wartete, bis Bergmann vorgefahren war. Dann ließ er den Schranken wieder ins Schloss fallen und stieg ein. Nach hundert Metern hatten sie den Parkplatz vor dem niederen, lang gezogenen Hangar erreicht, der in der Senke zwischen den Hügeln lag wie ein Hexenhaus, das wegen seiner Hässlichkeit aus der Märchenwelt des friedfertig schlafenden Waldes ausgeschlossen worden war: Wellblech, Beton, über der Metalltür eine Leuchte aus dem Baumarkt. Im Aufenthaltsraum saßen vier Männer, zwei vom Sondereinsatzkommando und zwei Beamte, die beim Rauschgiftdezernat arbeiteten – Erstere bei Cola und Mineral, die beiden Letzteren bei einem Bier, comme il faut. Bergmann und Schäfer begrüßten sie, wechselten ein paar Sätze über die Arbeit, hängten ihre Jacken an die Garderobe und gingen zum Schießstand. Schäfer bot seinem Assistenten an, auf jede Scheibe einen kleinen Betrag zu setzen, was Bergmann wie jedes Mal widerwillig akzeptierte. Es war Schäfer nie klar geworden, warum Bergmann schlechter schoss, sobald es um eine noch so kleine Summe ging. Weil ihn der mögliche Verlust nervös machte, oder weil es ihm widerstrebte, Geld von seinem Vorgesetzten zu nehmen? Egal, ab und zu genoss es Schäfer zuzusehen, wie der eigentlich bessere Schütze Kugel um Kugel in die äußeren Ringe setzte.

Nachdem sie jeweils zwanzig Magazine verschossen hatten, gingen sie zurück in den Aufenthaltsraum. Bergmann nahm seine Jacke, holte seine Geldtasche heraus und zahlte Schäfer zwanzig Euro aus, was von den anwesenden Kollegen hämisch kommentiert wurde. Während Schäfer eine Flasche Limonade aus einer Getränkekiste nahm und sich an einen der Tische setzte, ging Bergmann zum Auto und holte einen alten Anorak aus dem Kofferraum. Er wollte noch an den Freiluftstand, um mit dem Sturmgewehr zu schießen.

„Euch geht nicht zufällig einer eurer Klienten ab?", wandte sich Schäfer an die beiden Rauschgiftfahnder am Nebentisch.

„Wie meinst du das?", fragte der Ältere und setzte seine Bierflasche an.

„Ich habe einen Toten ... ist vor einem Monat im Wald gefunden worden, dürfte aber schon seit Anfang Juli dort gelegen sein. Keine Papiere, keine passende Vermisstenmeldung, aber laut Gerichtsmedizin ein recht fleißiger Konsument."

„Mein Mitleid hält sich in Grenzen", brachte sich der Jüngere ein.

„Das wundert mich gar nicht", brauste Schäfer auf, „bei so einem beschränkten Hirnvolumen musst du ja schon froh sein, dass du selber atmen kannst."

„He, he", beschwichtigte der Ältere, „er meint es nicht so. War eben ein langer Tag. Warum fragst du nicht den Hermes – der weiß da am ehesten Bescheid."

„Wer ist der Hermes?"

„Na der Hauser ..."

„Der Hauser ... der ist mir ewig nicht mehr untergekommen."

„Hab ihn heute auf der Lände gesehen, schiebt immer noch seinen Wagen rum."

„Guter Tipp, danke", meinte Schäfer, holte zwei Bierflaschen aus der Kiste hinter der Bar und stellte sie auf den Tisch, „die gehen auf mich, nichts für ungut wegen vorhin."

„Kein Problem", sagte der Jüngere, „am Schießstand darf es schon mal krachen."

Im selben Moment kam Bergmann zurück, legte seinen Anorak und die Schutzbrille ab und setzte sich an den Tisch.

„Was dagegen, wenn ich noch was trinke?“, wandte er sich an Schäfer.

„Natürlich nicht … wenn Sie mich danach noch nach Hause fahren können.“

4

Noch bevor Schäfer den Mantel auszog, schaltete er Bergmanns Wunderlampe ein und schreckte wie schon tags zuvor vor dem grellen Licht zurück. Aaaargh, krächzte er theatralisch und riss die Hände hoch wie ein im Sonnenlicht verglühender Vampir. Im selben Moment ging die Tür auf und Oberst Kamp stand auf der Schwelle.

„Was treiben Sie hier?“, blaffte er und deckte sich mit einer Hand die Augen ab.

„Ähm ... Licht in eine Angelegenheit bringen.“

„Witzbold“, entgegnete Kamp, „kommen Sie um zehn in mein Büro, wir haben etwas zu besprechen.“

„Sehr wohl, Herr Oberst.“ Schäfer salutierte, was Kamp mit einem leisen Seufzer zur Kenntnis nahm.

Schäfer setzte sich an den Schreibtisch und fuhr den Computer hoch. Vor mehr als einem Monat hatte er einen Ordner erstellt und alle Informationen darin abgespeichert, die er über den Toten vom Exelberg zusammengetragen hatte. Neben den Fotos des Leichnams und dem Obduktionsbericht war das genau ein einziges einseitiges Dokument. Und ohne den jungen Gerichtsmediziner Föhring wäre es wohl auch dabei geblieben, wie er sich eingestehen musste. Er öffnete eine Vorlage, speicherte sie unter einem neuen Namen ab, fasste den aktuellen Ermittlungsstand zusammen und notierte die Eckpunkte der weiteren Vorgehensweise: die Drogenszene befragen, Entzugsstationen, Obdachlosenheime, Vermisstenmeldungen im Ausland ... jede Menge Arbeit, für die er keine Beamten zur Verfügung hatte. Am besten finge er gleich selbst damit an, bevor ... das Telefon läutete. Strasser berichtete, dass sie möglicherweise einen Zeugen im Fall Ziermann hätten: einen Arbeiter eines ungarischen Lastenschiffs, das gegen Mittag den Hafen stromaufwärts passiert hatte. Was er mit „womöglich“ meinte, wollte Schäfer wissen. Dass der Mann mittlerweile wieder in Ungarn war, seine Beobachtung lediglich seinem Kapitän mitgeteilt hatte, der sie wiederum in mäßigem Deutsch an die Schifffahrtsbehörde weitergegeben hatte.

„Strasser!“ Schäfer stützte seine Stirn in die linke Hand. „Nehmen Sie Kontakt mit den ungarischen Kollegen auf, da sprechen genug Deutsch, und bitten Sie sie, den Mann eine Aussage machen zu lassen. Danke.“

Vollidiot, fügte er hinzu, nachdem er aufgelegt hatte. Warum musste er sich mit Leuten herumärgern, die bei der Kriminalpolizei aufgenommen worden waren, nur weil ihre Väter mit dem Innenminister auf einem Hochstand Schnaps tranken und auf ahnungslose Hirsche schossen oder gemeinsam ins grenznahe slowakische Puff fuhren. Bergmann kam ins Büro und freute sich offensichtlich, dass Schäfer die Lampe eingeschaltet hatte. Er hängte seinen Mantel an den Haken, legte seine Dienstwaffe ab und setzte sich an den Schreibtisch.

„Wissen Sie, was der Oberst von mir wollen könnte?“, wandte Schäfer sich ihm zu.

„Nein, nichts Konkretes ... aber was man so hört, setzen ihm der Mugabe und der Stöger ziemlich zu.“

„Oje ... das Ministerium schlägt zurück.“

Die folgende Stunde verbrachten Schäfer und Bergmann damit, die Aufgabenverteilung in den Fällen Ziermann und des Toten vom Exelberg zu besprechen, abzuklären, welche Ressourcen sie für zwei noch ungeklärte Todesfälle vom Sommer hatten und wie sie Bruckners Team eventuell bei den Tschetschenenmorden unterstützen konnten. In diesem Fall hatte sich zwar auch der Verfassungsschutz eingeschalten, weil ein politischer Hintergrund nicht auszuschließen war, doch die Laufarbeit würde wie zumeist an ihnen hängen bleiben. Und da ein paar von Bruckners Leuten sich aufgrund des Personalengpasses nebenbei noch um eine georgische Einbrecherbande kümmern mussten, konnten sie jede Unterstützung gebrauchen. Ob die Ermittlungen im Fall des toten Junkies denn wirklich so dringend wären, fragte Bergmann schließlich vorsichtig. Schäfer warf ihm einen bösen Blick zu, konnte aber im Augenblick nichts erwidern. Er wusste ja selbst nicht genau, warum er sich die Aufklärung dieses Todesfalls versprochen hatte. Vielleicht brauchte er sie als persönliches Geländer, an dem er sich eine Zeitlang festhalten konnte, ohne dass ihm jemand dreinpfuschte. Vielleicht tat ihm der Tote wirklich leid. Vielleicht war es aber auch nur eine Trotzreaktion auf die Vorgaben aus dem Innenministerium.

Um fünf vor zehn machte sich Schäfer auf zu seinem Termin mit dem Oberst. Als er dessen Büro betrat, stand Kamp mit dem Rücken zu Schäfer und schaute durch die Glasfront auf die Stadt hinaus.

„Ich hatte gestern das Vergnügen, mit dem Polizeipräsidenten und dem Innenminister zu Abend zu essen", begann er das Gespräch.

„Und? Hat wenigstens das Essen geschmeckt?"

Kamp drehte sich um und sah Schäfer durchdringend an.

„Hirschrücken ... war ganz in Ordnung." Er setzte sich hinter seinen Schreibtisch, deutete Schäfer, Platz zu nehmen, schaute an die Decke und seufzte.

„Es geht um die Statistik", sagte er schließlich und sah Schäfer in die Augen.

„Zahlen ... nicht schon wieder."

„Doch, schon wieder ... die Reform, das ‚Jahrhundertprojekt', wie Minister Stöger meint, zeigt nicht den Erfolg, den er sich erwartet hat."

„Na ja ... Hitler war mit dem Zweiten Weltkrieg schlussendlich auch nicht ganz zufrieden."

„Sparen Sie sich solche Bemerkungen, Major." Kamp richtete sich in seinem Sessel auf und stützte die Ellbogen auf den Schreibtisch. „Wir wissen intern alle, woran wir sind und was der Minister mit dieser Reform angerichtet hat. Das alles ist eine ... nun gut, auf jeden Fall wollen die Herren zum Jahreswechsel Bilanz ziehen und bei den Ressorts, die am meisten Öffentlichkeit haben, Verbesserungen präsentieren."

„Die haben wir nicht."

„Das ist mir auch klar. Es geht hier auch nicht um ... Wirklichkeiten, sondern um eine Erfassung, die ein positives Licht auf unsere Arbeit und vor allem auf die Reform wirft."

„Bilanzfälschung", sagte Schäfer trocken. Kamp warf ihm einen leeren Blick zu, erhob sich aus seinem Sessel und ging wieder zum Fenster.

„Einbruch, Raub, Gewaltdelikte, das interessiert die Medien, und hier will der Innenminister zumindest keine Verschlechterung zum Vorjahr."

„Und was heißt das für uns? Dass wir ein Leichenranking machen und die Toten, die keinem auffallen, verschwinden lassen? Mit der Bestattungsnovelle fallen sowieso genug Fremdtötungen unter den Tisch ..."

„Das ist nicht belegt ..."

„Na, wie soll auch belegt sein, was niemand belegen kann, weil nicht obduziert wird?", machte Schäfer den Oberst auf diesen Widerspruch aufmerksam.

„Wie auch immer", erwiderte Kamp müde, „es geht darum, Prioritäten zu setzen ... vor allem im Hinblick auf unsere eingeschränkten Ressourcen. Der Fall dieser jungen Frau beispielsweise ..."

„Sonja Ziermann ..."

„Richtig. Das war offensichtlich ein Unfall", sagte Kamp und fuhr nach einer Pause fort: „Ich kenne Sie jetzt lange genug, Schäfer, und ich weiß, wie Sie sich in einen Fall verbeißen können. Das ist auch genau das, was ich von einem guten Polizisten erwarte, aber ..."

„Aber zum Jahresende hin schreiben wir ab, was wir abschreiben können, schauen, was als Selbstmord, Unfall oder natürlich durchgehen könnte, und machen dem Stöger ein nettes Weihnachtsgeschenk aus strahlenden Zahlen. Das ist keine Kriminalarbeit, das ist Politik."

„Und was glauben Sie, wo Sie sich hier befinden? Auf Gut Schäfersloh? Diese Anweisungen kommen nicht von mir, das wissen Sie. Und Sie wissen auch, dass es eine Befehlskette gibt und in welche Richtung die verläuft. Also räumen Sie bitte Ihre Akten auf, schließen Sie diesen Fall ab, bringen Sie diese beiden Fälle vom Sommer ins Reine, setzen Sie Ihre Leute auf die wesentlichen Aufgaben an und unterstützen Sie mich, so gut Sie können, um diesem Chaos hier Herr zu werden. Ich habe Sie oft genug gedeckt, Schäfer, ohne mich hätten sie allein in den letzten beiden Monaten zwei Disziplinarverfahren am Hals gehabt, also springen Sie jetzt einmal über Ihren Schatten und befolgen Sie die Instruktionen. In zwei Jahren sind Wahlen, da kann alles wieder ganz anders aussehen. Bis dahin heißt es durchhalten."

„Wahlen, ja ... das haben wir beim letzten schwarzen Innenminister auch gehofft, dass es nach den Wahlen besser wird ... und? Der neue ist noch der größere Idiot ... diese ignoranten, bornierten ..."

„Darüber können wir gern einmal außerhalb der Dienstzeit reden, Major", unterbrach ihn Kamp, „seien Sie ein bisschen vorsichtiger mit solchen Äußerungen." Dann setzte er sich wieder an seinen Schreibtisch und schlug eine Aktenmappe auf.

Schäfer stand auf, verabschiedete sich und verließ das Büro. Er stieg in den Fahrstuhl, wartete, bis sich die Tür geschlossen hatte und schlug dann mit der flachen Hand ein paar Mal kräftig gegen die Metallverkleidung. Arschlöcher! Doch was konnte Kamp dafür? Der war ja noch schlimmer dran ... der musste diesem Arschgesicht auch noch beim Abendessen gegenübersitzen ... wo Schäfer schon jedes Mal nahe dran war, auf den Fernseher zu schießen, wenn der Innenminister wieder einmal über seine brillante Arbeit schwadronierte.

Schäfer schlug die Bürotür hinter sich zu, setzte sich an den Schreibtisch und starrte auf den Bildschirmschoner.

„Und?", fragte Bergmann vorsichtig.

„Diese ignoranten, bornierten, hässliche Krawatten tragenden, arschgesichtigen ..."

„Ich weiß, was Sie meinen ... was genau hat er gesagt?"

„Dass die Zahlen nicht stimmen. Nehmen uns ein paar tausend Leute weg, setzen uns Stögers Stammtischfreunde vor und dann soll die Aufklärungsquote besser werden. Was glauben die eigentlich?"

„Effizienz, wie der Stöger zu sagen pflegt."

„Effizienz am Arsch", fluchte Schäfer und stand auf, „ich brauche Luft ... ich schau, dass ich den Hauser finde."

„Den Hermes?"

„Wieso Hermes? ... Der heißt Hauser wie der Kaspar Hauser, weil niemand genau weiß, wo er eigentlich herkommt. Und da Hermes der Götterbote ist und Hauser uns eher Informationen aus der Unterwelt beschafft, stimmt das eindeutig nicht ... alles Banausen hier ... wer kommt auf so einen Schwachsinn?"

„Hermes wegen dem Einkaufswagen, den er herumführt", erklärte Bergmann, worauf ihn Schäfer verständnislos ansah.

„Der Einkaufswagen ist vom Merkur und der griechische Name dafür ist Hermes, deswegen."

„Was sind denn das für geistige Drahtseilakte ... macht jetzt jeder Polizist vorsichtshalber die Abendmatura nach oder wie?"

„Ich tippe eher auf Millionenshow", meinte Bergmann lapidar und widmete sich wieder seiner Arbeit.

Schäfer stand vor dem Kommissariat und atmete tief durch. Er dachte einen Augenblick nach, dann überquerte er die Straße, betrat eine Trafik und zündete sich – wieder im Freien – eine Zigarette an. Statt die U-Bahn zu nehmen, beschloss er, zu Fuß zur Friedensbrücke zu gehen – ein Spaziergang von fünfzehn Minuten, der ihm bestimmt guttäte. Eine knappe Stunde war alles gut gewesen, grantelte er vor sich hin, ins Büro kommen, Überblick verschaffen, loslegen, die Bösen fassen. Und dann kommt wieder dieser Mist herein. Kein Wunder, dass er keine Lust mehr hatte. Was würde denn ein Tischler sagen, wenn man ihm auftrüge, etwas zu bauen, das nur aussieht wie ein Stuhl und das nur deshalb nicht nach ein paar Tagen zusammenkracht, weil sich voraussichtlich ohnehin niemand draufsetzt. Aber aussehen soll es bitteschön schon wie ein feiner Stuhl! Warum waren diese grenzdebilen Fürze nicht gleich nach der Geburt in einen Sack gesteckt und im Brunnen ertränkt worden. Bei einem unerwünschten Wurf hatten sie es mit den Hunden auch nicht anders gemacht. Und die übertrugen höchstens Flöhe und steckten nicht alle rundum mit ihrer ideologischen Krätze an.

Beim U-Bahn-Ausgang auf der Friedensbrücke standen um einen Maronistand drei Männer, deren Alter man auf Anfang fünfzig schätzen konnte. Schäfer wusste es besser: Keiner der drei war über vierzig. Ihre Kleidung war schmutzig und zerrissen, ihre Hände hielten Zigaretten und kleine Schnapsfläschchen. „Trinkbranntwein mit Fruchtaroma" stand auf den Etiketten. Hier war eindeutig nicht der Weg das Ziel.

„Traritrara ...“, meinte einer von ihnen, als er Schäfer auf sie zukommen sah.

„Das ist die Post ... bei uns heißt das immer noch Tatütata, du Rauschgiftsieb“, erwiderte Schäfer und klopfte dem Mann auf die Schulter.

„Na klar, jetzt, wo Sie es sagen, Herr Inspektor. Aber ich bin sauber, vier Monate schon, mindestens.“

„Sag, Vickerl“, meinte Schäfer und hielt die Hände ebenfalls über den Maroniofen, „weißt du, oder einer von deinen Kollegen, wo der Hauser umgeht?“

„Der wer?“

„Der Hauser ... der Rauschebart mit dem Einkaufswagen.“

„Den Wagerl meint er“, brachte sich der Besitzer des Maronistandes ein.

„Genau“, bestätigte Schäfer, ohne genau zu wissen, ob er denjenigen meinte.

„Der ist immer irgendwo“, sagte einer der Umstehenden, „immer irgendwo.“

„Geht's vielleicht ein bisschen genauer ... zumindest den Bezirk ...“

„Gestern war er noch da“, bemühte sich Vickerl, „wahrscheinlich ist er unten am Kanal am Weg, Pfandflaschen sammeln oder sein Glump verscherbeln ...“

„Danke“, sagte Schäfer und war schon im Begriff zu gehen, als ihn einer der drei fragte: „Warum rufst ihn denn nicht an, den Wagerl?“

„Der hat ein Telefon?“ Schäfer drehte sich wieder um.

„Sicher, Herr Inspektor. Informationszeitalter“, erwiderte der Mann und zog stolz ein Mobiltelefon aus seiner Kunstlederjacke.

„Und die Nummer?“, fragte Schäfer und nahm sein eigenes Telefon heraus.

„Na, die hab ich nicht“, wurde der Mann kleinlaut.

„So, Jungs, jetzt reicht's mir. Entweder ihr nennt mir jetzt wen, der die Nummer hat, oder ich setze mich da drüben ins Café und ihr sucht mir den Hauser – und wenn's Mitternacht wird.“

„Die alte Czerny, die hat die Nummer sicher", meinte der Standbesitzer nach einer Nachdenkpause, „der Wagerl geht immer für sie einkaufen, weil sie's mit den Knien hat und die Stiegen nicht mehr so gut schafft."

„Und die wohnt wo, die Czerny?"

„Gleich da hinten, am Spittelauer Platz, über dem Fetzengeschäft."

„Das ging ja schnell heute ... wenn ich ihn finde, gebe ich eine Runde aus ... Preiselbeersaft."

Als er das Haus gefunden hatte, ging Schäfer die Namen der Bewohner neben der Eingangstür durch und läutete bei Czerny.

„Ja, bitte?", kam es schwach aus der Gegensprechanlage.

„Grüß Gott, Frau Czerny", rief Schäfer, „hier ist Major Schäfer von der Kriminalpolizei."

„Polizei?", wiederholte die Frau aufgeregt.

„Genau ... ich bräuchte eine Auskunft von Ihnen, und zwar die Telefonnummer vom Wagerl ..."

„Die Nummer von wem?"

„Von dem Mann, der Ihnen immer wieder die Einkäufe macht ..."

„Ach, der Hansi, ja." Jetzt klang die Frau erleichtert. „Warten Sie, Herr Inspektor, ich mache Ihnen auf."

Hauser, Hermes, Hansi, Wagerl ... in welcher Stadt lebe ich eigentlich, dachte Schäfer, während er die Treppen hochstieg, bis er im vierten Stock das richtige Namensschild gefunden hatte. Er läutete abermals und wartete, bis Frau Czerny alle Sicherheitsschlösser und -riegel geöffnet hatte.

„Kommen Sie herein", sagte sie freundlich und ließ Schäfer eintreten, „also, was wollen Sie vom Hansi?"

„Nur seine Telefonnummer", sagte Schäfer, worauf die Frau ins Wohnzimmer ging und kurz darauf mit einem gebundenen Notizbuch wiederkam. Sie setzte die Brille auf, die sie um den Hals hängen hatte, schlug das Buch auf und zeigte auf eine Nummer, neben der kein Name stand. Schäfer nahm sein Telefon heraus und speicherte die Nummer ein. Dann setzte er sich auf den einzigen Stuhl im Vorraum und drückte die Anruftaste.

„Ja", meldete sich eine heisere Stimme.

„Wer ist da?", fragte Schäfer nach. Er war zwar so gut wie sicher, dass er Hauser am Telefon hatte, aber er wollte unbedingt wissen, wie sich dieser selbst nannte.

„Na, wen hast du angerufen?", verdarb ihm Hauser den Spaß.

„Servus, Hauser ... der Major von der Mordkommission, erinnerst du dich?"

„Schäfer ... ich erinnere mich an alles."

„Bestimmt ... wo bist du denn gerade?"

„Wer will das wissen?"

„Ich", erwiderte Schäfer und begann sich mit der linken Hand die Schläfen zu massieren, „ich will dir was abkaufen."

„Stadtpark, gegenüber vom Kursalon, in fünfzehn Minuten", flüsterte Hauser ins Telefon und legte auf.

Schäfer starrte aufs Display, schüttelte den Kopf und stand auf.

„Vielen Dank für Ihre Hilfe", sagte er und reichte der alten Frau die Hand, „und sperren Sie gut zu hinter mir."

„Sicher, Herr Inspektor", erwiderte sie und schob ihn zur Tür.

„Ähm, Frau Czerny." Schäfer blieb auf der Schwelle stehen. „Warum sagen Sie zum ... also warum nennen Sie den Hansi Hansi?"

„So hat mein Mann geheißen ... ich merke mir ja sonst keine Namen mehr."

Schäfer ging zurück zur Friedensbrücke, stieg in die U-Bahn ein und fuhr bis zur Landstraße. Von dort waren es nur ein paar Gehminuten zu dem von Hauser angegebenen Treffpunkt. Er setzte sich auf eine Parkbank und hatte sich eben erst eine Zigarette angezündet, als er Hauser auf dem Fahrradweg in seine Richtung kommen sah. Mit einem übergroßen Militärparker und einer Nadelstreifenhose bekleidet, schob er einen Einkaufswagen vor sich her, der bis über den Rand vollgepackt war mit Kleidungsstücken, Lebensmitteln, Klopapier, Magazinen, Blumen und diversen Haushaltsartikeln – aber nicht in dreckiger Unordnung, wie man es bei Obdachlosen gewöhnlich sah, sondern in einer Ordnung, die an einen skurrilen, fahrenden Bauchladen erinnerte; wobei Schäfer genau wusste, dass sowohl Herkunft als auch Weitergabe der Ware nicht immer gesetzeskonform war. Aber das Gesetz ging ja auch nicht konform mit Menschen dieses Schlags.

„Und, wie läuft das Geschäft?", wollte Schäfer wissen, nachdem Hauser sich neben ihn gesetzt hatte.

„Welches Geschäft?", tat Hauser erstaunt.

„Hauser ... solange du niemanden umbringst, lass ich dich in Frieden leben. Ich muss was wissen über einen Mann, der im Sommer und vielleicht auch schon davor bei den Giftlern war und dann plötzlich verschwunden ist."

„Was hat er angestellt?"

„Mit ihm wurde wahrscheinlich was angestellt. Er ist tot."

„Und wie soll der ausgeschaut haben?"

„Eins neunzig groß, Gewicht kann ich schwer sagen, weil nicht mehr viel Fleisch dran war, zwischen fünfundsiebzig und fünfundachtzig Kilo wahrscheinlich, Heroindiät. Blonde Haare, knapp schulterlang, und wenn du ihm zufällig in den Mund geschaut hast, waren da ein paar schöne Goldkronen drin."

Hauser schaute in den Park und bewegte langsam den Kopf hin und her. Er ließ sich von Schäfer eine Zigarette geben, rauchte sie hastig zu Ende und meinte dann: „Das könnte der Schweizer gewesen sein."

„Der Schweizer", wiederholte Schäfer nur, um Hauser nicht aus seinem Gedankenstrom zu reißen.

„Ja ja ... der war ein paar Monate da ... mal da, mal dort, meistens beim Karl, dann ist er plötzlich weg. Wir haben geglaubt, dass er zurück in die Schweiz ist."

„Und woher weißt du, dass er Schweizer war?"

„Für so was hab ich ein Ohr, Herr Major", antwortete Hauser grinsend, „oder ist ein Schweizer leicht mit einem Hamburger zu verwechseln?"

„Nein ... echten Namen hast du keinen?"

„Echte Namen gibt es keine", meinte Hauser geheimnisvoll und bat Schäfer um eine weitere Zigarette.

„Und er war meistens am Karlsplatz, sagst du?"

„Beim Karl, beim Ganslwirt … wo sie halt so sind.“

Schäfer stand auf, gab Hauser einen Fünf-Euro-Schein und klopfte ihm zum Abschied auf die Schulter.

„Mach’s gut, Hauser. Ich melde mich.“

„Vergelt’s Gott, Herr Major“, sagte Hauser und lüpfte seinen nicht vorhandenen Hut.

Schäfer ging zurück zur U-Bahn. Am Karlsplatz gab es eine Beratungsstelle, wo man ihm vielleicht mehr über den Toten erzählen konnte. Während er am Bahnsteig stand und auf die Gleise starrte, dachte er über Hauser nach. Irgendwann würde er auf eigene Kosten einen Sprachwissenschaftler beauftragen, der herausfinden sollte, woher dieser Mann stammte, der manchmal hochdeutsch sprach, im gleichen Satz einen Vorarlberger Dialektausdruck verwendete und beim nächsten wie ein echter Schwabe klang. Dann konnte ihm plötzlich ein Zitat von Adam Smith auskommen und im nächsten Augenblick wirkte er, als hätte er die letzten zehn Jahre allein in einem finsteren Keller verbracht. Ein Rätsel. Wie wir alle.

Bei der Drogenberatungsstelle in der Karlsplatzunterführung teilte einer der Sozialarbeiter Schäfer mit, dass er sich ein wenig gedulden müsse, weil sie alle ziemlich im Stress wären. Nachdem er sich umgeblickt hatte, meinte Schäfer, dass er im Operncafé auf der Kärntner Straße auf ihn warten würde, und ging wieder. Der Sozialarbeiter kam nach knapp einer halben Stunde und setzte sich zu Schäfer an den Tisch.

„Entschuldigung, dass es gedauert hat“, sagte er und bestellte sich einen Apfelsaft.

„Kein Problem“, antwortete Schäfer und wartete, bis der Kellner das Getränk abgestellt hatte.

„Es geht um einen Mann, den ich nur unter dem Namen Schweizer kenne … er selbst hat sich meines Wissens nichts zuschulden kommen lassen, im strafrechtlichen Sinn, meine ich, und wenn, wäre es jetzt auch egal, weil er tot ist.“

Der Sozialarbeiter schaute Schäfer an und überlegte einen Augenblick.

„Der Schweizer“, murmelte er dann, „na ja … früher oder später …“

„Sie haben ihn gekannt ...“

„Wenn wir vom Gleichen reden, ja.“

„Dreißig bis fünfunddreißig, groß, schulterlanges blondes Haar, Schweizer Akzent?“

„Das dürfte hinkommen, ja.“

„Wann haben Sie ihn zuletzt gesehen?“

„Lassen Sie mich nachdenken ... Juni, Juli?“

„Und kennen Sie seinen richtigen Namen?“

„Mir hat er sich als Willi vorgestellt“, sagte der Sozialarbeiter gedankenverloren, „aber das heißt nicht viel. Die einen wollen ihren echten Namen nicht sagen, die anderen wollen ihn vergessen ...“

„Wie lange haben Sie ihn betreut?“

„Ich ihn betreut ... das ist ein bisschen übertrieben. Er ist immer wieder vorbeigekommen, saubere Nadeln, durchchecken ... ich denke nicht, dass er länger als ein halbes Jahr da war.“

„Also ist er Ihnen zum ersten Mal im Winter aufgefallen?“

„Das dürfte hinkommen ... brauchen Sie mich noch lang? Weil ... wir sind nur zu zweit da unten und ...“

„Schon klar“, winkte Schäfer ab, „das Getränk übernehme ich. Wenn Ihnen noch etwas einfallen sollte oder jemand, der ihn besser gekannt hat, hier ist meine Karte.“

„Was ist mit ihm passiert?“, wollte der Sozialarbeiter noch wissen, als er schon aufgestanden war.

„Das will ich herausfinden“, sagte Schäfer und reichte ihm die Hand. „Wenn Sie in den nächsten Tagen einmal Zeit haben, kommen Sie doch bitte am Schottenring vorbei, um uns bei der Erstellung eines Phantombilds zu helfen. Wenn ich nicht anzutreffen bin, wenden Sie sich bitte an Revierinspektorin Kovacs.“

Nachdem er seine Notizen vervollständigt und bezahlt hatte, verließ er das Café und ging durch den ersten Bezirk zurück ins Kommissariat. Auf der Kärntner Straße kam ihm stoßweise ein eisiger Wind entgegen, der bis in die Knochen zu kriechen schien. Scheißstadt ... da könnte er doch gleich auf einer Ölplattform in der Nordsee anheuern: besseres Gehalt, wenig Zeit für dumme Gedanken, kein Innenminister, kein Polizeipräsident, höchstens wettergegerbte Vorarbeiter, die andauernd herumbrüllten, aber im Grunde gutherzige Menschen waren, Schäfer, schwing deinen nichtsnutzigen Ösi-Arsch hierher, in ölverschmierten Overalls Pumpen instand halten, an riesigen Schraubenrädern drehen ... vielleicht sollte er das wirklich tun.

„Diese Stadt ist ein Narrenschiff", sagte er beim Betreten des Büros, hängte seine Jacke auf und ließ sich in seinen Sessel fallen.

„Wem sagen Sie das?", erwiderte Bergmann, ohne von seiner Arbeit aufzusehen.

„Trommeln Sie bitte die Mannschaft zusammen", wies Schäfer ihn an, „ich möchte um sechs mit allen durchgehen, wie wir in unseren Fällen weitermachen. Effizienz, Bergmann, Effizienz!"

Die Energie, die ihn untertags aufrecht gehalten und für ein paar Augenblicke sogar heiter gestimmt hatte, verpuffte schlagartig, als er seine Wohnung betrat. Er zog Mantel und Schuhe aus und legte sich auf die Couch. Doch er hatte Angst davor, die Augen zu schließen. Dann würde er spätestens um Mitternacht aufwachen, kaputt und deprimiert, ohne Aussicht auf Schlaf, im Fernsehprogramm verzweifelt nach Trost suchend. Wie lang ging das jetzt schon? Einen Monat? Zwei? Dass er sich regelrecht zwingen musste zu essen. Dass die immer gleichen Gedanken wie bei einem ewigen Formel-1-Rennen in seinem Kopf kreisten, ohne dass er sie aus der Bahn drängen oder ersetzen konnte. Wofür das Ganze? Nicht einmal der Alkohol funktionierte mehr; ein paar Stunden höchstens, um ihn dann noch verzweifelter zurückzulassen. Vielleicht sollte er wieder ins Büro gehen, den Gedanken ein anderes Ziel geben, sie auf die Mörder ansetzen, bis ihn die Erschöpfung in den Schlaf zwang, ein paar Stunden auf der Couch, nach zwei, drei Tagen wäre er aufgekratzt wie ein Kind vor dem Schlafengehen, ja, er konnte sich in die Manie hineinschuften, das hatte lange funktioniert, aber jetzt?

Jetzt konnte er sich unter die Dusche stellen, besser gesagt in die Wanne setzen und das Wasser über seinen Körper laufen lassen, von lauwarm auf heiß auf kalt – nun gut, zumindest auf kühl – drehen, um etwas zu empfinden, um sich zu spüren. Es hatte nicht erst mit den Morden in Tirol angefangen, das war ihm klar. Aber damals war es ihm zumindest noch gelungen, der zunehmenden Verzweiflung und Sinnlosigkeit seine Wut, seine Körperkraft und eine Art von Galgenhumor entgegenzustellen. Da hatte er auch im Dienst noch zeitweise so etwas wie Geborgenheit verspürt. Zusammenhalt, Verständnis, Mitgefühl, was auch immer, das jetzt systematisch untergraben wurde. Von diesen Zahlenfaschisten, die sie wie Schachfiguren herumschoben. Die grinsend von frischem Wind sprachen, den sie in den Polizeiapparat brächten, während sie diesen rücksichtslos ausbluten ließen. Ordnungshüter sollten sie sein und fanden sich im Chaos, in das sie gestürzt wurden, selbst nicht mehr zurecht. Schäfer stieg aus der Wanne und trocknete sich ab. Er konnte kündigen, natürlich; aber damit würde er nur eine weitere ranghohe Stelle freimachen, die der Innenminister und der Polizeipräsident mit einem ihrer Provinzfreunde aus dem Schützenverein besetzen konnten. Da würde er lieber noch mit hochgehaltener Fahne zusammenbrechen.

5

Am Freitagmorgen berief Kamp eine außerordentliche Besprechung ein. Wie es aussah, hatte die Boulevardpresse im Gegensatz zur Polizei genügend Personal zur Verfügung, um die Hintergründe des Tschetschenenmordes ordentlich recherchieren und den Ermittlern eine neue Richtung aufzeigen zu können. Auf den Titelseiten war von russischen Geschäftsleuten mit besten Kontakten zur Wiener Politik und Wirtschaft die Rede. Ein gefundenes Fressen: Ob man deren Machenschaften nicht schon viel früher hätte aufdecken können? Ob man das Ansuchen der Tschetschenen um Personenschutz nicht ernst genommen hatte? Ob es politische Interventionen gäbe, um die Aufklärung zu verhindern? Die Verhandlungen eines österreichischen Energieanbieters mit einem russischen Gaskonzern, dessen Eigentümern eine bedenkliche Nähe zum organisierten Verbrechen nachgesagt wurde: würden sie die Ermittlungen behindern? Kurzum: die Medien setzten den Minister und die verantwortlichen Behörden gehörig unter Druck. Warum sich die Boulevardpresse so auf diese neuen Spuren stürzte, war Schäfer klar: Zwei tote Tschetschenen, das war zwar für die Angehörigen tragisch, aber in den Augen eines Großteils der Bevölkerung waren damit zwei potenzielle Verbrecher weniger auf Wiens Straßen unterwegs; ein Racheakt im Milieu, zwei, drei Beiträge im Chronikteil, aber kein Knüller, der für Quoten sorgte. Wenn es jedoch eine Verbindung zu wohlhabenden und einflussreichen Kreisen gab, sah die Sache anders aus. Damit ließe sich vielleicht der eine oder andere Bonze zu Fall bringen, damit konnte die Leserschaft in ihrem Gefühl bestätigt werden, dass die Unmenschlichkeit und Skrupellosigkeit der Reichen an der gegenwärtigen Misere schuld war. Ein Urteil, dem sich Schäfer nicht ganz verschließen konnte. Gleichzeitig wusste er aus Erfahrung, wie schnell ein vermeintlich Zukurz-Gekommener seine Moralvorstellungen über Bord warf, wenn sich die Gelegenheit bot, straffrei zu schnellem Geld zu kommen. Niemand war unschuldig.

Vor der Besprechung hatte Schäfer Bruckner und Leitner in der Cafeteria getroffen und mit ihnen über den Fall gesprochen. Mittlerweile waren zahlreiche Hinweise auf die Täter eingegangen, doch ernsthaft Verdächtige hatten noch keine ausgeforscht werden können. Laut Bruckner lag es auf der Hand, warum es so schwierig war, trotz Zeugen und präziser Täterbeschreibungen Durchsuchungsbefehle zu bekommen und Vernehmungen durchzuführen. Der Innenminister war einfach noch unschlüssig, was seinem Ansehen mehr schaden könnte: die mediale Aufregung, die sich wie immer bald legen würde, oder die Verstimmung der russischen Regierung, deren Verstrickung in die Morde zumindest wahrscheinlich war.

„Warum regt sich der Staatsanwalt nicht auf?", wollte Schäfer wissen.

„Weißt du, wer seit letztem Jahr das Justizministerium hat?", antwortete Bruckner resigniert, stürzte seinen Kaffee hinunter und knallte die leere Tasse auf den Tisch.

Die Besprechung zog sich über den ganzen Vormittag. Der Polizeipräsident hatte eine Sonderkommission aus zehn Leuten eingesetzt, die ihm direkt unterstand. Als Strasser eine führende Rolle in dieser Kommission zugesprochen wurde, sah Schäfer zu Bruckner hinüber, dessen Augenbrauen zu zittern begannen. Ausgerechnet Strasser ... der vor ein paar Wochen noch im Mostviertel nach den Zeltfesten betrunkene Bauern vom Traktor geholt hatte. Unfassbar, dachte Schäfer, wenn sie es nicht mit echten Toten und dementsprechend viel Leid zu tun hätten, wäre ihr Job wohl einer der spaßigsten überhaupt.

Nachdem die bisherigen Ergebnisse der Ermittlungen durchgesprochen und die Aufgabenteilung geklärt war, meldete sich Revierinspektorin Kovacs zu Wort: „Wie schaut es denn mit der toten Frau aus, die ..."

„Das besprechen wir gleich nachher in meinem Büro", unterbrach sie Schäfer, „diese Ermittlung werden wir in Anbetracht der Ereignisse auf kleiner Flamme fahren."

Kamp warf Schäfer einen mahnenden Blick zu, packte seine Unterlagen zusammen und stand auf, womit die Besprechung beendet war. Am Gang trat Schäfer auf Kovacs zu und ersuchte sie, mit ihm in die Cafeteria zu kommen.

„Erst mal Entschuldigung dafür, dass ich Sie da drinnen abgewürgt habe und für das geschwollene Gerede“, sagte Schäfer, nachdem er zwei Teetassen auf ihrem Tisch abgestellt hatte. „Ich hatte gestern eine Unterredung mit Oberst Kamp“, fuhr er fort, „darüber, wie wir uns in den nächsten Monaten aufstellen und welche Prioritäten wir setzen.“

Kovacs sah ihn fragend an.

„Na gut“, seufzte Schäfer, „es geht darum, Todesfälle, die mit großer Wahrscheinlichkeit ohne Fremdeinwirkung passiert sind, so schnell wie möglich als solche zu deklarieren und uns auf die Dinge zu konzentrieren, die eher Staub aufwirbeln.“

„Ganz habe ich das immer noch nicht verstanden“, meinte Kovacs. „Wie groß muss denn die Wahrscheinlichkeit sein, damit ein Todesfall zum Mord wird oder umgekehrt?“

Schäfer schaute sie einen Augenblick schweigend an. Warum begannen ihn seine eigenen Gedanken zu nerven, sobald sie von jemand anderem artikuliert wurden?

„Das hängt in erster Linie davon ab, wie viele Leute wir haben und wie wichtig der Fall für die Statistik ist. Dementsprechend bin ich angewiesen worden, den Fall Ziermann nach Abschluss der Obduktion,

wenn bis dahin keine Hinweise auf Fremdverschulden aufgetaucht sind, abzuschließen.“

„Und damit sind Sie einverstanden?“ Kovacs lehnte sich zurück und sah ihn verwundert an.

„Hier geht es nicht darum, ob ich einverstanden bin. Hier geht es darum, welche Weisungen Sie bekommen und wo in der Hierarchie Sie stehen.“

„Ich habe Sie mir anders vorgestellt“, sagte sie herausfordernd.

Lästige Zecke, dachte Schäfer, nur weil du beim Nahkampftraining deine männlichen Kollegen aufs Kreuz legst, glaubst du jetzt, dass du hier auf lässig machen kannst.

„Wenn Sie wissen wollen, wie ich bin ... dann tun Sie das, was ich Ihnen sage, und wenn es Unklarheiten gibt, dann kommen Sie zuerst zu mir, bevor Sie irgendwas nach oben tragen. Klar?“

„Klar.“

„Also dann in einer Stunde in meinem Büro“, beendete Schäfer das Gespräch und verließ den Tisch.

„Scheißsystem“, fluchte er, nachdem er sich an seinen Schreibtisch gesetzt hatte, und wartete vergeblich darauf, dass Bergmann ihn mit Worten oder nur durch einen Blick zum Weiterreden aufforderte.

„Die Kovacs“, fuhr er dennoch fort, „die kann eine gute Polizistin werden, das spüre ich … die hat eine seltene Kombination von Ehrgeiz und Ehrlichkeit … aber wie soll man da nicht frustriert werden, wenn gleich am Anfang einer daherkommt und von Statistiken, Hierarchien und so Dreck redet. Die soll Polizeiarbeit lernen, das Handwerk von Grund auf, die muss Blut lecken, ein Verbrechen riechen lernen … und nicht von diesem Politmist und Managergetue verdorben werden.“

„Dann bringen Sie es ihr bei.“

Schäfer schnaufte ärgerlich. Natürlich wollte er ihr das beibringen, natürlich hätte er sie gern auf den Fall Ziermann angesetzt. Da waren immerhin noch die Blutanalysen, die Ergebnisse der Spurensicherung, die Gesprächsnachweise der Telefongesellschaften und zahlreiche Befragungen ausständig. Doch was würde passieren, wenn er sie dafür abstellte? Sie würden ihn abmahnen, sobald sie Wind davon bekämen. Wie bei Keilern ging es inzwischen bei ihnen zu, schneller Abschluss, rasche Beförderung, eine Scheiße war das alles, schimpfte er in sich hinein und startete sein Mailprogramm. Strasser hatte eine Nachricht von der ungarischen Polizei weitergeleitet. Der Matrose hatte gegen halb zwei einen Mann an der Donau entlangspazieren sehen, in etwa eins achtzig groß und mit einem dunklen langen Mantel bekleidet. Möglicherweise hatte er auch einen Hut aufgehabt, daran konnte sich der Matrose nicht mehr genau erinnern, außerdem war es neblig gewesen. Schäfer kopierte die Informationen in ein Dokument, nahm das Telefon und bestellte Kovacs zu sich.

Er informierte sie über Strassers Mail und trug ihr auf, mit der Presse Kontakt aufzunehmen, die einen Zeugenaufruf bringen sollte. Dann fragte er sie, ob sie mit ihm mittagessen gehen wollte. Ein anderes Mal gern, meinte sie, aber sie müsse noch ziemlich viel aufarbeiten und würde sich nur eine Jause im Supermarkt holen.

„Ich habe sie eingeladen, um das von vorher aufzuklären", wandte sich Schäfer an Bergmann, nachdem Kovacs das Büro verlassen hatte.

„Ich habe nichts gesagt", antwortete Bergmann amüsiert, „und ich weiß auch nicht, was vorher passiert ist."

„Nichts ist passiert ... ich habe ihr nur ... ich muss mich doch jetzt nicht rechtfertigen."

„Nein", meinte Bergmann, „im Gegenteil. Es wäre ja wünschenswert, wenn Sie wieder einmal, also ..."

„Schluss jetzt mit dem Weiberkram ... wo ist überhaupt die Liste mit den Gästen von der Wirtin vom Spukhaus oder wie das heißt?"

„Es heißt Schutzhaus ... ich habe ihr erst mit der Gesundheitsbehörde drohen müssen, aber dann kam gleich ein Fäxlein geflogen."

„Sehr poetisch. Und?"

„Fünfzehn Gäste mit siebenundzwanzig Vorstrafen." Bergmann reichte das Papier über den Schreibtisch. „Ich schicke Ihnen die Datei."

„Machen wir einen Unfall draus?" fragte Schäfer seufzend, wartete, bis das Mail eintraf, und begann die Liste durchzugehen. Körperverletzung, Einbruch, Sachbeschädigung, Betrug, Autodiebstahl ... in der Nähe des Friedhofs schienen sich einige Unterweltler sehr wohlzufühlen. Schäfer teilte die Personen in zwei Gruppen auf und machte einen Ausdruck. Dann zog er seinen Mantel an und verließ das Büro. Auf dem Weg nach draußen schaute er bei Kovacs vorbei und übergab ihr die Liste. Er versprach, ihr einen Beamten der Sicherheitswache zuzuweisen, mit dem sie die Befragungen durchführen konnte, und ging.

Als er in einer Pizzeria zwei Straßen weiter in einem Teller mit Penne herumstocherte, läutete sein Telefon. Seine Nichte, die wissen wollte, wie es ihm ging und ob er nicht am Wochenende nach Salzburg kommen könnte. Schäfer wusste, dass er sich das bei der momentanen Situation auf keinen Fall erlauben sollte – auch wenn er bei den Ermittlungen zu den Tschetschenenmorden nicht an vorderster Front stand. Dennoch sagte er zu. Es konnte nicht schaden, den Sumpf, in dem er watete, kurzzeitig zu verlassen. Ja, es würde ihm guttun, wieder einmal aufs Land zu kommen, in den Bergen zu sein, seinen Bruder Jakob und dessen Familie zu sehen – da konnte er seiner Nichte nur recht geben. Vielleicht schien dort sogar die Sonne.

6

Die zwei Tage in Salzburg taten Schäfer gut: das fast schon aufdringliche, aber durchaus schmeichelhafte Interesse seiner Nichte an seiner Arbeit, die hausgemachten Mahlzeiten, die Sonne, von der er vergessen hatte, dass sie durchaus auch den ganzen Tag zu scheinen imstande war – und da ihn bis Samstagabend niemand von der Arbeit angerufen hatte, war sein schlechtes Gewissen auch nicht von langer Dauer. Wie immer hatte er vergessen, seiner Nichte ein Geschenk mitzubringen; und wie meistens hatte er eins bekommen – dieses Mal einen Gedichtband von Georg Trakl, dem düsteren Expressionisten, der in Salzburg geboren worden war und zeit seiner Tätigkeit als Apotheker dem exzessiven Konsum von Kokain, Chloroform und Morphium gefrönt hatte, wie Schäfers Nichte während des Abendessens aufgekratzt berichtete. Warum sich seine Tochter für so etwas interessiere, fragte Jakob besorgt, als sie nach dem Essen zu zweit in der Küche standen und das Geschirr in die Spülmaschine räumten. Ob das nicht bedenklich wäre, diese Todespoesie eines lebensmüden Dichters, der mit siebenundzwanzig an einer Überdosis gestorben war, so etwas zu verherrlichen ...

„Sie verherrlicht nichts“, stoppte Schäfer seinen Bruder. „Sei froh, dass sie sich für Kunst interessiert ... in dem Alter ist das Morbide eben noch sehr attraktiv ... wenn man noch nicht selber dem Verfall preisgegeben ist ...“

„Na, jetzt übertreibst du aber“, meinte Jakob, „ich fühle mich dem Verfall jedenfalls noch nicht preisgegeben. Ich schaffe es auf den Untersberg in unter zwei Stunden, was man von Lisa nicht behaupten kann ...“

„Mein Gott“, ereiferte sich Schäfer, „jetzt bist du schon wie Papa früher ... was soll denn ein achtzehnjähriges Mädchen auf dem Untersberg? Hart gekochte Eier aus der Proviantdose essen? Wir haben damals Joy Division gehört und uns abgelaufene Medikamente eingeworfen, von denen wir nicht einmal genau gewusst haben, was sie bewirken sollen ...“

„Das habe ich sehr wohl gewusst!“, wehrte sich Jakob, „das waren Appetitzügler ...“

„Scherz, oder?“

„Nein“, meinte Schäfers Bruder verlegen, „Phentermin, Ephedrin, Aminorex ... klassische Anorektika, die mit dem verwandt sind, was man heute als Ecstasy kennt ...“

„Aminorex ... das klingt wie ein Dinosaurier ...“

„Na so ungefähr haben wir uns damals auch gefühlt“, konnte Jakob das Lachen nicht mehr zurückhalten.

Am Sonntag besuchte Schäfer mit seiner Nichte das Traklhaus am Waagplatz. Zu Lisas Bedauern hatte das Museum geschlossen. Schäfers Enttäuschung hielt sich in Grenzen; er hatte das Zwei-Zimmer-Museum Jahre zuvor einmal besucht und sich gähnend durch einen Diavortrag gequält, den eine halbgreise Literaturprofessorin mit Auszügen aus Trakls Lyrik begleitet hatte – geistiges Chloroform, ohne eine Spur von Kokain oder Morphium.

So spazierten sie ersatzweise über den Mönchsberg, setzten sich am frühen Nachmittag in ein Wirtshaus und aßen jeder ein Wiener Schnitzel mit Kartoffelsalat. Schäfer war erstaunt über seinen Hunger; und über die fast heitere Gelassenheit, mit der er durch den Tag streunte. Es war seine Nichte, ihre sonnige Unbeschwertheit, ihre kluge Naivität, die ihm so guttaten. Als er sonntagnachts heimfuhr und im Zug in den Gedichtband hineinlas, wunderte er sich allerdings selbst, wie sich Lisas Gemüt mit solch düsteren Stimmungen vertrug.

Da macht ein Hauch mich von Verfall erzittern. Die Amsel klagt in den entlaubten Zweigen. Es schwankt der rote Wein an rostigen Gittern, indes wie blasser Kinder Todesreigen um dunkle Brunnenränder, die verwittern, im Wind sich fröstelnd blaue Astern neigen. Als Schäfer aus dem Zug stieg, zog sich instinktiv sein Herz zusammen.

Die Morgenbesprechung am Montag wurde von einem Ereignis dominiert: In der Nacht zuvor waren an einer Autobahnraststätte wenige Kilometer vor der ungarischen Grenze zwei Serben festgenommen worden, die als dringend tatverdächtig galten, die beiden Tschetschenen erschossen zu haben. Die Verhaftung war ein Glücksfall gewesen, weniger dem Eifer der Ermittler als der Dummheit der Verdächtigen zuzuschreiben. Ein Autofahrer, der sich selbst gern als Straßenkontrollorgan sah, hatte bei der Polizei angerufen, weil ihm ein BMW aufgefallen war, der viel zu schnell unterwegs war und zudem andere Verkehrsteilnehmer durch dichtes Auffahren und Einsatz der Lichthupe gefährdete. Eine Autobahnstreife nahm sich der Angelegenheit an und verfolgte den Wagen. Die Überprüfung des Kennzeichens ergab, dass der BMW als gestohlen gemeldet war, die Beamten forderten Verstärkung an, Zugriff. Noch in derselben Nacht hatte Bruckner die zwei Serben erstmals vernommen – ohne brauchbare Ergebnisse. Den Wagen hätten sie sich von einem Bekannten ausgeliehen, dessen Name ihnen entfallen war. Und die 190 km/h? Die Mutter des einen wäre schwer krank und bräuchte dringend ihre Hilfe.

„Kannst du mir helfen?“, wandte sich Bruckner nach der Morgenbesprechung am Gang an Schäfer.

„Sicher“, meinte Schäfer zögernd, obgleich ihm die Vorstellung, den ganzen Nachmittag mit einem Auftragsmörder in einem fensterlosen Raum zu verbringen, unmittelbar alle positiven Energien entzog, die er aus Salzburg mitgenommen hatte. So einem Verhör fühlte er sich noch nicht gewachsen. Zwei serbische Berufskriminelle, die sie stundenlang verarschen würden. Die mit ihren faulen Zähnen blöd grinsen würden, bis er so weit war, sie an den Haaren zu packen und ihr Gesicht so lange auf den Schreibtisch zu knallen, bis es wie frische Kalbsleber aussah. Kindergärtner, ging es Schäfer durch den Kopf, einfach alles hinschmeißen und Kindergärtner werden.

Die Zeit bis Mittag verbrachte er damit, die Ermittlungsakten durchzusehen, um einen ungefähren Eindruck davon zu bekommen, mit wem er es zu tun hatte. Siebenundzwanzig und neunundzwanzig, keine Aufenthaltsgenehmigung, einer wurde von Interpol wegen eines Raubmordes in Marseille gesucht, beide vermutlich Mitglieder einer kriminellen Bande. Schäfer legte den Akt beiseite und atmete tief durch. Was für ein

Abschaum – wie hielt Bruckner das durch? Er bewunderte ihn. Zehn Jahre länger dabei als er selbst und ein Gemüt wie ein Bär vor dem Winterschlaf – dessen Statur und Kraft allerdings inbegriffen. Das äußerste Anzeichen von Erregung, das Schäfer an ihm kannte, war ein offenbar unkontrollierbares Zittern seiner Augenbrauen. Und nur sehr selten war es danach noch nötig, Bruckners Gegenüber darauf hinzuweisen, dass nun die Zeit für eine harmonische Zusammenarbeit gekommen war. Schäfer zog sich mit einem selbstmitleidigen Seufzer den Mantel an.

„Irgendwas weitergegangen?“, fragte er Bruckner, während sie am Gang eine Zigarette rauchten.

„Bei der Gegenüberstellung hat unser Hauptzeuge einen der beiden identifiziert ... jetzt brauchen wir uns wenigstens keine Sorgen machen, dass ihr Anwalt sie rausholt ...“

„Ist der schon da?“

„Ich habe ihn noch nicht erreichen können ...“

„Ach“, grinste Schäfer, „sprechen die beiden so undeutlich, dass du die Nummer falsch verstanden hast?“

„So in etwa ... aber länger als bis heute Abend können wir das nicht machen ... ich weiß zwar noch nichts über die Hintermänner, aber wenn da wirklich ein paar einflussreiche Russen dahinter stehen, haben die uns sofort wegen eines Verfahrensfehlers ...“

„Davon kannst du ausgehen ... was schlägst du vor?“

„Die beiden haben den Rücksitz des Wagens als Mülleimer benutzt ... Bierdosen, Zigarettenschachteln ...“

„Die Pizzamann-Nummer?“, sagte Schäfer und schaute seinen Kollegen skeptisch an.

„Hast du eine bessere Idee?“

„Wenn du meinst... schauen wir, ob wir’s noch draufhaben.“

Schäfer ging in Vernehmungsraum 1 und begann eine korrekte, aber eindringliche Befragung – während Bruckner im zweiten Raum dem Verdächtigen zusetzte, wie es eben noch legal war. Du weißt, mit wem wir dich in die Zelle stecken werden, oder? Sind ein paar abgestumpfte Tschetschenen darunter, die vom russischen Geheimdienst fast zu Tode gefoltert wurden. Serbe hin oder her, für wen sollst du gearbeitet haben, wenn nicht für die Russen, du hast einen ihrer Landsmänner auf dem Gewissen, und ich habe keine Lust, dich zu beschützen, wenn du mir nicht was lieferst, das mir weiterhilft, unsere Gefängnisse sind überfüllt, viel zu wenig Wachpersonal, da kann so was schon passieren, und dass du jemandem abgehst, glaube ich kaum, deiner Mutter vielleicht, aber die liegt ohnehin im Sterben, oder hast du da auch gelogen?

Nach drei Stunden trafen sich Bruckner und Schäfer abermals auf dem Gang.

„Was sagt deiner?"

„Scheiße." Bruckner zog hastig den Rauch ein. „Aber so viele Varianten, wie er inzwischen aufgetischt hat, da ist klar, dass er lügt. Deiner?"

„Hast du ein gutes Auge gehabt ... er zappelt, laut und leise."

„Sehr gut. Eine Stunde?"

„Sicher. Wer macht den Boten?"

„Sagmeister."

„Oh, der Meister. Na hoffentlich übertreibt er es nicht wieder mit der Dienstmann-Nummer", sagte Schäfer, drückte seine Zigarette aus und ging zurück in den Vernehmungsraum.

Nach einer weiteren Stunde boten sie wie abgesprochen den beiden Verdächtigen eine Pause an und fragten sie, was sie essen und trinken wollten. Kurz nachdem Bruckner seinem Klienten unabhängig von dessen Wünschen ein Glas Wasser und ein trockenes Wurstbrot gebracht hatte, klopfte Sagmeister an Bruckners Vernehmungsraum und hielt ihm unbedarft eine Schachtel Chicken-Nuggets, zwei Dosen Bier, einen Erdnussriegel und eine Schachtel Zigaretten hin. Worauf Bruckner ihn anfuhr und meinte, ob er nicht lesen könne: Das sei verdammt noch mal der Vernehmungsraum 2 und die Sachen würden an Raum 1 gehen, wo Major Schäfer die Vernehmung führe. Sagmeister, der zu Bruckners Erleichterung diesmal auf seinen untertänigen Hans-Moser-Tonfall verzichtete, entschuldigte sich lange genug, um den Serben das großzügige Jausenpaket sehen zu lassen, das sich beträchtlich von seinem eigenen unterschied, und verließ den Raum. Was folgte, waren

Rhetorik und Blendung. Bruckner gab sich seinem Verdächtigen gegenüber von nun an entspannt und friedlich, lächelte geheimnisvoll, als ob er längst schon alles wusste und dem Mann großzügigerweise die Chance einräumte zu gestehen. Ein plötzlicher emotionaler Wetterwechsel im Raum, der den Verdächtigen verunsichern sollte. Und die Hoffnung, dass dessen Reflexionsfähigkeit wie bei den meisten Verbrechern auf einem sehr niedrigen Niveau stehen geblieben war. Bruckner konnte sich nicht erinnern, wann sie diesen Trick zum ersten Mal angewandt hatten. Wahrscheinlich war er eher zufällig entstanden. Weil sich irgendwann ein zu Vernehmender beschwert hatte, dass sein Komplize Vorteile genoss, die ihm nicht zugestanden wurden. He, warum gebt ihr ihm eine Salamipizza und mir nur ein Weckerl, von dem ich eine Staublunge bekomme? Das ist unfair, ich will auch! Und der Polizist, der die Vernehmung führt, schaltet schnell genug und antwortet: Na, was glaubst du, warum? Tropf, tropf, sickert der Argwohn ins Gehirn des Bösen, dem das eigene Hemd näher ist als sein Komplize, warum bekommt der eine Pizza und ich nicht, das Schwein. Dass die beiden Serben in ihrem Wagen genug hinterlassen hatten, was auf ihre persönlichen Vorlieben schließen ließ, erleichterte das Ganze. Bierdose und Schokoladenverpackung wurden mittels Analyse der Fingerabdrücke dem jeweiligen Konsumenten zugeordnet. Dann wurden die entsprechenden Produkte gekauft und los ging das Spiel.

Eine Stunde später trafen sich Schäfer und Bruckner in der Kantine, um sich über die Ergebnisse der Vernehmung auszutauschen. Jetzt müssten sie nur noch darauf achten, dass die Anwälte der beiden keine Möglichkeit hatten, Informationen weiterzugeben. Dann wäre die Nacht am Zug, die Neonröhren eine Zeitlang abschalten vergessen, die Unsicherheit arbeiten lassen, auf die Macht des Zweifels und die Schwächen des Verstandes hoffen. Und vor allem darauf, dass die beiden Serben emotional so geschädigt waren wie die meisten Kriminellen; dass sich ihr Vertrauen in den Komplizen bald erschöpft hatte; dass zumindest einer der beiden seine eigene Haut retten wollte, und sei es um den Preis des Verrats.

Schäfer drückte Bruckner die Hand, klopfte ihm auf die Schulter und verließ die Justizanstalt. Obwohl es fast eine Stunde zu seiner Wohnung im sechzehnten Bezirk war, beschloss er, zu Fuß nach Hause zu gehen. Luft und Bewegung, die Diener der Müdigkeit, die ihm an diesem Abend hoffentlich gewogen wäre. Kurz nach acht sperrte er die Tür zu seiner Wohnung auf. Noch bevor er seine Jacke ausgezogen hatte, ging er zur Stereoanlage und legte eine CD der Beach Boys ein. Später saß er mit einem Teller Chili con Carne aus der Dose vorm Fernseher und schaute sich eine Dokumentation über die Aufhebung der Todesstrafe in Illinois an. Die Augen wurden ihm schwer. Doch er wollte noch nicht einschlafen. Wollte noch ein paar Minuten diese Müdigkeit genießen, die eine andere Qualität hatte als die Kraftlosigkeit der Tage zuvor. Eine rechtschaffene Müdigkeit, dachte er, wie der Bauer, der nach dem Einbringen des Heus am Tisch sitzt und mit seinen klobigen Händen kaum noch den Löffel halten kann, mit dem er sich aus der gusseisernen Pfanne bedient, in der eine mächtige Portion Kasspatzl dampft. Hm, Kasspatzl, dachte Schäfer, wie bei der Oma damals, mit der Kruste aus geröstetem Zwiebel und braungebranntem Käse am Boden der Pfanne; dann schlief er ein. Um halb eins weckte ihn das Telefon.

„Bergmann", brummte er verwirrt, „ich hoffe, das geht wirklich nicht ohne mich."

„Tut mir leid ... wir haben eine Tote. Eine junge Frau in Hietzing. In der Badewanne ertrunken."

„Holen Sie mich ab?", fragte Schäfer und legte auf, ohne auf Bergmanns Zustimmung zu warten.

7

„Viel zu kalt für die Jahreszeit", murrte Schäfer, nachdem er die Wagentür zugeschlagen hatte, und rieb sich fröstelnd die Hände, „was ist passiert?"

„Der Ehemann hat kurz nach elf angerufen ... seine Frau, Laura Rudenz, hätte sich im Bad eingeschlossen, wahrscheinlich wäre ihr was passiert ..."

„Warum hat er nicht aufgebrochen? Hat die Upperclass jetzt auch schon im Bad Sicherheitstüren?"

„Keine Ahnung. Mehr als dass sie jetzt tot in der Wanne liegt, weiß ich auch noch nicht."

„Kommt der Koller?"

„Nein ... oder wollen Sie ihn mitten in der Nacht anrufen und samt Gipsbein herschleppen?"

„Stimmt ... wie lang liegt der noch?", fragte Schäfer, dem kurzzeitig entfallen war, dass ihr erster Gerichtsmediziner sich beim Bergsteigen einen komplizierten Unterschenkelbruch zugezogen hatte.

„Zehn Tage bestimmt." Bergmann bog in eine Hauseinfahrt ein und parkte hinter dem dort stehenden Streifenwagen.

„Noble Hütte", stellte Schäfer fest, als sie über den gekiesten Weg zur Haustür gingen. Sie läuteten und betraten das Haus. Eine junge Polizistin in Uniform kam ihnen entgegen und bemühte sich, den Sachverhalt zu erklären. Sie war ungesund blass und ihre Stimme überschlug sich immer wieder – wahrscheinlich ihre erste Leiche, mutmaßte Schäfer.

„Setzen Sie sich erst einmal irgendwohin und trinken Sie einen Saft oder sonst was mit Zucker ... bevor Ihnen noch der Kreislauf zusammenbricht."

Die Polizistin schlug schuldbewusst die Augen nieder, führte sie ins Wohnzimmer und ging dann in die Küche. Auf einer weißen Couch saß der Ehemann der Toten, ein schlanker blonder Mann von höchstens dreißig Jahren, ihm gegenüber ein uniformierter Polizist. Sie stiegen die breite Treppe in den ersten Stock hinauf, wo sie den Notarzt antrafen. Der bestätigte Schäfer den Tod der Frau und führte ihn zum Badezimmer.

„Wer war aller drinnen?“, fragte Schäfer und blieb auf der Schwelle stehen.

„Ihre beiden Kollegen, Herr Rudenz und ich“, antwortete der Arzt.

„Hm.“ Schäfer nahm sein Handy heraus, rief die Spurensicherung und anschließend Föhring an.

„Was schätzen Sie, wie lang sie schon tot ist?“

„Das Wasser war noch handwarm ... mittelstarke Leichenstarre ... drei ... vier Stunden wahrscheinlich, aber ...“

„Aber das sollte ein Pathologe klären“, beendete Schäfer den Satz und ließ seinen Blick durch den Raum wandern. Schon wieder eine junge Frau, dachte er beim Anblick der Toten, die nun mit krampfartig angezogenen Armen auf dem Teppich neben der Badewanne lag, und die ist bestimmt noch keine dreißig.

„Haben Sie die Tür aufgebrochen?“ Er drehte sich um und sah den Uniformierten an.

„Ähm ... ja“, erwiderte dieser unsicher.

„War es schwierig?“

„Drei, vier Mal habe ich mich schon dagegenwerfen müssen.“

„Ich habe es ebenfalls versucht“, brachte sich der Ehemann ein, „da hat sich aber gar nichts gerührt.“

„Hat Ihre Frau sich öfter im Bad eingesperrt“, fragte Schäfer den Mann, der ihm fast zu beherrscht erschien.

„Eigentlich nicht, aber ich habe auch nicht immer nachgesehen, wenn sie im Bad war.“

„Wo waren Sie, bevor Sie nach Hause gekommen sind und das Bad verschlossen vorgefunden haben?“, wollte Bergmann wissen.

Der Mann zögerte einen Moment und sagte dann: „Bei einer Freundin.“

„Eine gemeinsame Freundin?“, setzte Bergmann nach.

„Nein ...“

„Gehen wir doch hinunter und reden in der Küche weiter“, sagte Schäfer und gab dem Mann mit einer Handbewegung den Vortritt.

Als die Spurensicherung und der Gerichtsmediziner kamen, ließ Schäfer Bergmann mit dem Ehemann in der Küche allein und zeigte seinen Kollegen das Badezimmer.

„Ich will das Schloss", sagte er zu einem der Beamten, „baut es aus und nehmt es mit ins Labor." Dann wandte er sich an Föhring.

„Notieren Sie sich bitte alles, was Ihnen auffällig vorkommt ... und wenn es nur die Farbe des Nagellacks ist ... ich will so schnell wie möglich wissen, was hier passiert ist ... zeigen Sie, was Sie draufhaben."

Bevor Schäfer wieder nach unten ging, öffnete er eine Tür am Ende des Flurs, wo er das Schlafzimmer vermutete. Er suchte den Lichtschalter und sah sich um. Aufgeräumt, kein Kleidungsstück, das auf dem Boden verstreut lag oder auch nur über eine Sessellehne hing. Wahrscheinlich hatten sie eine Putzfrau. Dürfen wir nicht vergessen zu befragen, sagte er sich. Auf einem der beiden Nachtkästchen sah er ein gerahmtes Ultraschallbild. Er nahm es in die Hand und betrachtete den Fötus. Eine plötzliche Trauer überfiel ihn und er stellte das Bild schnell auf seinen Platz zurück. Drei Bücher lagen dort: Mein Kind ist ein Engel, Strafrecht, Bürgerliches Recht, einer der beiden studierte offenbar Rechtswissenschaften, wobei Schäfer automatisch auf die Frau tippte. Auf dem anderen Nachtkästchen standen ein Radiowecker und ein halbvolles Wasserglas. Schäfer wurde unruhig. Er wartete darauf, dass der Raum ihm etwas erzählte, ihm einen Hinweis gab, der ihm mitteilte, was in den vergangenen Stunden in diesem Haus geschehen war. Sonst ... sonst was? Hatte er jetzt schon Angst, erneut zu einem Abschluss gedrängt zu werden, bevor er sich überhaupt einen ordentlichen Überblick über die Verhältnisse verschaffen konnte, in denen die Tote gelebt hatte? Denn das trug maßgeblich zu Schäfers Verstimmtheit bei: dass ihm die Möglichkeit genommen wurde, sein Handwerk so auszuüben, wie er es gelernt und sich selbst beigebracht hatte. Er war kein Verkäufer auf Provisionsbasis, der auf der Weihnachtsfeier mit der besten Aufklärungsrate auftrumpfen wollte, seine Arbeit ließ sich nicht verwirtschaftlichen; der Polizei die Marktgesetze eines Unternehmens aufzwingen zu wollen, das konnte nur jemandem einfallen, der selbst nie … er musste aufhören, an dieses Arschloch von Minister zu denken, das raubte ihm nur noch mehr Energie, die er für seine Fälle brauchte … wobei er längst nicht mehr das Gefühl hatte, diese zu besitzen … was war denn mit Sonja Ziermann, der Toten aus der Donau, da musste er sich auf sein Gespür verlassen. Darauf, dass er bislang keine Zweifel an der Unschuld des Ehemanns hatte, den er nur einmal befragt hatte, ohne von dritter Seite viel über seine Ehe erfahren zu haben. Es gab erstaunliche Schauspieler, das wusste Schäfer, Menschen, denen die Maske abzureißen Wochen, oft Monate dauerte. Dann gab es Menschen, die in einem Affektsturm töteten und die Tat hernach aus Selbstschutz in ihrem Kopf so abspalteten, dass sie selbst an ihre Unschuld glaubten. Auch in solchen Fällen musste man die Zeit arbeiten lassen … die Zeit, die sie ihm nicht geben wollten, diese Schweine, Schweinesystem, ich muss mich zusammenreißen, ermahnte er sich, verließ das Schlafzimmer und ging in die Küche, um mit Bergmann die Befragung fortzusetzen.

Als sie das Haus verließen, war es halb sechs. Sie hatten sich gegen eine Untersuchungshaft entschieden, da der Ehemann bereitwillig mit ihnen kooperierte und auch nichts darauf hinwies, dass er sich absetzen würde. Zudem war er ihnen am Tisch eingeschlafen, worauf sie ihn ins Bett geschickt hatten. Schäfer hingegen fühlte sich nach einem zwischenzeitlichen Einbruch aufgekratzt. Es war sinnlos, sich jetzt noch hinzulegen, das würde ihn noch müder machen, also fragte er Bergmann, ob er mit ihm am Naschmarkt frühstücken wolle.

Sie wählten ein Kaffeehaus, in dem sich um diese Zeit gewöhnlich die Übriggebliebenen der Nacht mit den ersten Früharbeitern mischten. Die Speisekarte war auf dieses Publikum abgestimmt, weshalb es neben dem klassischen Frühstück auch Heringssalat, Leberknödelsuppe und dergleichen gab. Sie setzten sich an einen freien Tisch und gaben ihre Bestellung auf. Auf die übliche Scherzfrage der alten Kaffeehausbesitzerin – warum macht ihr so ein ernstes Gesicht, ist jemand gestorben? – reagierten sie mit dem üblichen gezwungenen Grinsen. Wenigstens bekamen sie immer extragroße Portionen und den zweiten Kaffee gratis.

„Was halten Sie von ihm?“, wollte Schäfer wissen.

„Rudenz? Na ja, bieder. Bestimmt intelligent, aber ein großes Maß an krimineller Energie wäre mir nicht aufgefallen. Ein komisches Gefühl habe ich ...“

„Wieso?“

„Diese Geschichte ist so ... na ja, sie haben wieder mal Streit, er verlässt das Haus, fährt zu einer Freundin, von der wir annehmen können, dass sie mit ihm schläft, dann kommt er zurück, das Bad ist verschlossen ...“

„Zu schematisch?“

„Ja ... das ist sogar mir irgendwie zu ... präzise.“

„Na ja ... er ist technischer Zeichner, passt doch.“

„Aber er ist nicht dumm.“ Bergmann lehnte sich zurück, damit die Wirtin das Frühstück abstellen konnte.

„Außerdem hat er ein gutes Motiv. Das Haus und das Vermögen, das von ihren Eltern kommt, geht an ihn ...“

„Und eine Geliebte macht sich auch nicht gerade gut. Aber wenn seine Frau gestorben ist, als er noch bei seiner Freundin war, sieht wieder alles anders aus ...“

„Wann haben die eigentlich aufgehört, ordentliche Semmeln zu machen?“, fragte Schäfer kauend. „Früher war eine Semmel gutes weißes Brot in Semmelform. Und jetzt?“, er brach ein Stück ab, „zerfällt das alles, schauen Sie sich das an, schaut aus wie Dämmstoff ... ohne was dazu schmeckt so eine Semmel nicht mehr ... die taugt nur noch als Furnier für ein paar Wurstscheiben oder zum Auftunken der Gulaschsuppe. Dabei wäre gerade jetzt die beste Tageszeit für frische Semmeln.“

„Die backen das mittlerweile doch alles selbst ... bekommt man tiefgefroren, dann rein in den Ofen und fertig.“

„In einem normalen Backrohr?“

„Sicher ... mach ich auch manchmal am Sonntag.“

„Aber das ist doch nicht gut“, wunderte sich Schäfer.

„Na ja ... aber frisch.“

„Eine gute Semmel hat früher auch locker einen Tag lang gehalten ... dann war sie halt ein bisschen rescher."

„Die Zeiten ändern sich", stellte Bergmann fest und winkte die Wirtin heran, um Kaffee nachzubestellen.

Als Föhring anrief, schlief Schäfer auf der Couch im Büro. Bis vier Uhr nachmittags hatte er sich mit viel Kaffee und konzentrierter Arbeit wach halten können – dann war der Einbruch gekommen. Jetzt war es halb sieben, Schäfer richtete sich auf wie Dracula in seinem Sarg und drehte den Kopf von links nach rechts, um die Starre im Genick zu lösen. Dann nahm er den Hörer ab.

Wie der junge Gerichtsmediziner so schnell arbeiten konnte, war ihm ein Rätsel. Amphetamine? Beizeiten musste er Koller darauf ansprechen – schnelle Ergebnisse in Ehren, aber wenn sie nicht fehlerfrei waren, wartete er lieber ein paar Tage länger. Wie auch immer: Er fuhr seinen Computer herunter, zog seinen Mantel an und machte sich auf den Weg ins AKH.

„So, Herr Major ... wie ausführlich wollen Sie es haben?", fragte Föhring, dessen bleiche Gesichtsfarbe durch das Neonlicht noch gespenstischer wirkte.

„Sagen Sie mir, wann sie gestorben ist, warum, und was Sie sonst noch für spannend halten." Schäfer gähnte und setzte sich auf eine freie Bahre.

„Also, den Todeszeitpunkt würde ich zwischen einundzwanzig und zweiundzwanzig Uhr ansetzen ... dass sie ertrunken ist, war ohnehin klar. Allerdings – und jetzt bitte eine Woche zurückspringen – ein wenig anders als Frau Ziermann, die einen ganz typischen Ertrinkungstod gestorben ist: runter, Wasser rein, rauf, Luft rein und so weiter bis zum Exitus. Hier, und das kann ich Ihnen ganz schön an der Aufblähung Ihrer Lungen zeigen ..."

„Sagen Sie's mir einfach", wehrte Schäfer ab.

„Also gut", meinte Föhring enttäuscht, „es ist zwar ebenfalls ein Wasserluftgemisch aspiriert worden, aber großteils Flüssigkeit ... möglicherweise ist sie also unter Wasser gedrückt worden und hat gerade noch einmal nach Luft schnappen können, bevor sie bewusstlos wurde und ...“

„Exitus“, ergänzte Schäfer und holte den Mediziner aus seinen Gedanken zurück.

„Ja ... das war’s dann wohl.“

„Mehr nicht?“, wunderte sich Schäfer, worauf ihn Föhring verblüfft anschaute.

„Ach so, nein“, klärte er Schäfer auf, „mit ihrem Leben war es das dann, habe ich gemeint ... also: Blutalkohol liegt bei null Komma neun ... nicht dramatisch ... allerdings hatte sie ein Beruhigungsmittel intus ...“

„Wie viel?“

„Auf keinen Fall lebensbedrohlich, aber schon eine nette Dämpfung. Bei einem der gängigen Benzodiazepinen gehe ich mal von vier bis sechs Tabletten aus ... die genau Analyse kommt in den nächsten Tagen ...“

„Kann man davon bewusstlos werden?“

„Da müssten Sie einen Toxikologen fragen ... so genau kenne ich mich da nicht aus ... aber dass sie sich in die Badewanne legt, einfach einschläft und ertrinkt, dass kann ich mir nur schwer vorstellen ...“

„Warum?“

„Um ehrlich zu sein: Ich habe recherchiert und keinen einzigen Fall gefunden, wo so was passiert wäre. Sobald der Kopf absinkt und Wasser in den Mund kommt, setzt ein Hustenreflex ein und Sie wachen auf.“

„Und dass sie sich selbst ...?“

„Unlogisch ... dann nehme ich doch eine ganze Packung oder werfe den Föhn hinein. Das wäre nicht einmal ein Testballon gewesen.“

„Also, was ist wahrscheinlich?“ Schäfer wollte zu einem Ende kommen. „Dass jemand ihr die Füße in die Höhe zieht, sie unter Wasser rutscht, festgehalten wird, fertig?“

„Das wäre die kriminalistische Folgerung ... ich kann nur sagen, dass medizinisch mehr für eine Fremdtötung spricht als für einen Unfalltod ... aber ich möchte mich vor dem endgültigen Bericht auf jeden Fall noch mit einem Praktiker absprechen. Die haben da mehr Erfahrung."

„Machen Sie das", sagte Schäfer und stand auf, „und melden Sie sich."

Als er am Eingang zur U-Bahn-Station stand, konnte er sich lang nicht entscheiden, ob er zu Fuß nach Hause gehen oder die öffentlichen Verkehrsmittel nehmen sollte. Dass sein Körper in den vergangenen Wochen zu wenig Bewegung bekommen hatte, stand außer Zweifel. Dem gegenüber stand ein Schlafdefizit, das seinen Kopf bereits im Stehen nach unten sinken ließ. Er nahm die U-Bahn.

In der Grünanlage vor seinem Wohnhaus stand eine Frau an einen Baum gelehnt und übergab sich. Neben ihr lag ein weißer Terrier im Gras, der sie teilnahmslos beobachtete, als gehörte das Erbrechen zum abendlichen Gassigehen. Schäfer blieb stehen, überlegte, ob er verpflichtet war, der Frau seine Hilfe anzubieten. Sie hustete und würgte. Er machte ein paar Schritte auf sie zu, versuchte einzuschätzen, ob es sich um ein Übermaß an Alkohol handelte oder um etwas Ernsteres. Sie trug hellblaue Leggins, einen weißen Anorak, der schon lang keine Reinigung mehr gesehen hatte, an den nackten Füßen fersenfreie Hausschuhe. Ihr Würgen ging nun in ein fast wütendes Brüllen über, als wollte sie zusätzlich zu ihrem Mageninhalt noch etwas viel Schädlicheres loswerden; der Hund schaute Schäfer an und gähnte. Ein paar Minuten später hatte sich die Frau offensichtlich erholt. Sie ging zu einer Parkbank, setzte sich, fingerte eine lose Zigarette aus ihrem Anorak, steckte sie in den Mund und suchte in allen Taschen ohne Erfolg nach Feuer. Schäfer ging zu ihr und hielt ihr wortlos sein Feuerzeug hin.

„Na wenigstens einer", meinte sie heiser und nahm einen tiefen Zug. Der Hund bellte zweimal kurz, Schäfer drehte sich um und ging. Louis Armstrong kam ihm in den Sinn.

8

Während des Frühstücks sagte er sich, dass er unbedingt Ordnung in die Fälle bringen musste, die er zurzeit bearbeitete. Ordnung zuerst in seinem Kopf, wo sich die Namen und Daten zu einem unheilvollen Biotop vermengten, in das ein Mörder nach dem anderen seine Opfer stieß und Schäfer orientierungslos in den modrigen Sumpf blicken ließ. Wenn es denn immer einen Mörder gab. Sonja Ziermann: Irgendein Grund, sie zu töten? Ihr Mann hatte kein Motiv und zudem ein Alibi. Kovacs hatte keinen einzigen Verdächtigen ausfindig machen können. Und auf den Presseaufruf hatte sich außer den üblichen Verrückten ebenfalls niemand gemeldet. Warum beharrte er dann darauf, den Fall weiter zu untersuchen? Weil er sich nicht damit abfinden wollte, dass das Schicksal oder der Zufall so grausam sein konnte, dieses glückliche Paar zu zerreißen? War ein Mörder denn die bessere Antwort? Zumindest war es eine Antwort.

Die beiden Tschetschenen kümmerten ihn recht wenig. Er hatte keinen Bezug zu ihnen, wollte auch keinen; sollte er sich das zum Vorwurf machen? Sein zeitweiliges Zwei-Klassen-Denken, mangelnde Menschlichkeit ... wer konnte es ihm verdenken ... die Ostkriminellen wüteten zurzeit zu massiv, als dass er sich auch noch die Toten zu Herzen nehmen wollte, die aus ihren eigenen Reihen stammten. Denn so sehr er den Gedanken begrüßte, alle europäischen Staaten in einem gemeinsamen Projekt eingebunden zu sehen: Wenn wieder einmal irgendein Bulgare, Rumäne oder Georgier mit einem Messer auf einen Kollegen losging, wünschte er sich die Todesstrafe oder den Eisernen Vorhang zurück. Wenn auch nur für kurze Zeit.

Laura Rudenz, zu der ließ sich noch nicht viel sagen. Wenn es sich um ein Verbrechen handelte, sah es nach einer Beziehungstat aus. Kein Einbrecher ging so vor, da stand ein Plan dahinter; wenn es denn tatsächlich Mord war. Den Ehemann würden sie noch ordentlich in die Zange nehmen.

Dann war da noch der Schweizer: Um den würde er sich allein kümmern müssen. Da konnte er nicht auf die Unterstützung von Bergmann hoffen und seinen jüngeren Kollegen wollte er nicht unnötig Schwierigkeiten mit Kamp und dem Polizeipräsidenten bereiten. Zugegeben: Insgeheim zog er es sogar vor, sich diesem Fall ohne Einmischung von außen und eher wie einem Hobby zu widmen. So konnte er den Weg vorgeben, seine Richtung und sein Tempo gehen, die Regeln selbst bestimmen, keine Knüppel zwischen den Beinen. Die sollten ihn doch alle am Arsch lecken. Schäfer, Schäfer, verlauf dich nur nicht.

Auf dem Weg ins Kommissariat kam er an einer Baustelle vorbei. Ein dunkelhäutiger Mann stemmte im Regen mit einem Presslufthammer den Straßenbelag auf, die Ärmel seines groben Wollpullovers waren hochgeschoben, die Muskeln an den Unterarmen zitterten, als wollte sich das Fleisch von den Knochen lösen. Ein paar der Autofahrer, die wegen der Sperre der einen Spur im Stau standen, hupten wütend, in ihren Gesichtern konnte Schäfer eine sinnlose Erregung sehen. Bald wäre die Straße an dieser Stelle fertig saniert und ein anderes Stück wäre an der Reihe. Und so ging es weiter und immer gäbe es irgendwo eine Baustelle und Menschen, die sich über die aufregten, die dort arbeiteten. Schäfer zündete sich eine Zigarette an und beschleunigte seinen Schritt, um nicht völlig durchnässt ins Kommissariat zu kommen.

Bergmann hatte inzwischen einen ersten Bericht fertiggestellt und auf Schäfers Schreibtisch gelegt. Er setzte sich und überflog die Seiten. Bergmann hatte recht: Der Fall war seltsam – irgendwie altmodisch, dachte Schäfer und griff zum Telefon, um Kovacs zu sich zu bitten.

„Setzen Sie sich“, forderte er sie auf, nachdem sie das Büro betreten hatte.

„Wir haben einen neuen Fall, bei dem ich Sie gern dabeihätte“, sagte er und reichte ihr den Bericht. „Bis jetzt haben wir folgende Chronologie: Laura Rudenz und ihr Mann sind am Abend gemeinsam zu Hause. Sie beginnen sich zu streiten, weil sie ihm vorwirft, dass er sich immer mehr von ihr entfernt ... laut Aussagen des Mannes hat sie vor drei Monaten eine Fehlgeburt gehabt und sich nie ganz erholt ... sie soll depressiv gewesen sein, dann wieder jähzornig, grundlos eifersüchtig ... dann hat er tatsächlich eine andere kennengelernt. Und zu eben dieser ist er gegen einundzwanzig Uhr gefahren, nachdem er sich die Vorwürfe seiner Frau nicht mehr gefallen lassen wollte. Währenddessen, so die Unschuldsversion, hat seine Frau ein paar Tranquilizer mit einem Glas Wein hinuntergespült, sich in die Badewanne gelegt und ist ertrunken. Laut Gerichtsmedizin ist sie spätestens um zweiundzwanzig Uhr gestorben ... das Zeitfenster lässt aber auch die Möglichkeit offen, dass ihr Mann sie um einundzwanzig Uhr ertränkt hat und dann erst zu seiner Neuen gefahren ist."

„Was ist das mit der Tür?", wollte Kovacs wissen, während sie die Tatortbilder überflog.

„Seltsam, oder?", erwiderte Schäfer, „ich meine: Ganz ausschließen kann man es nicht, dass sich jemand im Bad einsperrt, wenn er allein zu Hause ist. Wenn sie Angstzustände gehabt hat, wer weiß ... jedenfalls hinterlässt es einen unguten Eindruck."

„Wem gehört das Haus?" Kovacs hielt ein Bild der Villa hoch.

„Ihr ... sie gehört zum Laska-Clan ... schwerreiche Industrielle mit was weiß ich welchen Konzernbeteiligungen. Da freue ich mich jetzt schon auf die Befragungen."

„Und jetzt gehört es ihm", schloss Kovacs und sah Schäfer an.

„Tja", schnalzte Schäfer mit der Zunge, „erst mal gehört ihm Ihre ganze Aufmerksamkeit, Frau Revierinspektorin. Lesen Sie den Bericht genau durch, ich schicke Ihnen später noch den letzten Stand der Obduktion."

„Also ..."

„Ganz routiniert: Freunde und Bekannte ermitteln, ihren Arzt befragen, an der Uni, wo sie inskribiert war, anklopfen ... damit sind Sie bestimmt nicht unterfordert. Können Sie mit dem Schreyer?"

„Mit wem?"

„Inspektor Schreyer ... mit dem würde ich Sie gern für den Anfang zusammenspannen. Der macht zwar manchmal den Eindruck, als ob ihn der Blitz gestreift hätte, aber bei solchen

Arbeiten ist er gewissenhaft und verlässlich. Außerdem ist er kein arroganter Macho-Arsch."

„Das ...", sagte Kovacs nach einem Zögern, „das habe ich nie von Ihnen behauptet."

„Ich habe auch nicht behauptet, dass Sie das behauptet haben ... war nur ein kleiner Test."

Sie sah ihn verunsichert an, nahm die Mappe und verließ das Büro. Schäfer schaltete die Tageslichtlampe ein, lehnte sich in seinem Sessel zurück und schloss die Augen. Großartig, dachte er, der Kaiser schickt Soldaten aus.

Er musste geschlafen haben, denn als er aufgeschreckt den läutenden Telefonapparat anstarrte, überraschte ihn die Uhrzeit auf dem Display. Es war Bergmann, der ihm mitteilte, dass er im Stau stünde und erst in zwanzig Minuten im Büro wäre. Und ob er, Schäfer, inzwischen allein mit der Vernehmung anfangen könne.

„Mit welcher Vernehmung?", fragte Schäfer schlaftrunken.

„Matthias Rudenz ... den haben wir für zehn Uhr herbestellt. Ist der noch nicht da?"

„Ähm, Bergmann", wollte Schäfer der Verlegenheit entgehen, „da ist jemand in der anderen Leitung, ich kümmere mich schon darum."

Er stand auf und ging auf die Toilette, wo er sich das Gesicht mit kaltem Wasser wusch. Dann rief er beim Empfang an und fragte, ob sich ein Herr Rudenz gemeldet hätte. Ja, der würde schon eine Viertelstunde hier warten, sie hätten schon versucht, den Major zu erreichen, aber es hätte niemand abgehoben.

„Schicken Sie ihn in mein Büro", sagte Schäfer und legte auf. Das hält der jetzt sicher für einen Vernehmungstrick, dachte er, dass wir ihn da in seiner Unsicherheit schmoren lassen. Und dabei hat der Herr Major einfach nur verpennt.

Rudenz sah schlecht aus: übermüdet, zittrig, blass. Schäfer ließ ihn Platz nehmen und fragte ihn, ob er ebenfalls einen Kaffee wolle. Rudenz nahm dankbar an.

„Wie haben Sie sich eigentlich kennengelernt, Sie und Ihre Frau?", wollte Schäfer wissen, während er den Wassertank der Espressomaschine nachfüllte.

„Bei einem Gartenfest ihrer Eltern“, sagte Rudenz nach einer Nachdenkpause.

„Ah“, erwiderte Schäfer schmunzelnd, „da waren Sie sicher der Kellner und sie die Prinzessin ...“

„Ja“, lächelte Rudenz, „so ungefähr war das.“

„Im Ernst? ... Sie haben da gearbeitet und ...“

„Und ihre Eltern waren die Gastgeber, ja. Der Name Laska sagt Ihnen doch was, oder?“

„Schon, ja. Viel Geld vor allem, ein reiches Erbe.“

Eine bedeutungsschwangere Stille begann den Raum zu füllen, Schäfer ließ den Espresso in die Tassen fließen. Er stellte sie auf den Schreibtisch, nahm Zucker und eine Flasche Kondensmilch aus dem Regal und setzte sich.

„Ihre neue Freundin“, nahm er das Gespräch wieder auf, „wie heißt sie gleich?“

„Maria.“

„Maria ... schöner Name. Und woher kennen Sie Maria?“

„Von der Arbeit.“

„Sie sind technischer Zeichner, nicht?“

„Ja.“

„Wollten Sie das immer schon machen? Also, haben Sie schon als Kind alles auseinandergebaut, um zu sehen, wie es funktioniert und so?“

„Na ja.“ Rudenz nahm seine Tasse. „Die Naturwissenschaften und die Technik sind mir schon mehr gelegen als Sprachen oder Kunst oder so.“

„Sind Sie traurig über den Tod Ihrer Frau?“

Rudenz schaute ihn einen Augenblick verständnislos an.

„Na ja“, erklärte Schäfer, „erst letzte Woche ist eine Frau in der Donau ertrunken, und ihr Mann, also den hätte ich am liebsten vorübergehend einweisen lassen, damit er sich nichts antut. Sie dagegen wirken sehr beherrscht.“

„Ich habe meine Frau nicht mehr geliebt. Wir haben zu früh geheiratet, der Druck von ihren Eltern, dann die Sache mit dem Kind. Aber mir wäre es lieber, wenn sie noch am Leben wäre, das können Sie mir glauben.“

„Das glaube ich Ihnen auch … manche Menschen wünschen sich die Lebendigen tot, andere wünschen sich die Toten wieder lebendig – diese Wünsche sind unabhängig von der Schuld. Aber wenn Sie Ihre Frau im Affekt getötet haben, dann hätte ich Verständnis dafür, dass Sie das jetzt bedauern und rückgängig machen möchten."

Rudenz sah Schäfer in die Augen und blickte dann zu Boden.

„So ist es nicht … wozu auch."

Schäfer führte die Vernehmung noch eine Stunde weiter und beschloss dann, den Mann nach Hause gehen zu lassen – unter der Voraussetzung, dass er sich zur Verfügung hielte.

Als Rudenz die Tür öffnete, stieß er beinahe mit Bergmann zusammen, der ihn verwundert ansah.

„Herr Rudenz besucht uns ein anderes Mal wieder", erklärte Schäfer und winkte ihn mit der Hand nach draußen. Er wartete, bis sich Bergmann hinter seinen Schreibtisch gesetzt hatte, und fragte dann: „Na, ausgeschlafen?"

„Von wegen … zuerst ärgern mich diese versnobten Laskas, dann stehe ich eine halbe Stunde im Stau und dann zitiert mich auch noch der Oberst zu sich."

„U-Bahn fahren, Nerven sparen … was wollte Kamp?"

„Tja." Bergmann tat geheimnisvoll. „Das darf ich eigentlich nicht sagen."

„Erleichtern Sie Ihr Gewissen." Schäfer machte einen Schritt auf Bergmann zu. „Ich sehe es Ihnen doch an, dass Sie reden wollen … danach geht es Ihnen besser … sonst brechen Sie irgendwann unter dieser Last zusammen …"

„Aha", murrte Bergmann, „Verhörhandbuch 1970 oder wie … na gut …"

Kamp war ihm wie allen anderen auch mit den Direktiven des Polizeipräsidenten, der Vorsicht gegenüber den Medien und der Wichtigkeit einer verbesserten Aufklärungsquote in den Ohren gelegen. Und deshalb wäre er Bergmann dankbar, wenn dieser mit seinem direkten Vorgesetzten Major Schäfer bei den aktuellen Ermittlungen enger kooperiere und sich öfter mit Kamp darüber abspräche. Was nichts anderes hieß, als dass er Schäfer an die Leine legen wollte. Wenn dieser den Oberst nicht schon so lange gekannt hätte, wäre er über diese Vorgehensweise bestimmt aufgebracht gewesen. Doch Schäfer schätzte und respektierte Kamp – hatte der ihm doch oft genug den Rücken freigehalten und ihn vor Suspendierungen bewahrt. Und sein Verhalten konnte er nur als Reaktion auf den Druck verstehen, den der Polizeipräsident und der Innenminister auf ihn ausübten.

„Wir sollten meutern", meinte Schäfer schließlich, „die zwei Idioten irgendwo im Pazifik auf einem Floß aussetzen und hoffen, dass wenigstens die Haie sie mögen ..."

„Mir gefällt die Vorstellung besser, dass wir uns selbst in den Indischen Ozean absetzen und auf einer Insel die Strandpolizei machen ..."

„Von mir aus ... was machen wir denn jetzt eigentlich mit der Ziermann?"

„Keine Ahnung ... zum jetzigen Zeitpunkt ..."

„Ich weiß ... ohne weitere Anhaltspunkte, ohne konkrete Verdachtsmomente ... blabla ... hat der Staatsanwalt schon die Bewilligung für das Telefon von der Rudenz geschickt?"

„Sollte noch vor Mittag kommen ... sollen wir nicht auch gleich eine Durchsuchung beantragen?"

„Noch nicht. Wenn der Rudenz was verschwinden lassen will, hat er das schon erledigt. Wir lassen ihn ein paar Tage in Frieden, dann kreuzen wir wieder auf und schauen uns das Haus an ... haben Sie eigentlich gefragt, wer einen Zweitschlüssel für das Haus hat?"

„Ähm, nein", gestand Bergmann, „das habe ich tatsächlich vergessen."

„Rufen Sie an und fragen Sie, wo er aufbewahrt wurde und wer Zugang hatte. Ich bin jetzt im Labor und schaue, was die von der Spur herausbekommen haben."

Als Schäfer sich vor dem Gebäude befand, in dem die forensischen Labors untergebracht waren, bekam er einen Anruf: der Sozialarbeiter, den er am Karlsplatz getroffen hatte. Er hätte mit einem Arzt gesprochen, der einmal die Woche die mobile Soforthilfe-Station betreute, wo sich Obdachlose und Drogensüchtige medizinisch versorgen lassen konnten. Vor etwa vier Monaten hatte sich der Rettungsbus nicht mehr starten lassen. Als der Arzt den Pannendienst rufen wollte, hatte ihm der Schweizer seine Hilfe angeboten und den Wagen tatsächlich wieder in Gang bekommen. Also hätte er möglicherweise einmal als Mechaniker gearbeitet. Schäfer bedankte sich und legte auf. Der hat tatsächlich nachgefragt, dachte er, als er die Betonstiegen des Siebzigerjahre-Baus hinaufging, dem liegt wirklich was an den Fixern; doch der war bestimmt zehn Jahre jünger als er. Ich halte dir die Daumen, lass dich nicht unterkriegen.

Der Techniker, der das Schloss untersucht hatte, war gerade dabei, ein paar Metallpartikel in einem futuristischen Apparat zu verglühen. Schäfer setzte sich auf einen Stuhl und schaute gespannt zu, bis das Experiment beendet war.

„Also, wenn ich mich hier so umschaue, bemerkt ihr von den Einsparungen nicht sehr viel“, meinte er, während ihn der Techniker in einen Nebenraum führte, der wie das Ersatzteillager einer Autowerkstatt aussah.

„Das kann auch nur einer sagen, für den viel Metall und ein paar blinkende Lichter automatisch die neueste Technik sind“, entgegnete der Mann und holte das Schloss aus einem Stahlschrank.

„Und?“, wollte Schäfer wissen.

„Am Schlüssel und im Schloss sind minimale Kratzspuren. Das könnte von einem Draht stammen, den jemand von außen hineingesteckt und so die Tür verriegelt hat.“

„Und was heißt ‚könnte‘?“

„Dass es genauso gut ein Handwerker gewesen sein kann oder schon bei der Produktion passiert ist.“

„Schwaches Indiz ... habt ihr sonst was?“

„Fingerabdrücke sind vom Opfer und vom Ehemann – und natürlich von deinen Kollegen, die fleißig herumgetappt haben. Manchmal denke ich mir, das machen sie absichtlich.“

„Sicher, Weisung von mir.“ Schäfer klopfte dem Techniker auf den Oberarm und verabschiedete sich.

Minimale Kratzspuren ... und der Draht, mit dem der Ehemann das Schloss von außen verriegelt hatte, wartete bestimmt in einer Schublade darauf, dass Schäfer ihn bei einer Hausdurchsuchung fand. Außerdem: Matthias Rudenz – der roch zwar nach einem Verdächtigen, aber nicht nach einem Mörder, da mussten sie ihre Nase noch in andere Winkel stecken. Hoffentlich brachte die Auswertung der Telefongespräche etwas; und die junge Kovacs, der traute Schäfer durchaus zu, aus dem Schotter, den sie zu durchsieben hatte, das eine oder andere Goldklümpchen zu holen. Sie gefiel ihm, die junge Revierinspektorin, sie hatte etwas Amazonenhaftes, das die dumpfen Draufgänger unter ihren männlichen Kollegen nach der ersten logischen Abfuhr ziemlich sicher veranlasste, sie als Lesbe zu bezeichnen. Sie würde sich schon durchsetzen, hoffentlich.

Bruckner rief an. Einer der beiden Serben hatte gestanden. Zurzeit verhandelten sie mit ihm ein Zeugenschutzprogramm, um mehr über die Auftraggeber herauszubekommen. Schäfer gratulierte Bruckner und lud ihn für einen der nächsten Abende auf ein Bier ein. Als er zurück zum Kommissariat ging, fiel ihm ein, dass er an diesem Tag seinen Therapietermin hatte. Er sah auf die Uhr. In fünf Minuten sollte er im achtzehnten Bezirk sein. Er überlegte, den Termin abzusagen. Doch dann winkte er ein Taxi heran, stieg ein und gab dem Fahrer die Adresse des Therapeuten.

9

Wie er sich denn zurzeit fühle: eher wie eine Figur auf der Bühne, als Regisseur, als Drehbuchschreiber ... oder von allem ein bisschen? Schäfer brauchte ein paar Minuten, um die Frage auf seine Situation zu beziehen. Wie fühlte er sich denn? Dann kam ihm die Phrase in den Sinn, die er zurzeit in der Arbeit wohl am häufigsten zu hören bekam: Bin ich denn der Trottel vom Dienst? Da war sie, die Antwort.

„Gibt es auch Situationen, wo Sie aus dieser Rolle heraustreten? Wo Sie selbstbestimmt agieren?"

Ihm wollte nichts einfallen. Stand es denn wirklich so schlimm um sie alle? Denk nach.

„Vielleicht, wenn ich mir was zu essen mache ..."

„Kochen Sie gern?"

„Momentan ... nicht wirklich ... ich esse, um nicht zu verhungern ..."

„Das ist doch kein Leben ...", rutschte es dem Therapeuten heraus.

„Wem sagen Sie das ..."

„Das ist kein Vorwurf an Sie, verstehen Sie mich recht ... aber so, wie Sie es schildern, wundert mich Ihr Zustand nicht. Ich meine, man ist so gut wie immer irgendwelchen Zwängen ausgesetzt, fühlt sich beizeiten ohnmächtig ... doch damit es Ihnen schrittweise besser geht, sollten wir daran arbeiten, Ihnen Ihre Selbstbestimmtheit zu einem gewissen Grad zurückzuerobern ..."

„Also doch in den Kindergarten", erwiderte Schäfer schmunzelnd.

„Das ist eine Option ... nur glaube ich, dass es in Ihrer momentanen Situation ein zu großer Umbruch wäre ... vorerst finde ich es wichtig, dass Sie sich innerhalb des jetzigen Umfelds Ihre Souveränität zurückerobern ... dass Sie sich Strukturen schaffen, in denen sie sich wohlfühlen ..."

„Sie wollen, dass ich den Innenminister erschieße?", witzelte Schäfer.

„Sie weichen aus. Ich meine, dass Sie sich kleine Ziele setzen, um Ordnung in Ihr Leben zu bekommen … fixe Anhaltspunkte, an denen Sie sich aufbauen können …“

„Als da wären …?“

„Ich weiß nicht, was Sie gern tun … suchen Sie sich einen Schachpartner für einen fixen Abend in der Woche, oder machen Sie einen Yogakurs … ich glaube, dass Sie sich zurzeit wie vor einem unbezwingbaren Berg sehen, den Sie dennoch besteigen wollen. Aber Sie rennen sich fest, Sie laufen sich tot … und das meine ich jetzt nicht einmal metaphorisch.“

„Und wo ist der Ausweg?“, fragte Schäfer gereizt, da ihn die klugen Sprüche des Therapeuten zu nerven begannen.

„Es gefällt mir, dass Sie wütend werden“, sagte der Therapeut lächelnd, „das heißt doch, dass Sie sich zumindest von mir nicht alles sagen lassen.“

„Verstehe …“, erwiderte Schäfer und versuchte zu verstehen.

„Man kann auch in der Ebene gehen und ans Ziel kommen“, sagte der Therapeut nach ein paar schweigsamen Minuten. „Man muss nicht immer nach oben stürmen und sich dabei völlig verausgaben, verstehen Sie?“

„Das sagen Sie jemandem, der in Tirol aufgewachsen ist.“

Als Schäfer kurz vor zwei Uhr auf die Straße trat, war er so aufgewühlt, dass er trotz seiner ungeeigneten Kleidung zu laufen begann und erst anhielt, als er sich am Donaukanal auf Höhe des Heizkraftwerks befand. Er ließ sich auf eine Bank fallen und bemühte sich, seine Atmung unter Kontrolle zu bringen. Das war eine Wurzelbehandlung gewesen. So sehr ihn der Therapeut beizeiten nervte, diesmal hatte er einen Nerv freigelegt. Wer war er denn? Seit fast zwanzig Jahren im Dienst. Machte Pi mal Daumen … auf jeden Fall an die tausend Tote, mit denen er zu tun gehabt hatte. Vielleicht auch nur fünfhundert, was änderte das schon, er war einer der besten Ermittler der Mordkommission, er hatte den Richtern Verbrecher angeliefert wie ein Labrador das Stöckchen. Und jetzt wurde er herumbugsiert wie …

„Verpisst euch, ihr verwichsten Arschgesichter“, brüllte er drei Jugendliche an, die vor ihm stehen geblieben waren – wohl um ihn aus Langeweile zu provozieren.

„Schon gut, Alter“, meinte einer von ihnen erschrocken, „wir wollten nur schauen, ob alles in Ordnung ist mit dir.“

„Bestimmt“, erwiderte Schäfer, stand auf und machte sich im Laufschritt auf den Weg zurück ins Kommissariat. Die ängstlichen bis besorgten Blicke einiger Passanten nahm er nicht wahr.

„Sie haben nicht zufällig ein frisches Hemd da?“, wollte er von Bergmann wissen, nachdem er seinen Mantel aufgehängt hatte.

„Doch“, sagte Bergmann, drehte sich im Sitzen um, griff in die unterste Ablage des Kastens und nahm ein weißes Hemd heraus. „Ist alles in Ordnung?“

„Ich habe die Schnauze voll“, grunzte Schäfer und zog sich sein Hemd über den Kopf, „ich habe keine Lust mehr, mir das alles noch länger gefallen zu lassen.“

„Ähm ... wovon genau reden Sie jetzt?“

„Davon, dass die uns herumkommandieren, als ob wir Lehrlinge wären und keine Ahnung von unserer Arbeit hätten ... was hat denn der Mugabe als Polizist geleistet? Revierinspektor! Weiter hat es der in seinem Kuhdorf nicht gebracht ... und jetzt will er uns erzählen, wie wir unseren Job machen sollen ... schrauben Sie einem Linienbus ein bulgarisches Nummernschild an und der Mugabe hält ihn auf, weil er glaubt, es ist ein Schleppertransport ... Schweinebande ...“

„Übrigens: Die Laskas haben einen Zweitschlüssel für die Villa ihrer Tochter bei sich zu Hause“, warf Bergmann ein.

„Und wo bewahren sie ihn auf?“

„In der Kommode im Vorraum.“

„Schön ... ich will eine Liste der regelmäßigen Besucher ... was ist mit dem Telefon?“, fragte Schäfer, knöpfte sich Bergmanns Hemd zu und stülpte die Manschetten zurück, damit sie ihm nicht über die Hände hingen.

„Was haben Sie denn für eine Größe?“

„Dreiundvierzig“, antwortete Bergmann.

„Hm.“ War sein Assistent denn tatsächlich so viel größer als er?

Am Tag, an dem sie starb, hatte Laura Rudenz mit vier verschiedenen Personen telefoniert. Drei der Nummern waren ihnen bekannt: die Mutter, eine gute Freundin und ihr Mann, den sie zwischen neun und halb zehn sechs Mal angerufen hatte – wobei die Anrufdauer nahelegte, dass er nicht abgehoben hatte. Als Schäfer die vierte Nummer wählte, meldete sich die Sekretärin einer Anwaltskanzlei. Sie verträten die Familie Laska in zahlreichen Belangen, erklärte die Frau auf Schäfers Nachfrage, und an besagtem Tag hätte Laura Rudenz wahrscheinlich mit Herrn Lopotka gesprochen. Nachdem Schäfer ein paar Minuten in einer Vivaldi-Warteschleife verbracht hatte, erreichte er den Anwalt und bereitete ihn darauf vor, dass sie in der nächsten Stunde bei ihm erscheinen würden.

Wie weit war eigentlich Kovacs mit den Befragungen gekommen? Schäfer wählte ihre Durchwahl und wurde aufs Mobiltelefon umgeleitet. Sie wäre gerade auf der Uni, wo sie mit einer Freundin von Laura Rudenz spreche. Gut, sie solle gegen fünf zu ihm kommen. Der Laptop – gab es da schon irgendwelche Ergebnisse?

„Hat die IT den Computer von der Rudenz schon durch?“

„Ich sitze nur drei Meter von Ihnen entfernt“, meinte Bergmann amüsiert, „und schwerhörig bin ich auch nicht. Die Liste der E-Mails und die Internetzugriffe des letzten Monats haben wir schon ... die Festplatte wird noch ausgewertet.“

„Und?“

„Auf den ersten Blick würde ich sagen, unauffällig. Im Browserverlauf Online-Zeitungen, Facebook, Amazon, ein paar Fachseiten, dazu der übliche Webstumpfsinn ... an den E-Mail-Kontakten sind Kovacs und Schreyer bereits dran ...“

„Schicken Sie mir das alles ...“

„Per Post?“, fragte Bergmann und reichte Schäfer eine Klarsichthülle über den Tisch.

„Was ... ach so, ich dachte wegen Internet und so, dass das ... na gut ... danke.“

Die Anwaltskanzlei befand sich im ersten Bezirk, also gingen sie zu Fuß. Lopotka empfing sie freundlich, bot ihnen etwas zu trinken an und machte sich erst gar nicht die anwaltstypische Mühe, von Schweigepflicht oder Vertrauensverhältnissen zu sprechen.

„Sie wollte sich scheiden lassen“, sagte er, nachdem Schäfer und Bergmann im Besprechungszimmer Platz genommen hatten.

„Was haben Sie ihr geraten?“, wollte Schäfer wissen.

„Ich habe ihr gesagt, dass sie noch abwarten soll, bis sich ein eindeutiger Scheidungsgrund ergibt, der ihren Mann als Alleinschuldigen darstellt und damit ihr Vermögen so gut wie möglich absichert.“

„Seine Affäre?“

„Eben ... aber da war die Beweislast noch nicht stark genug. Diesbezüglich habe ich ihr geraten, einen Privatdetektiv zu engagieren. Aber in letzter Zeit war sie rationalem Denken eher verschlossen.“

„Wie hat sich das bemerkbar gemacht?“

„Ich hasse dich, verlass mich nicht ... um ein klassisches beziehungsdynamisches Schema zu zitieren. An einem Tag wollte sie ihn umbringen lassen, und das hat sie durchaus ernst gemeint, dann lag sie wieder zu seinen Füßen und hat ihn angefleht, dass er bei ihr bleiben soll.“

„Trauen Sie Matthias Rudenz einen Mord zu?“, fragte Bergmann.

„Ich weiß es nicht“, meinte der Anwalt nach kurzem Überlegen, „ich kenne ihn persönlich nicht, nur aus den Berichten von Frau Rudenz. Und von daher hätte ich eher auf einen wenig affektiven Charakter geschlossen. Aber man täuscht sich oft genug in Menschen, das muss ich Ihnen ja wohl nicht sagen.“

„Gab es eigentlich einen Ehevertrag?“

„Nein, leider nicht. Zur Zeit der Hochzeit war sie euphorisch und wollte nichts von einem Vertrag wissen, der die Beziehung von vornherein mit Misstrauen belastet hätte, wie sie sich ausgedrückt hat.“

„Wissen Sie, ob die Familie ein Zivilverfahren gegen Matthias Rudenz anstrebt?“

„Darüber darf ich keine Auskunft geben ... es gibt eindeutige Ressentiments gegen Herrn Rudenz, so viel kann ich Ihnen sagen. Doch die weiteren rechtlichen Schritte hängen natürlich in erster Linie von den Ergebnissen Ihrer Ermittlungsarbeit ab ... von denen Sie mir jetzt klarerweise nichts mitteilen dürfen, nehme ich an ...“

„Richtig geraten, Herr Lopotka“, sagte Schäfer, „aber auch wenn ich dürfte, würde ich damit bald fertig sein, so viel kann ich Ihnen verraten.“

„Wie war das Verhältnis zwischen Laura und ihrer Familie?“, hakte Bergmann ein.

Lopotka sah aus dem Fenster und schien angestrengt nachzudenken.

„Wie es oft in so einem Clan ist“, sagte er schließlich, „es gibt reichlich Spannungen und Konflikte, aber in letzter Konsequenz hält die Familie zusammen wie Pech und Schwefel.“

„Die Geschwister verstehen sich gut?“

„Gut ... was die Vermögenssituation betrifft, müsste keines der vier Kinder je arbeiten. Zudem sind die Eltern noch weit davon entfernt, sich aus dem Geschäft zurückzuziehen ... von daher ... fragen Sie mich in zwanzig Jahren noch einmal und wir werden sehen, ob Blut dicker ist als Geld ...“

Als Schäfer und Bergmann aus dem noblen Altbau auf die Straße traten, begann mit der Dunkelheit auch ein unentschlossener Regen einzusetzen – die Sorte, bei der Männer gerade noch keinen Schirm aufspannen.

Schäfer war immer noch aufgedreht. Gut zwei Monate war er nun fast jeder sportlichen Aktivität ausgewichen, kein Nahkampftraining, kein Schwimmen, höchstens einmal in der Woche ein Spaziergang im Wienerwald. Und mit einem Mal schienen seine Körperzellen aus der Betäubung erwacht und fingen an, nervös auf der Stelle zu treten wie junge Rennpferde vor dem Start.

„Gehen Sie mit mir laufen, heute Abend?“, wandte er sich an Bergmann.

„Heute ist Nahkampftraining."

„Ah ... auch gut ... war ich ohnehin schon zu lang nicht mehr."

„Vielleicht sollten Sie für den Anfang lieber bei den Frauen mitmachen."

„Bergmann, ich werde Sie heute zurichten, dass Sie glauben, mit einer polnischen Kugelstoßerin im Bett gewesen zu sein."

Um Punkt fünf kam Kovacs in Schäfers Büro und teilte ihm mit, wie es ihr bei den Befragungen ergangen war. Rudenz' Kommilitoninnen hatten in etwa das Bild bestätigt, das ihnen Lopotka von der jungen Frau gezeichnet hatte. Nach der Hochzeit euphorisch und im Prinzessinnenhimmel, nach der Fehlgeburt abwechselnd jähzornig und depressiv, zudem hatte sie sich mehr und mehr aus ihrem bisherigen sozialen Umfeld zurückgezogen. Und wo sie den ersten Studienabschnitt in der Mindestzeit absolviert hatte, war sie in den letzten beiden Semestern zu keiner einzigen Prüfung angetreten. Wobei die Gründe für diese zunehmende Isolation ziemlich sicher auch im Verhalten ihrer Freundinnen lagen, wie Kovacs meinte. In der jugendlichen Hermes-Tuch-und-Perlenohrstecker-Fraktion der juristischen Fakultät würden Schwermut und Selbstzweifel offenbar als ekliger Ausschlag gesehen, von dem man sich besser fernhielt. Wenn man sich wo ansteckt, dann höchstens nach Sperrstunde beim Promillefick mit dem feigenwarzenbehafteten Barmann. Der Doktor wird's schon richten.

„Gut", unterbrach Schäfer Kovacs, die sich aus ihm unerklärlichen Gründen immer mehr in Rage redete, „gibt's auch etwas Brauchbares?"

Womöglich, ja, sie hatte mit einer jungen Frau gesprochen, die über den Tod von Laura Rudenz ehrlich bestürzt zu sein schien und deren Informationen sich von den anderen deutlich unterschieden. Eine Freundin aus dem Gymnasium, mit der sich Rudenz in unregelmäßigen Abständen, etwa fünfmal im Jahr, traf. Zwei Wochen vor dem Unglück waren sich die beiden Frauen zufällig in der Stadt begegnet und in ein Kaffeehaus gegangen. Und bei diesem Treffen soll Rudenz laut Aussage ihrer Freundin sehr fröhlich gewirkt haben. Dass ihre

Ehe am Ende war, sah sie als bedauerlich an, auch die Sache mit dem Kind würde sie noch länger beschäftigen, doch alles in allem schien sie sich im Griff zu haben. Und auch wenn Rudenz nichts davon erwähnt hatte, mutmaßte ihre Freundin dennoch, dass sie verliebt war.

„Davon hat bisher keiner etwas erwähnt“, zeigte sich Schäfer erstaunt.

„Ich weiß“, erwiderte Kovacs, „unter anderen Umständen würde ich dieser Aussage deshalb auch keine große Bedeutung beimessen ... aber diese Frau war so ziemlich die Einzige, der wirklich etwas an Rudenz lag ...“

„Ihre Aversion gegen Reich und Schön hat diese Erkenntnis nicht beeinflusst?“

„Wie meinen Sie das?“

„Dass sich vielleicht ein paar der Befragten Ihnen gegenüber nicht öffnen wollten, weil sie Ihre Abneigung gespürt haben?“

„Ich komme von einem Bauernhof mit sechs Kindern“, erwiderte Kovacs gereizt, „wenn man mir das anmerkt, tut es mir nicht leid.“

„Kein Vorwurf“, winkte Schäfer ab, „lassen Sie mir den Namen der Freundin da, die das mit dem Liebhaber gesagt hat. Das Protokoll brauchen Sie heute nicht mehr zu schreiben.“

„Mache ich aber“, sagte Kovacs, stand auf und verließ den Raum.

„Was war das denn jetzt?“, fragte Bergmann erstaunt.

„Eine Lektion in Sachen Informationsverfälschung aufgrund sozialer Ressentiments“, antwortete Schäfer süffisant. „Sie haben gesagt, ich soll es ihr beibringen ... dann muss sie auch lernen, dass sie mit ihrem Mistgabelcharme nicht überall gleich ankommt und dass man ihr so unter Umständen Informationen vorenthält.“

„Harte Schule“, gab Bergmann zu.

„So ist es ... und das blüht Ihnen jetzt auch“, erwiderte Schäfer. „Auf, auf, oder haben Sie schon die Hosen voll?“

„Herr Jesus“, seufzte Bergmann und holte seine Sporttasche aus dem Schrank, „ich muss in meinem früheren Leben zu den ganz Bösen gehört haben.“

10

Er stand im Badezimmer und betrachtete ungläubig die blauviolette Schwellung rund um sein Auge. Bergmann hatte ihn voll erwischt. Keine Absicht, natürlich, Schäfer selbst hatte es nach einer halben Stunde intensiven Sparringtrainings zugelassen, dass irgendein abwegiger Gedanke sich seiner Konzentration bemächtigte, worauf er die Deckung fallen ließ und Bergmanns rechte Gerade abbekam. So hatten es ihm zumindest seine Kollegen erzählt. Er selbst konnte sich weder an den Schlag erinnern, noch dass er wie ein Brett nach hinten gefallen und mit dem Hinterkopf aufgeschlagen war. Trotz Kopfschutz hatte er wohl eine leichte Gehirnerschütterung erlitten, anders waren seine Kopfschmerzen und der leichte Schwindel nicht zu erklären. Schäfer kramte in seiner Hausapotheke und nahm eine Packung Schmerzmittel heraus, drückte zwei Tabletten aus dem Blister, steckte sie in den Mund und spülte sie mit einem Schluck aus der Wasserleitung hinunter.

Er tränkte ein Handtuch mit kaltem Wasser, wickelte es sich um den Kopf und ging in die Küche, um sich eine Eierspeise zu machen. Geistesabwesend saß er auf der Couch und schob sich eine Gabel nach der anderen in den Mund. Zu Hause zu bleiben wäre das Vernünftigste, in seinem Zustand wäre er seinen Kollegen keine große Hilfe; doch das konnte er Bergmann nicht antun; ein blaues Auge, nun gut, aber Krankenstand; Schäfer stellte den Teller auf den Couchtisch, ging ins Schlafzimmer und zog sich an.

„Haben Sie schon über eine Selbstanzeige nachgedacht?“, frotzelte er Bergmann, als dieser ihm einen Cappuccino und ein Marzipancroissant auf den Schreibtisch stellte.

„Chm“, machte Bergmann und setzte sich hinter seinen Computer.

„Ich will diese Dings noch einmal befragen … und dann Rudenz, ob er etwas davon gewusst hat …“

„Die Frau, mit der Kovacs gesprochen hat, und Rudenz wegen eines möglichen anderen Mannes“, schloss Bergmann.

„Genau ... sagen Sie, Bergmann“, fragte Schäfer mit vollem Mund, „soll ich mir die Haare schneiden lassen? Ganz kurz, so auf militärisch ...“

„Ich weiß nicht ... der Winter kommt, da sind ein paar Haare nicht so schlecht ... wenn man von Natur aus noch welche hat ...“

„Ach, Bergmann, diese hohe Stirn, das passt doch zu Ihnen ... das betont Ihr Charisma, macht Sie männlicher ... Sean Connery, sage ich nur ... die Unbestechlichen ...“

„Sie haben aber nichts getrunken heute früh, oder?“

„Nein ... aber die Schmerztabletten sind schon letztes Jahr abgelaufen ... glauben Sie, das ist gefährlich?“

„Wenn, dann für mich ... haben Sie das Mail von Kamp schon gelesen?“

„Nein, was will er?“

„Die Laskas haben bei der Staatsanwaltschaft angeklopft ... dürften ganz gute Beziehungen haben ... jedenfalls sollen wir noch heute eine Hausdurchsuchung machen und uns den Rudenz noch einmal vornehmen ...“

„Schau einer an ... Laska mag man eben ...“

„Oje, oje“, seufzte Bergmann, „ich glaube, Sie sollten wirklich zum Friseur gehen.“

„Ist mir Befehl“, entgegnete Schäfer und nahm das Telefon, um sich einen Termin im Salon Sylvia geben zu lassen.

Wie immer ließ Frau Sylvia bei seinem Anblick die Kundin, die sie gerade betreute, allein und eilte ihm entgegen, um ihm seinen Mantel abzunehmen. Dann vertrieb sie eine wartende Kundin aus dem roten Kunstlederfauteuil, den sie wohl bis in alle Ewigkeit für Schäfer reserviert hatte. Warum sich die Besitzerin des Friseursalons so um ihn bemühte, konnte Schäfer nur erahnen: Seine Position als hochrangiger Polizeibeamter war bestimmt ein Argument, doch darüber hinaus ging es wohl darum, dass er ein männliches Wesen war. Ein Mann, der einen Damensalon aufsuchte, dort oft stundenlang schweigsam saß, in abgegriffenen Illustrierten blätterte, sich an belanglosen Gesprächen beteiligte und sich dann nur die Haare waschen ließ – einen Haarschnitt verlangte er nämlich höchstens einmal im Jahr, zumal man vom einzigen Poster in der Auslage, das einen Mann zeigte, nicht genau sagen konnte, ob er schon schwarzweiß fotografiert worden war oder ihn die Sonne über Jahrzehnte gebleicht hatte. Als er Frau Sylvias Friseursalon zum ersten Mal aufgesucht hatte, war ihm die Besitzerin noch mit Misstrauen begegnet. Welcher Mann seines Alters und Status sucht denn einen Damensalon auf, der in den Sechzigerjahren eröffnet hatte und mit seiner Kundschaft mitgealtert war, und lässt sich dann nicht einmal die Haare schneiden? Doch die Frau hatte neben einem guten Herzen auch ein gutes Gespür. Sie hatte bald verstanden, dass ihr Salon für Schäfer eine Insel außerhalb der Zeit war, ein heiliger Ort friedfertig surrender Trockenhauben, ein symbolischer Busen, an dessen Wärme und Weichheit er sich schmiegen konnte. Auf ihre unschuldige Weise war sie in ihn verliebt. Und Schäfer wurde bei dem Gedanken, was nach ihrer Pensionierung mit dem Salon geschehen würde, weh ums Herz.

Er begrüßte die anwesenden Frauen, die er großteils kannte, ließ sich in seinen Fauteuil sinken und griff sich eine Illustrierte. Frau Sylvia meinte bedauernd, dass es noch ein bisschen dauern würde – auch das war Teil des Rituals, das bestimmte, dass Schäfer mindestens eine Stunde lesen konnte, bevor er sich zum Waschplatz begab.

Prinz Charles hatte seinem Sohn einen nur gerechten Rüffel erteilt, nachdem dieser sich bei einer Party nicht sehr standesgemäß verhalten hatte. Auch im dänischen Königshaus ging es zurzeit alles andere als harmonisch zu, was am verbitterten Gesicht der jungen Thronfolgerin nicht zu übersehen war. Zum Glück gab es da noch Freddy Quinn, der mit Ingrid van Bergen zu einem späten Liebesglück gefunden hatte. Dieses Glück und auch der Umstand, dass sich das Volksmusikduo Mechthild & Michael wieder zusammengerauft hatte, vermochten die kosmische Balance wieder herzustellen, um die sich Schäfer nach den ersten Seiten gesorgt hatte. Er legte die Zeitung weg und gab sich den Geräuschen und Gerüchen des Friseursalons hin. Nur in einer thailändischen Suppenküche hatte er vor vielen Jahren einmal eine ähnliche Atmosphäre erlebt: belebt und doch ohne Hektik, von einer heiteren Gelassenheit und Verhaftung im Moment, dass er gar nicht anders konnte, als tief entspannt zu sein.

„Sie wirken so zufrieden", war das Erste, das Bergmann sagte, nachdem Schäfer das Büro betreten und sich in seinen Sessel hatte fallen lassen.

„Die Friedfertigkeit sich föhnender Frauen", seufzte Schäfer und überlegte, ob er den Computer hochfahren sollte. „Wie gefällt Ihnen mein Haarschnitt?"

„Ja ... kurz halt ... die Kollegen stehen übrigens schon Gewehr bei Fuß."

„Wieso ... ach, die Hausdurchsuchung ... hätte ich fast vergessen ... muss wohl an dem Schlag liegen, der mich gestern ..."

„Ja ja", murrte Bergmann, „lassen Sie es mich bloß nicht vergessen."

Schäfer hatte kein gutes Gefühl, als er die Villa betrat. Zum einen war ihm Matthias Rudenz nicht unsympathisch, und er traute ihm einen derart kaltblütigen Mord einfach nicht zu. Zum anderen war es eine widersinnige Annahme, dass sie – vorausgesetzt, Rudenz hatte seine Frau wirklich planmäßig ertränkt – irgendwelche Beweismittel finden könnten. Aber wer sich einen Durchsuchungsbefehl kaufen kann, ist über solche Argumente sowieso erhaben.

Während seine Kollegen ihre Kartons füllten und im Haus das übliche Chaos anrichteten, streifte Schäfer durchs Haus und zog höchstens einmal eine Schublade auf. Ein Bibliotheksausweis, eine abgelaufene Mitgliedskarte für einen Fitnessclub, Ansichtskarten von den Malediven, Seychellen, Ibiza.

„Major!", holte ihn jemand aus seinen Betrachtungen. Schäfer drehte sich um und sah einen der Beamten einen entzweigeschnittenen Kleiderbügel in der Hand halten, der zu einem Haken gebogen war.

„Den habe ich benützt, weil ich immer wieder den Autoschlüssel innen habe stecken lassen", erklärte Rudenz, der auf der Couch saß und seit ihrer Ankunft eine halbe Flasche Rotwein getrunken hatte.

„Na dann", meinte Schäfer, „zeigen Sie uns, wie das geht."

Rudenz stand auf und führte sie in die Garage, wo neben dem Cabrio seiner Frau ein alter Saab stand, der tatsächlich noch nicht mit einer Fernbedienung funktionierte. Schäfer hielt Rudenz den Drahtbügel hin und trat zur Seite. Mit zittrigen Händen führte Rudenz das provisorische Werkzeug unter die Fensterdichtung ein und schaffte es nach ein paar erfolglosen Versuchen tatsächlich, das Plastikzäpfchen nach oben zu ziehen. Er öffnete die Fahrertür und drehte sich erleichtert zu den Polizisten um.

„Kompliment", sagte Schäfer. „Wie auch immer: Sie schlafen heute bei uns, Herr Rudenz."

Als sie im Wagen saßen und zusahen, wie Rudenz in Handschellen den Kleinbus bestieg, wandte sich Bergmann an Schäfer: „Halten Sie ihn wirklich für schuldig?"

„Nein ... wobei: So sicher wie zuletzt bin ich mir auch nicht mehr ... aber jetzt nehmen wir ihn erst mal in U-Haft und ersparen uns, dass uns die Laskas noch mehr auf die Nerven gehen ..."

„Sehr pragmatisch ..."

„Machen Sie jetzt bloß nicht auf Gerechtigkeit, Bergmann", erwiderte Schäfer, „manchmal darf man auch in der Ebene gehen, um sein Ziel zu erreichen ... egal: Gehen wir auf ein Glas Wein?"

„Ich weiß nicht, ob ..."

„Herr Rudenz hat ein Stammlokal in der Josefstadt, wo er sich des Öfteren und ausgiebig mit dem Barmann unterhält. Dem sollten wir nachgehen ..."

„Woher haben Sie denn diese Information?"

„Ergebnis der Hausdurchsuchung", erwiderte Schäfer grinsend, „los, starten!"

Sie fuhren zu einer kleinen Bar im achten Bezirk, die trotz ihres heruntergekommenen Äußeren ausgezeichnete Weine und kleine Imbisse servierte. Schäfer war gut gelaunt und bestellte eine Flasche sündteuren neunundneunziger Pinot noir.

„Ich sage Ihnen", flüsterte Schäfer nach dem ersten Glas, „irgendwas ist an dieser Geschichte dran, das stört mich gewaltig ..."

„An welcher Geschichte?"

„Ziermann, Rudenz ..."

„Das sind aber zwei verschiedene Geschichten“, erwiderte Bergmann verwirrt, der bereits nach einem Glas den Alkohol spürte.

„Vielleicht, vielleicht ... aber zwei junge Frauen, die in einem so kurzen Abstand mysteriös ertrinken ...“

„Gibt es da irgendwelche Zusammenhänge, die Sie mir verschweigen?“

„Nicht wirklich ...“

„Was soll das denn heißen?“

„Seit ich heute bei Frau Sylvia war ... seitdem habe ich so ein Gefühl ...“

„Was für eins ...?“

„Schnüff, schnüff, dass was faul ist ... keine Ahnung, wo ... aber irgendwo fault da was. Jetzt trinken Sie mal einen Schluck, Bergmann.“

„Ehrlich gesagt“, Bergmann hob sein Glas, „ich habe das Gefühl, dass Sie im Begriff sind, Unruhe zu stiften.“

„Im Gegenteil: Ordnung und Erkenntnis werde ich stiften ... außerdem sind Ruhe und Zufriedenheit der Bösewichte Komplizen“, dozierte Schäfer pathetisch.

„Warum wollen Sie denn unbedingt, dass da mehr dahinter steckt?“, fragte Bergmann. „Bei der Menge an Arbeit, die wir haben, wäre es ...“

„Haben die Sie übers Wochenende einer Gehirnwäsche unterzogen?“, unterbrach ihn Schäfer entrüstet. „Da können wir gleich die Kollegen von der Streife unsere Arbeit machen lassen ... merken Sie denn nicht, worauf das alles hinausläuft? Wir haben immer weniger Zeit, immer weniger Beamte und immer weniger Geld ... und damit zwingen sie uns zum Vordergründigen und Banalen ... Bergmann, lassen Sie sich doch nicht oktro... Sie wissen schon ... bleiben Sie auf der richtigen Seite ...“

„Keine Sorge“, meinte Bergmann, „so naiv bin ich nicht. Aber ich will mir auch nicht aus sturer Opposition heraus die Arbeit schwerer machen, indem ich überall Zusammenhänge herstelle und zwanghaft nach Indizien suche ... die meisten Fälle sind eben banal ... das wissen Sie besser als ich ...“

„Lassen Sie sich nur nicht täuschen, Bergmann ... darauf läuft doch diese beschissene Reform hinaus: alles zu banalisieren und zu nivellieren ... und das sickert langsam in unsere Gehirne ... und weil wir selbst immer banaler werden, sehen wir die Zusammenhänge nicht mehr ...“

„Wenn Sie einen sehen, schau ich ihn mir gern an“, erwiderte Bergmann mit einem Seufzer und nahm einen großen Schluck. „Aber mich lassen Sie bitte wenigstens zwischendurch banal bleiben ... wer soll denn sonst die Berichte schreiben ...“

„Jetzt schauen Sie nicht so genervt“, meinte Schäfer und schenkte Wein nach, „ich entreiße Sie den Klauen des Bösen! Prost, Kollege Bergmann!“

11

„Ich brauche eine Frau.“ Schäfer ließ sich in seinen Bürosessel fallen, ohne seinen Mantel ausgezogen zu haben.

„Das sagen hier ohnehin fast alle“, erwiderte Bergmann, ohne von seiner Arbeit aufzusehen.

„Bitte?“, fragte Schäfer nach und begann seinen Kopf zu massieren. Er verfluchte sich und seine Unbeherrschtheit. Während Bergmann am Vorabend nach der ersten Flasche Pinot noir das Lokal verlassen hatte, war Schäfer nach ein paar Gläsern an der Bar noch in ein weiteres Lokal gegangen, wo er sich mit einem japanischen Geschäftsmann angefreundet hatte. Seine letzte Erinnerung war, dass sie beide die Ottakringer Straße hinaufgetorkelt waren und immer wieder „Lock 'n' Loll, Lock and Loll!“ gebrüllt hatten. Zum Glück hatte er sich von seinem Kumpan abhalten lassen, eine angedrohte Anzeige wegen Lärmbelästigung gleich selbst aufzunehmen.

„Dass Ihnen eine Frau ganz guttäte ... da bin ich ganz Ihrer Meinung.“

Schäfer schaute ihn einen Moment lang verständnislos an. Magensäure stieg in seinem Hals hoch, er verzog angewidert das Gesicht.

„Ich weiß nicht, wie Sie auf so was kommen ... aber ich brauche eine Frau, um den Rudenz noch mal zu vernehmen. Ich will eine Kollegin, die seiner Frau ähnlich sieht: jung, hübsch, die Perlenohrstecker-Hermes-Fraktion, wie sich Kovacs ausdrückt ...“

„Wie wär's mit der Gattin vom Mugabe?“

„Mein Gott, Bergmann, Sie sind geschmacklos!“

„Bei der Forensik arbeitet eine ... Sofia irgendwas ... aber ob die eine Vernehmung führen kann ...“

„Haben Sie eine Nummer?“

Bergmann griff zum Telefon, wählte und ließ sich verbinden. Dann reichte er Schäfer den Hörer über den Tisch. Sofia Insam. Schäfer erklärte ihr kurz sein Anliegen und fragte sie, ob sie am Nachmittag vorbeikommen könne, um sich mit ihnen auf die Vernehmung vorzubereiten. Er hörte sie mit einem Kollegen im Hintergrund sprechen, dann sagte sie zu.

„Was wird das?", wollte Bergmann wissen.

„Rudenz ... ich will wissen, ob er uns was verheimlicht ... dafür nehmen wir ihn uns jetzt jeden Tag zweimal vor... und zur Abwechslung möchte ich wissen, wie er auf eine Frau reagiert, die seiner ähnlich sieht und die ihm eine Stunde lang Vorhaltungen macht .... rufen Sie bei der Justizwache an und bestellen Sie ihn für vier Uhr her. Funktioniert die Videoaufzeichnung eigentlich wieder?"

„Ja, habe ich mich drum gekümmert." Bergmann griff wieder zum Telefon.

Zu Mittag erhielt Schäfer ein Mail von Kovacs mit dem Phantombild des Schweizers. War der Sozialarbeiter vom Karlsplatz also tatsächlich vorbeigekommen. Er schickte das Bild an die Pressestelle mit der Bitte, alle eingehenden Informationen direkt an ihn – und nur an ihn – weiterzuleiten.

Kurz vor drei ging Schäfer auf die Toilette. Als er sich das Gesicht mit kaltem Wasser wusch, wurde ihm plötzlich schwindlig und er musste sich auf den metallenen Abfalleimer neben dem Waschbecken setzen. Was war das für ein Anfall? Er begann zu zittern, klammerte sich mit den Händen ans weiße Email, ein Stechen in der Brust, ein pochendes Glühen im Nacken, kalter Schweiß, dazu der Drang, gleichzeitig zu kotzen und den Darm zu entleeren. Er zwang sich aufzustehen, torkelte in eine der Kabinen und schloss sich ein. Wie lang, konnte er danach nicht sagen.

„Geht's Ihnen nicht gut?", fragte Bergmann besorgt, als Schäfer ins Büro zurückkam.

„Ich brauche frische Luft", stammelte Schäfer und nahm seinen Mantel vom Haken.

Auf dem Weg nach unten biss er die Zähne zusammen, um der Panik Herr zu werden, die sich seiner bemächtig hatte. Verdammt, er war zu jung, um draufzugehen; ein bisschen Auslauf, den Kreislauf ankurbeln, dann wird das schon wieder. Doch als er die Eingangstür aufdrückte und in die Welt hinaussah, drehte er augenblicklich um und nahm den Fahrstuhl in die Tiefgarage. Er setzte sich in seinen Dienstwagen, drehte die Heizung auf und zündete sich eine Zigarette an, die er nach einem Zug angeekelt aus dem Fenster warf. Er zitterte immer noch, die Vorstellung, sich auch nur wenige Minuten vom Straßenverkehr gefangen nehmen zu lassen, der Horror, der Horror, doch hier würde es auch nicht besser werden, er startete den Wagen, fuhr aus der Tiefgarage und reihte sich in den Verkehr ein. Raus aus der Stadt, irgendwohin, wo er niemanden träfe, doch nur nicht nach Hause, nein, in den Wald. Er schaltete Blaulicht und Folgetonhorn ein, konnte sich jedoch nicht überwinden, schneller als vierzig zu fahren, geschweige denn, in eine rote Ampel einzufahren, ein groteskes Bild bot er, ein Bremsfahrzeug ohne erkennbare Begründung, ein angsterfüllter Entschleuniger, der sich dennoch so schnell wie möglich weg von der Straße wünschte.

Eine halbe Stunde später stellte er den Wagen in Mauerbach am Ende einer Zufahrtsstraße ab, die in einen geschotterten Forstweg überging, abgesperrt mit einem Schranken. Er stieg aus und marschierte los. Über den Forstweg zwischen den Wiesen hindurch, bis er zu seiner Linken einen schmalen Pfad sah, der auf eine Anhöhe führte. Bald kam er ins Schwitzen, der Weg wurde steiler und seine Schuhe fanden auf dem nassen Laub keinen Halt. Oben angelangt, blieb er nur kurz stehen und folgte dem Pfad weiter in den Wald hinein. Da war was. In seinem Kopf. Eine Botschaft, die jemand seinem Gegenüber zuwerfen wollte, doch die Schlucht zwischen ihnen war zu breit und die Botschaft fiel in den Abgrund. In Gedanken ging er den gestrigen Tag noch einmal durch, während die Buchen um ihn dichter und der Himmel dunkler wurde. Er war bei Frau Sylvia gesessen, was hatte sie ihm erzählt? Was hatte er gelesen? Dann mit Bergmann, dann der Japaner, worüber hatten sie gesprochen? Womöglich über den Fall, vielleicht hatte ihm der Asiate eine neue Sichtweise aufgetan, einen entscheidenden Hinweis geliefert; unwahrscheinlich. Nachdem er über eine Stunde gegangen war, musste er sich eingestehen, dass er sich verirrt hatte. Der Pfad bestand nur noch aus kaum sichtbaren Trittspuren, die wohl ein paar

Rehe oder Wildschweine im Raureif hinterlassen hatten. Er kehrte um und versuchte sich den Hinweg in Erinnerung zu rufen. Doch mit einem Mal sah alles gleich aus, er war sich sicher, an einem Holzstoß schon vorbeigekommen zu sein, und bald darauf war da wieder einer, der dem ersten zum Verwechseln ähnlich sah. Sein Hemd war nass und er begann zu frieren. Eine halbe Stunde würde er noch suchen, dann müsste er wohl Bergmann anrufen, um ihn hier herauszuholen. Schwindlig war ihm auch, bis auf das halbe Mittagessen hatte er nichts gegessen, und obwohl er anfangs versuchte, sie lächerlich zu machen, wurde seine Angst, die sich zu Beginn der Wanderung besänftigt hatte, nun immer größer. Erschöpft setzte er sich auf einen Baumstrunk und wollte sein Telefon herausnehmen. Er hatte es nicht dabei. Kopfschüttelnd stand er auf und machte sich auf, eine Anhöhe zu suchen, wo er sich mithilfe der Stadtlichter zurechtfinden konnte. Doch mittlerweile war es so dunkel, dass er jegliche Orientierung verloren hatte. Panisch stapfte er durchs Unterholz, stolperte immer wieder und zerriss sich seine Hosen an einer Brombeerstaude. Mindestens eine Stunde musste er so durch den Wald geirrt sein, als er plötzlich auf einer Lichtung stand und am anderen Ende ein Forsthaus sah. Er ging hin, rüttelte an der verschlossenen Tür und setzte sich auf die Holzbank vor dem Haus. Hier also soll es enden, fiel ihm eine Gedichtzeile von Rilke ein, dann lachte er sich aus wegen seiner Weinerlichkeit, seines peinlichen Selbstmitleids, aus dem er seit Wochen schon die trübe Brühe trank, die ihn zu einem nichtsnutzigen Jammerlappen werden ließ, sie lachten bestimmt schon über ihn, hämisch hinter seinem Rücken, weil er nichts mehr weiterbrachte, seit Tirol nicht mehr fähig war, einen Fall in die Hand zu nehmen und ihn mannhaft und entschlossen abzuschließen. Ordnung schaffen, hatte sein Therapeut gemeint, einen Schachabend, ha, er konnte nicht einmal Schach spielen, was konnte er überhaupt, zu einer jämmerlichen Figur war er verkommen, der Major ein Titel mit baldigem Ablaufdatum, faulig in der Ecke, Ermittler zum halben Preis, er sollte sich eine Kugel in den Kopf jagen. Er nahm seine Waffe heraus und legte sie sich in den Schoß; nur für einen Moment die Augen schließen, dann ein Fenster einschlagen, das Schloss aufschießen, vor Erschöpfung schlief er ein. Das Geräusch knackender Äste weckte ihn, dann hörte er ein knurrendes Fauchen, er blickte sich um und sah einen Wolfshund auf sich zustürzen. Benommen nahm er seine Waffe, zielte und drückte dreimal ab. Der Hund brach zusammen und blieb tot vor ihm liegen. Im nächsten Augenblick sah Schäfer einen Mann über die Lichtung laufen, über der Schulter ein Jagdgewehr. Er stand auf, nahm seinen Dienstausweis heraus und hielt ihn gemeinsam mit seiner Waffe dem Mann entgegen.

„Ich bin Polizist", rief er mit zitternder Stimme, „legen Sie das Gewehr ab!"

„Ich brauche einen Hund“, sagte Schäfer nach Betreten des Büros und blieb an Bergmanns Schreibtisch stehen.

„Vor drei Tagen brauchen Sie eine Frau, heute einen Hund … ich bin mir nicht sicher, ob Ihr Therapeut der richtige Mann für Sie ist.“

„Papperlapapp“, erwiderte Schäfer und überlegte einen Moment, ob er Bergmann von dem Vorfall im Wald berichten sollte. Dann sah er auf seinem Bildschirm den Zettel hängen: eine Kopie aus einem Märchenbuch mit einer Illustration von Hänsel und Gretel vor dem Hexenhaus. Zudem hatten ihm seine lustigen Kollegen eine Dose mit Brotkrumen hingestellt. Nun gut, nachdem Schäfer zwei Tage zu Hause geblieben war, um seine Erkältung auszukurieren, war es nicht weiter verwunderlich, dass sich die Geschichte herumgesprochen hatte. Bergmann hatte inzwischen begonnen, verhalten vor sich hin zu kichern.

„Ich weiß nicht, was da lustig sein soll“, meinte Schäfer eingeschnappt, „zuerst erfriere ich fast, dann fällt ein Wolf über mich her, dann will mich ein Jäger erschießen …“

„Na ja … solche Sachen passieren aber immer nur Ihnen.“

„Ja ja … wie heißt der Züchter von unserer Staffel, der da draußen …?“

„Wenn Sie mit draußen Weidling meinen, dann ist es wohl der Grafensteiner. Ich suche Ihnen die Nummer raus.“

„Das ist der Alte mit dem Rübezahlbart, oder?“

„Genau der.“ Bergmann reichte ihm einen Merkzettel mit der Nummer über den Tisch.

„Danke“, sagte Schäfer und steckte den Zettel in die Innentasche seines Jacketts. „Wie ist eigentlich die Befragung vom Rudenz gelaufen?“

„Er hat tatsächlich die Beherrschung verloren … das mit der Insam war eine gute Idee, so penetrant, wie die sein kann … gestanden hat er allerdings nicht …“

„Was hat seine Freundin gesagt … diese Maria?“

„Eins zu sein, was Rudenz ausgesagt hat. Er ist um kurz nach zehn bei ihr aufgetaucht ... aufgebracht nach dem Streit mit seiner Frau ... aber so, wie er über sie geredet hat, hätte er sie zwar gern umgebracht, aber sie war wohl noch am Leben ... angerufen hat sie allerdings nicht, während er bei seiner Freundin war ... den Gefallen hat sie ihm nicht getan ... oder sie war schon tot ...“

„Und das mit dem möglichen Geliebten seiner Frau?“

„Nichts ... unmöglich, das hätte er gemerkt, hat er gemeint ... aber da ist er nicht der Erste, von dem ich so was höre ...“

„Der Obduktionsbericht, ist der jetzt fertig?“

„Hier.“ Bergmann reichte eine Flügelmappe über den Schreibtisch.

„Was steht drin?“

„Eine natürliche Todesursache ist möglich, allerdings unwahrscheinlich ... genauso wie ein Selbstmord ... festlegen wollen sich die Herren aber auch nicht ...“

„Das reicht nicht“, meinte Schäfer und sah aus dem Fenster.

„Nein“, stimmte ihm Bergmann zu, „spätestens morgen ist er wieder draußen.“

„Hm ... soll mir recht sein ... sagen Sie: Ist Ihnen das schon einmal passiert, dass Sie irgendwo einen Gedanken im Kopf spüren, und dann will der irgendwo hinhüpfen, wo Sie ihn erkennen können, also wie über eine Schlucht, aber dann stürzt er immer wieder ab ... nervend ist das ...“

„Hm ... klingt so, als bräuchten Sie noch etwas, um eine Brücke zu bauen.“

Schäfer sah über den Schreibtisch hinüber und meinte: „Oder in die Schlucht hinuntersteigen! ... Ich fahre jetzt zum Grafensteiner.“

Er stand auf, zog seine Jacke an und blieb im Raum stehen, als ob er noch etwas vergessen hätte.

„Lassen Sie Ihre Waffe lieber hier“, meinte Bergmann grinsend, was Schäfer mit einem Murren kommentierte. Auf dem Gang hatte irgendein Scherzbold ein Poster von einem Wolfshund aufgehängt und darunter „Hast du mich gesehen?“

geschrieben. Schäfer riss das Bild von der Wand, zerknüllte es und warf es in den nächsten Papierkorb.

Als er aus der Tiefgarage fuhr, rief ihn Bergmann an.

„Hab ich vorhin vergessen: Die Insam hat angerufen und wollte Sie sprechen."

„Ach ... ich rufe sie später an. Danke."

Bevor er stadtauswärts fuhr, blieb er bei einer Bank stehen und hob zweitausend Euro ab. Er hatte keine Ahnung, was ein neuer Hund kostete, doch wollte er den Jäger auf keinen Fall mit irgendeinem alten Bastard entschädigen. Er fuhr Richtung Höhenstraße und entschied sich an der Stadtgrenze, einen Umweg über den Exelberg zu machen. Auf dem Parkplatz neben dem Sendeturm stellte er den Wagen ab, stieg über einen Schranken und ging ein Stück die Forststraße in den Wald hinein. Ganz in der Nähe hatte ein Forstarbeiter den Schweizer gefunden. Unter einer alten Eiche, zugedeckt mit Ästen. Gestorben war er woanders, das hatten die Spurensicherung und der Gerichtsmediziner mit Bestimmtheit sagen können. Also war er vielleicht bei irgendwem zu Hause gestorben und derjenige hatte ihn dann hierher verfrachtet. Ein anderer Fixer mit einem Wagen, der diese Mühe auf sich nimmt? Kaum. Eher jemand, der mit dem Toten auf keinen Fall in Verbindung gebracht werden will. Er ging zum Wagen zurück und fuhr weiter nach Weidling, wo er einen Fußgänger nach der Adresse des Hundezüchters fragte. Dass er die Nummer des Mannes in der Tasche hatte, war ihm inzwischen entfallen.

Grafensteiner, ein riesenhafter Mann um die siebzig, mit weißen Haaren, die wie Federn von seinem Kopf abstanden, und einem Bart wie ein Strauch, stand inmitten eines riesigen eingezäunten Geheges und schien gerade eine Bracke abzurichten. Als er Schäfer aus dem Auto steigen sah, machte er keinerlei Anstalten, diesen zu begrüßen. Schäfer trat an den Zaun und beobachtete den alten Mann eine Weile.

„Ich bin Major Schäfer von der Kriminalpolizei", rief er Grafensteiner schließlich zu, „ich komme wegen einem Hund."

„Ah, Hänsel." Der Mann lachte laut und kam auf Schäfer zu.

„Bergmann, du Schwein“, fluchte Schäfer in sich hinein, „nichts Besseres zu tun, als dem Rübezahl gleich alles zu petzen.“

„Na dann brauche ich Ihnen wohl nicht mehr erzählen, worum es geht ... was haben Sie denn?“

Grafensteiner schaute ihn abschätzig an.

„Supermarkt bin ich keiner“, meinte er mürrisch und drehte sich um, was Schäfer dahingehend deutete, dass er ihm folgen solle. Sie gingen ums Haus herum, hinter dem sich mehrere große Zwinger befanden.

„Schöne Brandlbracken“, sagte er und deutete auf drei Welpen, die ihm entgegenwedelten, „aber die sind noch zu jung.“ Sie machten ein paar Schritte zum nächsten Zwinger. „Zwei Appenzeller Sennenhunde ... da habe ich zwei Retriever-Weibchen – die sind aber fast sicher vergeben – und da gibt’s einen schönen Wurf Setter, die werden ganz zutraulich.“

„Was ist mit dem da hinten?“ Schäfer deutete auf einen Hund, der außerhalb der Zwinger vor sich hin döste.

„Das ist eine Sie ... eine schöne Leonberger, gerade ein Jahr alt, sehr gescheit ... aber leider blind auf einem Aug.“

„Die gefällt mir.“ Schäfer ging auf die Hündin zu und hockte sich neben sie.

„Na ja ... von mir aus. Wenn es nicht für den Dienst ist.“

„Was kostet sie?“

„Achthundert, Sheriffpreis“, antwortete Grafensteiner gönnerhaft.

Schäfer nahm seine Geldtasche heraus, zählte acht Hunderter ab und gab sie dem Züchter.

„Was ist mit Impfungen und dem Zeugs?“

„Alles erledigt“, winkte Grafensteiner ab und begann heiser zu lachen, „aber wenn du willst, lege ich eine kugelsichere Weste drauf.“ Er ging in einen Holzverschlag und kam mit einem Stück Seil wieder, das er der Hündin ans Halsband knotete. Dann gab er Schäfer das lose Ende in die Hand, klopfte ihm lachend auf die Schulter, drehte sich um und ging zurück zum Gehege.

Schäfer und die Hündin sahen sich einen Augenblick prüfend an, dann zog er an der Leine und sie folgte ihm zum Auto.

Er fuhr über die Höhenstraße zurück in den vierzehnten Bezirk und von dort nach Mauerbach. Als er vor dem Haus des Jägers den Motor abstellte, konnte er sich lange nicht überwinden auszusteigen. Schließlich war es die Hündin, die ihn mit einem kurzen Bellen darauf aufmerksam machte, dass etwas passieren sollte. Er stieg aus, öffnete die Hintertür und ließ seine Begleiterin heraus.

Mit der Leine in der Hand ging er zum Gartentor und läutete. Als Schäfer schon wieder umdrehen wollte, ging die Haustür auf. Der Mann sah ihn einen Augenblick an und kam dann langsam auf sie zu. Er öffnete das Gartentor und blieb mit ausdrucksloser Miene vor Schäfer stehen.

„Ich habe mir gedacht ...", begann Schäfer zögerlich und wusste nicht weiter, als die Hündin ihm zu Hilfe kam und an der Hand des Mannes zu lecken begann.

„Ist das Ihre?" Er tätschelte der Hündin den Kopf.

„Eigentlich soll sie Ihnen gehören ... ich meine ... einen Hund kann man nicht so einfach ersetzen, aber ..."

„Eine Leonberger", stellte er fest und trat zur Seite, „kommen Sie rein."

Schäfer folgte ihm ins Haus, das ihn umgehend an seinen Großvater erinnerte: ein dunkler, holzgetäfelter Vorraum mit kleinen Rehbockgeweihen als Garderobe. Eine schlichte Küche mit einem alten gusseisernen Gasherd, wie sie Schäfer eigentlich nur aus französischen Filmen kannte. Das Wohnzimmer war eher als Stube zu bezeichnen: viel Fichtenholz, ein schwerer Holztisch mit Eckbank, ein Kachelofen, darüber ein ausladender Vierzehnender – Schäfer fühlte sich sofort heimisch.

„Ich mache mir einen Rindsbraten warm", meinte der Mann, „wollen Sie auch was?"

„Gern." Schäfer setzte sich auf die Ofenbank und drückte seinen Rücken an die warmen Kacheln.

Als der Mann mit der Hündin im Schlepptau in die Stube kam und das Essen auf den Tisch stellte, stand Schäfer auf und nahm auf der Eckbank Platz.

„Bier?", fragte der Mann, ging wieder in die Küche und kam mit zwei Flaschen und einem vollen Futternapf für den Hund zurück.

„Der Artus war schon alt", sagte er, nachdem sie eine Zeitlang schweigend vor sich hin gekaut hatten. Schäfer wusste nicht, was antworten.

„Ein Jahr noch, vielleicht zwei", fuhr der Mann gedankenverloren fort.

„Dafür war er aber noch ganz schnell."

„Ja, das war er ... ein Saarloos."

„Sie da ist auf einem Aug blind", sagte Schäfer und deutete auf die Hündin, die sich neben dem Ofen ausstreckte, „ich hoffe, das macht Ihnen nichts."

„Sie haben Sie deswegen genommen, oder?"

„Ich glaube schon", antwortete Schäfer und sah in ihre Richtung.

„Das ist gut." Der Mann stand auf, um die Teller abzuräumen. Er kam wieder, setzte sich, holte eine Schachtel Zigaretten aus der Tischschublade und bot Schäfer eine an. Rauchend saßen sie am Tisch und schauten abwechselnd aus dem Fenster und zur Hündin.

„Spielen Sie Karten?", fragte der Mann, nachdem sie sich zwei Zigaretten lang schweigend gegenübergesessen waren.

„Ich habe schon lang nicht mehr gespielt ... früher viel, Schnapsen mit meinem Opa, aber das ist gut dreißig Jahre her."

„Das verlernt man nicht." Er öffnete die Tischschublade und nahm eine Packung doppeldeutsche Karten heraus. Nach dem ersten Spiel, das Schäfer zu null verloren hatte, stand der Mann auf, ging zur Anrichte, entnahm ihr eine etikettenlose Flasche mit einer klaren Flüssigkeit und zwei Gläser.

„Wie nennen wir sie?", fragte er, nachdem er die Gläser gefüllt und Schäfer eins hingestellt hatte.

„Keine Ahnung ... Einäuglein?"

„Depp", rutschte es dem Mann heraus, „ich glaube, ich sage Aurora zu ihr."

„Aurora ... die Göttin der Morgenröte ... so wie ein neuer Tag beginnt."

„So ist es." Der Mann erhob sein Glas. „Auf Aurora."

„Auf Aurora."

13

Um vier Uhr morgens wachte Schäfer auf. Er war durstig und ging in die Küche, um ein Glas Wasser zu trinken. Mit dem Glas in der Hand setzte er sich auf die Couch. Und mit einem Mal war die Brücke da – oder zumindest ein Seil, das über den Abgrund führte, der zuvor alles verschluckt hatte. Er sah sich in Frau Sylvias Friseursalon sitzen und eine Illustrierte durchblättern, die ihre Leser mit Gerüchten und Halbwahrheiten aus den europäischen Adelshäusern versorgte. Solche Magazine brauchte er. Er stand auf und ging ins Bad, duschte, rasierte sich und zog sich an. Mit einer zur Hälfte geschälten Banane in der Hand stieg er in den Lift und fuhr ins Erdgeschoss. Als er auf der anderen Straßenseite seinen Wagen und dessen zerbeulten Kotflügel sah, wollte er sich einreden, dass er bei der Heimfahrt auf keinen Fall die gesetzlich erlaubte Promillezahl überschritten hatte. Drei Bier und ein paar Schnaps, aber über den ganzen Abend verteilt, dieses beschissene nasse Laub auf der Straße, deswegen hatte er die Kontrolle verloren und war in die Böschung gekracht, Scheiße, Schäfer, ging er mit sich selbst ins Gericht, überquerte die Straße und stieg in den Wagen. Der ließ sich zwar starten, doch das rechte Vorderrad scheuerte an der Außenverkleidung. Er stieg wieder aus und ging zu Fuß zum Westbahnhof. Das Gros der Geschäfte hatte noch geschlossen, doch Schäfer fand einen Kolporteur, der in der Wartehalle neben den üblichen Pornomagazinen für einsame Reisende auch eine Vielzahl genau der Zeitschriften anbot, die er suchte. Er kaufte fünf verschiedene Exemplare, setzte sich damit vor den einzigen geöffneten Kiosk und bestellte ein Wiener Frühstück. Mit einer Marmeladesemmel in der einen Hand blätterte er mit der anderen die Magazine durch. Im vierten fand er, wonach er gesucht hatte: das norwegische Königspaar, Sonja und Harald; so wie die Ziermanns. Nach einem Moment der Euphorie, und nachdem er über Zusammenhänge und mögliche Motive nachgedacht hatte, musste er sich ernüchtert eingestehen, dass ihm mit ziemlicher Sicherheit ein Zufall über den Weg gelaufen war. Was sollte das aussagen? König und Dame? – Schach, Poker, Bridge? Er zündete sich eine Zigarette an, beobachtete die Pendler, die nun auf die Bahnsteige strömten, und bat den Kellner um die Rechnung.

Im Kommissariat traf er auf keinen Menschen und zum Glück auch auf keine weiteren heiteren Anspielungen auf sein Missgeschick im Wald. Manchmal ist es ganz gut, wie schnell die Toten unwichtig werden, sagte er sich, betrat das Büro, hängt seine Jacke auf und schaltete die Tageslichtlampe ein. Er setzte sich an den Schreibtisch und fuhr den Computer hoch. In einer Dokumentvorlage fasste er zusammen, was er tagsüber zu erledigen hatte. Schreyer sollte mit dem Phantombild des Schweizers die Autowerkstätten abklappern und herausfinden, ob der Mann in den letzten Jahren irgendwo seinem Mechanikerberuf nachgegangen war. Harald Ziermann: Auch wenn es ihm sonderbar vorkommen musste, wollte Schäfer doch wissen, ob ihm die Namensgleichheit mit dem norwegischen Königspaar bekannt war. Dann war da noch die Freundin von Laura Rudenz, die von einem möglichen Liebhaber gesprochen hatte; die musste er treffen ... ah, endlich begann er wieder die Dinge in die Hand zu nehmen. Um zwei Minuten vor sieben betrat Bergmann das Büro.

„Na, Unterstunden abbauen?“, begrüßte er Schäfer.

„Ich hatte eine Aufgabe zu erfüllen, die für das Ansehen der gesamten Polizei von tragender Bedeutung war ... und außerdem: Seien Sie nicht so frech, Bergmann, sonst ziehen wir unsere Uniformen an und vergleichen die Streifen.“

„Entschuldigung – aber die Geschichte war endlich wieder einmal was, über das alle hier lachen konnten.“

„Gern geschehen ... sagen Ihnen die Namen Sonja und Harald etwas? Ich meine, abgesehen von den Ziermanns?“

„Nein. Sollten sie?“

„Das norwegische Königspaar“, erklärte Schäfer und richtete seinen Zeigefinger auf Bergmann, „ist doch interessant, oder?“

„Ich wüsste nicht, warum ... das sind jetzt auch keine so ausgefallenen Namen.“

Schäfer erwiderte nichts und setzte seine Arbeit fort. Kurz vor elf klopfte es und Kovacs trat ein. Sie hatte im Fall des Schweizers auf eigene Initiative einige der größeren Wiener Autowerkstätten aufgesucht. In einer hatte der Mann tatsächlich gearbeitet, wenn auch nicht einmal die gesamte Probezeit. Schäfer sah sie erstaunt an. Die Frau war noch besser, als er erwartet hatte.

„Kollegin", sagte Schäfer, „wenn Sie ein Mann wären, würde ich Sie jetzt küssen. Ich meine: nicht, weil Sie ein Mann wären, sondern weil Sie keine Frau wären, weil bei Frauen ist das bei der Arbeit ja gleich sexuelle ... na, Sie wissen schon."

Kovacs und Bergmann schauten sich verwundert an.

„Ist doch egal", lenkte Schäfer ab, „Bergmann, Pferde satteln, ich habe heute keine Lust, selbst Auto zu fahren."

„Ähm", meinte Bergmann zurückhaltend, „ich weiß nicht, ob es gut ist, dass wir beide uns diesem Fall widmen, der ja eigentlich kein aktueller ist ... ich meine, wenn Kamp davon Wind bekommt ..."

„Auch wieder wahr", gab Schäfer zu, „Kovacs, was ist mit Ihnen?"

Die Autowerkstatt Stippl lag im elften Bezirk am Rande des Zentralfriedhofs. Im Mittagsverkehr kamen sie nur langsam voran.

„Wenn es nicht so verarmt aussehen täte, würde ich nie mit dem Auto hier herausfahren", sagte Schäfer genervt, „na los, Kollegin, machen Sie auf Gefahr im Verzug!"

Kovacs ließ das Fenster herunter und stellte das Blaulicht aufs Dach.

Zehn Minuten später stellten sie das Auto ab und gingen direkt in die Werkhalle. Schäfer schnappte sich einen der Mechaniker und fragte ihn nach dem Chef. Im Büro, meinte der Arbeiter und zeigte ihnen den Weg.

„Herr Stippl? ... Major Schäfer, Kriminalpolizei, meine Kollegin, Revierinspektorin Kovacs."

„Grüß Gott", erwiderte der Mann verunsichert und stand hinter seinem Schreibtisch auf, „Sie kommen wegen dem Willi, nehme ich an."

„Richtig ... wie war eigentlich sein voller Name?"

Stippl zögerte, bat die beiden, Platz zu nehmen und setzte sich ebenfalls.

„Wissen Sie ... der war ja noch in der Probezeit und ...“

„Sie haben ihn schwarz beschäftigt“, schloss Schäfer.

„Na ja ...“, setzte der Mann an, sich herauszureden.

„Mir persönlich egal“, fuhr Schäfer fort, „von unserer Seite bekommen Sie da keine Schwierigkeiten. Ich möchte wissen, mit wem er Kontakt hatte, wo er gewohnt hat ...“

„Der Willi war ein spitzenmäßiger Mechaniker ... aber das mit dem Rauschgift, auf Dauer geht das nicht gut ...“

„Hat er Freunde unter den Kollegen gehabt?“

„Da müssen Sie sie selber fragen. Schon möglich, dass die nach der Arbeit manchmal auf ein Bier gegangen sind. Geredet hat er jedenfalls nie viel. Einmal hat er den ganzen Vormittag nichts weitergebracht, als alle Schraubenschlüssel mit Benzin zu reinigen ... das geht auf Dauer nicht gut, mit dem Rauschgift.“

„Nein, bestimmt nicht“, meinte Schäfer, das mit dem Alkohol aber auch nicht, dachte er und bat den Mann mit der dicken roten Nase, sie in die Werkstatt zu begleiten.

Es war, wie Stippl gesagt hatte: Abgesehen davon, dass der Schweizer den einen oder anderen Kollegen nach der Arbeit auf ein Bier begleitet hatte, war es zu keinen engeren Kontakten gekommen. Über seine Vergangenheit wurde nur gemutmaßt. Ein Mechaniker meinte, dass der Schweizer möglicherweise in der Fremdenlegion gewesen wäre, weil er immer so geheimnisvoll getan hatte. Vielleicht waren das aber auch nur die Drogen gewesen. Außerdem war er ja nur drei Wochen bei ihnen gewesen.

„Mal sehen, ob uns die Zeitungen was bringen“, sagte Schäfer auf der Fahrt zurück ins Stadtinnere.

„Mal sehen, was Oberst Kamp zu Ihrer Initiative sagt ...“, erwiderte Kovacs.

„Was er nicht weiß, macht ihn nicht heiß.“

„Verstehe ...“

„Das heißt nicht, dass Sie sich das Gleiche mir gegenüber erlauben sollen“, fügte Schäfer rasch hinzu, „quod licet iovi, non licet bovi ...“

„Ich habe nie Latein gehabt.“

„Hm ... kommen Sie einfach nicht auf dumme Gedanken.“

Nachdem sie gemeinsam in der Kantine mittaggegessen hatten, saß Schäfer vor seinem Computer und surfte durch die Vermisstendatenbanken verschiedener Kriminalämter in Deutschland und der Schweiz. Menschen tauchten irgendwo unter oder starben. Und keiner vermisste sie.

„Ich glaube, ich besuche heute den Koller und bringe ihm ein paar Blumen vorbei“, dachte er laut.

„Blumen?“, wunderte sich Bergmann, „für den Koller?“

„Das war als Platzhalter gemeint ... Schokolade ... was zum Lesen ... vielleicht gibt's ja ein Magazin ... ‚Die schönsten Leichen‘ ... ‚Tits of death‘ oder so ...“ Schäfer begann kindisch vor sich hin zu kichern. „Was ist eigentlich mit der Telefonüberwachung für den Rudenz?“, legte er schnell nach. „Wenn er schon frei geht, könnten wir wenigstens hören, was er so treibt ...“

„Die Leitung steht ... aber die Leute fehlen uns.“

„Die bewilligen die Überwachung und das Personal nicht?“, ärgerte sich Schäfer.

„Richtig.“

„Können wir nicht den Strasser damit betrauen? Wir sperren ihn in einen fensterlosen Kastenwagen, werfen alle paar Stunden ein rohes Stück Fleisch rein ...!“

„Das genehmigt der Mugabe ganz bestimmt!“

„An den darf ich gar nicht denken.“

Um halb fünf verließ Schäfer das Kommissariat, ging in die Trafik gegenüber und kaufte für den Gerichtsmediziner einen Stapel Fachmagazine. Koller las alles, von Modellbauzeitschriften bis zu „Barschfischen heute“ – je fremder die Themen seiner eigenen Welt waren, umso besser.

Als Schäfer mit dem Packen Zeitungen unter dem Arm die Hand auf die Klinke von Kollers Gartentor legte, ging diese wie von selbst nach unten und das Tor öffnete sich nach innen. Ein Mann Ende sechzig, gut einen Kopf größer als Schäfer, stand ihm gegenüber und sah ihn prüfend an. Braune Lederjacke, Schnauzbart, zerfurchtes Gesicht, stechende Augen. Schäfer versperrte dem Mann, den er in letzter Zeit irgendwo gesehen zu haben glaubte, den Ausgang, bis dieser ihn mit einem fremden Akzent grüßte und meinte, dass Koller ihn bereits erwarte. Schnellen Schritts ging Schäfer zur Eingangstür und läutete.

„Wer war dieses Achtzigerjahre-Fossil da eben", wollte er wissen, als Koller ihm die Tür öffnete, „dein Nachlassverwalter?"

„Hauptkommissar Ballas aus Budapest", entgegnete Koller, „kenne ich noch von früher. Komm herein, du abartiger Erbschleicher."

„Das habe ich mich sowieso schon gefragt", meinte Schäfer und band sich seine Schuhe auf, „lässt du dich eigentlich vor deinem Ableben noch klonen, um deine Leiche selber sezieren zu können?"

Koller sah ihn nachdenklich an, humpelte dann auf seine Krücken gestützt ins Wohnzimmer und sagte: „Das wirft in der Tat ein paar sehr interessante philosophische Fragen auf ..."

„Ja ... ich hänge mich inzwischen vor den Fernseher."

„Sei so gut und mach uns zuerst eine Kanne Tee. Ich bin froh, wenn ich nicht zu oft aufstehen muss."

„Na, du bist mir ein Gastgeber", tat Schäfer entrüstet und ging in die Küche.

„Der Föhring hat mich angerufen", hörte er Koller im Wohnzimmer schreien, während er den Wasserkocher auffüllte, „die in der Badewanne ... interessanter Fall."

„Hast du nach der Bettpfanne geschrien oder was wolltest du?", fragte Schäfer und stellte das Tablett auf dem Couchtisch ab.

„Ah, du Hund ... hoffentlich überlebe ich dich, weil dann stopfe ich dich persönlich aus und stelle dich als Vogelscheuche in den Garten. Da fallen die Krähen tot vom Himmel ..."

„Also, Meister", Schäfer lachte, „was ist mit der Toten aus der Badewanne?"

„Zum einen ist es natürlich kriminalistisch spannend ... wir können euch keine wissenschaftlich eindeutige Antwort liefern, also treten die schwammigen Dinge in den Vordergrund, in denen du so gern herumwühlst: Hat der Mann sie geschlagen, hat er einem Dritten gegenüber schon einmal etwas geäußert, ist sie ..."

„Dir ist eindeutig fad“, unterbrach Schäfer den Arzt.

„Halt die Klappe, du Nichtsnutz ... außerdem hat’s das schon mal so oder so ähnlich gegeben“, Koller hob seine Tasse, „da bin ich mir ziemlich sicher.“

„Na ja, dass jemand in der Badewanne stirbt, ist nicht gerade ein Highlight der Todesarten.“

„Das nicht“, Koller schüttelte seinen Zeigefinger in Schäfers Richtung, „aber das mit der verschlossenen Tür ... der Mann, der nach einem Streit heimkommt ... wenn ich wieder bei der Arbeit bin, muss ich da mal meine Bibliothek durchgehen. Was macht ihr eigentlich jetzt mit ihm?“

„Die Laskas werden den Staatsanwalt anjammern, dass er ihn in U-Haft behält ... das wird sich aber nicht ausgehen. Ich schätze, dass er spätestens morgen draußen ist ... soll mir recht sein.“

„Und diese andere Frau ... die in der Donau ertrunken ist ...“

„Sonja Ziermann ... tja“, meinte Schäfer und zögerte einen Moment, „ich habe keine Leute für weitere Befragungen ... wenn niemand sein Gewissen erleichtern will ...“

„Wieso? Das sieht doch viel eher nach Unfall aus ... oder bist du da schon wieder schlauer als alle anderen?“

„Mag sein, mag sein“, tat Schäfer geheimnisvoll.

„Ah, Klugscheißer ... sobald ich wieder auf den Beinen bin, schaue ich mir das selber noch einmal an.“

„Tu das“, erwiderte Schäfer und legte Koller den Plastiksack mit den Magazinen auf den Schoß, „bis dahin kannst du dich da durchschmökern.“

„Durchschmökern“, meinte Koller pikiert und stopfte sich eine Pfeife, „für so ein Wort würden sie dich in deiner Heimat ans Kreuz hängen.“

„Soll es schon gegeben haben“, antwortete Schäfer und ging in den Vorraum, um seine Zigaretten aus der Jacke zu holen.

14

Zwanzig Uhr fünfzehn: Edgar Wallace: „Der Zinker“. Schäfer lehnte sich auf der Couch zurück und zollte dem Sender Beifall, der sich diesen Schinken im Hauptabendprogramm auszustrahlen traute. Allein die Besetzungsliste ließ ihn freudig glucksen: Heinz Drache, Barbara Rütting, Eddi Arent und natürlich Psychopath vom Dienst Klaus Kinski, der sich selbst spielte. Ganz großes Kino – Schäfer lungerte mit einer Kanne Pfefferminztee und einer Packung Müslikeksen vor dem Fernseher und staunte über die Steinzeit der Kriminalistik. Als kurz vor neun das Telefon läutete, hob er widerwillig ab. Sofia Insam, die Forensikerin, die Matthias Rudenz vernommen hatte – fast hätte er sie gebeten, in der Werbepause noch einmal anzurufen.

„Nein ... natürlich stören Sie nicht, was gibt’s denn?“

„Ich habe vor zwei Jahren ein Fachbuch gelesen ... ‚Todesermittlung‘ oder ‚Tatortermittlung‘ oder so ähnlich hieß das. Das ist mir wieder eingefallen, nachdem wir diesen Mann vernommen haben.“

„Und wie hilft uns das weiter?“ Schäfer sah Kinski wie eine Kreatur aus synthetischem Fleisch durch die Gänge eines englischen Adelshauses huschen.

„Der Fall ... in dem Buch war ein ganz ähnlicher Fall beschrieben: eine Frau, die in der Badewanne ertrinkt, ihr Mann, der die Tür verschlossen vorfindet ...“

„Na ja ... Geschichten gleichen sich, das ist beim Sterben auch nicht anders. Aber wenn Sie das Buch irgendwo auftreiben, können Sie es mir gern morgen vorbeibringen ... oder ich hole es bei Ihnen ab, das geht auch.“

„Gut ... ich werde nachschauen. Schönen Abend noch.“

„Ihnen auch. Danke für den Anruf“, schloss er, „ich freue mich, wenn Kollegen von anderen Ressorts uns ihre Unterstützung anbieten, das ist gut.“

„Ja, gern“, sagte sie und legte auf. Im nächsten Moment begann die Werbepause.

Schäfer stellte den Ton ab und dachte daran, was Koller ihm erzählt hatte: dass ihm so ein Fall schon einmal untergekommen war? Dass er darüber gelesen hatte? Egal, sagte er sich, muss ja nicht jeder Mord kreativ sein, mit einem einzigen Film von Edgar Wallace hat man ja auch schon mindestens fünf gesehen, kann ja trotzdem spannend bleiben, darf man sich nur nicht zu viel erwarten, dachte er und stellte den Ton wieder an.

Kurz vor zwölf stand er im Badezimmer und beobachtete sich beim Zähneputzen. „Wie kann man so blind sein?“, raunzte er sein Spiegelbild an, spuckte den Zahnpastaschaum ins Waschbecken und spülte den Mund aus. Harald und Sonja, ein Herz und eine Seele, der König und seine Dame, die Königin seines Herzens, die Herzensdame. Und dann der Rudenz, die Rudenz ... war denn sein Kopf schon so vom Schnaps zerstört, dass ihm das nicht schon am Abend aufgefallen war, als er in Mauerbach Karten spielen war? Er ging ins Wohnzimmer, griff sich sein Telefon, suchte eine Nummer heraus und drückte die Wähltaste.

„Robert“, rief er in den Apparat, „Entschuldigung, dass ich so spät anrufe, aber kannst du mir einen Gefallen tun ...“

„Sicher ... wenn du nicht die Aurora zurückhaben willst ...“

„Nein ... kannst du die Spielkarten holen und mir die Namen vorlesen?“

„Welche Namen?“

„Die Figuren, da stehen doch Namen daneben.“

„Na, warte einen Moment ... jetzt ... willst du mitschreiben?“

„Ja, geht schon ...“

„Also: Rudolf Harras beim Eichelunter, Hermann Geszler beim Herzober, Wilhelm Tell beim Eichelober, Walter Fürst beim Laubunter, Itell Reding beim Schellunter, Ulrich Rudenz beim Laubober, Kuoni der Hirt beim Herzunter, Stüssi der Flurschütz beim Schellober ... willst du mir nicht erklären, wozu du das brauchst?“

„Später ... jetzt muss ich schnell was erledigen. Danke dir, ich melde mich.“

„Schon gut.“

Schäfer spürte, wie sein linker Brustmuskel zuckte, als er die Liste durchging: die Ziermann, das Königspaar in Herz, dann die Rudenz als Ober in Laub. Was sollte er jetzt tun ...

was konnte er jetzt überhaupt tun? Dann passte plötzlich noch ein weiterer ins Bild: der Schweizer, Willi, Wilhelm Tell, der Eichelober, hatten sie ihn nicht unter einer Eiche gefunden? Ha, da war sie wieder, die Schäfer'sche Intuition, das Gen, das ihn von den Kleingeistern trennte, der Grund, warum der Innenminister trotz seines Amtes immer ein klägliches Würstchen bleiben würde. Da war er, Schäfer is back!

Er griff zum Telefon.

„Bergmann", rief er in den Apparat, „ich bin ein Genie."

„Und die Uhrzeit ist der Wahnsinn dazu", antwortete Bergmann schlaftrunken.

„Wir müssen den Rudenz festnehmen!"

„Was?" Bergmann war nun endgültig wach. „Wir haben nicht einmal einen Haftbefehl."

„Das macht nichts ... ziehen Sie sich an, ich hole Sie ab!"

Er polterte das Stiegenhaus hinunter, lief zu seinem Auto, startete, ignorierte das Schaben des Kotflügels und setzte das Blaulicht aufs Dach. Eine unnötige Aktion, da kaum Verkehr war, doch das blaue Zucken und das Auf- und Abschwellen des Martinshorns erfüllten ihn in Momenten wie diesem auch nach über fünfzehn Jahren noch mit kindlichem Stolz. Das Signalhorn der Kavallerie, aus einer Staubwolke am Horizont galoppieren die kühnen Blauröcke heran, um das bedrängte Fort in letzter Minute zu retten.

Bergmann öffnete ihm mit einer Tasse Kaffee in der Hand und ließ ihn eintreten.

„Wollen Sie auch einen?"

„Na gut ... aber machen Sie schnell."

„Bei allem Respekt", meinte Bergmann, während er das Kaffeesieb einspannte, „aber ich würde schon gern wissen, auf welcher Grundlage wir ihn festnehmen, wenn schon kein Haftbefehl vorliegt."

Schäfer setzte sich an den Küchentisch und holte die Liste der Namen hervor.

„Da, schauen Sie: drei Opfer, drei passende Figuren ... und entweder der Rudenz hat was damit zu tun oder er ist selbst in Gefahr."

Bergmann stellte Schäfers Tasse auf den Tisch, setzte sich und sah die Liste durch.

Er nahm einen Schluck Kaffee, sah seinem Chef in die Augen und senkte dann den Blick.

„Das geht nicht durch“, sagte er vorsichtig, „damit machen wir uns lächerlich ... im besten Fall.“

Schäfer sah ihn verdutzt an.

„Sie wollen mich auf den Arm nehmen, oder? Wir haben hier drei unaufgeklärte Morde, dann finde ich endlich einen Zusammenhang, und Sie ...!“

„Tut mir leid“, meinte Bergmann schließlich, „ich kann da nicht mitmachen ... wir haben keine unaufgeklärten Morde, wir haben unklare Todesfälle ... unter Umständen keinen einzigen Mord ... so sehr ich Ihre Intuition sonst schätze ... aber das geht zu weit.“

Schäfer blieb ein paar Minuten sprachlos am Tisch sitzen, dann stürzte er seinen Kaffee hinunter, verbrannte sich dabei die Zunge, fluchte und sprang auf.

„Na gut“, sagte er wütend und atmete tief durch, „dann ziehe ich das allein durch.“

Er blieb zwischen Küche und Vorraum stehen und wartete. Dann drehte er sich um, öffnete die Wohnungstür und zog sie von außen heftiger als nötig zu.

Wieder im Auto, zündete er sich eine Zigarette an, warf sie nach der Hälfte aus dem Fenster und klammerte seine Hände ums Lenkrad, um seine zitternden Nerven in Griff zu bekommen. Bergmann, der Kleingeist! Andererseits: Er konnte sich mächtig blamieren mit seiner Geschichte, da hatte sein Assistent wohl recht. Doch seine Intuition: Immer existieren Zusammenhänge, alles setzt sich irgendwie zusammen, Kinder fangen bei einem Puzzle willkürlich irgendwo in der Mitte an, dennoch entsteht irgendwann ein Bild. Also war er den anderen entweder voraus oder völlig auf dem Holzweg. Egal, er startete den Wagen und fuhr los. Als er in die Einbahnstraße einbog, in der das Haus der Rudenz stand, drehte er die Scheinwerfer ab und ließ den Wagen auf niedrigsten Touren an der Villa vorbeirollen. Die Halogenleuchten, die in den Kiesstreifen rund um das Haus eingelassen waren, bestrahlten es wie eine Sehenswürdigkeit – doch drinnen war in keinem Raum Licht zu sehen. Schäfer suchte sich einen Parkplatz, der nicht direkt vor dem Haus lag, und wartete. Nach ein paar Minuten stieg er aus, ging zur Eingangstür und läutete. Nach einer Weile noch einmal. Verdammt, dachte er laut. Er ging ums Haus und spähte durch die Terrassentür hinein. Dann blickte er sich um, griff sich die Gartenschlauchtrommel und schlug sie dreimal gegen die Tür, bis das Glas brach. Die Alarmanlage heulte auf. Schäfer stieg durch den Rahmen, zog vorsichtshalber seine Dienstwaffe und suchte nach einem Lichtschalter. Da ging plötzlich die Deckenbeleuchtung an und er sah Rudenz am Geländer der Galerie im ersten Stock stehen.

„Was zum Teufel machen Sie hier?“, fragte er mehr verwundert als verärgert.

„Das ist nicht ganz so leicht zu erklären“, meinte Schäfer, ließ sich in einen Fauteuil sinken und wartete betreten, bis er das Martinshorn des Streifenwagens hörte.

15

Klaus Kinski im Film des Vorabends war nichts gewesen gegen Kamp, den es nun keine zehn Sekunden in seinem Sessel hielt. Wie ein amphetaminverseuchter Exorzist hetzte er durch sein Büro, riss immer wieder die Hände nach oben, als wolle er Schäfer persönlich den Teufel austreiben.

„Sie sind“, rief er schließlich und stützte sich mit den Fäusten auf die Schreibtischplatte, „geisteskrank! Verrückt, schlichtweg verrückt!“

Schäfer saß zusammengesunken in einem Lederfauteuil und drehte einen Druckbleistift zwischen den Fingern. Er hob seinen Blick, wollte etwas erwidern, doch der Oberst kam ihm zuvor.

„Jetzt weiß ich auch, woher diese zeitweiligen väterlichen Gefühle kommen“, sagte Kamp und stellte sich hinter Schäfer, „weil Sie immer das Gegenteil von dem tun, was ich Ihnen auftrage. Renitent, aufsässig ... das bin ich gewohnt ... aber dass Sie mir so in den Rücken fallen ...!“

„Ich bin Ihnen doch nicht in den Rücken gefallen“, erwiderte Schäfer kleinlaut.

„Ach.“ Kamp setzte sich mit einer Gesäßbacke auf den Schreibtisch. „Wie wollen Sie das denn nennen: wenn Sie ein Rauschgiftopfer, eine tragisch Verunglückte und eine Frau, die genauso gut ohne Fremdeinwirkung ertrunken sein kann, zu Opfern eines Serientäters deklarieren ... auf Basis einer Hypothese, die ... mein Gott, Schäfer ... Spielkarten! ... Geht's denn noch abstruser?“

„Es ergibt einen Sinn ...“

„Sinn?!“, blaffte Kamp ihn an, ging die paar Schritte zu seinem Bücherregal und knallte Schäfer dann ein schweres Taschenbuch auf die Armlehne.

„Einführung in den Konstruktivismus ... das lesen Sie. Oder Sie ziehen sich für eine Woche mit Schopenhauer zurück: ‚Die Welt als Wille und Vorstellung‘ ... Schäfer! ... Ich reiße mich nicht unbedingt um die scheußliche goldene Uhr, die man mir in ein paar Jahren zur Pensionierung aufdrängen wird. Aber sie ist mir immer noch lieber als der Vierfach-Bypass, den Sie mir mitgeben wollen ..."

Schäfer konnte ihm nicht mehr ganz folgen, also beschränkte er sich darauf, die Schultern einzuziehen und seine Fingernägel zu begutachten.

„Und als ob Sie's in der Arbeit, wenn man das überhaupt noch so nennen kann, nicht bunt genug trieben, füllen Sie einen koreanischen Diplomaten in einem Stripclub ab und legen auch noch Ihre Dienstwaffe auf den Tresen!"

Schäfer schluckte ... das hatte er vergessen ... Diplomat? Koreaner? Er war der Meinung gewesen, er hätte mit einem japanischen Fischhändler gezecht. Und woher wusste Kamp darüber Bescheid? War wohl irgendein Kollege undercover unterwegs gewesen.

„Und dann noch die Sache mit dem Hund ... eine Fußfessel, ja, das wäre es", sinnierte Kamp, der nun mit dem Rücken zum Raum am Fenster stand, „ich wüsste nicht, wie ich Sie sonst in den Griff bekommen soll."

„Herr Oberst ... ich verspreche Ihnen ..."

„Sie versprechen mir gar nichts", unterbrach ihn Kamp, „ab jetzt gehorchen Sie einfach. Ab jetzt gelten für Sie die gleichen Spielregeln wie für alle anderen auch. Noch so ein Vorfall und ich schmeiße Sie hinaus. Und ich rede nicht von einer Suspendierung, Major. Ich trete Sie persönlich die Stiege hinunter und auf die Straße hinaus!"

Schäfer erhob sich aus seinem Fauteuil, da er das Gespräch für beendet hielt. Nachdem Kamp nichts Gegenteiliges verlauten ließ, salutierte er und ging. Auf dem Weg in sein Büro kämpfte er mit widersprüchlichen Gefühlen: Auf der einen Seite erwartete er sich Verständnis und war zornig über die abweisende Haltung, die ihm entgegenschlug. Andererseits hatte Kamp ihn an einem Punkt erwischt, der ein schmerzendes Schuldgefühl erzeugte: die Sache mit den väterlichen Gefühlen und dass er den Oberst verraten hätte – diesbezüglich war Schäfer übersensibel, das berührte ihn stärker, als eine Suspendierung es getan hätte.

Er setzte sich vor seinen Computer und starrte in den Raum.

„Bergmann“, meinte er schließlich seufzend, „nehmen Sie endlich den Zettel von der Stirn, auf dem ‚Ich habe es Ihnen ja gesagt‘ steht.“

„Ich habe es Ihnen wirklich gesagt“, erwiderte Bergmann vorsichtig.

„Meinetwegen ... aber wenn Sie dabei gewesen wären ... dann ... dann hätten Sie mich vielleicht davon abgehalten.“

Bergmann ließ seine Tastatur für einen Moment in Ruhe.

„Tut mir leid“, antwortete er ernst, „mit dieser Verantwortung bin ich ehrlich gesagt überfordert ... bei allem Respekt für Ihr kriminalistisches Gespür ... aber bei dieser Theorie ... “

„Schon gut“, winkte Schäfer ab, „kann man ohnehin nicht mehr ändern.“

Zu Mittag ging er in ein kleines Wirtshaus um die Ecke. Obwohl ihm nach Gesellschaft war, hatte er sich nicht getraut, Bergmann oder einen anderen Kollegen zu fragen. Richtig zur Schnecke gemacht, sagte er sich, als er das Lokal betrat. Im nächsten Augenblick entdeckte er Bruckner, der ebenfalls allein hier war. Als dieser ihn sah, winkte er ihn gleich zu sich.

„Alles klar bei dir?“, wollte Bruckner wissen, nachdem sich Schäfer auf den unbequemen Holzsessel gesetzt und die Ellbogen auf der Tischplatte platziert hatte.

„Mehr oder weniger“, erwiderte Schäfer und nahm die Speisekarte.

„Willst du darüber reden?“, fragte Bruckner geradeheraus und Schäfer schaute ihn verwundert an, weil so eine Frage überhaupt nicht zu diesem sonst eher wortkargen Bären passte. Vielleicht hatte er ja ein NLP-Seminar oder was in der Art absolviert, dachte Schäfer und gestand sich gleich darauf ein, dass er tatsächlich jemanden zum Reden brauchte. Anfangs zusammenhanglos erzählte er seinem Kollegen von der Sache mit dem Hund, sprang über zu den Ermittlungen im Fall des Schweizers und kam schlussendlich auf seine Spielkartentheorie zu sprechen. Und machte, ohne es gewollt zu haben, gleichzeitig seinem Ärger über den illoyalen Bergmann Luft.

Bruckner legte sein Besteck auf den Teller, wischte sich den Mund ab und nahm einen kräftigen Schluck Apfelsaft.

„Weißt du", sagt er schließlich, „irgendwo bist du ein Zigeuner ..."

„Wieso das denn?", entgegnete Schäfer leicht entrüstet.

„Na ja ... ein wenig verfemt, weil du machst, wonach dir gerade ist ... was sich viele andere nicht trauen ... dafür bewundern sie dich insgeheim und gleichzeitig freuen sie sich, wenn es dich einmal auf die Schnauze haut ... als ausgleichende Gerechtigkeit sozusagen ... und Bergmann kannst du wirklich keine Schuld geben ... ohne ihn ..."

„Und was würdest du in dem Fall machen?" Schäfer sah von seinem Zwiebelrostbraten auf, der es nicht annähernd mit dem aufnehmen konnte, den er von seiner Mutter in Erinnerung hatte.

„Als ob das eine Rolle spielen würde", Bruckner lachte auf, „wenn du schon einmal so weit bist, dass du bei jemandem ohne Haftbefehl ins Haus einbrichst, dann wissen wir doch beide, dass du deinen eigenen Köder geschluckt hast."

„Wenn ich da weitermache, haut mich der Kamp hinaus ... außerdem kann ich ihm das persönlich nicht antun."

„Das musst du mit dir selber ausmachen."

Als sie das Wirtshaus verließen, fielen vereinzelte Schneeflocken vom Himmel. Bis zum Abend würde daraus ein richtiger Wintereinbruch werden, wenn man den Meteorologen Glauben schenkte. Schäfer konnte sich nicht erinnern, ob auf seinem Dienstwagen Sommer- oder Winterreifen montiert waren – hoffentlich hatte sich Bergmann darum gekümmert. Verdammt, fiel es ihm ein, er musste den Wagen in die Werkstatt bringen; auf eigene Kosten; das würde Kamp sonst den Rest geben.

Nach dem Essen spazierte er durch den ersten Bezirk und sah sich die Auslagen an. Vielleicht sollte er sich ein neues Hemd kaufen, einen Pullover oder gar einen Anzug – als Trost sozusagen. Doch in Zeiten gedrückten Selbstwertgefühls war Einkaufen keine gute Idee: Mit ein wenig Pech geriet er an einen skrupellosen und unter Provisionsdruck stehenden Verkäufer – ausgezeichnet, also ganz ausgezeichnet, wie auf den Leib geschneidert – und würde ein nutzloses Ding mehr im

Kleiderkasten haben. Als er an einem Musikladen vorbeikam, blieb er stehen, nahm sein Telefon heraus und rief seine Nichte an. Wie es ihr ginge, was die Schule mache, was sie denn zurzeit höre, das ihm auch gefallen könnte? Euphorisch wegen seines Anrufs sprudelte sie ein paar Namen von Bands und Sängern herunter, die ihm alle nichts sagten. Wann er denn wieder einmal nach Salzburg käme? Er versprach ihr, sie in den nächsten Wochen zu besuchen, und verabschiedete sich. Im Musikladen fand er eine der CDs, die sie ihm empfohlen hatte, gleich bei den Bestsellern. Normalerweise machte ihn so etwas misstrauisch, diesmal überlegte er jedoch nicht lang und nahm sich eine. Dann rief er sich ein paar der Namen, die ihm seine Nichte genannte hatte, in Erinnerung und ging die Regale dem Alphabet nach durch. Seine Kaufentscheidung fällte er nach Coverbild und Namen. Nachdem er das Geschäft mit vier CDs verlassen hatte, stellte er sich in einem italienischen Espresso an die Bar, bestellte einen Cappuccino und zündete sich eine Zigarette an. Er ignorierte die koketten Blicke zweier Frauen schräg gegenüber, nahm seine Einkäufe aus dem Plastiksack und sah sich die Booklets an: ein Schwarzweißbild einer jungen dunkelhaarigen Frau, die unter zerknüllten Bettlaken hervorschaute. Eine weiß gekleidete Person, deren Geschlecht er nicht bestimmen konnte, mit einem Heiligenschein vor strahlend blauem Hintergrund. Ein entblätterter Laubbaum, ebenfalls schwarzweiß. Dann eine surreale Illustration aus Eulen, Hasen und verschiedenen Orchideen unter schwarzblauem Himmel, vom Mondlicht bestrahlt. Die letzte CD hatte er wegen des Namens der Band gekauft: flotation toy warning. Und warum fiel ihm bei dieser Warnung vor schwimmendem Spielzeug augenblicklich die tote Sonja Ziermann ein? Hatte sie sich doch nur zu weit übers Wasser gebeugt, um etwas aus dem Fluss zu retten? Eine Puppe vielleicht oder ein Stück Treibholz, das ihr aufgrund seiner Form gefallen hatte. Wie wollte er da jemals Gewissheit bekommen? Doch nur, wenn ein Verbrechen stattgefunden hatte. Dann gab es einen Täter, den konnte er finden. Was war denn besser: die Sinnlosigkeit eines so zufälligen wie unglücklichen Todesfalls oder der Mord, dem zumindest ein wie auch immer geartetes Motiv zugrunde lag? Er bezahlte und verließ das Lokal. Freitagnachmittag, die Menschen stürmten die Geschäfte, umso hektischer, als mit dem Schneefall auch eisiger Wind eingesetzt hatte. Langsam schlenderte Schäfer zur U-Bahn. Kamp hatte recht gehabt: Er musste Klarheit erlangen, sich über seine eigenen Gedanken stellen und in Ruhe sehen, was seine Entscheidungen begründete. Das Auf und Ab seiner Gefühle, diese ausweglose Verzweiflung der letzten Wochen, dann diese plötzliche manische Energie, die ihn erfasst hatte, als er die Verbindung zwischen den Todesfällen hergestellt hatte. Und die kindliche Enttäuschung, als ihm niemand Anerkennung für seine Entdeckung gezollt hatte, zugegeben, er war noch nicht ganz auf der Höhe, rekonvaleszent, versuchte deshalb umso störrischer, sich aus diesem Zustand zu befreien, unüberlegt, wie jemand, der im ersten Gang Vollgas gibt, wenn die Räder längst unwiderruflich im Schlamm versunken sind, so hoffte er, sich aus der eigenen Ohnmacht befreien zu können, doch wenn er mit seinen Ideen allein auf weiter Flur stand, wenn ihm niemand dabei helfen wollte, den Karren aus dem Dreck zu ziehen, dem Dreck, in den ihn wer auch immer tiefer und tiefer getrieben hatte ... am Wochenende würde er zu Hause bleiben, Musik hören, nachdenken, vielleicht einen Waldspaziergang machen. Und vor allem: nüchtern bleiben. Zumindest übers Wochenende musst du nüchtern bleiben, Schäfer, ermahnte er sich, als er die Stiegen zur U-Bahn hinunterging und alle paar Meter an die prall gefüllten Einkaufstaschen gestresster Passanten stieß.

16

Viel zu groß war die Villa für einen allein. Vor allem, wenn es dunkel war. Matthias Rudenz schaute aus dem Fenster. Aus den dicken Flocken vom Nachmittag waren feine Schneekörner geworden, die nicht länger sanft zu Boden sinken konnten, sondern den wütenden Böen des Nordwinds zu gehorchen hatten, der sie durch die Nacht peitschte. Er hatte seine Sommerreifen noch nicht ausgewechselt. Abgesehen davon, dass kaum jemand mit so einem heftigen Wintereinbruch gerechnet hatte, benutzte er den Wagen so selten, dass ihm derartige Arbeiten immer erst einfielen, wenn tatsächlich Schnee auf der Straße lag.

Und jetzt sollte er fünfzehn Kilometer durch die Nacht fahren. Um einen Unbekannten zu treffen, der angeblich wusste, wie Laura gestorben war. Na wie wohl? Zu viele Tabletten hatte sie genommen, dazu Wein getrunken, ohnmächtig war sie geworden im heißen Badewasser und ertrunken. Einen Moment lang hatte er daran gedacht, die Polizei anzurufen – doch der Vorfall mit dem verrückten Major, der seine Terrassentür zertrümmert hatte, war ihm noch in zu guter Erinnerung, als dass er Lust auf ein erneutes Aufeinandertreffen hatte. Und warum nicht irgendwo in der Nähe? Es gab doch genug verlassene Parkplätze vor geschlossenen Einkaufszentren, wozu der Aufwand? Wozu nach Scheiblingstein? Na ja, vielleicht wohnte der ja dort irgendwo. Seltsam war das schon; aber auch nicht seltsamer als die letzten zwei Wochen; als das letzte halbe Jahr, um ehrlich zu sein. Rudenz sah auf die Uhr und ging ins Schlafzimmer, um sich warme Kleidung anzuziehen. Ohne das Licht im Haus abzudrehen, ging er in die Garage. Irgendwie war es ihm lieber, wenn es so aussah, als wäre jemand zu Hause. Er ließ das Garagentor hochfahren, startete den Wagen und rollte ins Freie. Als er an die Kreuzung zur Hauptstraße kam, blieb er länger als nötig vor dem Stoppschild stehen. Wo waren all die Autos hin? Ein Schneepflug donnerte vorbei, unter seiner Schaufel stoben orange Funken auf. Die Straße rief Fantasien aus seiner Jugend in ihm wach.

Als er davon geträumt hatte, nachts das Haus zu verlassen und die Welt menschenleer vorzufinden. Und er könnte alles tun, wozu er Lust hätte: in Geschäfte einbrechen, sich mit allem vollessen, wonach es ihn gelüstete, ein Gewehr besorgen und auf alles schießen, was er immer schon zerstören hatte wollen, einen Sportwagen nehmen und auf der Autobahn dahinrasen, bis er das Ende Europas erreicht hätte. Doch nun wünschte er sich ein paar Autos herbei, als Vertrauen stiftendes Zeichen, als Beweis für die Ungefährlichkeit seiner Unternehmung. Da rollte ein Taxi heran, Rudenz wartete, bis es an ihm vorbei war, und bog auf die Hauptstraße ein. Er war früh genug losgefahren, um nicht schneller als 50 km/h fahren zu müssen – selbst wenn er im Schnitt nur vierzig machte, würde er rechtzeitig ankommen. Nach gut zehn Minuten hatte er sich einigermaßen beruhigt. Niemand, der aufblendete, hupte oder dicht auffuhr, weil er zu langsam war. Überhaupt niemand, der sich aggressiv verhielt in dieser unwirklichen Frühwinternacht. Auf der kurvenreichen Straße Richtung Scheiblingstein kam ihm ein einziges Fahrzeug entgegen. Zum Glück reflektierte der Schnee das Restlicht der Stadt, sodass er sich einigermaßen orientieren konnte. Als er den vereinbarten Parkplatz erreichte, sah er vier geparkte Autos – doch alle so eingeschneit, dass sie mindestens den Nachmittag über dort gestanden sein mussten. Er parkte neben einem der Wagen ein und stellte den Motor ab. Wartete. Das war eine der Situationen, in denen er sich daran erinnerte, dass er vor zwei Jahren mit dem Rauchen aufgehört hatte. Er stellte das Radio an und suchte einen Klassiksender. Doch als die Moderatorin Schuberts „Der Tod und das Mädchen“ ankündigte, schüttelte er ungläubig den Kopf und stellte auf einen Sender, der harmlose Popmusik brachte. Nach etwa zwanzig Minuten stieg er aus, ging zu einem Holzstoß und urinierte. Er sah sich um. Das war alles sehr unwirklich. Er nahm sein Telefon aus der Jackentasche und sah nach, ob er vielleicht einen Anruf versäumt hatte. Nichts. Eine Viertelstunde würde er noch warten, dann dem schlechten Scherz ein Ende machen. Vielleicht Lauras Bruder? Leo hatte ihn nie gemocht. Hätte ihn unter Umständen als Vater seines Neffen akzeptiert. Doch jetzt, wo seine Schwester tot war ... Blutrache ... aber doch nicht so, das war nicht Leos Stil. Der würde ihn zu einem Jagdausflug nach Ungarn einladen und dann abknallen. Blödsinn. Er war unschuldig und früher oder später würden das auch die Laskas einsehen. Endlich dieses furchtbare Haus loswerden. Entschuldige, Laura, dass ich so gefühllos bin. Ich weiß nicht, warum ... warum es mir nicht gelingt, Trauer zu empfinden. Unemotional hast du mich ja oft genug genannt. Als ob mit Gefühlen alles besser wäre. Ich habe mich schuldig gefühlt nach deiner Fehlgeburt. Nicht weil ich irgendwas dafür konnte. Aber weil es mich so wenig betroffen gemacht hat. Es war ja auch nicht in mir drin. Entschuldige.

Er sah auf die Uhr, startete den Wagen und fuhr los. Beim Warnschild, das die scharfen Kurven der Serpentinenstraße ankündigte, legte er den zweiten Gang ein. Bevor er die erste Kurve nahm, sah er im Rückspiegel Scheinwerfer näher kommen. Vielleicht war das ja der Mann. Egal, er hatte ja seine Nummer und hätte sich melden können. Rudenz beschleunigte ein wenig, um so schnell wie möglich wieder aus dem Wald draußen zu sein. Die hohen, dicht stehenden Buchen waren hier wie ein Tunnel, der alles Licht abschirmte. Jetzt war der andere schon auf rund fünfzig Meter herangekommen. Na gut, der hat einen dieser schweren Allrad-Kübel und Winterreifen wechselt so einer bestimmt schon Ende Oktober. Na dann überhol doch, wenn du es so eilig hast. Vollidiot. Bitte, fahr ruhig vor ... aber ... ist der wahnsinnig ...?!

17

Multiple Frakturen, innere Blutungen, war innerhalb von ein paar Minuten tot. (Gerichtsmediziner)

Die Nacht, die schlechte Sicht, der Schnee, die Anspannung ... bei einem Zusammentreffen dieser Faktoren ist ein Unfall wahrscheinlicher, als heil nach Hause zu kommen. (Pürstl, Landeskriminalamt Niederösterreich)

Mein Gott, Schäfer, jetzt hören Sie auf mit Ihren Vorahnungen, Ihren Hypothesen, wollen Sie jetzt jeden obduzieren lassen, der an Herzversagen stirbt, nur weil er eine der vier Spielkartenfarben abdeckt? Ich habe Sie gewarnt, Schluss jetzt mit dem Theater! (Kamp)

He, Schäfer, hast du schon gehört? Jack „The Horse“ Silvano ist in L. A. gestorben. Kennst du nicht? Berühmter Pornodarsteller. Vielleicht ist er ja dein Eichelkönig ... haha, nichts für ungut. (Leitner)

Also ich würde Ihnen empfehlen, das bei der Morgenbesprechung nicht zu erwähnen ... nur so ein Gefühl. (Bergmann)

Ich weiß nicht genau, was ich davon halten soll. (Kovacs)

Wir können uns hier nun mal keine Akte-X-Abteilung leisten, Herr Major. (Kamp)

Keine Ahnung, wie es dieser Freak so weit nach oben geschafft hat. (Strasser)

Ach, Johannes, einmal oben, einmal unten, so ist Leben. (Putzfrau)

Stellen Sie das Wrack sicher und lassen Sie vorerst bitte niemanden ran. (Schäfer)

Das fällt in den Zuständigkeitsbereich der Niederösterreicher. (Bergmann)

Scheiße, so eine verdammte Scheiße. (Schäfer)

Leute wollen Sie? Major, noch einmal: Sie bekommen keine Leute für irgendwelche obskuren Ermittlungen. Wir werden uns nicht auch noch Fälle von den Niederösterreichern holen. (Kamp)

Tag, Herr Major, ein Packerl, wie immer? ... Spielkarten ... doppeldeutsche habe ich da ... gern. (Trafikant)

Ich habe von dem Unfall gehört ... seltsam ist das schon. (Bruckner)

Ich habe Ihnen das Buch mitgebracht, wegen dem ich Sie neulich angerufen habe ... das mit dem Todesfall in der Badewanne. Liegt bei mir zum Abholen. (Insam)

Bergmann, werde ich verrückt? (Schäfer)

Werden? (Bergmann)

Einmal die Tortelloni ... und einmal die Spinatlaibchen, Mahlzeit, die Herren. (Kellner)

Auf der Fahrerseite sind Lackspuren von einem fremden Fahrzeug. (Edelbacher, Landeskriminalamt Niederösterreich)

Ich bin mir nicht sicher, was ich glauben soll. (Kovacs)

Wir haben einen toten Türken vor einem Wettbüro in Ottakring. (Bruckner)

Sie rauchen wieder mehr. (Bergmann)

Sagen Sie, Kollegin, haben Sie heute Abend schon was vor? (Schäfer)

Ist es dienstlich? (Kovacs)

Gewissermaßen. (Schäfer)

Der Arsch lässt mich da nicht hin ... er behandelt mich wie ein kleines Kind. Kannst du nicht einmal mit ihm reden? (Schäfers Nichte)

Er ist mein Bruder, aber dein Vater. Sei froh, dass er dich nicht als die sexy junge Frau sieht, die du inzwischen bist. Ich denke mal, Väter müssen so sein. Sonst sind sie vielleicht wirkliche Ärsche. (Onkel Johannes)

Guten Tag, Herr Ziermann ... nein, nicht wirklich, ich wollte nur wissen, ob Ihnen bewusst war, dass Sie und Ihre Frau gleich hießen wie das norwegische Königspaar. (Schäfer)

Natürlich haben wir das gewusst. (Harald Ziermann)

Ein Cappuccino und ein Mineral, bitte sehr. (Kellnerin)

Sieben. (Schäfer)

Danke. (Kellnerin)

Viertel nach sechs. (Bergmann)

Hat zehntausend Euro Spielschulden gehabt, der Türke. Wird wohl eine Milieuabrechnung gewesen sein. (Bruckner)

Na dann, schönen Abend noch. (Bergmann)

Ah, Johannes, muj chlapec, so spät arbeiten, immer noch keine Frau, was? (Putzfrau)

St. Pölten Süd, hier fahren wir ab. (Schäfer)

Keine Ahnung, was Sie mitten in der Nacht hier vorhaben, aber ich habe kein gutes Gefühl. (Kovacs)

Sie bleiben im Auto und rufen mich an, wenn was ist. (Schäfer)

Hallo ... nein, heute Abend geht es nicht. Ich bin unterwegs. Kann ich dir nicht sagen. Nein, dienstlich. Okay, bis morgen. Ich mich auch. (Kovacs)

Scheiße. (Schäfer)

Was haben Sie mit Ihrer Hand gemacht? (Kovacs)

Am Zaun hängen geblieben. (Schäfer)

Das war's? (Kovacs)

Das war's. (Schäfer)

Und dafür haben Sie mich gebraucht? (Kovacs)

Mein Auto ist defekt und ich bekomme keinen Dienstwagen gestellt ... außerdem bin ich in der Nacht ein noch schlechterer Fahrer als sonst. (Schäfer)

Und Sie wollen mir nicht sagen, was Sie da drinnen gemacht haben? (Kovacs)

Vertrauen Sie mir: Das wollen Sie gar nicht wissen. (Schäfer)

Na dann, gute Nacht. (Kovacs)

Gute Nacht, danke. (Schäfer)

N'abend, Herr Major. (Nachbar)

N'abend. (Schäfer)

Wäff. (Foxterrier)

Trying, trying to understand it all just makes your head hurt. (flotation toy warning)

Sieht der Innenminister die Verantwortung bei der Asylbehörde. (Reporter)

Wird es wieder wärmer. (Wetterredakteurin)

An dieser Stelle verabschieden wir uns wie immer von unseren Zusehern auf 3sat. (Nachrichtensprecher)

18

„Kollege Strasser, guten Morgen. Was gibt's?", fragte Schäfer freundlich in den Hörer.

„Guten Morgen ... das Landeskriminalamt Niederösterreich hat mir eben die ersten Untersuchungsergebnisse zu Rudenz' Unfall geschickt ... ich weiß auch nicht, warum die an mich und nicht direkt an Sie gegangen sind, aber ..."

„Das habe ich veranlasst", unterbrach ihn Schäfer, „sozusagen, um vorab über eine neutrale Beurteilungsinstanz zu verfügen. Oberst Kamp hat darum gebeten."

„Ach so ... ja ... auf jeden Fall gibt es da etwas, worüber ich gern mit Ihnen reden möchte."

„In einer Stunde in meinem Büro?"

„Natürlich, ich bin da", erwiderte Strasser und legte auf.

„Irgendwann wird eines von diesen Nutzlos-Magazinen eine Fotostrecke bringen: ‚Österreichs schönste Polizisten' oder so", wandte sich Schäfer an Bergmann, „und unser Kollege Strasser wird mit weißer Feinripp-Unterwäsche und Schulterholster in einem imperialen Hotelzimmer auf dem Bett liegen. Über ihm verweht der Deckenventilator den Zigarrenrauch, alles schön schwarzweiß, auf dem Boden verstreut gruselige Tatortfotos ..."

„Man könnte fast glauben, Sie sind eifersüchtig", antwortete Bergmann.

„Auf den Strasser?", meinte Schäfer entsetzt, „auf diesen schleimigen Karrieristen, der seine Buberlmähne jeden Tag mit einer Packung Volumenkur verwöhnt? Bergmann, Sie kränken mich."

„Na ja, die Kolleginnen kommen jedenfalls ganz gut mit ihm aus."

„Igitt ... allein bei der Vorstellung, wie der ...", holte Schäfer aus und wurde vom Klopfen an der Tür unterbrochen. Im nächsten Moment stand Frau Fielmann, Kamps Sekretärin, im Büro und hielt Schäfer ein rotes Taschenbuch hin.

„Das wurde für Sie abgegeben", sagte sie kurz angebunden und wandte sich wieder zum Gehen.

„Einen Moment bitte, geschätzte Frau Fielmann“, hielt Schäfer sie auf, „sagen Sie: Was halten Sie eigentlich von Chefinspektor Strasser?“

„Inwiefern?“

„Na ja... als Polizist, als Mann ...“

„In gewissen Belangen ist er Ihnen sehr ähnlich“, antwortete Fielmann schnippisch und verließ das Büro.

„Ist das jetzt gut für ihn oder schlecht für mich?“, wollte Schäfer wissen, nachdem er einen Blick auf das Inhaltsverzeichnis des Buches geworfen hatte.

„Das sollten Sie selbst entscheiden“, erwiderte Bergmann süffisant.

Schäfer zog eine Augenbraue nach oben, grunzte mürrisch und schlug das Buch dort auf, wo Insam einen gelben Merkzettel eingeklebt hatte.

Fall 1: Tod in der Badewanne – Unfall oder Mord? Schäfer las den Bericht mit zunehmendem Interesse. Die Parallelen zum Tod von Laura Rudenz waren tatsächlich verblüffend: Ein Mann ruft die Polizei, da er vermutet, dass seiner Frau im Badezimmer etwas zugestoßen sei. Als die Beamten in der Wohnung eintreffen, bricht einer von ihnen die Badezimmertür auf und findet die ertrunkene Ehefrau vor. Da der Mann der Toten einen Meter neunzig groß und fast hundert Kilo schwer ist und nach eigenen Angaben dennoch nicht imstande war, die Tür gewaltsam zu öffnen, ist das Misstrauen der Beamten geweckt. Die folgenden Ermittlungen ziehen sich über mehrere Wochen, ohne dass ein eindeutiger Beweis für die Schuld des Ehemannes gefunden werden kann. Zwar sprechen alle Indizien gegen ihn, doch die Staatsanwaltschaft entscheidet sich gegen ein Gerichtsverfahren. Ob der Mann seine Frau ertränkt hat oder nicht, konnte nie herausgefunden werden. Zwei Monate nach ihrem Tod wurde er bei einem Raubüberfall in Köln von einem Juwelier erschossen.

Schäfer legte das Buch beiseite und schaute aus dem Fenster. Laura Rudenz’ Bibliotheksausweis, den er in der Schublade gefunden hatte. Sie hatte Rechtswissenschaften studiert.

Dass sie dieses Buch gelesen hatte, konnte durchaus sein. Und wenn sie es bei sich zu Hause gehabt hatte? Matthias Rudenz sieht es auf ihrem Schreibtisch liegen, blättert darin ... oder gab es tatsächlich einen weiteren bisher unbekannten Mann, der Laura Rudenz zu Hause besucht hatte? Aber welches Motiv hätte ein Liebhaber gehabt, sie umzubringen? Außerdem gab es da noch die Karten ...

„Haben Sie die Nummer von der Frau ... die Kovacs erzählt hat, dass Rudenz wahrscheinlich verliebt war?"

Bergmann klickte ein paar Mal mit der Maus, nahm einen Notizzettel und schrieb eine Telefonnummer auf.

„Die Daten aller Zeugen stehen übrigens in den Ermittlungsakten, die über den Server zentral verfügbar sind", sagte er und reichte Schäfer den Zettel über den Schreibtisch.

„So geht es doch viel schneller", erwiderte Schäfer, stand auf und nahm seine Jacke vom Haken. „Ich bin für zwei, drei Stunden außer Haus. Wenn Strasser auftaucht, sagen Sie ihm, er soll später kommen."

Er ging zu Fuß zur Schottenbastei, wo die juristische Fakultät untergebracht war. Auf das Betreten des Gebäudes, als ihm die ersten Studenten begegneten, reagierte sein Körper mit den Gefühlen, die ihm noch aus seiner eigenen Studienzeit in Innsbruck vertraut waren: ein Widerwille, ein Sich-fehl-am-Platz-Fühlen angesichts der vielen uniform gekleideten jungen Menschen, die schon in den ersten Semestern am Selbstvertrauen erfolgreicher Anwälte arbeiteten. Bei ihm hatte sich dieses Vertrauen in die eigenen Fähigkeiten erst spät eingestellt, da war er auf dem Weg zum Chefinspektor gewesen und hatte schon ein paar prestigeträchtige Fälle gelöst. Und so zufrieden er nach solchen Erfolgen war, so schnell konnte sein Selbstvertrauen auch wieder von den Zweifeln gelöchert werden, die schwierige Ermittlungen mit sich brachten. Auf dem Weg zur Bibliothek zog er seine Jacke aus und schlug sein Jackett so nach hinten, dass die Dienstwaffe zu sehen war. Er zeigte der Bibliothekarin seinen Ausweis und fragte nach dem Buch, das ihm Insam gegeben hatte. Ohne ein Wort zu sagen, klapperte sie ein paar Sekunden auf der Tastatur ihres Computers, stand dann auf und verschwand zwischen den meterhohen Regalwänden. Wenig später kam sie mit dem Buch zurück und legte es vor Schäfer auf den Tisch.

„Können Sie mir sagen, wer dieses Buch in den letzten Monaten ausgeliehen hat?", wollte er wissen.

„Dazu bedarf es einer Verfügung", entgegnete sie und fuhr fort, auf ihre Tastatur einzuklopfen. Schäfer war sich sicher, dass auf dem Bildschirm so etwas wie lkfugdsfölqkvhlwfährfgiheqäfhiegerfipä zu lesen wäre, blieb aber dennoch ruhig.

„Kein Problem", meinte er, „doch vielleicht können Sie kurz nachschauen, ob eine Studentin namens Laura Rudenz das Buch ausgeliehen hat?"

„Die junge Frau, die ermordet worden ist?", zeigte sie sich plötzlich interessiert.

„Genau die ... auch wenn die Todesursache noch unklar ist."

Die Frau schaute ihn einen Augenblick an und wandte sich wieder ihrem Computer zu.

„Nein ... tut mir leid ...", sagte sie einen Augenblick später.

„Und die Bücher, die sich Frau Rudenz im letzten Jahr ausgeliehen hat ... ist es möglich, dass ..."

Die Bibliothekarin bearbeitete erneut ihren Computer; ein paar Minuten später verließen vier Seiten den Drucker.

„Von mir haben Sie das nicht", erklärte sie und spielte eine strenge Miene.

„Ein anonymer Zusender", meinte Schäfer, „bei dem sich die Kriminalpolizei Wien herzlich bedankt. Sind irgendwelche von den Büchern da auf Lager?"

Mit einem freundlichen Seufzer ging die Frau ihre Dateien durch und meinte, dass er zwei mitnehmen könne; die anderen wären wahrscheinlich erst in der Folgewoche verfügbar.

Obwohl er die Liste und die beiden Bücher so schnell wie möglich durchsehen wollte, setzte er sich nicht in die Uni-Cafeteria, sondern wählte ein kleines schäbiges Kaffeehaus hinter der Schottenbastei. Er bestellte ein Cola, wartete, bis der Kellner das Glas abgestellt hatte, und widmete sich dem Ausdruck. Wenn er sich nicht täuschte, standen die zwei Bücher auf der Liste, die er auf dem Nachtkästchen von Laura Rudenz gesehen hatte. Dass sie das Buch über Todesermittlungen nicht ausgeliehen hatte, musste nichts heißen. Die Taschenbuchausgabe war im Vergleich zu anderen juristischen Büchern geradezu ein Schnäppchen. Außerdem waren solche Fälle bestimmt auch im Internet und in anderen Quellen dokumentiert – da konnte er Schreyer darauf ansetzen, diesen autistischen Grenzfall. Was hatte sie sonst noch gelesen: Strafgesetz, Europarecht, dazu die beiden Lehrbücher für angehende Untersuchungsrichter, die ihm die Bibliothekarin mitgegeben hatte. Er sah die Bücher flüchtig durch, unklare Todesfälle aus ganz Europa, der jüngste datierte aus dem Jahr 1996, Stichwunden, Drosselmale, aufgeschnittene Carotis, und da, was für ein Zufall, Hauptkommissar Ballas, der Mann, den Schäfer vor Kollers Haus angetroffen hatte, zehn Jahre jünger, aber mit derselben Lederjacke. Ermittlung zu einem Raubüberfall in Budapest, Botschaftergattin Irene Chlapec in der eigenen Wohnung erschossen, na ja, Schäfer klappte das Buch zu und legte es auf den Tisch. Dann griff er zu seinem Handy und gab die Nummer ein, die er von seinem Assistenten erhalten hatte.

Nein, in den folgenden Tagen könne sie sich leider nicht mit ihm treffen, da sie beruflich in Italien zu tun habe. Was sie denn arbeite? In der Modebranche, in Mailand wäre eine wichtige Messe. Laura Rudenz, die Anspielung, dass sie verliebt gewesen sei. Ja, oder zumindest wäre ihr etwas passiert, das ihrem Leben wieder Auftrieb gegeben hätte; aber das hätte sie bestimmt erzählt. Und warum hätte sie einen Liebhaber geheim halten sollen? Vielleicht wegen der anstehenden Scheidung; oder weil derjenige es nicht wollte, vielleicht war er ebenfalls verheiratet. Ihre Familie? Nein, das wäre ausgeschlossen; schon ein wenig seltsam, aber eben konservative Wiener Unternehmer, bieder, aber ehrenhaft. Ehrenhaft? Nun ja, böse gesagt: Eine Krähe hackt der anderen kein Auge aus, Streit, ja, ein Familienmitglied töten, niemals. Ob es Freunde gäbe, zu der sie ein ähnlich vertrauensvolles Verhältnis gehabt hätte? Nicht, dass sie wüsste, ihr Kontakt wäre seit der Schulzeit nur mehr ein sporadischer, eher zufälliger gewesen, da könne sie ihm leider nicht weiterhelfen. Er müsse sie jetzt entschuldigen, ihr Flug würde eben aufgerufen. Danke für das Gespräch.

Er bezahlte und ging zurück ins Kommissariat, wo er umgehend Strasser in sein Büro rief. Der setzte sich und legt Schäfer eine geöffnete Flügelmappe auf den Schreibtisch.

„Aufgrund der fremden Lackspuren und Beschädigungen auf der Fahrerseite ist es gut möglich, dass der Wagen von der Straße gedrängt worden ist", begann Strasser so aufgeregt, als ob er selbst das Wrack untersucht hätte.

„Als er uns in der Garage seinen Drahttrick gezeigt hat, habe ich davon auch nichts bemerkt", sagte Schäfer, „keine Zeugen?"

„Nein ... aber die haben was im Handschuhfach des Unfallwagens gefunden, das Sie bestimmt interessiert ..."

„Darf ich raten?"

„Ja, wenn Sie wollen ...", meinte Strasser verwundert.

„Scherz", entgegnete Schäfer, „also was?"

Strasser entnahm der Mappe eine Klarsichtfolie, die mehrere Fotoausdrucke enthielt, und reichte sie über den Schreibtisch.

„Na, da schau her", rief Schäfer und hielt eines der Bilder Bergmann hin, „der König!"

„Wer?", fragte Bergmann irritiert.

„Eine einzelne Spielkarte mit dem Bild des Laubkönigs", erklärte Strasser, „und nach den Geschehnissen der letzten Woche dachte ich mir, dass das von Interesse für Sie wäre."

„Gute Arbeit", lobte Schäfer, betrachtete das Bild noch einen Augenblick und steckte es wieder in die Folie zurück, „weiß Oberst Kamp schon davon?"

„Von mir nicht ... ich wollte zuerst zu Ihnen damit."

„Na dann." Schäfer nahm das Telefon und wählte Kamps Durchwahl. Frau Fielmann hob ab und teilte ihm mit, dass der Oberst bei einem Termin mit dem Polizeipräsidenten und wahrscheinlich erst am nächsten Tag wieder im Büro wäre.

„Bergmann", wandte sich Schäfer an seinen Assistenten, nachdem er Strasser entlassen hatte, „tun Sie mir bitte einen Gefallen und recherchieren Sie diesen Fall da."

Er reichte Bergmann Insams Taschenbuch.

„Ich hätte gern die komplette Ermittlungsakte, und falls Sie Zeit haben, durchsuchen Sie doch das System nach ähnlichen Fällen. Wahrscheinlich ist es belanglos, aber die Ähnlichkeit ist doch ... wie sagt man ... frappant."

Bergmann nahm das Buch und blätterte es durch, während sich Schäfer dem Bericht vom Landeskriminalamt Niederösterreich widmete. Die Forensiker hatten die Lackspuren an Rudenz' Fahrzeug untersucht und ordneten sie einem schwarzen Wagen aus den Ford-Werken zu – wahrscheinlich ein Range Rover, aber dafür müssten noch genauere Untersuchungen angestellt werden. Aus der Aufstellung von Rudenz' Mobilfunkanbieter ging hervor, dass er kurz vor sieben einen Anruf von jemandem erhalten hatte, dessen Nummer nicht zurückzuverfolgen war – wahrscheinlich ein Wertkartenhandy. Schäfer lehnte sich in seinem Sessel zurück und versuchte sich eine Vorstellung davon zu machen, was in dieser Nacht vorgefallen war. Matthias Rudenz verlässt sein Haus am späten Abend und fährt in Richtung Scheiblingstein. Dort trifft er jemanden. Dann fährt er zurück und wird von der Straße abgedrängt. Weil ihn jemand töten will oder weil einer die Kontrolle über sein Fahrzeug verliert und anschließend Fahrerflucht begeht? Für Schäfer stellte sich diese Frage nicht. Matthias Rudenz war der Laubkönig, dessen war er sich schon länger sicher. Aber er wusste, dass Kamp aus den bekannten Gründen der Unfalltheorie den Vorzug geben würde. Und Schäfer brauchte Leute: Befragungen, Überwachungen, Recherchen ... wenn ihm Kamp nicht mindestens fünf fähige Beamte zuwies, würde der Fall ziemlich sicher im Sand verlaufen. Was der Quote nur zuträglich wäre, da mindestens vier Morde zu Todesfällen und Fremdverschulden erklärt würden. Die Quote! Schäfer schlug mit der flachen Hand auf den Tisch und schreckte damit seinen Assistenten aus seiner Lektüre auf.

„Was?", wollte Bergmann wissen.

„Alte FBI-Weisheit: Bei Serientätern werden die zeitlichen Abstände zwischen den Taten in der Regel immer kürzer." Schäfer stand auf, nahm ein Blatt Papier aus dem Faxgerät und setzte sich neben Bergmann. Mit einem Bleistift zog er eine Linie über das Blatt und skizzierte eine Zeitleiste.

„Der Schweizer, Ziermann, die beiden Rudenz", kommentierte er sein Tun, „das sind nur die, die wir kennen. Und die Abstände verkürzen sich. Ich brauche Analysten, die mir das ViCLAS durchgehen, einen Psychologen ... mindestens fünf Beamte."

„Ähm ... einmal unabhängig davon, ob Sie mit Ihrer Theorie überhaupt recht haben", äußerte Bergmann vorsichtig, „ändert das nichts daran, dass sich Ihre Vorstellungen in keinem Punkt mit denen unserer Vorgesetzten decken. Da werden Sie sich die Zähne ausbeißen. Außerdem liegt der letzte Fall bei den Niederösterreichern ... Kamp wird den Teufel tun, um den in unsere Statistik aufzunehmen ... noch weniger, wenn es sich um ein Gewaltverbrechen handeln sollte ... vielleicht sollten wir ein wenig das Tempo herausnehmen ... uns um eine objektivere Einschätzung bemühen ..."

„Den Teufel werden wir." Schäfer setzte sich an seinen Computer und erstellte einen neuen Ordner.

Vier Stunden brachte er ohne Pause damit zu, Fakten und Verdachtsmomente so zu strukturieren, dass sie ein Ermittlungsverfahren begründen könnten. Wobei ihm das Fehlen eines Verdächtigen am meisten störte. Er kannte Kamp und dessen bürokratische Art – hinter der allerdings auch ein schlauer und erfahrener Kriminalist steckte, der sich von Schäfer nicht gern täuschen ließ. Unzulässige Verdachtsermittlung – das war das meistgebrauchte Schlagwort, mit dem der Oberst ihn immer wieder maßregelte. Wir gehen konkreten Verdachtsmomenten nach, Major. Aber es ist uns nicht gestattet, einen Verdacht willkürlich zu ermitteln. Wir schnüffeln nicht so lange am Boden herum, bis wir etwas finden, das stinkt. Schließlich sind wir Polizisten, keine Hunde. Aber was konnte er dagegen tun? Wenn sich bei ihm ein Verdacht meldete, der an kein anderes Hirn klopfte. Dann machte er eben erst einmal auf und ließ den Gast herein. Man darf sich die Geschichte ja wohl einmal anhören; unverbindlich plaudern. Hinausschmeißen kann man ihn später immer noch.

Um sechs traf er sich mit seinem Therapeuten zur wöchentlichen Sitzung. Im Nachhinein erschien ihm der Termin seltsam, vor Ort war er ihm sogar unangenehm gewesen. Es war ihm nicht möglich, sich zu konzentrieren. Auf die einfachsten Fragen konnte er nicht antworten. Er verstand sie, aber sie dockten nirgends an. Ein Nebel hatte sich zwischen ihn und den Therapeuten gelegt, er war zu keiner klaren Kommunikation fähig. Als er dieses Phänomen nach einer halben Stunde ansprach, erwiderte der Therapeut nur, das wäre ganz normal. Schäfer müsse das doch in seiner eigenen Arbeit erfahren haben, wenn sich jemand partout nicht zu etwas bekennen wolle. Nicht bewusst leugnete, um so einer Strafe zu entgehen, sondern weil er eine Sperre eingerichtet hat, um sich selbst zu schützen. Und wieder verstand Schäfer, was der Therapeut sagte, und wieder blieb die Bedeutung irgendwo hängen.

Bevor er nach Hause ging, traf er sich mit Bruckner in einer Bar im neunten Bezirk. Wie immer sprachen sie über die Arbeit: Der Mord an einem Türken stand vor der Aufklärung, der Aussageverweigerung so gut wie aller Zeugen hatte Bruckner ein paar Razzien und Besuche des Gesundheitsamts in einschlägigen Lokalen entgegengesetzt. Und nachdem ein paar Gewerbeberechtigungen entzogen und zwei Betriebe sofort geschlossen worden waren, hatten die Ersten zu reden begonnen.

„Das nächste Mal werft ihr ihn in den Garten der türkischen Botschaft und lasst die die Arbeit machen“, meinte Schäfer und verrührte den Zucker in seinem Pfefferminztee.

„Verkappter Faschist.“ Bruckner schmunzelte und nahm einen Schluck aus dem Bierglas.

„Wie hast du überhaupt die Leute bekommen? ... Ich meine: ohne Überstunden wird das mit den Razzien nicht abgegangen sein, oder?“

„Diplomatie“, erwiderte Bruckner, als ob er das Wort aus dem Lexikon vorläse.

„Ach ja. Gibst du mir Nachhilfe?“

„Ich hab dem Mugabe erklärt, dass wir einen Hauptverdächtigen haben. Ich habe ihm versprochen, den Fall binnen einer Woche abzuschließen. Wenn er mir das Personal gibt.“

„Ah, die Statistikkarte, sehr raffiniert. Und wenn es schiefgegangen wäre?"

„Dann hätte ich ihn in den Garten der türkischen Botschaft geworfen." Bruckner lächelte und trank die zweite Hälfte seines Biers in einem Schluck.

Als Schäfer sein Wohnhaus betrat und den Postkasten aufsperrte, steckte neben einem Stapel Werbeprospekte auch ein Gratisexemplar eines Automagazins darin. Zweihundert Seiten, die neuesten Tests, alle Gebrauchtwagenpreise, blablabla. Er nahm das Papier und ging zur Altpapiertonne. Warf die Prospekte hinein und behielt das Magazin. Nicht dass er daran dachte, es zu lesen, doch die aufwendige Aufmachung und der reguläre Kioskpreis verleiteten ihn jedes Mal dazu, solche Geschenke ein paar Tage in der Wohnung zu behalten und erst dann zu entsorgen. Konservative Wertvorstellungen, Tiroler Erziehung.

Nachdem er sich geduscht hatte, bereitete er sich einen griechischen Salat ohne Oliven und Gurken zu, schenkte sich ein Glas Weißwein ein und setzte sich an den Küchentisch. Während er aß, blätterte er in dem Magazin und überflog ein paar Artikel über die neuesten Modelle. Obwohl er sich für den Inhalt nicht sonderlich interessierte und einiges auch gar nicht verstand, blieb er an einem Satz in einem Testbericht über den neuen Golf hängen: „... haben die Ingenieure von Volkswagen das Problem mit den quietschenden Scheibenwischern immer noch nicht in den Griff bekommen." Er las den Satz noch einmal, schüttelte den Kopf und räumte Teller und Besteck in den Geschirrspüler. Mit dem noch halbvollen Weinglas setzte er sich auf die Couch und drehte den Fernseher auf. Nach einer Weile begannen ihn die Stimmen der Schauspieler so zu nerven, dass er den Ton abdrehte. Irgendwie ist heute nicht mein Tag, dachte er laut, stellte den Fernseher ganz ab und legte eine CD ein. Er setzte sich wieder an den Küchentisch und zündete sich eine Zigarette an. Nach der Hälfte erinnerte er sich an seinen Vorsatz, nur auf dem Balkon zu rauchen, und redete sich auf seinen verworrenen Geisteszustand hinaus. Schließlich nahm er das Telefon und wählte Bergmanns Nummer.

„Bergmann. Ich bin's. Störe ich?"

„Nein ... aber ich glaube, das ist das erste Mal, dass Sie fragen."

„Was fragen?"

„Ob Sie stören."

„Wirklich?", fragte Schäfer verwundert, „das muss ich mir merken. Aber was anderes: Ich verstehe da was nicht. Da war ein Automagazin in meinem Postkasten ... Werbegeschenk ... jetzt lese ich das und die schreiben in einem Testbericht, dass VW beim neuen Golf die Probleme mit den Scheibenwischern noch immer nicht in den Griff gekriegt hat!"

„Ähm ... und?"

„Und!? ... Ich meine: VW! ... Die bauen schon seit Hitler Autos ... den Golf gibt es schon seit was weiß ich wann ... und die schaffen es nicht, Scheibenwischer zu bauen, die nicht quietschen ... das geht mir nicht ein."

„Vielleicht ist das nicht so einfach", überlegte Bergmann, „Scheibenwischer ..."

„Ah, hören Sie auf ... warum kaufen die dann nicht einen Toyota oder irgendein Auto, bei dem nichts quietscht, und kopieren die Technik?"

„Das weiß ich nicht. Vielleicht gibt's da unterschiedliche Scheibenwölbungen oder Glaszusammensetzungen ... ich bin ja auch kein Techniker. Oder es geht um eine Art Ehrencodex ... dass die nichts kopieren wollen, sondern alles selber schaffen müssen ... Deutsche eben ..."

„Ehrencodex? ... Bei Scheibenwischern? Von mir aus bei alten Adelshäusern, die sich nicht vermischen wollen mit niederem Blut ..."

„Was reden Sie jetzt von Adelshäusern?"

„Na ja ... wegen dem Ehrencodex. Da kommt zum Beispiel eine Habsburgerprinzessin zu ihrem Vater und fragt ihn, warum sie alle so grässliche Nasen haben ... ob man da nicht was unternehmen könne ... zum Beispiel ein bisschen mit den Gonzaga vermischen ... weil die so schöne kleine italienische Nasen haben. Und der alte Habsburger sagt: Mit den Gonzaga? Niemals! Da schaue ich lieber aus wie Pinocchio!"

„Pinocchio hat es damals noch gar nicht gegeben.“ Bergmann seufzte hörbar ins Telefon.

„Egal ... war ja nur ein Beispiel. Auf jeden Fall wären nach Ihrer Theorie die Gonzaga dann Toyota ... nur, Bergmann: VW muss Autos verkaufen, die stecken sowieso schon in der Krise ... da kann sich doch niemand um einen Ehrencodex scheren.“

„Ich habe Ihnen ja gesagt, dass ich kein Techniker bin“, erwiderte Bergmann genervt, „vielleicht geht es ja auch nur um die zweite ... also ... Auflage sozusagen ... dass der Prototyp des neuen Golf quietschende Scheibenwischer hatte und das Serienmodell immer noch ... vielleicht waren die Scheibenwischer bei den Vormodellen ohnehin in Ordnung ...“

„Da ist was dran“, gestand Schäfer nach einer Nachdenkpause ein, „aber dann hätten die das klarer formulieren müssen.“

„Im Impressum ist sicher eine E-Mail-Adresse des Chefredakteurs.“

„Ich verstehe schon, Bergmann ... es hat mir nur keine Ruhe gelassen. Gute Nacht ... und ... danke.“

„Gute Nacht. Bis morgen.“

19

Kamp! Du Teufel! Als Schäfer am Morgen seinen Computer einschaltete, empfing er als Erstes eine Mitteilung aus dem Büro des Oberst. Für elf Uhr war eine Sonderbesprechung anberaumt. Neben Schäfer waren noch Bergmann, Bruckner, Strasser und Staatsanwältin Wörner eingeladen. Thema der Besprechung: die jüngsten Entwicklungen im Fall Rudenz. Schäfer wusste sofort, was Kamp mit diesem Vorgehen bezweckte. Er wollte ihm zuvorkommen, wollte ihm in Anwesenheit der Staatsanwältin den Wind aus den Segeln nehmen. Diese Sache mit den Spielkarten ein für alle Mal ad acta legen. Dann konnte er sich seine Ermittlungen sonst wo hinstecken. Aber woher wusste er überhaupt ...? Schäfer nahm sein Telefon und rief Strasser an.

„Haben Sie mit dem Oberst geredet?“, bellte er in den Hörer.

„Es blieb mir nichts anderes übrig“, gestand Strasser verlegen, „er ist gestern Abend noch ins Büro gekommen und wollte wissen, wo wir stehen. Und da Sie nicht mehr da waren, habe ich eben ...“

„Na gut“, seufzte Schäfer, „also bis nachher.“

Die Zeit bis zur Besprechung nutzte er, um seine Berichte zu überarbeiten und einige Formulierungen einzubauen, mit denen er die Staatsanwältin zu beeindrucken hoffte. Dazu griff er zum Fachbuch eines wichtigtuerischen FBI-Agenten, der mit Ausdrücken wie Geoprofiling und Verhaltensprint hausieren ging, um den übertriebenen Aufwand seiner Ermittlungen zu entschuldigen. Selbst Bergmann hatte das Buch nach zehn Seiten weggelegt, weil es ihm zu dämlich war. Seitdem lag es im Regal und diente als Quelle heißer Luft, mit der sie Vorgesetzte und Presseleute bisweilen abspeisten.

„In Anbetracht der für Serientäter typischen disproportionalen temporären Entwicklung ihrer Delikte – einer sogenannten ‚delinquent acceleration‘ (Belzac, 1992) – ist es auch ohne tiefer greifende Verdachtsmomente ratsam, der vorherrschenden Sachlage mit einem verstärkten Ermittlungsdruck zu begegnen. Na, wie klingt das?“

„Plausibel ... damit werden Sie bestimmt punkten.“

Kamp begann die Besprechung, indem er die wichtigsten Ereignisse und Ermittlungsergebnisse zusammenfasste – wobei er den Fall des Schweizers außen vor ließ. Dann ersuchte er Schäfer, die Anwesenden über seine Hypothesen aufzuklären und weitere Vorgehensweisen vorzuschlagen. So einleuchtend seine Theorie für Schäfer selbst war, so verloren fühlte er sich, als er sie seinen Kollegen, seinem Vorgesetzten und der Staatsanwältin vortrug. Es fehlte die Substanz, die alles zusammenhielt, die nur in seinem Kopf vorhanden war. Zudem gehörten Serienmörder in Österreich noch immer zu einer raren Spezies. Klar, es gab Fuchs, Unterweger und ein paar weitere psychopathische Frauenmörder; aber eben nicht in dem Ausmaß, in dem ihre Kollegen in den USA damit konfrontiert waren, bei denen sich zahlreiche Abteilungen nur mit solchen Verbrechen beschäftigten. Als Schäfer und Bruckner vor Jahren zu einem Fortbildungsseminar beim FBI in Philadelphia gewesen waren, saßen sie jeden Abend kopfschüttelnd in der Hotelbar und erzählten sich gegenseitig, was sie untertags gehört und gesehen hatten, um sich zu vergewissern, dass sie nicht geträumt hatten. Albträume, naturgemäß: Spiele, Psalmen, Zahlencodes, Geburtstage, Mondphasen, Sternzeichen ... kaum ein Muster, dessen sich noch kein Serientäter bedient hatte. Und je abartiger das Vorgehen war, desto wahrscheinlicher war es, dass die Ermittler es bald darauf mit einer *copy-cat* zu tun bekämen – einem Trittbrettfahrer, der seinen eigenen Mord dem Serienmörder in die Schuhe schieben wollte. Ganz zu schweigen von den *copy-killers*, die sich darauf spezialisierten, das Vorgehen von Serientätern nachzuahmen. Wenn die Polizei im Kühlschrank eines heruntergekommenen Hauses in einer heruntergekommenen Vorstadtsiedlung ein paar abgetrennte Köpfe fand, lag mit ziemlicher Sicherheit irgendwo die Biografie von Jeffrey Dahmer herum. Unter diesen Voraussetzungen würden vier ungeklärte Todesfälle, die sich mit einem Päckchen Spielkarten in Verbindung bringen ließen, bei diversen Special Agents sofort die Alarmglocken schrillen lassen ... doch in Österreich ... was Schäfer anging, konnte es ruhig dabei bleiben; auch wenn es für ihn nur eine Frage der

Zeit war, bis dieses Phänomen auch in seinem Dezernat zum Tagesgeschäft gehörte. Als er seinen Vortrag beendet hatte, schauten sich Kamp und die Staatsanwältin unschlüssig an.

„Oberst Kamp?“, ersuchte Wörner diesen um eine Stellungnahme.

„Ja“, begann Kamp zögerlich, „vorausschicken will ich, dass ich die Arbeit von Major Schäfer sehr schätze. Sein Vorstellungsvermögen in Bezug auf besagte Vorfälle ist bewundernswert ...“

„Aber!“, rutschte es Schäfer heraus und er erntete sofort einen mürrischen Blick von Kamp.

„Nichtsdestotrotz“, fuhr der Oberst fort, „kann ich den Vorschlägen von Major Schäfer nicht meine volle Zustimmung erteilen. Gerade in Anbetracht der personellen Besetzung und der Umstrukturierungen im Zuge der Reform müssen Aufwendungen, wie sie Major Schäfer vorschlägt, ein tragfähigeres Fundament haben. Es ist schlichtweg so, dass wir uns derartige Ermittlungsmaßnahmen zurzeit nicht leisten können.“

„Ihr Vorschlag?“, wollte die Staatsanwältin wissen.

„Solange keine weiteren Indizien auftauchen, die Major Schäfers Hypothese untermauern, werden wir in Zusammenarbeit mit dem Landeskriminalamt Niederösterreich den Unfalltod von Matthias Rudenz untersuchen. Die Ermittlungen im Fall seiner Frau – der verstorbene Gatte ist bislang der einzige Verdächtige – sowie alle weiteren hier angeführten Fälle halten wir einstweilen in Evidenz.“

Die Staatsanwältin sah sich im Raum um und klappte ihre Besprechungsmappe zu.

„Gut. In diesem Fall schließe ich mich Ihren Empfehlungen an. Sollten sich neue Erkenntnisse auftun, halten Sie mich bitte auf dem Laufenden.“

Damit war die Besprechung beendet. Als Schäfer seinen Frust ins Büro zurücktragen wollte, hielt ihn die Staatsanwältin am Gang auf.

„Major Schäfer ... ich kann mir denken, was Sie jetzt von mir halten. Aber ich kann nicht anders, als Oberst Kamp recht geben: Die Suppe ist zu dünn.“

„Macht Blut sie dicker?“, entgegnete Schäfer sarkastisch.

„Hoffentlich nicht“, meinte sie nachdenklich und wandte sich zum Gehen.

„Ach ja.“ Sie drehte sich noch einmal um und lächelte ihn verschwörerisch an. „Großartiger Bericht übrigens, ‚delinquent acceleration‘ ... wusste gar nicht, dass Sie nach FBI-Methoden arbeiten ...“

Schäfer schaute sie nur fragend an, nickte kurz und ging in sein Büro.

„Ich glaube, der Wörner sollten wir nicht mehr mit dem Handbuch kommen“, wandte er sich an Bergmann, während er an der Kaffeemaschine hantierte.

„Ja, die ist clever ... hat bei den beiden Serben ziemlich gute Arbeit geleistet. – Vielleicht sollten Sie einmal mit ihr ausgehen“, setzte er nach, als sich Schäfer mit seiner Kaffeetasse an den Schreibtisch setzte.

„Wieso das?“

„Na ja ... Gesellschaft, Weiblichkeit, Privatleben ... Sie wissen schon: diese Menschendinge.“

„Ach so ... ich habe geglaubt, weil sie mir bei diesem beschissenen Fall weiterhelfen kann.“

„Die wird es sich mit dem Oberst sicher nicht verscherzen ... die ist noch keine vierzig. Die hat noch eine Karriere vor sich.“

„Na dann werde ich es mir mit dem Oberst verscherzen“, erwiderte Schäfer geladen und stand abrupt auf, „wenn ich in einer halben Stunde nicht zurück bin, Bergmann, dann rufen Sie die Polizei!“

„Tun Sie nichts, was ...“, rief ihm Bergmann nach, doch da war Schäfer schon auf dem Gang.

Er ging an Frau Fielmann vorbei, ohne nachzufragen, ob Kamp Zeit für ihn hätte. Sein Verhalten war blödsinnig und kindisch, dessen war er sich bewusst. Doch das hinderte ihn nicht daran, die Tür zu Kamps Büro aufzureißen, sich vor dessen Schreibtisch aufzubauen und seinen angestauten Frust loszuwerden. Seltsamerweise schien sich der Oberst weder über Schäfers Erscheinen zu wundern, noch bremste er ihn in seinen teils respektlosen Anschuldigungen ein. Er stand nicht einmal auf, um zum Fenster zu gehen und hinauszusehen, wie er es in solchen Situationen noch immer getan hatte.

„Ich werde müde“, meinte er, nachdem sie beide eine gute Minute nichts gesagt hatten. „Ich treffe mich mit dem Innenminister, der tischt mir einen Haufen Dreck auf und sagt: Bitte, bedienen Sie sich. Dann bin ich zum Abendessen mit dem Mugabe – ja, Sie brauchen nicht so zu schauen, Schäfer, ich gehe auch nicht blind und taub durch die Gegend – und der stellt mir einen Kübel Mist hin und sagt: Ganz frisch, greifen Sie nur zu. Dann komme ich nach Hause, bekomme gar nichts zu essen, weil meine Frau in der Oper ist, bei einer Vorstellung, für die meine sündteure Karte verfallen ist, ich mache mir eine Dose Thunfisch auf und schaue mir einen ‚Derrick‘ von 1984 an. Am nächsten Vormittag sitze ich hier, wer kommt? ... Major Schäfer ... schüttet mir einen Haufen Scheiße auf den Tisch und sagt: Wollen Sie nicht wenigstens mal kosten? Ich bin müde, Schäfer, einfach müde ...“

„Das habe ich so nicht ...“, wollte Schäfer einlenken, der von Kamps Reaktion völlig verblüfft war.

„Ach was“, winkte Kamp ab, „hier die Wiederholung für alle, die nicht zugehört haben oder ein bisschen schwer von Begriff sind: Sonja Ziermann: Unfall; Laura Rudenz, bis auf weiteres: Unfall; Matthias Rudenz: möglicherweise Fahrlässigkeit mit Todesfolge; und dieser Schweizer: Selbstverschulden, möglicherweise unterlassene Hilfeleistung. Das kann ich Ihnen auch gern auf einen Notizzettel schreiben, den Sie ab jetzt immer bei sich tragen. Sie bekommen keine Leute, es gibt keine außertourlichen Überstunden, wir schauen, dass so schnell wie möglich das neue Jahr da ist. Basta. Wenn ich dieses Thema noch einmal höre ... raus jetzt!“

Schäfer nickte nur und verließ langsam den Raum. Als er schon bei der Tür war, hörte er Kamp noch sagen: „Und wenn Sie mir noch mal so kommen wie eben, dann übernehmen Sie entweder meine Stelle oder Sie verziehen sich an den Bodensee und kontrollieren dort die Angelscheine.“

Auf dem Weg zurück ins Büro bekam Schäfer weiche Knie. Noch nie hatte er Kamp in so einem Zustand gesehen. Der

Oberst, der alte Dickhäuter ... wenn nicht einmal mehr er den Speeren ihrer Gegner standhielt, wer dann? Schäfer! Du selbstmitleidiger Wurm! Denkst, dass der Oberst auf dir herumtrampelt, während sein Furor doch immer zuerst eure gemeinsamen Widersacher abschrecken sollte. Und jetzt kam Koloss Kamp ins Wanken? Das durfte nicht geschehen!

Am Nachmittag fuhr er mit Bergmann nach St. Pölten, um sich das Wrack anzusehen, in dem Rudenz umgekommen war. Sie sprachen mit einem der Forensiker, der inzwischen die Untersuchungen der Lackspuren abgeschlossen hatte. Wenn man eventuelle unbekannte Kleinhersteller außer Acht ließ, handelte es sich bei dem Auto, das den Unfall verursacht hatte, um einen schwarzen Range Rover der vorletzten Serie. Das Landeskriminalamt hatte diesbezüglich der letzten Presseaussendung einen Zeugenaufruf angehängt. Österreichweit waren achthundertfünfzig Fahrzeuge dieses Modells zugelassen, der Großteil davon in Wien – was bei einem schweren Geländewagen nicht nur unlogisch war, sondern auch die Ermittlungsarbeiten verkomplizierte. Schäfer ging schließlich davon aus, dass er es mit jemandem zu tun hatte, der in Wien oder Umgebung wohnte. Der Ort war sorgfältig ausgewählt worden, ebenso die Zeit. Bedingte eine gewisse Vorbereitungsphase. War er in den Tagen vor dem Unfall die Strecke abgefahren? Hatte ihn dabei jemand beobachtet? Und was machte er jetzt mit dem Wagen? Er würde ihn wahrscheinlich nicht einfach in die nächste Werkstatt bringen und reparieren lassen. Der Zeugenaufruf in den Zeitungen war ja nicht nur eine Chance für die Ermittler, sondern auch eine Warnung an den Täter: Versteck deinen Wagen in der Garage, lass ihn irgendwo in Ungarn oder Slowenien reparieren. Oder reparier ihn einfach selber, dachte Schäfer, der Schweizer war Mechaniker, hat sogar in einer Werkstatt gearbeitet, was lag da näher, als dass sein Mörder ebenfalls Mechaniker war?

„Was kostet so ein Wagen?“, wandte sich Schäfer an den Techniker, während sie zurück ins Kriminalamt gingen.

„Kommt auf die Ausstattung an ... aber unter siebzigtausend bekommst du keinen.“

„Da würde ich aber lieber einen fremden Wagen nehmen", sagte Bergmann.

„Habt ihr die Diebstahlanzeigen durch?", wollte Schäfer wissen.

„Andere Baustelle", antwortete der Techniker, „müsst ihr den Pürstl fragen."

Im Hauptgebäude des Landeskriminalamts fragten sie nach dem Leutnant, den Schäfer noch aus seiner Ausbildungszeit kannte. Drei Jahre hatte er im Sicherheitsbüro unter dem zwölf Jahre älteren Pürstl gearbeitet. Anfangs hatte er den ruhigen und immer höflichen Polizisten als Lethargiker eingeschätzt, der sich ohne große Widerstände zur Pension durcharbeiten wollte. Dann bekam er Gelegenheit, Pürstl bei einigen Vernehmungen zu assistieren. Seitdem hatte Schäfer ein anderes Bild: Nie zuvor war ihm ein Polizist untergekommen, der so schnell Vertrauen zu einem Verdächtigen aufbauen konnte. Er machte alles richtig – ohne dass Schäfer damals genau hätte sagen können, was Pürstl eigentlich tat. Er trat jemandem gegenüber und ein paar Minuten später redeten sie über das Asthmaleiden, das ihre Väter teilten, oder über einen Berg in der Steiermark, den sie zufällig beide bestiegen hatten. Reine Menschlichkeit, hatte Pürstl einmal gemeint, und Schäfer wusste inzwischen, dass hinter dieser Floskel ebenso viel Größe und Kraft stand wie Bescheidenheit und Demut. Pürstl war sein Leitstern gewesen, daran müsste er sich wieder öfter erinnern, sagte er sich, als sie dessen Büro betraten.

„Johannes", begrüßte Pürstl ihn, „ich kann mich zwar nicht erinnern, vom Teufel gesprochen zu haben ..."

„Jeder Heilige braucht seinen Schurken", erwiderte Schäfer und schüttelte ihm die Hand.

„Chefinspektor Bergmann", wandte sich Pürstl diesem zu, „Kompliment an Ihre Leidensfähigkeit!"

Bergmann, der erstaunt war, dass Pürstl wusste, wer er war, beschränkte sich darauf, zu lächeln und dem Leutnant die Hand zu reichen.

„Ihr seid wegen dem Unfall da", kam Pürstl zur Sache, „setzt euch. Tee?"

„Gern“, meinte Schäfer und Bergmann nickte zustimmend.

„Ich habe eine Liste aller in Frage kommenden Fahrzeughalter“, sagte Pürstl, während er den Wasserkocher füllte, „dazu zwei Diebstähle, die allerdings beide schon über einen Monat zurückliegen.“

„Was hältst du davon?“, wollte Schäfer wissen.

„Status eins: Unfall mit Fahrerflucht.“ Pürstl nahm eine gusseiserne Teekanne aus einer Anrichte und gab drei Löffel losen grünen Tee hinein. „Aber da habe ich auch noch nicht gewusst, wer der Tote ist ... jetzt ... ja ... jetzt bist du mit drin und ich überlege, mich nach Osttirol versetzen zu lassen.“

„Hat dir mein Kollege Strasser die Akte geschickt?“, überging Schäfer Pürstls Sticheleien, „oder woher weißt du davon?“

„Nicht wichtig, von wem ich sie habe.“ Pürstl goss den Tee auf und stellte die Kanne mit drei Tassen auf den Schreibtisch. „Aber als ich mitbekommen habe, dass du an dem Fall dran bist, konnte ich mir das nicht entgehen lassen. Schnapskarten ... wieso kommen dir immer solche Geschichten unter ...“

„Es ist eine Gabe ... und ein Fluch“, erwiderte Schäfer gelassen und nahm seine Tasse.

„Ja ... ein Fluch für alle, die mit dir zu tun haben ...“

Pürstl ließ seine Sekretärin eine Kopie der Liste mit den Fahrzeughaltern machen und gab sie Bergmann. Als er sie bis vors Gebäude begleitete, sagte er beiläufig zu Schäfer: „Ich rufe dich in den nächsten Tagen noch einmal an ... dann können wir in Ruhe über die Geschichte reden.“

Schäfer nickte und drückte ihm die Hand. Nachdem sich auch Bergmann verabschiedet hatte, gingen sie zum Auto und fuhren zurück nach Wien.

Bergmann verließ das Büro um sieben Uhr, um sein wöchentliches Training nicht zu versäumen. Schäfer nahm die Einladung mitzukommen diesmal nicht an. Ein Fingerzeig auf sein endlich wieder normalfarbenes Auge reichte Bergmann als Begründung, doch eigentlich wollte Schäfer den Abend nützen, um ein paar Stunden unbeobachtet zu arbeiten. Nachdem er sich von einem japanischen Restaurant eine Sushi-Box zustellen lassen und gegessen hatte, räumte er den Schreibtisch frei, zog eine Lage Packpapier über die ganze Länge und nahm sich drei Faserstifte in verschiedenen Farben.

Name, Alter, Geschlecht, Beruf, Todesursache, Fundort, soziale Schicht ... dazwischen notierte er mit einem Bleistift alle möglichen Zusammenhänge, die ihm in den Sinn kamen. Dann nahm er das Papier und heftete es mit Reißzwecken an die Wand. Er setzte sich in seinen Sessel, rollte zum gegenüberliegenden Ende des Raums und betrachtete seine Aufzeichnungen. Wo begann es? Vier Personen, vier Karten. War es ein Spiel nach allgemein bekannten Regeln? Ein makabrer Zeitvertreib? Eine symbolische Abrechnung, deren Hintergründe ihm noch verschlossen waren? Und wer spielt warum mit Menschenleben – abgesehen vom Innenminister, aber das war ein eigener Fall von Psychopathie. Schäfer stand auf und zeichnete neben die Personen die jeweiligen Spielkarten. Wie viele verschiedene Spiele kann man mit doppeldeutschen Karten überhaupt spielen ... gewöhnlich spielt man nicht allein ... es sei denn, man legt eine Patience ... wenn ich von einem normalen Spiel ausgehe, gibt es zwei Täter ... aber man kann auch zu dritt oder zu viert Karten spielen. Zuerst wird ein Trumpf gewählt ... aufgelegt oder ein Spieler sagt ihn an. Wer muss sterben ... die Karte, die gestochen wird? ... Und wer muss töten? ... Der sticht oder der verliert ... vielleicht sind es ja ganz eigene Regeln ... oder sie ziehen einfach aus dem Talon: Ah, die Schellass ... und schon war eine Tankstellenpächterin tot.

Es war lang nach Mitternacht, als er die Augen nicht mehr offen halten konnte und sich auf die Couch legte, um kurz zu schlafen.

„Ay ay, Johannes, muj chlapec“, weckte ihn Marjana, die Putzfrau um sechs Uhr morgens, „das gar nicht gesund. Du hast doch Bett zu Hause, oder? Muss ich mich schon wieder fühlen wie Mutti mit dir.“

Schäfer hob schlaftrunken den Kopf und ließ ihn gleich wieder fallen. Warum haben die Frauen, die ich am liebsten habe, eigentlich immer mindestens zwanzig Jahre und vierzig Kilo zu viel, dachte er und streckte seinen verspannten Nacken durch. Er drehte den Kopf zur Seite und schaute Marjana zu, wie sie die Fenster wischte. Irgendwo in seinem traumgetrübten Gehirn das schwache Blitzen einer Synapse – eine verschüttete Assoziation, ein Signal aus der Ferne, er richtete sich auf und ging zur Kaffeemaschine.

„Ah, Ferkel“, herrschte ihn Marjana an und schlug ihm den Putzfetzen in den Rücken, „mit schmutzige Schuhe auf nasse saubere Boden!“

20

Nachdem er in einem Kaffeehaus ums Eck gefrühstückt hatte, saß Schäfer an seinem Schreibtisch, knetete einen schmutzigen Stressball, den ihm vor Jahren ein Kollege geschenkt hatte, und wartete auf Bergmann. Nicht dass er etwas Bestimmtes von ihm gebraucht hätte – doch zeitweise erzeugte dessen Abwesenheit ein seltsames Vakuum, das Schäfer gleichzeitig erschreckte und anzog wie ein dunkler Fluss, auf den er von einer hohen Brücke schaute. Unendliche Weiten, Planet Bergmann, der freundliche Fixstern.

Kurz vor zehn rief er ihn an, erreichte jedoch nur die Mailbox. Er begann unruhig zu werden. Pünktlichkeit und Gewissenhaftigkeit schön und gut, murmelte er vor sich hin, aber was bringt es, wenn man sich bei einer Unpünktlichkeit dann doppelt Sorgen machen muss? Um halb elf betrat Bergmann das Büro. Seinem Gesicht las Schäfer ab, dass tatsächlich etwas nicht in Ordnung war. Bergmann hängte seinen Mantel an den Haken und setzte sich.

„Kamp liegt im Spital“, sagte er leise und sah Schäfer an, dem umgehend flau im Magen wurde.

„Warum?“ Er versuchte sich unter Kontrolle zu halten.

„Heute Morgen ist er zusammengebrochen. Kein richtiger Infarkt, aber irgendwas mit Insuffizienz, ich habe es vergessen. Er wird mindestens zwei Wochen ausfallen.“

Schäfer stand auf und stellte sich ans Fenster. Ohne Vorwarnung stieg ihm das Wasser in die Augen. Er drehte sich zur Wand und täuschte vor, seine Aufzeichnungen zu überfliegen. Als er sich wieder im Griff hatte, setzte er sich und stützte den Kopf in die rechte Hand.

„Ich fühle mich beschissen.“

„Da sind Sie nicht der Einzige.“

„Wer springt für ihn ein?“

„Ist noch nicht fix ... aber wahrscheinlich der Haidinger.“

„Na ja, könnte schlimmer sein. Der hat ohnehin selbst genug um die Ohren.“

Mit der Nachricht von Kamps Zusammenbruch war Schäfer jede Lust vergangen, mit Bergmann über die Zusammenhänge zu diskutieren, über die er in der Nacht spekuliert hatte. Zwar würde ihm der Oberst dank seiner Rossnatur bestimmt bald wieder die Leviten lesen können – dafür würde Schäfer sogar eine Kerze im Stephansdom anzünden –, doch so einfach mit dem Tagesgeschäft weiterzumachen ... das erschien ihm pietätlos. Als würde man nach einer Beerdigung zum Autodrom gehen. Beerdigung – dass sich ihm plötzlich Gedanken aufdrängten, wie es ohne Kamp wäre, zwang ihn, auf die Toilette zu gehen und sich für eine Viertelstunde einzusperren.

Es wurde ein Tag wie im Kloster. Sie saßen sich schweigend gegenüber, verzichteten auf ihr Mittagessen. Und ohne dass sie sich darüber austauschten, wussten sie genau, wem ihre Gedanken und Wünsche galten. Zum Zeitvertreib blätterte Schäfer in den beiden Büchern, die er aus der Uni-Bibliothek mitgenommen hatte.

„Wollen Sie jetzt Staatsanwalt werden?“, fragte Bergmann.

„Das sind zwei von den Büchern, die Laura Rudenz in den sechs Monaten vor ihrem Tod ausgeliehen hat ... Sie können gern eins haben und durchsehen ...“

„Wozu?“, wollte Bergmann wissen, dessen logisches Denkvermögen von Kamps Zusammenbruch offenbar stark beeinträchtigt war.

„Egal“, antwortete Schäfer und beschränkte sich darauf, die Überschriften zu lesen und die Bilder anzusehen.

„Der Ballas“, murmelte er, als er erneut auf den Polizisten stieß, der ihm vor Kollers Haus begegnet war.

„Wer?“

„Ballas ... Hauptkommissar aus Budapest ... hab ihn neulich beim Koller gesehen ... so ein Ostblock-Veteran mit Schnauzer und Lederjacke ...“

„Mhm ...“

„Wann ist eigentlich Besuchszeit?“, wollte Schäfer um kurz vor sechs wissen.

„Jetzt bis acht ... offiziell.“

„Soll ich ihn besuchen? ... Ich meine, nachdem ...“

„Ich glaube schon, dass es ihn freuen würde“, meinte Bergmann und sah ihn an, „Interne, Zimmer 332.“

„Danke“, erwiderte Schäfer, stand auf und nahm seine Jacke vom Haken.

Als er zur U-Bahn ging, fiel ihm ein, dass er sich seit zwei Tagen weder geduscht noch die Zähne geputzt hatte. Er hauchte in die hohle Hand und fuhr sich anschließend mit der Zunge über die Zähne. Bevor er zu Kamp ins Zimmer ging, richtete er sich noch vor einer Glasschiebetür die Haare.

„Ah, Sie wollen mir den Rest geben!“, empfing ihn Kamp, der gar nicht so elend aussah, wie Schäfer ihn sich vorgestellt hatte.

„Es tut mir leid.“ Schäfer war zu seinem eigenen Missfallen schon wieder den Tränen nahe.

„Ach“, winkte Kamp fast fröhlich ab, „hören Sie mit dem Geraunze auf. Ich sage Ihnen was: Seit ich einigermaßen sicher bin, dass ich nicht eingehe, genieße ich das hier richtig. Einzelzimmer ... haben Sie eigentlich eine gute Zusatzversicherung, Schäfer? ... Ruhe, warmes Essen ... und das hat mir die liebe Frau Kovacs heute mitgebracht“, sagte er und deutete auf sein Nachtkästchen, wo die Gesamtausgabe von Dürrenmatt stand.

„Wie der alte Bärlach.“ Schäfer konnte sich ein Lachen nicht verkneifen und bekam gleichzeitig ein schlechtes Gewissen, weil er selbst darauf vergessen hatte, Kamp etwas mitzubringen.

„Ja ja, ‚Der Verdacht‘.“ Der Oberst richtete sich in seinem Bett auf. „Habe ich vor zwei Stunden angefangen und bin schon fast durch ... großartiges Buch ... fast nostalgisch bin ich geworden ... wie ich selbst noch an der Front war ... ja ... nun, wie wär’s mit einem Kartenspiel, Major?“

„Ähm ... wenn Sie welche da haben ...“

„Ich nicht. Aber Sie haben doch ohnehin welche, oder?“

Schäfer schluckte und sah seinen Vorgesetzten verunsichert an.

„Ja ja“, fuhr Kamp heiter fort, „die Geschwätzigkeit eines Trafikanten sollte ein guter Polizist nie unterschätzen. Fragt der mich doch gestern, ob uns die Mörder ausgehen, weil wir jetzt Zeit haben, Karten zu spielen. Karten spielen?, frage ich ...

ja ja, der Herr Major, der hat neulich welche gekauft ... lassen Sie's gut sein, Schäfer ... ich will gar nicht genau wissen, was Sie jetzt wieder aushecken oder wie der Laubkönig in dieses Auto gekommen ist ... eine Woche lasse ich es mir noch im Hotel AKH gut gehen, dann zwei Wochen zu Hause, dann ist Weihnachten ... oh Tannenbaum, oh Tannenbaum ..."

„Ich bin froh, dass Sie hier in guten Händen sind", versuchte Schäfer etwas unbeholfen, das Thema zu wechseln.

„Das kann man sagen ... kennen Sie übrigens Oberarzt Frank? Nein? War mit mir im Gymnasium. Wenn die hier nicht so eine neumoderne Verglasung hätten, wo man kein Fenster aufmachen kann, würden wir wahrscheinlich jeden Abend hier Cognac trinken und Zigarren rauchen, haha ..."

„Bekommen Sie eigentlich Medikamente?" Schäfer kam die Euphorie des Obersts nun doch etwas übertrieben vor.

„Was immer mir die da einflößen", Kamp deutete auf den Tropf über ihm, „die wissen schon, was sie tun."

„Na, da bin ich richtig erleichtert."

„Sie haben sich schuldig gefühlt, nicht? Das vergönne ich Ihnen, Sie ... Sie Zecke ..." Kamp schien plötzlich von Müdigkeit überwältigt zu werden. Schäfer hielt es für besser, den Oberst schlafen zu lassen.

„Eins noch, bevor Sie gehen", meinte Kamp leise und ergriff Schäfers Unterarm, „ich habe nachgedacht ... vielleicht haben Sie ja schon wieder recht ... Malefiz noch mal ... mit Ihrem ... Sie wissen schon ... und ... jetzt, wo ich mir das nicht mehr so zu Herzen nehmen muss ... das war jetzt nicht gegen Sie gemünzt ... ich hatte einmal ein ähnliches Problem ... das ist schon dreißig Jahre her ... können Sie sich noch an die Peichl-Bande erinnern? ... Nein? ... Jedenfalls hat mir da auch niemand geglaubt ... keine Leute ... gerade dass ich nicht mit dem weißen VW-Käfer die Observationen gemacht habe ... ja ... jedenfalls, was ich sagen wollte ... ich hatte einen Freund bei der Zeitung ... und da kamen dann gewisse, nennen wir es ‚Tatsachen mit Fragezeichen' an die Öffentlichkeit ... das kann durchaus hilfreich sein ... im Übrigen hat man mir gesagt, dass Sie mich besucht haben, ich habe jedoch geschlafen und so blieb uns jede Möglichkeit verwehrt, ein Gespräch zu führen. Gute Nacht, Major, viel Glück!“

Schäfer ergriff Kamps Hand und hielt sie so lang, bis dieser sie ihm entzog, eine wegwerfende Geste machte, die Augen schloss und den Kopf zur Seite drehte.

Auf dem Heimweg dachte Schäfer darüber nach, was Kamp ihm hatte sagen wollen. Sein labiler Gefühlszustand torpedierte seine Konzentrationsfähigkeit – darüber musste er das nächste Mal mit seinem Therapeuten reden, unbedingt. War doch seltsam: Kamp war ans Bett gefesselt, doch *er* hatte sich wie gelähmt gefühlt. Ein Freund bei der Zeitung. Schäfer sperrte die Tür zu seiner Wohnung auf und machte Licht. Verdammte Stille. Er ging sofort zur Stereoanlage und legte eine CD ein. Binnen einer Woche war flotation toy warning zu seiner Lieblingsband geworden. Sein Magen machte sich bemerkbar. Er öffnete das Eisfach und nahm eine Packung „Toskanapfanne“ heraus. Dann stand er über der Pfanne und rührte gedankenverloren das Gemüse durch. Er verstand. Nahm sein Telefon und ging das Adressbuch durch.

„Gerhard? ... Servus, Johannes ... Gut, und dir? ... Ja? ... Das freut mich für dich ... Warum ich anrufe: Ich hätte da eine Geschichte ... Ich würde sie schon als äußerst brisant bezeichnen ... Mir wäre lieber, wenn wir uns irgendwo treffen könnten ... Na ja, wenn du meine Vorgesetzten hast, wirst du auch paranoid, das verspreche ich dir ... Morgen Mittag? ... Kenne ich, ja ... Ebenfalls ... Lass sie schön grüßen, schönen Abend noch.“

Er legte das Telefon weg und schaltete die Herdplatte aus. Grinsend saß er am Küchentisch und kaute auf den halbgaren Gemüsestücken herum.

Kamp, du Teufel, sagte er sich, du hinterlistiger Teufel!

21

Tags darauf saß Schäfer zur Mittagszeit in einem Arbeiterwirtshaus im zweiten Bezirk und zerpflückte einen Bierdeckel. Sein Bekannter würde sich verspäten, da sich eine Pressekonferenz im Umweltministerium in die Länge gezogen hatte. Immer wieder schaute Schäfer auf die Uhr, als könnte das den Fortgang der Zeit beschleunigen. Du hast Angst vor der eigenen Courage, sagte er sich. Am Vorabend war er noch begeistert gewesen von seiner Idee – eigentlich Kamps Idee, der im AKH lag und aufgrund welcher Medikamente auch immer große Freude dabei zu empfinden schien, wie ein trunkener Kutscher die Zügel aus den Händen zu werfen. War es die Verantwortung, die Schäfer fürchtete? Plötzlich ohne den Kugelfang Kamp dazustehen? Das Spiel in die Hand zu nehmen, ohne dass jemand hinter ihm stand? Er hatte Lust, ein Glas Rotwein zu bestellen. Wie weit würde er überhaupt gehen? Das hätte er sich früher und besser überlegen müssen.

Gerhard betrat das Lokal. Er nahm die beschlagene Brille ab, wischte mit seinem Pullover über die dicken Gläser, setzte sie wieder auf und sah sich um. Schäfer hob eine Hand, worauf sein Bekannter lachend auf ihn zukam.

„Grüß dich", sagte er und setzte sich an den Tisch, ohne seine Jacke abgelegt zu haben. „Entschuldige die Verspätung ... die haben sich wieder einmal selbst nicht genug loben können ..."

„Worum ist es gegangen?", fragte Schäfer höflichkeitshalber.

„Einhaltung des Kyoto-Protokolls ... da hinken wir so weit hinterher, dass es schon viel Redezeit braucht, das zu beschönigen."

„Vielleicht sollte der Nationalrat einmal einen ganzen Tag die Luft anhalten ... da lösen wir zwei Probleme auf einmal."

„Darf ich dich zitieren?" Der Journalist lachte und winkte den Kellner an den Tisch.

„Also, worum geht's?", wollte er wissen, nachdem sie sich die Zeit, bis das Essen kam, mit oberflächlicher Konversation vertrieben hatten.

„Das ist sehr sensibel, das sage ich gleich vorweg ..."

„Da bist du bei mir genau richtig", ermutigte ihn Gerhard und rückte seinen Teller heran.

„Also", meinte Schäfer zögerlich und begann mit der Toten vom Alberner Hafen.

Der Journalist hörte schweigend zu. Als der Kellner seinen Teller abserviert hatte, zündete er sich eine Zigarette an und nahm einen tiefen Zug.

„Das gehört erst einmal verdaut ..."

„Wäre mir sowieso lieber, wenn du die Geschichte erst am Montag rausbringst ... ich möchte am Wochenende nach Salzburg, und wenn das erst einmal draußen ist ..."

„Ich weiß noch nicht, wie ich das dem Chefredakteur schmackhaft machen soll ... das ist schon ziemlich spekulativ ... vor allem, wenn ich keine Quellen nennen darf ..."

„Glaubst du, das kümmert wen?", meinte Schäfer und zündete sich ebenfalls eine Zigarette an, „wenn genug von euch aufspringen, geht es den Pfeifen im Ministerium doch nur noch darum, sich selbst zu profilieren. Und wenn ein Kopf rollt, dann ist es meiner. Außerdem: Wenn ihr erst einmal Druck macht, wollen die das so schnell wie möglich aus der Welt schaffen. Und dann bekomme ich Personal und Überstunden verrechnet."

„Schon klar ... da helfe ich dir gern ... aber ich bin auch dem Ansehen unserer Zeitung verpflichtet ... andererseits ..."

„Was?"

„Na ja ... in Zeiten wie diesen braucht jeder Auflage und Quote. Wenn ich die garantieren kann, dann frisst das Pferd den Zucker."

„Ich verstehe", seufzte Schäfer, „du meinst Titelseite, Schlagzeile: ‚Serienkiller in Wien? Makabres Spiel mit Menschenleben' ... oder etwas in der Richtung."

„Moment", der Redakteur grinste, „ich schreibe mit."

„Na ja ... wenn der Senf aus der Tube ist ..."

„... muss man ihn aufessen", ergänzte sein Bekannter und winkte den Kellner heran, um einen Kaffee zu bestellen.

Schäfer ging mit gemischten Gefühlen zurück ins Kommissariat. Er konnte nicht abschätzen, was er eben losgetreten hatte. Ihm blieb jetzt nur, sich an die Arbeit zu machen und den Fall voranzubringen. Wenn er die Staatsanwältin auf seine Seite bringen könnte ... mit ein bisschen Glück würde Mugabe irgendwann keine Wahl mehr bleiben: plötzlich ein Haufen Mordopfer mehr, ganz, ganz schlecht für die Statistik. Eine Sonderkommission, natürlich! Sofort! Bis auf weiteres unbegrenzte Mittel, das Oberkommando übernimmt Major Schäfer, an die Arbeit, meine Herren ... und: toi, toi, toi!

In seine Träume versunken, war er am Kommissariat vorbeigegangen und plötzlich auf der Freyung angekommen, wo er sich verblüfft umschaute. Irgendwann finde ich nicht mehr zurück, sagte er sich und drehte um.

„Bergmann!", begrüßte er seinen Assistenten, setzte sich und fuhr seinen Computer hoch. Er sah seine Mails durch und rief Kovacs an, um sich mit ihr eine Stunde später im Besprechungszimmer zu treffen. Ob es irgendwelche Neuigkeiten gäbe. Im Fall des Schweizers, den sie ja offiziell gar nicht bearbeitete, gäbe es Hinweise, dass er sich prostituiert hätte. Sie versuche an mögliche Freier heranzukommen. Schreyer wäre an dem Range Rover dran, der Matthias Rudenz von der Straße abgedrängt hatte. Ob einer gestohlen worden oder zur Reparatur in eine Werkstatt gebracht worden ist. Bis jetzt keine Ergebnisse, aber wenn es etwas gäbe, würde Schreyer es finden. Da konnte Schäfer ihr nur recht geben – wenn es um Recherchen ging, war Inspektor Schreyer so gut wie Rain Man beim Zahnstocherzählen.

„Der Fall aus Ihrem Buch", sagte Bergmann, als Schäfer wieder an seinem Schreibtisch saß, „ich habe von den Deutschen die Ermittlungsakten bekommen."

„Und?"

„Das Ganze ist in Köln passiert ... 1983. Die hätten den Mann wahrscheinlich verhaften können, wenn nicht die Streife und der Notarzt so gepfuscht hätten. Die haben die Leiche sofort aus der Wanne gehievt ... der eine Polizist hat später ausgesagt, das Wasser hätte bestimmt vierzig Grad gehabt, während der Notarzt darauf bestand, dass es gerade einmal handwarm war ... und so weiter."

„Hm“, meinte Schäfer, „das mit dem Draht, das ist ja auch seltsam. Ich meine: Rudenz wäre doch nie so dumm gewesen, den in der Wohnung herumliegen zu lassen.“

„Deshalb bin ich auch noch einmal alle durchgegangen, die sich den Schlüssel hätten beschaffen können ...“

„Und?“

„Etwa zwanzig Verwandte und Bekannte, die bei den Laskas regelmäßig ein und aus gehen ... dazu Geschäftsfreunde, Besucher aus dem Ausland ... da geht's zu wie in einer Botschaft.“

„Wenn wir irgendwelche familiären Konflikte beiseitelassen“, sagte Schäfer und nahm die Ausdrucke an sich, „wenn es nur um die Mechanik des Spiels geht ... dann könnte es praktisch jeder von denen sein ... wenn er sich die meiste Zeit in Wien aufhält.“

„Richtig ... falls es um so ein Spiel geht, was keinesfalls ...“

„Außerdem stimmt das Umfeld ... bei keinem der Fälle gibt es eindeutige Beweise für ein Fremdverschulden und auch keine weiteren Spuren ... das lässt zumindest auf eine hohe Bildung schließen ...“

„Aber die Herren Hofräte und Arztgattinnen zu einer Vernehmung holen“, seufzte Bergmann, „da ist die Spezies vom Gürtel noch einfacher.“

„Abwarten und leise weitermachen“, sagte Schäfer und konzentrierte sich wieder auf seinen Computer.

Den restlichen Nachmittag arbeitete er daran, ein Beziehungsgefüge zu erstellen, in dem er das gesamte Umfeld der vermeintlichen Opfer zusammenführte. Sonja Ziermann – Laura und Matthias Rudenz – der Schweizer ... wo gab es Anknüpfungspunkte, wo Überschneidungen? Irgendwelche Gemeinsamkeiten? Wohnorte, Freizeitunternehmungen, Ferienaufenthalte, vielleicht auch nur derselbe Friseur ... Um sechs Uhr machte er eine Pause und ging zur Trafik. Auf dem Gehsteig zündete er sich eine Zigarette an und spazierte ohne bestimmtes Ziel in Richtung Votivkirche. Der Zusammenhang: das Spiel, die Figuren auf den Karten. Doch was trieb den oder die Täter an? Und wie suchten sie ihre Opfer aus? Aus dem Telefonbuch? Nein, das glaubte Schäfer nicht. Auch wenn es aus Sicht des Mörders das Beste wäre, da es die polizeiliche Ermittlungsarbeit um vieles verkomplizieren würde. Nein, irgendeinen emotionalen Bezug musste es geben. Hass auf das Glück des Ehepaars Ziermann? Verachtung für den süchtigen Schweizer? Und Laura Rudenz? Neid?

Schäfer brauchte jemanden, der psychologisch geschulter war als er, einfühlsamer und erfahrener. Doch keinen der üblichen Gerichtspsychiater, die sich als Profiler selbst profilieren wollten und ihm sagten, dass der Täter männlich war, zwischen fünfundzwanzig und fünfundvierzig und vermutlich irgendwann ein schweres Trauma erlitten hatte.

Er brauchte jemanden, der ihn die Beweggründe fühlen ließ. Der ihm die Köpfe und Herzen dieser Monster öffnete. Schäfer wischte mit dem Mantelärmel über eine nasse Sitzbank hinter der Votivkirche, setzte sich und nahm sein Telefon heraus.

„Habe die Ehre, Herr Leutnant", begrüßte er seinen ehemaligen Lehrmeister.

„Wie geht's dir?", wollte Pürstl wissen, worauf Schäfer keine präzise Antwort hatte.

„Ich habe da so was wie eine Tannennadel im Schuh ..."

„Ausziehen und schütteln", gab Pürstl kurz vor, ihn nicht zu verstehen. „Also gut, worum geht's?"

„Um die Geschichte mit den Karten ... ich stehe da ehrlich gesagt ein wenig an und ..."

„Ich habe einen selten guten Blaufränkischen aus Gols daheim ... den sollten wir zusammen verkosten ..."

„Was?", fragte Schäfer, den Pürstls Themenwechsel aus dem Konzept gebracht hatte.

„Na wann du vorbeikommen willst ..."

„Gleich?"

„Ich bin da ... dann gebe ich dem Blaufränkischen inzwischen ein bisschen Luft."

„Gut." Schäfer lief über die Straße, was ihm ein paar wütend hupende Autofahrer einbrachte. „Ich muss noch schnell ins Büro, dann fahre ich los."

22

Als Josef Pürstl die Haustür öffnete, hielt er in der linken Hand ein Paar riesige mit Schafwolle gefütterte Pantoffeln, die er seinen Gast anzuziehen nötigte. Seine Frau wäre ohnehin nicht da, also müsse sich Schäfer ja vor niemandem schämen. Er führte ihn ins Wohnzimmer, wo er drei lange Holzscheite in den offenen Kamin legte, die auf der verbliebenen Glut sofort knisternd Feuer fingen. Auf dem Esstisch standen eine Schüssel mit dampfenden Kartoffeln, ein Holzteller mit Käse, Speck und Sauergemüse sowie eine Karaffe mit Rotwein. Pürstl stellte Teller und Gläser auf den Tisch. Sie setzten sich.

„Du lässt dir nichts abgehen", sagte Schäfer, während er sich umblickte.

„Wieso sollte ich?" Pürstl legte zwei Kartoffeln auf jeden Teller. „Greif zu."

Während sie aßen, machte Schäfer Pürstl mit den Details des Falls vertraut.

„Die Rudenz muss er also auf jeden Fall gekannt haben", meinte Pürstl, nachdem er das Besteck weggelegt und sich mit einer Stoffserviette den Mund abgewischt hatte.

„Richtig ... zumindest hatte er Zugang zum Hausschlüssel ..."

„Dann ist es da am wärmsten ... um bei den Spielen zu bleiben ..."

„Was, denkst du, hat das für eine Bedeutung, so ein Töten nach Spielregeln?"

Pürstl zuckte mit den Achseln, stand auf und trug das Geschirr in die Küche.

„Warum jemand tötet, darüber muss ich dir ja nichts erzählen", meinte er, als er mit einem feuchten Tuch zurückkam, um den Tisch abzuwischen. „Von der Anzahl der Opfer und der Motivation her hast du es mit einem Serientäter zu tun ... ungewöhnlich ist die Auswahl der Opfer und der völlig unterschiedliche Modus Operandi ... jemanden von der Straße abzudrängen, um ihn zu töten ... das ist kein Vorgehen, das einem klassischen Serienmörder seinen Kick verschafft ... das ist zu distanziert ..."

„Die zwei Frauen dagegen passen genau ...“

„Richtig ... deshalb liegt es auch nahe, dass es sich um mindestens zwei Täter handelt. Und der, der die beiden Frauen ertränkt hat, ist eindeutig der Gefährlichere ...“

„Wieso braucht er dann das Spiel?“, fragte Schäfer mehr sich selbst, da Pürstl mit den Resten des Abendmahls wieder auf dem Weg in die Küche war.

„Das frage ich mich auch“, rief Pürstl ins Klappern der Teller hinein, die er in den Geschirrspüler räumte. Und als er wieder am Tisch saß: „Wenn es sich um einen klassischen Frauenmörder handelt, dann lädt sich seine Tötungsenergie immer wieder auf, bis er sich seinem Drang ergibt und erneut tötet ... aber in deinem Fall: da ist von vornherein beschlossen, dass Menschen sterben werden ... beim gängigen Zweimannschnapsen mit zwanzig Karten mindestens zehn, wenn wir davon ausgehen, dass nur die zu Opfern werden, deren Karte gestochen wird ... abartig ... eigentlich hoffe ich, dass du dich gewaltig irrst ...“

„Möglich“, erwiderte Schäfer, „doch vorerst ist es der einzige Anhaltspunkt und den gebe ich so schnell nicht auf ... sag mir, welche Komponente so ein Spiel in ein Verbrechen bringt ... warum spielen sie, wenn sie auch so töten könnten ... leg dich irgendwo mit einem Gewehr auf die Lauer und schieß den Erstbesten ab, der dir unterkommt ... du weißt, wie die Chancen stehen, dass du erwischt wirst, wenn du dich nicht ganz blöd anstellst ...“

„Das eine ist ein kaltblütiger Mord, das andere ein Spielzug“, überlegte Pürstl, „in beiden Fällen sind die Opfer entmenschlicht, Figuren einer perversen Machtfantasie ... aber das Spiel stellt auch einen Schutz dar... es gibt dir Ordnung, einen Raum ...“

„Den man betreten und verlassen kann“, schloss Schäfer.

„Genau. Auf der einen Seite das drängende Verlangen, Macht zu gewinnen ... seine eigene Ohnmacht überwinden durch das Auslöschen eines fremden Lebens ... die klassische Triebstruktur eines Serienmörders ... aber innerhalb des Spiels eine Rechtfertigung durch die Regeln, die schon lang vorgegeben sind ...“

„Und außerhalb des Spiels ... im Alltag ... funktionieren sie ganz normal und halten sich an die gesellschaftlichen Regeln ...“

„Ist eine Möglichkeit ... das Spiel einmal als eigener Raum, in dem sie ausleben, was ihnen außerhalb verwehrt bleibt ... was sie sich vielleicht sogar aus moralischen Gründen selbst verwehren ... und gleichzeitig als Zone, wo sie ihre Hemmungen und ihre Schuldgefühle ablegen können ...“

„Erwachsene, die sich in ein Spiel flüchten, weil dort eigene Regeln herrschen ... und von den gesellschaftlichen Regeln und Gesetzen spalten sie sich ab ... das machen Kinder auch. Wenn du denen zusiehst, die sind so ernst dabei, das ist die Wirklichkeit ...“

„Du glaubst nicht wirklich, dass da Kinder oder Jugendliche dahinterstecken, oder?“, fragte Pürstl skeptisch.

„Natürlich nicht ... aber Erwachsene mit einem kindlichen Element ... die nur nach außen hin integriert sind ... die irgendwas einmal aus der Bahn geworfen hat, irgendein traumatisches Erlebnis ... und dann gehen sie spielen, weil ihnen das Sicherheit gibt ... weil sie dort beweisen können, was sie draufhaben ...“

„Eine klassische Initialzündung ... gebe ich dir bei fast allen Serienmördern und Amokläufern recht ... aber hier bin ich mir nicht sicher ...“

„Warum?“, wollte Schäfer wissen. Er hielt Pürstl sein leeres Weinglas hin und ärgerte sich sofort, dass er seinen Vorsatz, weniger zu trinken, so widerstandslos fallenließ. Pürstl und seinem vorzüglichen Blaufränkischen konnte er dafür nicht die Schuld geben. Der Leutnant wäre auf ein Wort von Schäfer sofort in die Küche gegangen, hätte einen Liter Wasser aufgekocht, auf siebzig Grad abkühlen lassen und irgendeine japanische Grünteespezialität aus erster Pflückung aufgegossen. Mangelnde Kontrolle, noch ein Thema für die nächste Therapiesitzung.

„Mehr so ein Gefühl ... dass sie von ihrem alltäglichen Leben oder was auch immer frustriert sind und sich diese Fantasiewelt schaffen, kann gut sein ... doch was die Hintergründe angeht ...“

„Kommt da noch was?“, fragte Schäfer, nachdem Pürstl in Schweigen verfallen war.

„Ja ... ich habe nur an den Mann denken müssen, der vorige Weihnachten seine beiden Töchter, seine Frau und seine Eltern mit einer Axt erschlagen hat ...“

„Ja, kann ich mich erinnern ...“

„Da hat es davor keine großen Konflikte gegeben ... keine Scheidung, keine dauernden Kränkungen, keine Kündigung ... Schulden, ja, aber wer hat die nicht ... der ist mit dem Leben nicht mehr fertiggeworden ... solche Fälle haben wir früher nicht in dieser Häufung gehabt ... jetzt passiert das einmal im Monat ...“

Schäfer sah Pürstl an, der auf sein Glas stierte und es mit Zeigefinger und Daumen um die eigene Achse drehte. Er kannte die Statistik zu wenig, sodass er Pürstl in diesem Punkt weder zustimmen noch unrecht geben konnte. Familientragödien dieser Dimension waren zudem eher am Land zu finden und Schäfer versuchte diese Fälle zu ignorieren, so gut es ihm möglich war. Doch er wusste, dass es Pürstl nicht um die Anzahl der Tötungsdelikte oder die dadurch entstehende Mehrarbeit ging. Es ging um den Verlust von Sicherheiten, um die zunehmende Bedrohung durch abstrakte Themen wie Globalisierung, Wettbewerbsfähigkeit, Mobilität, Rationalisierung, Migration, es ging um einen Wertewandel, der den wirtschaftlichen Erfolg über alles stellte, um Menschen, die sich schämten, nicht Schritt halten zu können, um Frauen, die verzweifelten und sich mitsamt ihren Kindern töteten, um Männer, die das Gefühl des Versagens in Fremd- oder Autoaggression verwandelten. Seine Täter? Menschen, die auf der Strecke geblieben waren und es der Gesellschaft heimzahlten, indem sie, anstatt sich mit einem Kartenspiel vor der Welt in die Kneipe und zum Alkohol zu flüchten, in regelmäßigen Abständen töteten, um sich ihrer Macht zu versichern? Oder ganz anders: zwei Psychopathen, denen ihr wirtschaftlicher Erfolg nicht mehr genügte; denen der Geschmack des Geldes schal geworden war; die ihre hohle Existenz nun, da es nichts mehr zu erobern gab, auf den Leichen Wehrloser errichteten? Was für eine beschissene Welt.

„Wie schaut es eigentlich bei dir zurzeit mit den Frauen aus?“, wollte Pürstl wissen, während er den Korkenzieher in die zweite Weinflasche drehte. Ein Themenwechsel, dem Schäfer gern folgte. Denn auch wenn es auf diesem Gebiet nichts Neues zu berichten gab, war es doch die beste Weiche, um den Abend auf ein behaglicheres Terrain zu führen.

Kurz vor elf kam Pürstls Frau nach Hause. Sie blieb eine Viertelstunde mit ihnen am Tisch sitzen und ging dann schlafen. Mittlerweile neigte sich die zweite Flasche Rotwein dem Ende zu und die beiden übertrafen sich gegenseitig darin, die komischsten Ereignisse ihrer Polizistenlaufbahn zu Szenen einer grotesken Komödie auszubauen.

„Euch hört man ja bis zu den Nachbarn hinüber!“ Pürstls Frau stand plötzlich wieder im Wohnzimmer. „Du fährst heute nicht mehr heim, Johannes ... ich habe dir im Gästezimmer das Bett bezogen.“

„Danke, Frau Leutnant“, antwortete Schäfer mit kindlich verstellter Stimme, „darf der Josef heute auch drinnen schlafen?“

„Gute Nacht, ihr Spinner.“ Sie zog die Augenbrauen hoch und schloss die Wohnzimmertür hinter sich.

Schäfer befand sich auf der Autobahn Richtung Wien, als ihm schlagartig bewusst wurde, dass er etwas Wichtiges übersehen hatte. Er fuhr auf den nächsten Rastplatz, nahm sein Telefon heraus und rief Bergmann an. Er solle ihm die Nummer von Harald Ziermann geben. Schäfer notierte sie sich auf einem Parkschein, legte auf und rief Ziermann an.

„Guten Tag, Herr Ziermann, Major Schäfer von der Kriminalpolizei ... Möglicherweise ... aber da kann ich Ihnen jetzt noch keine Details geben ... warum ich sie anrufe: Kann ich sie heute noch irgendwo treffen ... Und welche Schule ist das? ... Im achtzehnten Bezirk ... Ja, das finde ich ... Vielen Dank ... Ja, bis um eins dann ...“

Wie hatte ihm entgehen können, dass auch Harald Ziermann ein potenzielles Opfer war? Der Herzkönig – schließlich war auch der Mann von Laura Rudenz ermordet worden. Und auch wenn Schäfer noch keinen Einblick in die Spielzüge hatte: Ziermann uninformiert zu lassen, wäre fahrlässig. Zudem: Ziermanns Tochter war zehn Jahre alt, zehn, der Zehner. Und wenn der Täter davon wusste – wovon Schäfer ausging –, dann war auch sie in Gefahr.

Um zehn Uhr parkte er seinen Dienstwagen in der Tiefgarage der Sicherheitsdirektion. Er nahm den Aufzug in den zweiten Stock und ging in sein Büro. Bergmann war nicht auf seinem Platz, dafür fand er auf seinem Schreibtisch eine Mappe, die ihm Kovacs hinterlegt hatte. Eine Liste von Personen, die möglicherweise mit dem Schweizer zu tun gehabt hatten, Obdachlose, Junkies, Stricher, ansonsten schien es keine bedeutenden Neuerungen zu geben. Für die kurze Zeit, die Kovacs zur Verfügung gehabt hatte, war das aber ohnehin mehr, als Schäfer erwartet hatte. Er musste sie beizeiten für ihre schnelle Arbeit loben. Während er die wichtigsten Fakten in sein eigenes Dokument einfließen ließ, kam Bergmann zurück. Koller habe angerufen, irgendwas mit einem alten Fall, über den sie beim letzten Mal gesprochen hätten.

„Warum ruft er mich nicht am Handy an?“

„Keine Ahnung ... möglicherweise hat er die Nummer verloren ... und die von hier weiß er bestimmt auswendig.“

„Das hat sich ohnehin erledigt ... er hat den Fall aus Köln gemeint, von dem Sie die Akte besorgt haben. Und wenn ich ihn jetzt anrufe, dann stiehlt er mir in seiner Langeweile den Rest vom Vormittag.“

„Glaube ich nicht ... nachdem er mich schon eine Stunde am Telefon gehalten hat.“

„Hoffentlich werde ich nicht so, wenn ich alt bin“, seufzte Schäfer.

„Ich darf Sie höflich daran erinnern, dass Sie mich neulich am Abend angerufen haben, um über Scheinwerfertechnik zu diskutieren.“

„Scheibenwischer“, korrigierte ihn Schäfer, „nicht Scheinwerfer ... da sieht man wieder, wie genau Sie mir zuhören.“

Um halb eins verließ Schäfer das Kommissariat, um sich mit Harald Ziermann zu treffen, der seine Tochter um eins von der Schule abholen würde. Da er dem Freitagmittagsverkehr entgehen wollte, nahm er die U-Bahn und anschließend die Straßenbahn. Ziermann saß in seinem Auto vor dem Tor, das den Schulhof von der Straße abgrenzte. Er erschrak, als Schäfer an die Seitenscheibe klopfte und die Beifahrertür öffnete.

„Entschuldigung ... ich wollte Sie nicht erschrecken."

„Ist nicht Ihre Schuld ... sobald ich nichts zu tun habe, versinke ich in Gedanken ..."

„Das kann ich verstehen ..."

„Was wollten Sie mir denn sagen?"

„Etwas, das ich Ihnen aus dienstlicher Sicht gar nicht sagen darf ... aber ich würde es mir nie verzeihen, wenn ..."

„Wenn was?" Ziermann sah ihn verstört an.

Also klärte ihn Schäfer in groben Zügen über seine Vermutungen auf und schloss damit, dass sich Ziermann unter Umständen in Lebensgefahr befand. Was diesen jedoch nicht sonderlich zu bewegen schien.

„Schon komisch", meinte er nur, „das mit dem Königspaar ... das hat unserer Liebe einen ganz eigenen Charakter gegeben ... auch wenn es am Anfang nur ein Scherz von Freunden war ..."

„Das war offiziell so?"

„Na ja ... offiziell ist wohl übertrieben ... ich glaube, dass es bei unserer Hochzeitsfeier zum ersten Mal wer aufgebracht hat ... und Sonja und ich ... wir haben uns dann immer wieder ‚Eure Majestät' oder ‚Meine Königin' genannt ..."

Sie hörten das Geschrei der Kinder, die aus der Schule auf den Hof liefen. Ziermann stieg aus, ging ums Auto herum und empfing seine Tochter mit einer Umarmung.

Er ließ sie hinten einsteigen und setzte sich wieder auf den Fahrersitz. Schäfer begrüßte das Mädchen und verlor in ihrer Anwesenheit sofort den Mut, weitere detaillierte Fragen über ihre Mutter zu stellen.

„Könnten Sie mir eine Liste der Leute zusammenstellen, die von dieser Königsgeschichte wissen?", wandte er sich an Ziermann.

„Natürlich. Kann aber bis Montag dauern."

„Kein Problem ... sind Sie übers Wochenende weg?"

„Ja ... wir fahren zu meinen Eltern ins Waldviertel ..."

„Weiß jemand davon?“, fragte Schäfer leise.

„Außer meinen Eltern und zwei von meinen Kollegen … nein, sonst fällt mir niemand ein.“

„Seien Sie bitte vorsichtig … und rufen Sie mich sofort an, wenn Ihnen irgendetwas ungewöhnlich vorkommt.“

„Werde ich machen.“

Schäfer verabschiedete sich, stieg aus und sah dem Auto nach. Ich kriege dich, murmelte er und ging zur Haltestelle.

An den beschlagenen Innenscheiben des Straßenbahnwaggons rannen die Tropfen herab, zu denen der Atem und der Dampf der nassen Mäntel der Fahrgäste kondensiert waren. Schäfer wischte mit dem Ärmel ein Sichtfenster frei und sah auf die schneevermatschte Straße hinaus. Ein Kleinkind verweigerte seiner Mutter die Hand und stampfte trotzig mit dem Fuß auf. Eine Krähe tauchte mit dem Schnabel ein Stück Brot in eine schmutzige Lache, um es aufzuweichen. Autos im Stau, das Wochenende. Ab Montag würde die Sicherheitsdirektion von den apokalyptischen Reitern des Boulevards gestürmt werden, die Schäfer gerufen hatte – darauf müsste er so gut wie möglich vorbereitet sein. Allein würde er nicht weiterkommen, da brauchte er sich nichts vorzumachen. Nicht nur, dass er mit den Recherchen überfordert wäre, er brauchte auch andere Blickwinkel und Arbeitsweisen, um die paar Mosaiksteine, die in seinen Taschen klimperten, zu ergänzen und an die richtigen Stellen zu setzen. Er brauchte nicht nur eine verlässliche, sondern auch eine entsprechend große Mannschaft, um den Fall in den Griff zu bekommen. Überschlagsmäßig rechnete er den Stunden- und Personalaufwand durch: Analysen, Befragungen, Telefon- und Internetprotokolle, Täterprofile … zehn Fahnder waren das Mindeste, um überhaupt Fortschritte zu machen.

Im Kommissariat rief er Bergmann, Kovacs und Schreyer in den Besprechungsraum und informierte sie über sein Treffen mit Pürstl und Ziermann.

„Ich passe auf ihn auf“, erklärte Kovacs zu Schäfers Überraschung.

„Was soll das heißen?“

„Diskreter Polizeischutz ... ich habe am Wochenende noch nichts vor, da fahre ich ins Waldviertel, schaue mir die Gegend an und versuche in seiner Nähe zu bleiben."

„Wenn Sie das wirklich tun wollen, dann fragen Sie ihn vorher um sein Einverständnis. Sonst denkt er, dass Sie hinter ihm her sind. Ich gebe Ihnen nachher die Nummer."

„Das Ganze nimmt eine Dynamik an, die mich beunruhigt", bemerkte Bergmann.

Schäfer sah ihn verständnislos an.

„Wollen Sie jetzt kneifen?"

„Nein ... aber ... solange nur Sie eigenmächtig ermitteln, fällt das vielleicht noch nicht auf. Aber wenn sich die ganze Gruppe daran beteiligt, könnten wir ernsthaft Probleme bekommen ..."

„Die haben wir jetzt schon, diese Probleme ... sonst dürften wir uns um diesen Fall ganz offiziell kümmern", antwortete Schäfer gereizt.

„Ganz unrecht hat Kollege Bergmann nicht", meinte Kovacs vorsichtig. „Bis jetzt haben wir schließlich keinen einzigen Beweis, der Ihren Verdacht stützt ..."

„Und die Spielkarte in Rudenz' Auto?", fragte Schäfer aufgebracht, schob seinen Oberkörper nach vorne und stützte die Ellbogen auf den Tisch. Keiner seiner Kollegen gab ihm eine Antwort. Eine ungute Stille entstand, die Bergmann schließlich beendete.

„Ich lasse Sie bestimmt nicht im Stich", sagte er, „ich will aber auch nicht, dass wir wie die größten Idioten dastehen, wenn sich herausstellt, dass an der Sache mit den Karten nichts dran ist."

„Zweifel gehören immer dazu", antwortete Schäfer beschwichtigend. Kurzzeitig hatte er tatsächlich Angst bekommen, dass sie ihm gemeinschaftlich die Unterstützung entziehen würden. „Es steht jedem von euch frei, sich in dieser Sache zu engagieren oder nicht ... und wenn es schiefgeht, trage ich die Verantwortung allein ..."

„Keine Verantwortung ist immer gut", brachte Schreyer ohne jeden Anflug von Ironie ein und lockerte damit die Stimmung.

„Na dann fahren wir eben zweigleisig“, sagte Kovacs, nachdem sie Schreyer freundschaftlich auf die Schulter geboxt hatte.

Schäfer sah in die Runde. Bergmann gab schulterzuckend sein Einverständnis.

„Na gut“, sagte Schäfer abschließend, „vorerst bemühen wir uns also, das Ganze geheim zu halten, so gut es geht ... also bei den Einzelermittlungen fällt euch schon irgendwas ein ... aber solange es keinen Beschluss der Staatsanwaltschaft gibt, bitte topsecret. Vor allem, was die Ermittlungen zu unserem Schweizer betrifft.“

„Also soll ich die Werkstätten in Ruhe lassen?“, wollte Schreyer wissen.

„Nein ... aber offiziell nur im Zusammenhang mit dem Range Rover und als Hilfestellung für die Niederösterreicher ... auf keinen Fall nach unserem Schweizer fragen ... wir wollen niemanden vorwarnen.“ Schäfer machte eine Pause. „Übrigens weiß ich es sehr zu schätzen, dass ich auf euch zählen kann.“

Um fünf rief Schäfer seine Nichte an und teilte ihr mit, dass er mit dem letzten Zug nach Salzburg käme. Ob sie ihn am Bahnhof abholen wolle. Sie stimmte sofort zu und meinte aufgeregt, dass sie jetzt nicht länger reden könne, weil sie dann noch einkaufen müsse, weil sie ihm ja was kochen wolle. Er bat sie, nicht zu viel Aufwand zu treiben, und verabschiedete sich.

Gemeinsam mit Bergmann verließ er um Punkt sechs Uhr das Büro. Während Bergmann sein Auto aus der Tiefgarage holte, ging Schäfer zur U-Bahn-Station. Er würde eine Kleinigkeit essen, seine Tasche packen und zum Bahnhof fahren. Es sollte ein entspanntes Wochenende werden, weg von Wien und seinen Toten – damit würde er ab Montag wieder mehr als genug zu tun haben, sagte er sich und stieg in die überfüllte U-Bahn.

23

Ein feiner Schneeregen fiel auf die Stadt, kein Wetter, um sich lang im Freien aufzuhalten. Nachdem sie über den Mönchsberg spaziert waren, überredete Lisa ihren Onkel zu einem Besuch im Haus der Natur. Schäfer hatte diesen Ort als ein Paradebeispiel für Verstaubtheit und Muffigkeit in Erinnerung: altersschwache Saurierskelette, an die man sich nicht nahe heranzugehen traute, aus Angst, die meterhohen Ungetüme könnten über einem zusammenbrechen; ausgestopfte Marder, Luchse und anderes Getier, an dem der Zahn der Zeit und die Motten um die Wette nagten. Das Einzige, was ihn und seine männlichen Klassenkollegen dort interessiert hatte, war die Schlangenfütterung gewesen. Und natürlich die Missgeburten: Kälber mit zwei Köpfen, in Formaldehyd gelegte Babys mit monströsen Wasserköpfen, ein Pandämonium schauderhafter Natureinfälle, das noch zwei Wochen danach in seinen Albträumen aufgetaucht war. Doch mittlerweile hatte die Stadt das Haus renoviert und zu einer interaktiven Erlebnis- und Bildungseinrichtung gemacht – zumindest behauptete das der Folder, den Schäfer an der Kassa mit den Eintrittskarten bekam. Zum Glück teilte seine Nichte seine Interessen, sodass ihm die Evolutionsgeschichte und der ganze Planetenkram samt virtueller Mondlandung und Urzeitsimulator erspart blieben. Sie gingen auf direktem Weg zum Riesenaquarium, wo Schäfer beim Anblick des Tigerhais umgehend eine Gänsehaut bekam. Sie setzen sich auf eine Besucherbank und verfolgten schweigsam die Bewegungen der Fische – wie Schäfer als Kind, und auch in letzter Zeit immer wieder, die Kleidungsstücke in einer Waschmaschine beobachtet hatte.

„Hast du gerade einen spannenden Fall?“, wollte seine Nichte nach einigen Minuten wissen.

„Hm ... eigentlich nicht.“

„Das heißt entweder nein oder geheim ...“

„Kluges Mädchen ... wenn du schweigen kannst, erzähle ich dir ein bisschen was davon.“

„Wenn ich jemals was weitersage“, sagte sie und hob theatralisch die Hand zum Schwur, „darfst du mich dem Tigerhai zum Fraß vorwerfen.“

„Ich lasse dich lieber ausstopfen“, meinte Schäfer lächelnd und legte einen Arm um sie, „dann haben die Besucher auch was davon.“

„Also, sag schon ...“

„Nehmen wir einmal an, jemand sucht sich ein Spiel aus und nimmt für jede Figur einen realen Menschen. Und wenn die Figur geschlagen wird ...“

„Dann muss sie sterben!“, unterbrach ihn seine Nichte.

„Bringt man euch das heutzutage in der Schule bei?“

„Nein ... vielleicht habe ich nur deinen Instinkt geerbt.“

„Gott behüte ... denk daran: Es ist eine Gabe und ein Fluch zugleich“, sagte er theatralisch und warf seinen Schal nach hinten.

„Also, was ist jetzt mit dem Spiel?“

„Stell dir vor, du bist Polizistin und hast ein paar Mordopfer. Einmal fehlt jedes Motiv, beim anderen soll es aussehen wie ein Selbstmord, dann wie ein Unfall. Und plötzlich findest du einen Zusammenhang, der alles logisch erscheinen lässt ...“

„Das Spiel ...“

„Genau, das Spiel. Und damit wird es schwierig. Weil wir herausfinden müssen, wer wirklich ein Opfer ist, wer eins werden könnte, wie die zusammenhängen ...“

„Coooool!“

„Nicht so wirklich, wenn du die kennenlernst, die dadurch einen Menschen verlieren.“

„Entschuldigung ... war nicht so gemeint.“

„Schauen wir uns noch was anderes an“, schlug Schäfer vor, nachdem es ihr offensichtlich die Sprache verschlagen hatte.

„In der Schule waren auch einmal zwei so Freaks“, sagte Lisa, als sie durch den Reptilienzoo spazierten, „die wollten ein Computerspiel in echt nachspielen.“

„Und?“

„Der eine ist vorher zum Direktor. Weil sein Freund wirklich einen aus der Klasse entführen wollte ... voll bescheuerter Typ ... vielleicht wollte der den sogar umbringen ...“

„Kennst du die beiden?“ Schäfer blieb stehen und sah sie an.

„Nicht wirklich.“ Sie wandte sich ab und legte ihre Hand auf die Scheibe eines Terrariums, in dem eine Python döste.

„Du könntest vielleicht eine gute Polizistin werden“, sagte Schäfer und legte seinen Arm um sie, „aber beim Lügen bist du ganz schlecht. Also?“

„Na gut“, tat sie genervt, „mit Martin bin ich ein paarmal ausgegangen ... der ist gar nicht so ein Arsch, wie alle meinen ...“

„Das habe ich nie behauptet ... hast du seine Nummer?“

„Wozu willst du seine Nummer?“, fragte Lisa nervös, „ich habe dir doch gesagt, dass er ganz okay ist ...“

„Keine Sorge, Mädchen ... aber vielleicht kann er uns helfen ... also mir ...“

„Versteh ich nicht.“

„Ruf ihn an und frag ihn, ob er sich mit uns treffen kann.“ Schäfer blieb vor der grünen Mamba stehen, die sich um einen rindenlosen Ast wickelte. „Aber sag erst mal nichts von mir und meinem Beruf.“

„Ich bin ja nicht blöd.“ Sie verdrehte die Augen und nahm ihr Telefon heraus.

Fasziniert nahm Schäfer an dem Gespräch teil, das sie mit dem Jungen führte. Zwar versuchte sie immer wieder sich von ihrem Onkel zu entfernen und ihn mit einer Handbewegung wegzuscheuchen, doch ihrem grinsenden Gesicht glaubte er zu entnehmen, dass sie sein Interesse in Wirklichkeit genoss. Unglaublich. Er erinnerte sich, wie sie als Säugling in seinem Arm gelegen war; wie er seine Anzüge öfter als üblich in die Reinigung tragen musste, weil sie ihm regelmäßig auf die Schulter kotzte; wie glücklich aufgeregt er war, als sie ihm zum ersten Mal mit ausgestreckten Armen entgegenstolperte – und jetzt: Jetzt konnte er fühlen, wie das Herz des Jungen schneller schlug, weil ihm dieses Mädchen ins Telefon lachte; egal, was er eben tat oder wo er war, er würde auf schnellstem Weg an den Ort kommen, den sie ihm vorschlug; was für eine hinreißende junge Frau aus ihr geworden war; gleichzeitig kamen ihm die Ängste in Erinnerung, die er immer wieder ausstand, wenn er an sie dachte: Es gab so viele Perverse ... er konnte schließlich nicht immer an ihrer Seite sein.

„In zwei Stunden im Cobra", holte sie ihn aus seinen Gedanken.

„Na bravo ... das klingt ganz nach einem Lokal, in dem ich überhaupt nicht auffalle."

Er hatte sich getäuscht. Zwar war das „Cobra" eine schmuddelige Mischung aus irischem Pub und arabischen Haremsgemächern, doch das Publikum entzog sich jeder Kategorisierung: An der Bar tranken Geschäftsleute in grauem Nadelstreif ihr Bier, an den Tischen erholten sich Frauen in Schäfers Alter vom Samstagseinkauf, auf den Sofas saßen Rastafrisuren gemeinsam mit Irokesen bei einer Wasserpfeife. Lisas Bekannter hatte nur mehr einen Stehtisch im hinteren Teil des Lokals gefunden und nippte sichtlich nervös an einem Cola. Junges Männerherz in Flammen, dachte Schäfer, bevor er an den Tisch trat und sich vorstellte.

Er hatte die Reserviertheit und aufrechte Nackenhaarstellung erwartet, mit der junge Menschen von halbwegs hellem Verstand der Staatsgewalt üblicherweise begegneten – doch Martin ließ sich diesbezüglich zumindest nichts anmerken. Gut, an diesem Ort und zu dieser Zeit war Schäfer der Onkel des Mädchens, nach dem der Junge sich verzehrte, noch niemand zum Um-die-Hand-Anhalten, aber doch eine Bezugsperson, deren Sympathie man sich nicht verscherzen sollte.

„Lisa hat mir erzählt, dass du und ein Freund einmal so ein Computerspiel in die Wirklichkeit verlagert habt", sagte Schäfer, dem der Smalltalk über die Atmosphäre des Lokals und die Nach-der-Schule-Pläne selbst für einen guten Onkel an der Grenze zur Peinlichkeit erschien.

„Es war nicht meine Idee", antwortete Martin und wandte verlegen den Blick ab.

„Ich bin nicht da, um dich deswegen zu verurteilen ... dass meine Nichte dich mag, ist für mich Beweis genug, dass du so weit in Ordnung bist ... Scheiße bauen gehört dazu, wenn man jung ist ... wenn man es einsieht und bereut, schult das den Charakter ..."

„Lesung aus dem Buch Johannes", brachte Lisa mit theatralischer Stimme ein und verdrehte scherzhaft die Augen.

„Junge Frau ...", erwiderte Schäfer, „das Mädchen da drüben, das du zuerst begrüßt hast ... ihr habt doch sicher lang nicht mehr miteinander geplaudert ... über Shopping und Make-up und so Sachen ..."

„Du verkappter Reaktionär", sagte Lisa und drehte ihren Kopf in Richtung des Nachbartisches, „na gut, ich lasse euch mit euren Bubenthemen allein ... darf ich eine Zigarette haben?"

„Du spinnst wohl!" Schäfer legte seine Hand auf die Zigarettenschachtel.

„Sehr super ... da kann ich gleich mit Papa ausgehen!"

„Die wickelt Sie ganz schön um den Finger, wie?", meinte Martin, nachdem Lisa den Tisch gewechselt hatte.

„Kann man wohl sagen", gab Schäfer mit einem Seufzer zu, obwohl er wusste, dass das vorlaute Getue seiner Nichte nur ein Schauspiel war, mit dem sie ihren Bekannten beeindrucken wollte.

„Also ... wie ist das genau abgelaufen ... das mit dem Spiel?"

Schäfer hörte dem Jungen aufmerksam zu und versuchte sich ein Bild davon zu machen, was in den beiden vorgegangen sein musste, als sie sich entschlossen hatten, das Computerspiel, das sie fast jeden Abend spielten, nach eigener Adaption in die Wirklichkeit zu übertragen. Ladendiebstähle, Prügeleien, Mercedessterne-Sammeln, Zugdach-Surfen, Drogenschmuggel ... nichts, das Schäfer fremd war. Doch wieso brauchte man dafür ein Punkteranking? Warum diese halsbrecherischen Initiationsrituale in einen Wettbewerb verwandeln und noch dazu – die Exekutive dankt – digital archivieren? Ergab das irgendeinen Sinn? „Sinn ...", meinte Martin schulterzuckend und gab Schäfer damit die Antwort, die er ohnehin schon gekannt hatte. Denn worin unterschied sich die Sinnlosigkeit, mit der er sich in den letzten Monaten quälte, schon groß von jener dieser jungen Männer. Die Welt, in der sie lebten, war schließlich großteils die gleiche, das Tempo, das ihnen vorgegeben war, die scheinbaren Freiheiten, das trügerische Versprechen, dass ihnen alles offenstünde, im Gegensatz dazu die Forderungen, die sie zu erfüllen hatten, um nicht aus dem System zu fallen, das sie immer weniger durchschauten, die Ängste vor dem Versagen, vor dem Ausgeschlossensein, dazu die wohl alle Jugendlichen beizeiten anfallende Langeweile und die gefühlte Sinnlosigkeit, der sich die beiden erwehren hatten wollen. Und wie wehrt man sich, wenn man fortlaufend Ohnmacht und Geringschätzung erfährt: Gewalt, Resignation, Depression, Selbstzerstörung, Aggression nach innen oder außen – Schäfer hütete sich davor, seinem Gegenüber allzu offen über seine eigenen Eskapaden zu berichten; doch nach einer guten Stunde erkannte er, dass ihm Martins Sicht der Dinge sehr vertraut war, dass ihm der junge Mann sympathisch war.

Gegen sieben verließen sie gemeinsam das „Cobra“. Auf Schäfers Aufforderung hin begleitete sie Martin ein Stück, aus dem schließlich der ganze Heimweg wurde. In der Einfahrt verabschiedete Schäfer sich schnell von ihm und ließ die beiden allein. Was ihn betraf, so hätte er nichts dagegen, wenn seine Nichte öfter von jemandem nach Hause begleitet würde. Vor allem von jemandem, dem die Gesellschaft, wie er sie zurzeit vorfand, nicht geheuer war.

Nach dem Abendessen schauten sie sich gemeinsam die Verfilmung eines Comics an, den Schäfer noch aus seiner Jugendzeit kannte. Lisa hatte zwar vorgeschlagen, in ein Lokal zu gehen, wo jeden Samstag heimische Bands spielten, doch dazu konnte sich Schäfer bei aller Liebe nicht aufraffen. So lagen sie auf der Couch und sahen dem Rächer mit der weißen Maske zu, der die korrupten Mächtigen so gerechtfertigt wie unbarmherzig dahinmetzelte und sich das gefrorene Herz von einer verfolgten Stadtstreicherin auftauen ließ. Als Schäfer im Bett lag, konnte er lang nicht einschlafen. Die Pressekonferenz, die ihm am Montag hundertprozentig bevorstand – die er provoziert hatte und der er sich dennoch nicht gewachsen fühlte; das Gespräch mit Martin; dass die Realisierung eines Computerspiels so außergewöhnlich nicht wäre; er kenne genug, die das auf die eine oder andere Weise schon probiert hätten; natürlich ging es nicht um eine Eins-zu-eins-Umsetzung;

auch die Theorie, dass sich jemand vor den Bildschirm setzt und am nächsten Tag Amok läuft, griff zu kurz; Schäfer überlegte, ob es nicht überhaupt umgekehrt sein könnte; dass das Spiel die entschärfte Variante einer vorgestellten Wirklichkeit war; Möglichkeiten der Kontrolle, das Ausgeliefertsein überwinden; diese Gefühle nicht nur im eigenen Zimmer zu erleben; und so bedenklich Schäfer das fand: diesen fehlgeleiteten Jugendlichen ging es doch bestimmt irgendwie darum, Kontakt aufzunehmen, sich zu spüren; darin unterschieden sie sich wenigstens noch von den erwachsenen Spielern, den Börsenmaklern und Spekulanten, den Sanierern und Reformern, Schluss jetzt, er hatte keine Lust, mit dem Bild des dämlich grinsenden Innenministers einzuschlafen, er musste vielmehr herausfinden, was diese Mechanismen für seinen Fall bedeuteten; wie ihm diese Erkenntnisse halfen, die Täter zu verstehen; zu finden und zu fassen. Der Strom der Gedanken hielt ihn lange wach; als ob ein Teil seines Verstands den anderen überholte. Als ob er gleichzeitig Passagier und Pilot eines Flugzeugs wäre, dessen Destination keiner kannte.

24

Serienmörder in Wien?

Möglicherweise schon vier Opfer des Kartenkillers!

Die junge Lehrerin Sonja Z., das Wiener Ehepaar Rudenz, ein Schweizer namens Wilhelm – auf den ersten Blick gibt es zwischen diesen Menschen keinen Zusammenhang. Wenn man nicht weiß, dass sie alle in der jüngsten Vergangenheit unter noch ungeklärten Umständen zu Tode gekommen sind. Und wenn man nicht das kriminalistische Gespür eines Wiener Polizisten an den Tag legt, der für alle diese Todesfälle einen Serienmörder verantwortlich macht! Doch von Anfang an.

Tod in der Donau

Am frühen Nachmittag des 4. November macht ein Wiener bei einem Spaziergang nahe des Alberner Hafens einen schrecklichen Fund. In einer strömungsfreien Einbuchtung treibt im eisigen Donauwasser die Leiche einer jungen Frau. Die umgehend informierten Beamten der Kriminalpolizei und ein Gerichtsmediziner bergen den Leichnam und untersuchen den Fundort. Wenige Stunden später ist die Identität der jungen Frau geklärt: Es handelt sich um die 37-jährige Lehrerin Sonja Z., die an einer Schule im 19. Bezirk unterrichtete. Laut Aussage ihres Gatten, Harald Z., ist sie gegen Mittag zu einem Spaziergang aufgebrochen. Nachdem sie am Abend nicht nach Hause gekommen und auch telefonisch nicht erreichbar ist, wendet sich der besorgte Ehemann an die Polizei. Bald darauf die schreckliche Gewissheit: Die junge Frau auf der Bahre in der Gerichtsmedizin ist seine Frau – und die Mutter ihrer gemeinsamen zehnjährigen Tochter. Eine Obduktion bestätigt die Vermutungen der Kriminalisten: Sonja Z. ist ertrunken, die Ermittlungsergebnisse sprechen für einen Unfalltod, der Fall wird abgeschlossen. Zu früh, wie ein Beamter der Kriminalpolizei meint und auf den Obduktionsbericht verweist, der eine Frage offenlässt: Woher stammen die Verletzungen an den Händen der Frau? Legen sie nicht nahe, dass ein unbekannter Täter sie ins Wasser stieß und ihr brutal auf die Hände trat, als sie sich im Todeskampf an den Befestigungssteinen festklammerte? Bleibt die Frage nach einem Motiv, auf die der ermittelnde Beamte keine Antwort findet. Vorläufig.

Die Tote in der Badewanne

12. November, 23 Uhr 30. In der Notrufzentrale der Polizei meldet sich der 34-jährige Matthias R. und gibt an, dass sich seine Frau im Badezimmer eingeschlossen hat und auf sein Klopfen und Rufen nicht reagiert. Zwei Beamte der Sicherheitswache begeben sich zur Wohnadresse des Ehepaars im 14. Wiener Gemeindebezirk, brechen die Badezimmertür auf und entdecken in der Badewanne die Leiche von Laura R. Sofort werden Kriminalpolizei und Gerichtsmedizin eingeschalten. Die Einvernahme des Ehemannes sowie die forensische Untersuchung des Leichenfundortes und die Obduktion der Frau liefern den Ermittlern keine eindeutigen Erkenntnisse. Möglichkeit 1: Die junge Frau hat sich in Abwesenheit ihres Ehemanns ein Bad eingelassen, ist in der Badewanne bewusstlos geworden und ertrunken. Dafür spricht, dass Laura R. am Abend Rotwein getrunken und zusätzlich verschreibungspflichtige Beruhigungsmittel eingenommen hat. Doch warum hätte sie die Badezimmertür versperren sollen? Und ist es nicht sonderbar, dass der besorgte Ehemann nicht selbst in der Lage war, die Tür aufzubrechen? Alles Verdachtsmomente, die für Möglichkeit 2 sprechen: Matthias R. hat seine Ehefrau ertränkt, danach die Tür mithilfe eines Drahtes von außen versperrt und anschließend das Haus verlassen, um drei Stunden später als besorgter Ehemann die Polizei zu informieren. Die im Laufe der Ermittlungen zutage tretenden Indizien erhärten diesen Verdacht: Die Beziehung des Paares war nach Aussagen sowohl der Familie der Toten als auch des Ehemannes am Ende, Streit war an der Tagesordnung, Laura R. hatte mehrfach die Absicht geäußert, sich scheiden zu lassen. Wenig verwunderlich, wenn man bedenkt, dass ihr Mann eine Beziehung zu einer anderen Frau unterhielt und dies nicht einmal verheimlichte. Im Fall einer von ihm verschuldeten Trennung wäre Matthias R. wenig geblieben, zumal sowohl das luxuriöse Wohnhaus als auch ein beträchtliches Barvermögen von seiner Frau in die

Ehe eingebracht worden war. Zuletzt spricht auch die Wissenschaft für eine Fremdtötung. Ja, es könnte ein Unfall gewesen sein, heißt es von der Gerichtsmedizin. Doch das Alter von Laura R. sowie ihr gesundheitlicher Allgemeinzustand senken die Wahrscheinlichkeit gegen null. Also spricht alles für einen heimtückischen Mord. Wobei die Ermittler neben dem Ehemann auch einen bislang unbekannten Dritten in Betracht ziehen, der über einen Wohnungsschlüssel verfügte und Laura R. in Abwesenheit von Matthias R. ertränkte. Doch auch hier fehlt der Polizei ein Motiv. Vorläufig.

Fahrlässigkeit oder Mord?

Nur zwei Wochen nach dem ungeklärten Tod seiner Ehefrau stirbt auch Matthias R. unter mysteriösen Umständen. Bei einer nächtlichen Fahrt durch den Wienerwald wird sein Auto auf einer abschüssigen Strecke von einem bislang Unbekannten von der Fahrbahn abgedrängt und stürzt einen Abhang hinunter. Matthias R. erliegt noch an der Unfallstelle seinen schweren Verletzungen. Da besagte Straße zum Gemeindegebiet von Weidling gehört, ist das Landeskriminalamt Niederösterreich zuständig, bezieht aufgrund der brisanten Vorgeschichte jedoch umgehend die Kollegen aus Wien mit ein. Unfall mit Fahrerflucht, unter Umständen fahrlässiges Verhalten, so lautet das vorläufige Ergebnis der Untersuchungen. Wobei die Begleitumstände des Unglücks mehr Fragen aufwerfen als beantworten. Was hat Matthias R. bei heftigem Schneefall und mitten in der Nacht veranlasst, die gefährliche Fahrt auf sich zu nehmen? War es die bislang unbekannte Person, die ihn am späten Abend von einem unregistrierten Wertkartentelefon anrief? Und gibt es eine Verbindung zum Tod von Laura R.? Der ermittelnde Wiener Polizist, der schon im Fall der ertrunkenen Lehrerin an der Unfalltheorie zweifelte, ist davon überzeugt. Denn er entdeckte noch vor dem Tod von Matthias R. Zusammenhänge, die auf eine abscheuliche Verbrechensserie schließen lassen.

Schrecklicher Verdacht: ein Serienmörder?

Sonja und Harald Z. – die Tote vom Alberner Hafen und ihr Ehemann. Dass die beiden die gleichen Vornamen tragen wie das norwegische Königspaar, entdeckt der Kriminalbeamte durch Zufall – und tut es vorerst auch als solchen ab. Bis ihn ein Bekannter beiläufig darauf aufmerksam macht, dass auch Laura R. und ihr Ehemann einen populären Namensvetter haben: den Laubober der doppeldeutschen Spielkarten. Abermals tut der Polizist diese Parallele als bedeutungslos ab. Bis er sich an einen weiteren Todesfall erinnert, der seit über einem Monat ungeklärt auf seinem Schreibtisch liegt.

Verscharrt im Wald: Opfer Nr. 4?

Am Morgen des 27. September unternimmt der Forstaufseher Rudolf K. in Begleitung seines Hundes eine Wanderung am Exelberg. Unweit des Sendeturms schlägt der Hund an und führt seinen Besitzer zu einem Reisighaufen. Nachdem der Förster das lose Astwerk entfernt hat, schreckt er entsetzt zurück: Aus leeren Augenhöhlen starrt ihn der fast vollständig skelettierte Schädel eines menschlichen Leichnams an. Nach der gerichtsmedizinischen Obduktion steht fest, dass es sich um die Leiche eines Mannes Mitte dreißig handelt, der zu Lebzeiten diverse Suchtgifte konsumiert hat. Da sich keine Spuren fremder Gewalteinwirkung finden, geht die Polizei von einer Überdosis aus. Doch wer der junge Mann ist, bleibt ebenso ungeklärt wie die Fragen, warum und von wem er im Wald verscharrt wurde. Dann meldet sich jedoch ein Informant aus der Suchtgiftszene und gibt den Kriminalisten glaubhafte Hinweise auf die Identität des Toten, die schließlich von einem Sozialarbeiter bestätigt werden: Der Mann hieß Wilhelm, stammte aus der Schweiz und gehörte seit gut einem Jahr zur Wiener Suchtgiftszene rund um den Karlsplatz. Jetzt beginnt sich erneut das kriminalistische Gespür des ermittelnden Beamten zu regen: Zuerst das Königspaar. Dann der Laubober. Und jetzt: Wilhelm? Schweiz? Trägt nicht der Eichelober den Namen des Schweizer Volkshelden Tell? Der Polizist informiert seine Vorgesetzten und die Staatsanwaltschaft über diesen Zusammenhang, der den Toten vom Exelberg in Verbindung zu den ungeklärten Todesfällen bringt. Sein Verdacht wird jedoch als haltlose Spekulation abgetan, weitere Ermittlungen werden untersagt. Dann macht ein Spurensicherer des Landeskriminalamtes Niederösterreich im Wagen des verunglückten Matthias R. eine unglaubliche Entdeckung: Im Handschuhfach liegt eine Spielkarte mit dem Bild des Laubkönigs. Doch die obersten Vertreter der Exekutive beharren auf ihren Weisungen: keine ausreichenden Verdachtsmomente, keine weiteren Ermittlungen. Darf es das geben?, fragen sich nicht nur erfahrene Kriminalbeamte, sondern auch wir Journalisten, die sich der Aufdeckung der Wahrheit ebenso verpflichtet fühlen. Was ist der Grund für diese restriktive, um nicht zu sagen ignorante Haltung der Obrigkeit? Die Polizeireform, die mit rigorosen Personaleinsparungen und Budgetkürzungen nicht nur für Unmut bei den Beamten, sondern auch für sinkende Aufklärungsquoten sorgt? Die in Kürze erscheinende Statistik, mit der das Innenministerium diese Reform trotz aller Kritik als Erfolg verkaufen will? Wie auch immer: Fest steht, dass die Exekutive in erster Linie den Bürgern und nicht dem Ansehen des Polizeipräsidiums verpflichtet ist. Fest steht, dass die unbeirrte Arbeit eines erfahrenen Kriminalisten Beweise an den Tag gebracht hat, die für einen oder mehrere Serientäter sprechen, die bereits vier unschuldige Menschen ermordet haben. Angesichts dieser bedrohlichen Situation ist der Innenminister gefordert, ein Machtwort zu sprechen. Die Sicherheit der Menschen in diesem Land darf nicht irgendwelchen Sparmaßnahmen zum Opfer fallen. Handeln Sie, Herr Minister! Bevor der Verbrecher eine weitere Karte zieht …

25

„Was wissen Sie über diese Fälle?“, herrschte der Polizeipräsident ihn an und warf ihm die Tageszeitung über den Schreibtisch hinweg in den Schoß. Schäfer sah sich das Titelblatt und die Schlagzeile an, die er natürlich schon kannte, weil er auf dem Weg zur Arbeit bei einem Kiosk stehen geblieben war. Gerhard hatte den Bericht zum Glück so weit von der Wahrheit entfernt, dass Schäfers Einbruch bei Rudenz ebenso wenig erwähnt wurde wie seine eigenmächtigen Ermittlungen. Doch allein die Schlagzeile: Serienmörder in Wien? Möglicherweise schon vier Opfer des Kartenkillers! Da hatte sein Bekannter ganz schön dick aufgetragen. Damit hatte Schäfer gerechnet, doch jetzt – wo sein Verdacht schwarz auf weiß ein paar Millionen Menschen publik gemacht worden war, wo jeder Radiosender die Nachricht aufgegriffen hatte, wo die Medien die Pressestelle, den Polizeipräsidenten und den Innenminister mit Anfragen bombardierten, wo eigentlich niemand lang zu überlegen brauchte, woher die größte Zeitung des Landes von dieser Geschichte erfahren hatte – jetzt fühlte er sich wie auf einem mit Sprengstoff gefüllten Stuhl, der bei einer einzigen falschen Bewegung in die Luft flöge.

„Ich weiß nur, was in den Ermittlungsakten steht“, erwiderte Schäfer und schluckte. „Ich habe Oberst Kamp und Staatsanwältin Wörner auf besagten Zusammenhang hingewiesen ... ein Ermittlungsverfahren wurde berechtigterweise ausgeschlossen, weil uns zu wenig Indizien vorliegen ...“

„Und welcher Idiot gibt diesen Unsinn an die Presse weiter?“

„Das entzieht sich meiner Kenntnis ...“

„Ich habe mich über Sie erkundigt, Major“, fuhr der Polizeipräsident fort und sah Schäfer wütend an. „Dass Sie bei so vielen Suspendierungen immer noch im Amt sind ... wem haben Sie das zu verdanken?“

„Wahrscheinlich dem Umstand, dass der Erfolg der Ermittlungen in letzter Konsequenz meine Mittel gerechtfertigt hat.“

Der Polizeipräsident sah ihn verständnislos an. „Oberst Kamp und seine Sozialistenbrüder“, murmelte er vor sich hin,

„das war klar, dass ihr euch den Erfordernissen einer modernen Polizeistruktur nicht anpassen könnt ...“

„Was unsere Arbeitsmethoden und Ergebnisse betrifft“, konnte Schäfer nicht umhin, seinen Vorgesetzten zu verteidigen, „gehört Oberst Kamp ...“

„Schluss mit den Lobhudeleien und dem gegenseitigen Schulterklopfen. Ich brauche Polizisten, auf die ich mich verlassen kann ... die einer gemeinsamen Linie folgen ...“

„Die Aufklärung von Verbrechen ist meiner Meinung nach eine ganz gute Linie ...“

„Hören Sie auf mit Ihren Haarspaltereien ... und sagen Sie mir, wie Sie diese Sache aus der Welt schaffen werden ... “

„Indem wir der Sache nachgehen?“

„Wer die Presse informiert hat, dem werden wir nachgehen ... und glauben Sie mir: Wenn das aus Ihrem Ressort kommt, dann rollen Köpfe ...“

„Das verstehe ich. Aber wenn sich ein paar Beamte den Ermittlungen widmeten, wäre das trotzdem nicht schlecht, da ...“

„Natürlich ... wie wäre es denn mit einer Sonderkommission, der Sie vorstehen... nachdem Sie ein paar Wochen im Krankenstand waren wegen ... weswegen waren Sie krankgeschrieben, Major Schäfer?“

„Psychovegetative Erschöpfungszustände ... auch Burnout genannt ...“

„Ja, genau ... psychische Erschöpfung ... Sie gehen zurzeit auch zu einem Therapeuten, oder?“

„Ich erhalte medizinische Unterstützung, ja, aber das ist ...“

„Ja ... also, wenn ich das richtig sehe, konnten Sie Ihren Dienst nicht versehen, weil Sie, sagen wir mal, nervlich nicht in der Lage waren, die Ihnen gestellten Anforderungen zu erfüllen ...“

„Wird das jetzt ein medizinisches Gutachten?“, fragte Schäfer schroff.

„Ich versuche nur eine objektive Einschätzung der Sachlage zu gewinnen“, erwiderte der Polizeipräsident süffisant und streckte seine Hände von sich, als wollte er das Ergebnis der letzten Maniküre begutachten. „Also nochmals zum besseren Verständnis: Sie sind zwei Monate im Krankenstand ..."

„Es waren ..."

„Lassen Sie mich ausreden! ... Dann kommen Sie unvermittelt zurück, übernehmen den Todesfall dieser, dieser ..."

„Sonja Ziermann ..."

„Eben ... und bevor wir noch richtig mitgekriegt haben, dass Sie wieder im Dienst sind, servieren Sie uns schon einen Serienmörder ... da müssen Sie sich doch die Frage gefallen lassen, ob es nicht Ihre überspannten Nerven sind, die diese Spinnereien erzeugen ..."

„Ich muss mir diesen Ton nicht gefallen lassen", antwortete Schäfer trocken und stand auf.

„Sie werden sich noch viel mehr gefallen lassen", meinte der Polizeipräsident aufgebracht und erhob sich ebenfalls. „Ihnen scheint der Ernst der Lage nicht bewusst zu sein, Major Schäfer! Ich sage Ihnen jetzt, was Sache ist: Sie werden in dieser Sache ermitteln, ganz offiziell, unter Oberst Haidinger und Oberstleutnant Bruckner, der die Gruppe in diesem Fall vorübergehend leitet, da Sie aus den erwähnten Gründen noch nicht belastbar genug sind ... und mit vorübergehend meine ich die nächsten paar Tage. Denn die Ergebnisse dieser Ermittlungen, die kann ich Ihnen jetzt schon auf den Tisch legen: wilde Spekulationen ohne jede Grundlage, eine typische Zeitungsente, um die Auflage in die Höhe zu treiben, keinerlei Indizien für ein Verbrechen, und damit sagen wir sogar die Wahrheit ... genauso treten wir der Presse gegenüber ... Sie können mir aber auch gern den Gefallen tun und sich meinen Anweisungen widersetzen ... Verletzung von Dienstpflichten nennt sich das in der Begründung für ein Amtsenthebungsverfahren ... und wohin das führt, können Sie sich bestimmt vorstellen ..."

Schäfer hatte keine Lust, dem Polizeipräsidenten zu antworten. Er wollte das Büro dieses Parteisoldaten so schnell wie möglich verlassen, um sich nicht zu einer Aussage hinreißen zu lassen, die er später bereuen würde.

„Soll ich bei der Pressekonferenz auftreten?", wollte er wissen.

„Natürlich ... ich will mir doch nicht nachsagen lassen, dass ich einem verdienten Beamten der Sicherheitsdirektion den Mund verbiete. Jetzt wissen Sie ja, was Sie sagen werden."

Schäfer ging ins Büro zurück und notierte sich ein paar Stichworte für die Pressekonferenz. Er war wütend. Obwohl er nichts anderes erwartet hatte: Abgesehen von den drei Jahren auf einem Gendarmerieposten in einem Kärntner Dorf hatte Mugabe noch nie etwas mit Polizeiarbeit zu tun gehabt – und in seiner Funktion als Präsident des örtlichen Trachtenvereins und der Blasmusikkapelle hatte der häufige Schnapskonsum wahrscheinlich noch die letzten Reste kriminalistischen Spürsinns vernichtet. Das hieß jedoch nicht, dass er nicht über Mittel und Wege verfügte, um Schäfer aus dem Polizeidienst zu entfernen.

„Haben Sie irgendeine Idee, welche Spielkarte zum Mugabe passen könnte?", fragte er Bergmann, „dann lege ich ihn als Köder aus ..."

„So schlimm?"

„Eigentlich wie immer ... aber wahrscheinlich ist die Scheiße, die er erzählt, so was von beschissen, dass ich sie sofort verdränge ... und beim nächsten Mal denke ich mir wieder: Unglaublich, welche Pfeifen da an der Macht sind ..."

„Na ja ... dann wird es Sie vielleicht aufheitern, dass unser werter Herr Bürgermeister bei der Pressekonferenz auftreten wird ..."

„Wer sagt das?"

„Kamp hat mich eben aus dem Krankenhaus angerufen ... der Bürgermeister wollte von ihm wissen, was da überhaupt los ist ... und unser lieber Herr Oberst hat ihn offensichtlich dazu bewogen, sich aktiv einzubringen, um das subjektive Sicherheitsgefühl der Bevölkerung ..."

„Der Bürgermeister und der Polizeipräsident ... das wird eine kritische Masse", meinte Schäfer amüsiert, „da sind ja Don Camillo und Peppone nichts dagegen ..."

Die Pressekonferenz war für vierzehn Uhr anberaumt. Ab eins standen die Journalisten, Fotografen und Kameraleute vor dem Hauptsaal der Sicherheitsdirektion, der schon kurz nach Einlass überfüllt war. Schäfer fasste sich kurz und hielt sich strikt an die Vorgaben des Polizeipräsidenten – im Vertrauen darauf, dass die Journalisten ihn mit ihren Fragen in die Richtung zwangen, die er sich wünschte. Was die Todesfälle betraf, stimmten die Angaben der Zeitung sowohl in Bezug auf Namen und Todesursache, räumte er ein. Eine Fremdeinwirkung wäre jedoch außer im Fall Matthias Rudenz noch keinesfalls bewiesen und wäre Gegenstand laufender Untersuchungen. Wie viele Beamte sich darum kümmern würden, kam es umgehend aus der ersten Reihe. Und Schäfer zögerte lang genug, um zu verstehen zu geben, dass nicht genug Beamte zur Verfügung standen. Auch der von der Zeitung konstruierte Zusammenhang sei mehr als spekulativ, meinte er, und die momentane Faktenlage sei keinesfalls ausreichend, um die Theorie eines Serientäters zu untermauern. In diesem Zusammenhang bäte er die Medien um ein wenig mehr Räson, um das subjektive Sicherheitsgefühl der Bevölkerung nicht durch suggestive Schlagzeilen negativ zu beeinflussen. Der Stachel saß, die Fragen flogen wie Messer in Richtung Rednerpult: Wäre es denn nicht die Pflicht der Exekutive, sich um die lückenlose Aufklärung solcher Todesfälle zu kümmern? Wie konnte es denn sein, dass ein Mordopfer noch Monate nach seiner Auffindung im Wald nicht identifiziert war? Wie konnte es denn sein, dass bei einem Doppelmord im Tschetschenen-Milieu eine Sonderkommission eingesetzt wurde und die Täter schon in Haft waren, während bei Verbrechensopfern aus der eigenen Bevölkerung offensichtlich kein Finger gerührt wurde. Schäfer hob beschwichtigend die Hände und sah den Bürgermeister an, der sofort das Wort ergriff, ohne dem Polizeipräsidenten die Möglichkeit eines Kommentars zu geben. Schäfer lehnte sich zurück und legte die Hände auf die Tischplatte. Jetzt würde es interessant werden. Mugabes Gesichtsfarbe: im roten Bereich. Der Bürgermeister versprach, alles in seiner Macht Stehende zu tun, um den Fall so rasch wie möglich aufzuklären, egal, in welche Richtung die Ermittlungen führen würden. Wien schulde es seinen Bürgern, und als Weltstadt auch seinen Gästen, sie vor derartigen kriminellen

Subjekten, seien sie nun Fiktion oder Realität, zu beschützen, gerade im Hinblick auf die Weihnachtszeit, die er allen Wienern und Gästen als eine friedliche und besinnliche wünsche. Das sei seine Aufgabe als Bürgermeister und dafür müsse er auch die Bundespolitik und die Exekutive in die Pflicht nehmen. Schäfer sah eine dicke Ader an Mugabes Stirn pochen. Er wolle dem Innenminister und dem Polizeipräsidenten natürlich nicht zuvorkommen oder sich in deren Zuständigkeiten einmischen, doch hinsichtlich der medialen Aufmerksamkeit sähe er die sofortige Einsetzung einer Sonderkommission als selbstverständlich an – der Kehlkopf des Polizeipräsidenten kam kaum mit dem Schlucken nach. Dass sowohl Stadt als auch Bund die Polizei trotz der gegenwärtigen Engpässe, die sich aus der Reform ergeben hätten, mit allen erforderlichen Mitteln und Budgets ausstatten würden, sähe er, als dem Wohle der Bürger verpflichtetes Stadtoberhaupt, ebenfalls als unerlässlich – doch er wolle dem eigentlich Verantwortlichen natürlich nicht vorgreifen und übergäbe ihm nun das Wort. Der Polizeipräsident quälte sich mit hochrotem Kopf durch seine Erklärungen, in denen er zuerst die Forderungen des Bürgermeisters als seine eigenen ausgab, die er bereits in Angriff genommen hätte, und dann mit ein paar ungelenken Formulierungen die Reform zu verteidigen versuchte, was jedoch kaum noch jemanden interessierte.

„Die Abendnachrichten", sagte Schäfer zu Bergmann, als sie wieder im Büro waren, „die muss ich mir heute aufnehmen ... das stelle ich mir in meine Best-of-Polizei-Kollektion."

„Wahnsinn", stimmte Bergmann zu, „noch eine halbe Stunde länger und der Mugabe hätte einen Infarkt bekommen."

„Ja ... aber mir ist einfach nichts mehr eingefallen, was ich hätte sagen können ..."

„Was halten Sie davon, dass Bruckner die Gruppe leiten soll?"

„Soll mir recht sein", erwiderte Schäfer bemüht gelassen. Wobei es ihm alles andere als egal war, dass ihm Kamps Stellvertreter die Gruppenleitung entzogen hatte. Nicht wegen Bruckner, der war ein fähiger Kriminalist, dem es immer um die Arbeit ging und nicht um das Ansehen der eigenen Person.

Doch es war sein Fall. Er hatte die Toten gesehen, die Ermittlungen trotz Widerstand vorangetrieben. Er hatte sich den Arsch aufgerissen, um die Zusammenhänge herzustellen. War verarscht und fast suspendiert worden. Und das war der Dank dafür. Wobei er genau wusste, dass er nichts dagegen machen konnte. Oberst Haidinger hatte keinen Grund, sich für Schäfer starkzumachen und es sich deshalb mit dem Polizeipräsidenten zu verscherzen. Und dessen Argumente waren für jemanden, der mit der Materie nicht so vertraut war wie Schäfer selbst, durchaus logisch: ein langer Krankenstand, quasi rekonvaleszent, psychisch instabil, wie verschiedene Vorfälle in jüngster Zeit belegten – nicht gerade die besten Voraussetzungen für einen Fall dieser Tragweite, mit dieser Aufmerksamkeit, wo es einen kühlen Kopf zu bewahren galt, auch diplomatisches Geschick im Umgang mit den Medien, die Fähigkeit, Abstand zu gewinnen, die Bereitschaft, bei entsprechender Beweislage die Theorie eines Serientäters fallenzulassen, blablabla, ha, er würde schon einen Weg finden, auch aus der zweiten Reihe heraus, da kannten sie ihn schlecht.

Wie es mit dem Polizeipräsidenten und Oberst Haidinger abgesprochen war, stellte Schäfer bis zum Abend eine Auflistung des Personals, der Ausrüstung und des voraussichtlichen Zeitaufwands zusammen, den er für nötig erachtete. Er wusste, dass nicht mehr als die Hälfte seiner Liste genehmigt werden würde – also trug er gleich das Doppelte an: zehn Beamte, um weit reichende Recherchen und Befragungen durchzuführen, vier Mann, um gegebenenfalls den Schutz potenzieller Opfer zu gewährleisten, einen Gerichtspsychiater, um ihnen bei der Erstellung eines Täterprofils zu helfen, mindestens zwei zusätzliche Forensiker, um die alten Fälle noch einmal hinsichtlich der neuen Verdachtsmomente zu untersuchen, unbeschränkte Überstunden. Als er fertig war, druckte er die Liste aus und gab sie Bergmann.

„Den Polizeischutz werden Sie selbst brauchen, wenn Mugabe das sieht ...“

„Das geht doch auch per Mail ... cc an den Bürgermeister ... der will schließlich auch informiert sein ...“

„Ich muss sagen: Jetzt fängt der Fall endlich an, mir zu gefallen."

„Da bin ich aber froh", erwiderte Schäfer und schnalzte mit der Zunge, „dann können Sie ja gleich damit anfangen, Schreyer zu unterstützen und mit ihm alle Fahrzeughalter zu kontaktieren, die im Raum Wien wohnen und einen schwarzen Range Rover fahren ... fragen Sie nach, wer seinen Wagen längere Zeit unbeaufsichtigt gelassen hat, ob irgendwer einen groben Parkschaden gehabt hat, wer den Wagen in letzter Zeit in eine Werkstatt gebracht hat und so weiter... und konzentrieren Sie sich auf Betriebe mit wenig Angestellten ... sonst hätte uns bestimmt schon jemand etwas über den Wagen oder den Schweizer gesteckt ... das hängt zusammen, da bin ich mir sicher ... ich gehe inzwischen zu Bruckner hinüber ... also: ran an den Hörer!"

„Sehr schön ... Callcenter Bergmann ..."

„Genau ... hier, für die Stimme." Schäfer warf seinem Assistenten ein Hustenzuckerl zu, das bereits eine Ewigkeit neben seinem Bildschirm gelegen war.

26

Schäfer hatte kaum geschlafen. Die hektische Stimmung, die nach der Pressekonferenz entstanden war, hatte alle beteiligten Kollegen angesteckt und ihn selbst bis ins Bett begleitet. Nichts Neues bei einem Fall dieser Größenordnung. Wenn man einmal aus dem Schützengraben draußen war, hieß es laufen, ducken, laufen, und geschlafen wird nach der Schlacht. Er stand auf und setzte sich in die Küche. Was sollten sie zuerst machen? Wer war für welche Aufgabe am besten geeignet? Gut, diese administrativen und personellen Dinge hatten ihn immer schon leicht überfordert – dafür waren Bruckner und Bergmann besser geeignet. Und mit Kovacs hatte er zudem einen Jungspund im Team, dem er mit einem geschlossenen und einem halboffenen Auge vertraute. Sie rührte etwas in ihm an, diese drahtige Revierinspektorin. Eine Saite, die nur selten schwang. Die vielleicht ein leises Echo an ihn selbst in diesem Alter ertönen ließ. Diese Erinnerung brachte Sehnsucht mit sich; verklärte Gedanken an wilde Zeiten in scheinbarer Unverletzlichkeit; aber auch den plötzlichen Wunsch, sie nicht völlig verblassen zu lassen. Und vielleicht konnte er sich diesen Wunsch erfüllen, indem er Kovacs unter seine Fittiche nahm; ihr beizeiten die Flügel stutzte und gleichzeitig half, die Angst vor den Höhenflügen nahm, die man mitunter unternehmen musste, um sich vom Bodenpersonal der Kriminalisten abzuheben. Mit Bergmann war das nie möglich gewesen. Sie ergänzten sich nicht wie Kapitel, die aufeinanderfolgten, von anderen Zeiten erzählten und doch im selben Buch zusammenfanden; sie waren zwei Bücher zu einem Thema, verschieden im Stil, in Tempo und Perspektive, doch gehörten sie derselben Geschichte an und hatten ihren angestammten Platz nebeneinander im Regal. Beizeiten musste er seinem Kollegen wieder einmal seine Zuneigung ausdrücken, dachte Schäfer; wenn das alles vorbei ist mit diesem Wahnsinnigen, der jetzt, der jetzt was tat? Wo er aus den Abendnachrichten wusste, dass die Jagd offiziell eröffnet war. Oder waren es sogar zwei, wie bei einem richtigen Spiel? Und die

Medien: So hilfreich sie ihm gewesen waren, so sehr nervte ihn jetzt schon der Druck, den sie auf das Team ausüben würden. Kann es jeden treffen? So schützen Sie sich vor dem Serienkiller. Und was tut eigentlich unsere Polizei? Die Geister, die ich rief, dachte er und zündete sich eine weitere Zigarette an. Vielleicht war es gar nicht so schlecht, dass Bruckner als Gruppenleiter und Bollwerk vor ihm aufgebaut war. Weihnachten stand außerdem vor der Tür. Er selbst hätte nichts dagegen, über die Feiertage zu arbeiten, sich wohlbehütet ins warme Büro zu verziehen und den Sturm vorüberziehen zu lassen. Doch bei der Einteilung der Mannschaft würden sie sehr wohl auf die jeweiligen Wünsche Rücksicht nehmen müssen. Wer eine Familie hatte, sollte höchstens für den absoluten Notfall eingesetzt werden – im Fall eines weiteren Mordes, bei einer Alarmfahndung oder bei einer Verhaftung. Serienmörder waren ja oft genug biedere Familienmenschen, denen man derartige Gräueltaten niemals zutraute. Ich hätte mir nie gedacht und so. Vielleicht betraf das auch seinen Täter. Vielleicht gab es sogar eine Art Weihnachtsfrieden – ähnlich den Zonen beim Räuber-und-Gendarm-Spiel, wo man vorübergehend unantastbar ist. Liebes Christkind, ich wünsche mir ... gegen drei schlief er auf dem Sofa ein, und als er vier Stunden später erwachte, hatte er ein brennendes Kratzen im Hals. Hoffentlich nicht die Grippe, dachte er. Die hätte vor sechs Wochen zuschlagen sollen, wo sie ihm in seinem stumpfen Dahinvegetieren wie eine freundliche Abwechslung vorgekommen wäre. Nicht jetzt, wo er all seine Kräfte brauchte. Er warf die Decke zurück, trottete benommen ins Bad und suchte nach entzündungshemmenden Tabletten. Nachdem er eine Kanne Tee getrunken und zwei Marmeladebrote gegessen hatte, fühlte er sich ein wenig besser. Zum Glück war die Morgenbesprechung erst für neun Uhr anberaumt. So konnte er sich in Ruhe rasieren, duschen und nebenbei eine der CDs hören, die er sich vor kurzem gekauft hatte.

Vorläufig bestand die Gruppe neben Bruckner und Schäfer aus Bergmann, Kovacs, Schreyer, Strasser und zwei Uniformierten, die auf Abruf bereitstanden. Sie hatten sich schon eine Viertelstunde vorher im Besprechungszimmer versammelt und darüber diskutiert, wie man am besten vorzugehen hätte. Als Bruckner gemeinsam mit Oberst Haidinger den Raum betrat, verstummten sie. Komisch, dachte Schäfer, während er den Computer hochfuhr und den Beamer vorbereitete. Erst halten sie mich für durchgedreht. Und dann schaut es so aus, als könnten sie es gar nicht erwarten, an diesem Fall zu arbeiten. Na ja, wahrscheinlich hatten auch sie nichts dagegen, sich irgendwo anhalten zu können; jemanden zu haben, der ihnen sagte, worum es eigentlich ging, der ihnen die Regeln erklärte und sagte, was zu tun war.

„Bevor Kollege Bruckner das Kommando übernimmt, möchte ich euch mit allen Details vertraut machen“, begann er, „damit wir alle vom gleichen Stand ausgehen ... es gibt auch eine ausführliche Zusammenfassung, die ich auf den Server gestellt habe. Zugangsdaten bekommt ihr nachher. Also: Der Fall Sonja Ziermann ...“

Die Besprechung dauerte bis in den frühen Nachmittag und wurde nur für eine kurze Mittagspause und ein paar Rauchpausen unterbrochen. Und schon nach drei Stunden wurde Schäfer bewusst, dass sie für die zu bewältigenden Aufgaben wesentlich mehr Personal brauchen würden. Die Fundorte der Leichen mussten neu bewertet und in einen möglichen Zusammenhang gestellt werden, die Drogen- und Stricherszene musste eingehend befragt werden, Föhring sollte die Obduktionsberichte unter den neuen Gesichtspunkten durchgehen, jemand musste international vergleichbare Fälle recherchieren und mit den zuständigen Beamten Kontakt aufnehmen und und und. Als die Konzentration der Anwesenden nachließ, machte Bruckner Schluss und legte fest, dass sie sich ab jetzt jeden Tag treffen würden – ermittlungsbedingte Verhinderungen natürlich ausgenommen. Die Einteilung für die Weihnachtsfeiertage hatte er noch aufgeschoben. Dass der Fall binnen zwei Wochen abgeschlossen wäre, war wenig wahrscheinlich, doch wollte er die Moral des Teams nicht schon von Beginn an strapazieren, vermutete Schäfer. Sie würden noch genug zu leiden haben, da war er sich sicher.

Bergmann und Schäfer saßen schweigsam in ihrem Büro und starrten auf ihre Bildschirme, als es klopfte, die Tür mit einer Krücke aufgestoßen wurde und Koller im Raum stand.

„Aus den Augen, aus dem Sinn, hm?“, polterte er und zog sich einen Stuhl heran.

„Na zu überhören bist du jedenfalls nicht ...“

„Du hast mich nicht zurückgerufen ... Bulle!“

„Entschuldigung ... aber die Insam von der Forensik hat den Fall auch gefunden und mir das Buch mitgebracht ... Bergmann hat sich sogar die Akte schicken lassen.“

Bergmann griff hinter sich ins Regal und reichte Koller einen Schnellhefter.

„1983 in Köln ... genau ... das bin ich mit dem Andras vor ein paar Monaten auch durchgegangen ... Ja ja ... schon seltsam ...“

„Andras ... ist das der Pensionär, den du illegal als Pfleger beschäftigst?“

„Werde du erst einmal so alt, du Tiroler Hammel ... Hauptkommissar Ballas war zu seiner Zeit einer der besten Ermittler Ungarns ... da könntest du noch was lernen ... “

„Ich habe ihn gesehen“, sagte Schäfer, „den Ballas, auf einem Foto in einem der Bücher, die unsere Tote aus der Badewanne studiert hat ... ein ungeklärter Mordfall in Budapest oder was in der Richtung ...“

„Die Frau Chlapec, ja ... das frisst immer noch an ihm, dass sie den nicht bekommen haben ... wie oft sind wir das seither durchgegangen ...“

Nachdem der Gerichtsmediziner das Büro verlassen hatte, starrte Schäfer auf den Bildschirm und versuchte sich auf seine Arbeit zu konzentrieren. Koller, der Quatschkopf, mit seinen Endlosanekdoten schaffte er es immer wieder, dass Schäfer den Faden verlor. Oder war es etwas anderes? Die Gattin eines Diplomaten, ermordet in Budapest, er griff ins Regal und nahm das Buch heraus. Irene Chlapec, 1992 erschossen in der eigenen Wohnung in der Budapester Altstadt, ihr Mann mit einem einwandfreien Alibi, Schmuck, Bargeld und ein paar Wertgegenstände gestohlen, dennoch hatte Ballas nicht an einen Raubmord geglaubt. Warum eigentlich nicht, fragte sich Schäfer und las den ganzen Bericht durch. Keine Einbruchspuren, zudem war das Gebäude überdurchschnittlich gut gesichert, die Frau musste ihren Mörder selbst in die Wohnung gelassen haben. Doch es gab kein Motiv, der einzige weitere Verwandte, der Sohn der beiden, hatte in Wien gelebt und sich zur Tatzeit in der Steiermark aufgehalten. Klassisch versandet, dachte Schäfer und stellte das Buch zurück ins Regal. Und der arme Ballas hatte mit einem ungeklärten Mord in Pension gehen müssen und spielte jetzt mit dem beinwunden Koller Hobbydetektiv. Doch dieser Name, Chlapec, wieso kam ihm der so bekannt vor? Er kniff die Augen zusammen und versuchte sein Gehirn auszuleuchten wie einen finsteren Keller. Ein paar Streichhölzer, die rasch verglommen. Nichts.

Kurz vor sechs ging er mit Bergmann die Aufgabenliste durch. Für ihn selbst gab es nichts mehr Dringendes zu erledigen, Lebensmittel müsste er noch einkaufen, außerdem machte sich sein Hals wieder bemerkbar – er schaltete seinen Computer aus, verabschiedete sich von Bergmann und verließ das Kommissariat. Er ging in einen kleinen Supermarkt in der Nähe seiner Wohnung, um die Einkäufe nicht weit tragen zu müssen. Im Regal, aus dem er Rasierschaum und eine Hautcreme nahm, entdeckte er ein Badeöl mit Eukalyptus, Kampfer und Lavendel. Warum badete er eigentlich so gut wie nie? War ihm das zu unmännlich? Er legte die Flasche in den Einkaufskorb und ging zur Kassa.

Als er im leuchtend grünen Badewasser lag und den scharf riechenden Dampf in seine Bronchien zog, war es ihm, als flutete ihn im Intervall seiner Atemzüge eine tiefe Gelassenheit. Ich bin gelöst, dachte er und kicherte los, gelöst, gelöst, gelöst, er hielt sich die Nase zu, schloss die Augen und tauchte unter, bis der Sauerstoffmangel ihn nach oben drückte. Natürlich lag es nicht nur am Badezusatz, dass Schäfer es zum ersten Mal seit Monaten wieder genoss, am Leben zu sein. Seit es ihm gelungen war, den Zusammenhang zwischen diesen Todesfällen zu erkennen, seit der Fall offiziell zu einem solchen deklariert worden war, hatte er wieder ein klares Ziel vor Augen, seitdem floss die Kraft langsam zurück, lebte er auf. Und so schaurig der Gedanke auch war, dass es zumindest eine Person in Wien gab, die systematisch und hemmungslos Menschen ermordete – Schäfer führte die beginnende Jagd nach diesem Mörder neue Energien zu. Jetzt brauchten sie weitere Anhaltspunkte, Spuren, sie mussten das Regelwerk durchschauen, einen Psychiater brauchten sie, der ihnen weiterhalf, Fahnder, die sich mit allen zweifelhaften Todesfällen der letzten Monate beschäftigten, wer sagte ihnen denn, dass das Spiel erst mit dem Schweizer begonnen hatte? Vielleicht ging es schon länger, womöglich war es ihnen erst jetzt klar geworden, weil der Mörder die Abstände zwischen den Taten verkürzt hatte. Das machte es erfahrungsgemäß wahrscheinlicher, ihn zu fassen. Auf der anderen Seite wurde es auch wahrscheinlicher, dass weitere Morde geschahen. Schäfer tauchte erneut unter.

27

„Was schaust du nicht Augen? Schlechte Gewissen?“, fuhr ihn die Putzfrau auf dem Weg in den ersten Stock an.

Schäfer blieb stehen und kratzte sich verlegen am Kopf. Madame Marjana, diese durchtriebene Person mit ihrem Hellseherblick; las sie die Gedanken der anderen im Schmutzwasser ihres Putzeimers? Schäfer war tatsächlich nicht ganz wohl in seiner Haut, als er ihr begegnete. Er hatte von ihr geträumt. Dass sie beide in einem riesigen Holzzuber saßen und sie ihm mit einer Bodenbürste den Rücken schrubbte. Er hatte wollüstige Geräusche von sich gegeben und sich übermütig in der Wanne herumgedreht, sodass das Badewasser schwallweise über den Rand schwappte.

„Ich habe schlecht geträumt“, knurrte er und ging weiter.

„Weil du falsch isst, mein chlapec“, rief sie ihm hinterher, „schwere Sache am Abend und immer Wein, kein Wunder, dass Träume schwer wie Käsetopf!“

„Was soll ein Käsetopf sein?“ Schäfer blieb am obersten Absatz stehen und drehte sich um.

„Wie in Schweiz, Topf mit viel Käse“, wunderte sie sich über seine Begriffsstutzigkeit.

„Ein Käsefondue“, sagte Schäfer zu sich selbst und wollte schon in den Gang abbiegen, als in seinem Kopf ein Gedanke eintraf wie eine SMS auf einem Handy.

„Wie nennst du mich immer, Marjana?“

„Dich? Bei andere oder zu dir?“

„Jetzt gerade ... was hast du eben gesagt?“

„Chlapec?“

„Was heißt das?“

„So wie kleiner Mann ... Bube ...“

Schäfer schaute durch die Putzfrau hindurch, bis sie ihn mit einem Winken des Wischfetzens aus seinen Gedanken riss. „Allerhand, allerhand“, murmelte er und ging schnellen Schritts in sein Büro.

Er grüßte Bergmann, setzte sich noch im Mantel an den Schreibtisch und starrte seinen Assistenten an.

„Ist irgendwas passiert?“

„Vielleicht“, erwiderte Schäfer und zog das Telefon heran.

„Morgen, alter Mann, bist du schon aus dem Formalinbad gestiegen oder ... Na ja, senile Bettflucht kann auch ein Fluch sein ... Ich werd’s mir merken ... aber jetzt hör zu: Ich brauche eine Akte von deinem Freund Ballas ... die von der ermordeten Botschafterfrau ... Ja, genau, Chlapec ... Das erkläre ich dir später ... kannst du ihn anrufen? ... Und sag ihm, es ist dringend ... Danke dir ... Ebenso ... Servus.“

„Gibt’s da was, das ich wissen sollte?“, fragte Bergmann.

„Na ja ... ein Schuss ins Blau, wenn Sie so wollen. Dieser ungeklärte Raubmord aus dem Buch für Untersuchungsrichter, das sich Laura Rudenz ausgeliehen hat ...“

„Irene Chlapec, erschossen 1992 in ihrer Budapester Wohnung ...“

„Sie haben das Buch gelesen ... chapeau ... ja, genau die ...“

„Und, weiter?“

„Chlapec heißt Junge oder Bube ...“

„Woher wissen Sie das?“

„Gründliche Recherche, Bergmann ... Marjana hat’s mir gesagt ...“

„Wie kommt die zu dem Fall?“

„Weil sie mich immer so nennt: chlapec.“

„Unsere Putzfrau nennt Sie Bube?“, fragte Bergmann belustigt.

„Ja ... was dagegen? Ich komme eben an bei den Frauen ... grinsen Sie nicht so dumm ...“

„Schon gut ... und jetzt denken Sie ...“

„Noch gar nichts ... ich will nur nichts ausschließen. Es ist ein ungeklärter Mord, die Frau passt ins Muster und was Serientäter angeht, ist die zeitliche und geografische Spanne oft sehr groß ... denken Sie an den Unterweger ... Graz, Tschechien, Los Angeles ... haben Sie übrigens gewusst, dass der das ‚Traummännlein‘ fürs Radio geschrieben hat?“

„Der Unterweger? Im Ernst? ... Na, der hat unseren Vorgängern auch genug Sand in die Augen gestreut ...“

„Höhö, Bergmann, richtig poetisch ... ja?“, rief Schäfer zur Tür hin, an die jemand geklopft hatte.

Schreyer trat ein und fächelte mit einer vollgepackten Klarsichtfolie über seinem Kopf.

„Monsieur Schreyer, was gibt's Neues in der Pralinenschachtel?", begrüßte Schäfer den Inspektor.

„Wieso Pralinenschachtel?", fragte dieser verunsichert und ließ seinen eben noch hochaktiven rechten Arm fallen, „haben Sie mir ... habe ich etwas vergessen, das ...?"

„Nein", beruhigte ihn Schäfer, „also, was haben Sie da?"

Schreyer zog den Besucherstuhl heran, setzte sich und breitete den Inhalt der Klarsichtfolie vor ihnen aus. Als Erstes verwies er auf vier kopierte Seiten einer alten Tageszeitung.

„Das ist aus einer Zeitung, die ich aus der Garage der Rudenz mitgenommen habe", sagte er konzentriert und hob die Hände wie eine Wahrsagerin über der Glaskugel. „Sie war in einer Werkzeugstellage als Unterlage eingelegt ... und hier, bei den Anzeigen, ist eine mit Kugelschreiber markiert ... da ist der Saab, den Matthias Rudenz gefahren hat, zum Verkauf ausgeschrieben ... und die Telefonnummer ist die von der Kfz-Werkstatt Stippl ..." Schreyer atmete tief durch und sah seine Kollegen erwartungsvoll an.

„Sie sind ein Genie", brachte Schäfer hervor, griff zum Telefon und wählte die Nummer von Staatsanwältin Wörner.

„Ein erwiesener Kontakt zu zwei Opfern dürfte wohl Grund genug sein ... Ich versichere Ihnen, dass Sie in diesem Fall mit Rücksichtnahme keine Punkte machen – die Pressekonferenz ist Ihnen bestimmt noch in Erinnerung ... Natürlich weiß ich, worauf ich mich da einlasse ... Das erkläre ich Ihnen gern, wenn ... Heute Abend? ... Ja, wenn es sich ausgeht ... gut ... danke."

Er legte auf und schaute einen Augenblick verstört auf seinen Bildschirm.

„Die Wörner will mit mir abendessen gehen", sagte er mehr zu sich selbst als zu Bergmann und Schreyer.

„Wenn wir dafür den Durchsuchungsbefehl bekommen ..."

„Nein, so hat sie das bestimmt nicht gemeint ... den hole ich mir sonst über den Bürgermeister ..."

„Na dann, freuen Sie sich ..."

„Ich weiß nicht …“ Schäfer schüttelte den Kopf. „Egal. Auf, auf, ihr wilden Krieger …“

Sie informierten Bruckner und Kovacs sowie eine Streife und rasten mit Blaulicht und Sirene in den zehnten Bezirk.

„Was haben Sie mit der Pralinenschachtel gemeint … bei Schreyer eben?“, fragte Bergmann, der sich auf dem Mittelstreifen hielt und die Autos links und rechts zur Seite zwang wie Moses das Rote Meer.

„Ach … wegen Forrest Gump … der hat es ja mit seiner Pralinenschachtel … und Schreyer ist ihm schon sehr ähnlich, oder?“

Bergmann grinste, fuhr vorsichtig in eine rote Ampel ein und gab gleich wieder Gas. Zehn Minuten später bremsten sie sich auf dem Parkplatz ein und marschierten ins Firmengebäude. Der Besitzer war bei seinen Arbeitern in der Werkstatt und überwachte, wie sie einen alten Porsche lackierten. Als er die Beamten in die Halle kommen sah, wirkte er überrascht, machte aber keine Anstalten zu fliehen. Schäfer und Bergmann nahmen ihn jeweils an einem Oberarm und führten ihn in sein Büro, während die übrigen Beamten in der Werkhalle blieben.

Schäfer drückte den Mann auf den Holzstuhl vor dem Schreibtisch und setzte sich selbst in dessen Ledersessel. Er sicherte seine Dienstwaffe und schob sie zurück ins Holster. Der Mann vor ihm hatte sich noch immer nicht geäußert.

„Wollen Sie gar nicht wissen, warum wir hier so einen Aufstand machen?“, fragte Schäfer scharf.

„Ja … warum machen Sie hier so … so einen Aufstand?“

„Sie sind unser Hauptverdächtiger in mehreren Mordfällen“, sprach Bergmann in seinen Nacken. Der Mann drehte seinen Kopf nach hinten.

„Nein, umgebracht habe ich noch nie einen“, erwiderte er beinahe entrüstet.

„Aber?“, wollte Schäfer wissen.

„Aber was?“

„Sie haben noch keinen umgebracht … aber trotzdem gibt es ein paar Sachen, die rechtfertigen, dass wir hier reinplatzen und Sie festnehmen … was denn zum Beispiel?“

„Ich weiß nicht, wovon Sie reden."

„Herr Stippl ... wir werden Sie in jedem Fall mitnehmen ... dann werden meine Kollegen hier das ganze Gebäude durchsuchen. Und wenn Sie meine Fragen jetzt entgegenkommend beantworten, werde ich sie anweisen, vorsichtig zu sein und kein großes Chaos zu hinterlassen ... weil sonst könnte es danach so aussehen, als ob die georgische Mafia da gewesen wäre ... schönen alten Porsche haben Sie da übrigens in der Halle stehen ... wäre doch schade ..."

„Was wollen Sie denn wissen von mir?"

Schäfer griff in die Innentasche seines Jacketts und nahm eine Packung Spielkarten heraus. Er zog sie aus der Schachtel, begann sie zu mischen und legte sie dann auf den Tisch, als wolle er dem Mann die Zukunft vorhersagen.

„Kennen Sie Matthias Rudenz?"

„Nein ... wer soll das sein?"

„Ein Kunde von Ihnen ... Sie führen doch bestimmt Buch darüber, wem Sie Gebrauchtwagen verkaufen, oder?"

„Sicher ... aber jeden Namen merke ich mir auch nicht ..."

„Ein grüner Saab ... Baujahr vierundneunzig ... haben Sie in einem Automagazin inseriert ..."

„Kann schon sein ... aber wer die Wagen kauft, da kann ich mich doch nicht an jeden Namen erinnern ... wissen Sie vielleicht jeden, den Sie im letzten Jahr verhaftet haben?"

„Ja", meinte Bergmann bestimmt, „an eine Verhaftung erinnert man sich noch lang ... jeder, der sieht, wie ich Sie in Handschellen über den Parkplatz vors Firmentor führe, während Major Schäfer in aller Ruhe den Wagen holt, wird sich lang daran erinnern, dass der Chef der Autowerkstatt Stippl abgeführt worden ist ..."

Stippl blickte von Bergmann zu Schäfer und schaute dann auf seine Hände.

„Wenn es um die beiden Bulgaren geht ... ja, die habe ich schwarz arbeiten lassen ... aber was glauben Sie, wie man so eine Firma führt? ... Bei dem, was einem der Staat wegnimmt ..."

„Rudenz!" Schäfer rückte an den Schreibtisch heran.

„Ich habe Ihnen doch schon gesagt, dass ich mich nicht an ihn erinnern kann ... außerdem möchte ich einen Anwalt haben ...“

„Bekommen Sie.“ Schäfer stand auf. „Herr Stippl, ich nehme Sie fest wegen des Verdachts des mehrfachen Mordes. Sie haben das Recht, die Aussage zu verweigern ...“

Nachdem die beiden Uniformierten Stippl in den Dienstwagen verfrachtet und das Firmengelände verlassen hatten, befragten Bergmann und Schäfer jeden der fünf anwesenden Arbeiter. Kovacs und Schreyer begannen inzwischen mit der Durchsuchung.

Was sie in den folgenden vier Stunden zu hören bekamen und fanden, hätte Zoll und Finanzbehörde bestimmt interessiert – doch für ihren eigenen Fall gewannen sie keine neuen Erkenntnisse. Sie entließen die Angestellten und forderten die Spurensicherung an. Zu viert standen sie vor der Werkstatt und warteten, bis die Forensiker in ihrem Kastenwagen ankamen. Schäfer erklärte ihnen, worauf sie achten sollten, und ging zum Wagen. Auf dem Rückweg ins Kommissariat rief er zuerst Bruckner und dann Pürstl an und fragte ihn, ob er bei Stippls Vernehmung dabei sein wolle.

„Wollen oder sollen?“, stichelte Pürstl.

„Betteln werde ich dich sicher nicht“, erwiderte Schäfer. „Bruckner will dich dabeihaben. Passt dir um sechs?“

„Ich bin da.“ Pürstl lachte und legte auf.

„Ich glaube, wir haben den Falschen“, meinte Bergmann, nachdem Schäfer das Telefon weggelegt hatte.

„Hm ...“

„Als Sie das Kartenspiel herausgezogen haben ... nichts ... der ist zu dumm für große Schauspielerei ... und so eine Mordserie traue ich dem sowieso nicht zu ...“

„Natürlich haben wir den Falschen“, murrte Schäfer, „aber ich brauche Bewegung in dem Fall ... wir beide ... wir haben mehr Erfahrung und eine höhere Frusttoleranz ... aber unsere Jungspunde ... ein Monat ohne Festnahmen und die werfen das Handtuch ... außerdem kann die Kovacs was lernen, wenn Sie mit Pürstl bei der Vernehmung ist ...“

„Sehr edel“, meinte Bergmann anerkennend und drückte auf die Fernbedienung für den Schranken vor der Tiefgarage.

Schäfer informierte die Staatsanwältin, den Polizeipräsidenten und seinen interimistischen Vorgesetzten Oberst Haidinger über die Festnahme sowie die bevorstehende Vernehmung und fügte hinzu, dass er auch Leutnant Pürstl vom Landeskriminalamt Niederösterreich hinzugezogen habe. Danach rief er seine Mails ab und fand fast zwanzig Nachrichten von Journalisten vor, die wissen wollten, was es mit der Festnahme des Mechanikermeisters Stippl auf sich hätte. Gab es denn keine Pressestelle hier im Haus?

„Bergmann, können Sie sich bitte um die Presse kümmern?“, wandte er sich an seinen Assistenten, „die verstopfen jetzt schon meinen Mail-Account ...“

„Ganz schön auf Zack, die Journaille ... man könnte fast meinen, dass die einen Informanten hier haben.“

Schäfer vermied es, Bergmann anzusehen und sah weiter seine Mails durch.

„Wenn wir bei so einem Fall mit zwei Wagen auf Blaulicht aus der Tiefgarage schießen, reicht das schon, dass die sich an uns dranhängen.“

Er stand auf und nahm seine Jacke vom Haken. Es würde ein langer Abend werden und er brauchte zumindest eine Stunde pro Tag an der frischen Luft; das hatte er sich nach seinem letzten Therapietermin selbst versprochen – Fixpunkte, etwas nur für sich selbst, und es funktionierte.

Er spazierte über die Mariahilfer Straße, um nach Weihnachtsgeschenken für seine Eltern zu suchen. Wie viele andere Familien hatten auch sie schon vor Jahren verabredet, dass sie sich nichts schenken würden – doch diese Abmachung hatte alles nur noch komplizierter gemacht: Jetzt konnte er nicht einmal mehr fragen, was sie gerne hätten. Und er selbst konnte nur hoffen, dass seine Mutter beim üblichen Rollkragenpullover nicht wieder ihre Lieblingsfarben mit seinen verwechselte. Die losgelassene Einkaufswut auf der Mariahilfer Straße ging ihm jedoch schon nach ein paar Minuten so auf die Nerven, dass er in die Neubaugasse flüchtete. In einem Werkzeuggeschäft kaufte er für seinen Vater zwei feine Schnitzmesser – geschmiedet in Japan und zu einem Preis, den sein sparsamer Vater nie erfahren durfte, da ihm sonst jede Freude an dem Geschenk verginge.

Als er anschließend ziellos durch den Bezirk streifte, sah er in der Auslage eines Secondhandladens eine Raulederjacke mit einem Hasenfellfutter. Er stellte sich seine Nichte darin vor, nahm sein Telefon und rief seinen Bruder an.

„Hallo, ich bin's ... Gut ... Ja ... Dann bist du eh voll informiert ... Nein, mühsam nährt sich das Eichhörnchen ... Du, ist die Lisa eigentlich bei den Tierschützern ... Weil ich da gerade vor einem Geschäft stehe und da ist eine ziemlich schöne Jacke in der Auslage, Rauleder und innen Hasenfell ... Meinst du? ... Na dann, kauf ich sie ... Nein, noch nicht ... für Papa zwei Schnitzmesser ... Natürlich bekommst du nichts ... Erst am Heiligen Abend ... wenn nichts dazwischen kommt ... Gut, mach ich ... Grüß sie alle von mir ... Servus."

Sie würde jedes Geschenk mögen, das von ihm käme, hatte sein Bruder gemeint. Also betrat er den Laden und kaufte die Jacke. Als er das Geschäft verließ, sah er auf die Uhr und stellte fest, dass er ins Kommissariat zurückmusste.

Pürstl erschien pünktlich um sechs. Schäfer ließ Stippl in den Vernehmungsraum bringen und rief Kovacs, Schreyer und Strasser zu sich, damit sie das Verhör auf dem Bildschirm mitverfolgen konnten. Bruckner war noch mit dem Abschlussbericht eines anderen Falls beschäftigt und hatte Schäfer gebeten, die erste Vernehmung ohne ihn zu führen. Die Staatsanwältin und Haidinger hatten sich ebenfalls angekündigt, waren jedoch bislang nicht aufgetaucht. Schäfer wartete bis viertel nach sechs und ging dann mit Pürstl in den Vernehmungsraum. Er ließ seinen ehemaligen Vorgesetzten beginnen. Nach zwanzig Minuten redeten die beiden über die schlechten Motoren der Jaguar-XJ-Modelle aus den Siebzigern. Optisch unübertroffen – aber was brächte das, wenn die Karre die ganze Zeit in der Werkstatt steht. Nach einer Stunde hatte Stippl gestanden, dass er vor acht Jahren einen Fußgänger angefahren und Fahrerflucht begangen hatte. Er wäre betrunken gewesen und es täte ihm immer noch leid. Ob sie denn herausfinden könnten, wer der Mann gewesen sei, damit er sich endlich entschuldigen konnte. Kurz vor neun beendeten sie die Vernehmung und ließen den Mann zurück in die Zelle bringen. Als sie in den Besprechungsraum kamen, saßen dort neben Bergmann, Kovacs und Strasser die Staatsanwältin, der Polizeipräsident, Oberst Haidinger, Bruckner und sechs weitere Beamte. Schäfer kam sich vor, als beträte er einen Kinosaal. Die am Fall nicht beteiligten Beamten standen rasch auf und verließen den Raum, worauf sich Schäfer und Pürstl zwei freie Stühle nahmen.

Bis auf den Polizeipräsidenten waren sie einhellig der Meinung, dass Stippl mit den Morden nichts zu tun hatte. Sie würden ihn noch einen Tag behalten, noch einmal vernehmen und diesmal mit den Bildern der Toten konfrontieren – aber dann musste es genug sein. Sie besprachen kurz das weitere Vorgehen und beendeten die Besprechung. Auf dem Gang wollte Wörner von Schäfer wissen, ob er trotz der Uhrzeit noch Zeit hatte, eine Kleinigkeit zu essen. Er sah sie kurz fragend an und erinnerte sich an das vereinbarte Abendessen.

„Natürlich, gern … in einer halben Stunde?"

„Ja … ich muss nur noch schnell ins Büro", meinte sie, „also, bis gleich."

28

Es war ihnen beiden peinlich – oder zumindest täuschten sie eine gewisse Verlegenheit vor, als sie sich nach dem Aufwachen in die Augen sahen. Im Nachhinein glaubte Schäfer, dass es Wörner war, die diese Unsicherheit in eine spontane Vertrautheit verwandelt hatte, weil sie sich, nachdem sie ins Bad gegangen war, um zu duschen, nicht gleich angezogen hatte, sondern noch einmal zu ihm unter die Decke gekommen war. Das hatte ihn berührt, und wo sie am Vorabend wie ausgehungerte Tiere übereinander hergefallen waren, rieben sie nun ihre Beine, ihre Arme, ihre Oberkörper und Gesichter zärtlich aneinander, als müssten sie jeden Quadratzentimeter Haut des anderen vermessen.

Kurz vor halb zehn war Schäfer vor dem Restaurant im ersten Bezirk gestanden und hatte dort eine Viertelstunde auf sie gewartet. Warum er denn nicht ins Warme gegangen sei, wollte sie wissen, nachdem sie sich für ihre Verspätung entschuldigt hatte. Er wusste es nicht – vielleicht weil das „Fabius“ ein Lokal war, das er bislang immer gemieden hatte. Warum er nicht vorgeschlagen hatte, woanders hinzugehen, konnte er sich selbst nicht erklären. Zu gut gelaunt, zu selbstsicher waren ihm die Gäste dort immer erschienen, wenn er sie im Vorbeigehen durch die riesige Glasfront gesehen hatte; sie sahen nach Geld aus; nicht, weil sie Wert auf einen erstklassigen Schneider oder Schuhmacher legten, sondern weil sie den demutsfreien Ausdruck derer trugen, für die der Wert nach dem Preis kommt. Er verachtete diese Klientel – warum sollte er es sich nicht eingestehen, und als sie das Restaurant betraten und Schäfer an einem der Tische den Polizeipräsidenten sitzen sah, fühlte er sich in seinen Ressentiments nur bestätigt. Er bat den Kellner, ihnen einen Tisch weit abseits von Mugabe und dessen Begleiter zu geben, den Schäfer nur von hinten gesehen hatte, aber dennoch von irgendwoher zu kennen glaubte.

Beim zweiten Glas Rotwein begann er sich zu entspannen. Wörner, die er bisher nur als hochintelligente und ehrgeizige Staatsanwältin wahrgenommen hatte, zeigte sich ihm als eine so selbstironische wie freche Frau, deren Schlagfertigkeit er erst im Lauf des Abends halbwegs in den Griff bekam. Sie stammte aus der Steiermark, war eines von sieben Kindern und wenn schon nicht arm, so doch in sehr bescheidenen Verhältnissen aufgewachsen. Im Gespräch erwähnte sie – fast unabhängig vom jeweiligen Thema – immer wieder einen ihrer Brüder oder eine ihrer Schwestern und schon da war sie Schäfer sympathisch geworden, weil sie nicht ständig sich selbst und ihre Arbeit in den Mittelpunkt stellte. Über diese zu reden, versuchten sie zwar zu vermeiden, kamen aber zwangsläufig immer wieder darauf zu sprechen. Sie zog ihn ein wenig auf mit seinem FBI-Phrasenbuch, ließ aber auch erkennen, dass sie ihn für einen der besten Ermittler der Sicherheitsdirektion hielt. Kurz, sie verführte ihn.

Nach dem Essen spazierten sie durch den ersten Bezirk und anschließend in Richtung Museumsquartier. Auf dem Michaelerplatz blieben sie wie ausgemacht stehen und küssten sich zum ersten Mal. Zuerst nur kurz, weil sie beide von der Selbstverständlichkeit dieses Kusses überrascht waren – als ob sie sich schon einige Male getroffen und auf diesen Moment eingestimmt hätten. Sie sahen sich um, ob irgendwelche Bekannte oder Kollegen sie sehen könnten, dann küssten sie sich erneut, ewige Minuten, versunken und zittrig. Dann waren sie zu ihm gefahren.

Er bot ihr an, zum Bäcker zu gehen und Frühstück zu holen, da es in seinem Kühlschrank recht mager aussah. Doch nach einem Blick auf den Wecker mussten sie sich eingestehen, dass ihnen auch ohne Frühstück kaum noch Zeit blieb, um pünktlich zur Arbeit zu erscheinen. Sie nahmen gemeinsam die U-Bahn, er stieg zwei Stationen vor ihr aus und strich ihr zum Abschied über den Handrücken.

„Lieber Kollege Bergmann, wie geht es Ihnen, hoffentlich haben Sie gut geschlafen ...“

„Na, Sie offensichtlich recht wenig ...“

„Schau ich so zerknittert aus?“

„Ähm, ja ... ist da die Staatsanwältin schuld ... wenn ich fragen darf?“

„Fragen dürfen Sie, aber Antwort bekommen Sie keine ..."
„Auch eine Antwort ..."
„Gibt's was Neues?"
„Haidinger will wissen, ob wir eine Pressekonferenz abhalten sollen ..."
„Wegen dem Stippl? Sicher nicht! Eine Aussendung reicht ... der geht frei ... da machen wir keinen großen Wirbel drum ... und wenn er gescheit ist, tauscht er seine Informationen bei den Zeitungsfritzen gegen ein paar Reparaturaufträge ein ... quasi als Entschädigung."
„Wissen Sie, was wir noch nicht in diesen Fall miteinbezogen haben?"
„Die internationale Presse?"
„Nein ... wegen Chlapec", fuhr Bergmann fort und trommelte mit einem Stift auf die Tischplatte, „dass das auf Deutsch Junge heißt, bedeutet doch, dass unser Täter Tschechisch spricht ... weil: dass er alle möglichen Sprachen durchgeht und sich dann einen aussucht, der ihm hineinpasst ..."
„Ist eher unwahrscheinlich ... da haben Sie recht ... ein Zuwanderer ... oder ein Geschäftsmann ... ein Akademiker ... einer, der an der Grenze gelebt hat ..."
„Auf jeden Fall muss es eine Beziehung geben ... und dann stellt sich die Frage, wie willkürlich die Auswahl der Opfer ist ... also, ob es außerhalb Ihrer Spieltheorie auch private Anknüpfungspunkte gibt ..."
„Bin ich mir ziemlich sicher." Schäfer stand auf und ging zur Espressomaschine. „Auch einen? ... Irgendeine Form der Bekanntschaft muss es gegeben haben ... darauf werden wir Kovacs und Schreyer ansetzen ... dass sie alle Vereine, Urlaubsziele, Fortbildungen und weiß der Teufel was durchforsten ... irgendwo muss es was geben ..."

Schäfers Handy piepte zweimal kurz auf, er setzte sich mit seinem doppelten Espresso an den Schreibtisch und las die Textnachricht. Bergmann sah ihn selig grinsen und beschloss, seiner Neugier einstweilen noch nicht nachzugeben.

Bis in den frühen Nachmittag hinein waren sie beide in erster Linie damit beschäftigt, die Informationen zu sichten, die ihnen ihre Kollegen der Reihe nach zutrugen. Schäfer hatte Schreyer und zwei weitere Fahnder damit beauftragt, alle ungeklärten Todesfälle der letzten Jahre – vorerst im Raum Wien, Niederösterreich, Burgenland – zusammenzutragen und nach Namen, Ort sowie Ursache und Zeitpunkt des Todes zu analysieren.

„Irgendwas Brauchbares?“, wollte Bergmann wissen, nachdem sie gut zwei Stunden schweigsam vor sich hin gearbeitet hatten.

„Noch nicht“, erwiderte Schäfer, der auf ein A4-Blatt ein wirres Muster an Kreisen und Diagrammen zeichnete. „Eigentlich sollte ich ein Programm schreiben lassen, das potenzielle Opfer aussucht ... nach den Kriterien, die wir bisher ermittelt haben: alle Karten, die Namen, in mehreren Sprachen, und alles, was uns selbst dazu einfällt ...“

„Wissen Sie, wie viele Menschen mit dem Namen Sommer, Herbst und Winter es in Wien gibt?“ Bergmann sah ihn an. „Von den Obern in den Kaffeehäusern ganz zu schweigen ...“

„Scheiße, ja ...“, gab Schäfer zu, „aber wir brauchen irgendein Raster, wir müssen das Ganze selbst mitspielen ... sonst bleiben wir immer außen vor und warten auf das nächste Opfer ...“

Kurz nach sechs reichte es ihm. Ein Stapel alter Akten türmte sich auf seinem Schreibtisch – zweifelhafte Selbstmorde, eine Tote in einer ausgebrannten Wohnung, eine erwürgte Prostituierte, ein alter Mann, überfahren mit anschließender Fahrerflucht – er konnte sich ja immer noch ein paar der Fälle nach Tirol mitnehmen; auch wenn sein Therapeut dagegen wütend Protest einlegen würde. Zudem brauchte er noch Geschenke für seine Mutter und seinen Bruder. Er zog seinen Mantel an, verabschiedete sich von Bergmann und ging zu Fuß ins Museumsquartier. Im Museumsshop entdeckte er eine Wandvase – eine dünne, grün oder hellblau lackierte Metallplatte in Flaschenform, hinter der sich ein Glasrohr verbarg, in das man höchstens drei Blumen stecken konnte. Er kaufte sie und spazierte weiter auf den Spittelberg, wo er sich in ein paar Boutiquen umsah. Nachdem er um sieben immer noch nichts gefunden hatte, ging er zurück in den Museumsshop und kaufte die Wandvase in der anderen Farbe. Dass er Isabelle das Gleiche schenkte wie seiner Mutter, kam ihm zwar selbst komisch vor, aber es musste ja niemand wissen. Eigentlich war es ja schon fast übertrieben, dass er ihr überhaupt ein Geschenk machte, oder? Vielleicht setzte er sie damit unter Druck. Vielleicht war er nicht mehr als eine vorübergehende Affäre. Nach einem halbstündigen Marsch, der ihn bis tief in den neunten Bezirk führte, gab er auf, suchte ein Elektrogeschäft und kaufte für seinen Bruder, woran er schon vor einer Woche gedacht hatte: den neuesten iPod.

Dann setzte sich Schäfer erschöpft in ein Kaffeehaus, bestellte ein Mineralwasser, steckte, nachdem er das Rauchverbotsschild bemerkt hatte, seine Zigaretten wieder ein und nahm sein Telefon heraus.

„Hallo ... ja ... aber nicht im Büro ... liebend gern ... wenn du mir noch genau sagst, wo du wohnst."

29

Zum Glück hatte er schon eine Woche zuvor einen Abteilplatz in der ersten Klasse reserviert. Der Zug war überfüllt und auf Schäfers Platz saß ein junger Mann, der offensichtlich den Reservierungszettel aus dem kleinen Sichtfenster genommen hatte, um die minimale Wahrscheinlichkeit auf einen Sitzplatz zu vergrößern. Schäfer bemühte sich erst gar nicht, seine Reservierung zu finden. Er zog seinen Dienstausweis und sagte dem Mann, dass er sich verziehen solle. Im Nachhinein bedauerte er sein grobes Verhalten. Warum war er überhaupt so schlecht aufgelegt? Er würde drei Tage bei seiner Familie in Tirol sein. Mit seinem Bruder Skitouren unternehmen. Viel lesen. Viel schlafen. Abstand gewinnen. Er hatte sich darauf gefreut. Doch jetzt wollte er nicht mehr weg aus Wien. Nicht nach der letzten Nacht mit Isabelle. Wo ihm am Morgen klar geworden war, wie gern er sie hatte; wo sich nicht sofort sein Fluchtinstinkt gemeldet hatte. Ob sie dasselbe für ihn empfand, darüber war er sich noch nicht im Klaren. Auf jeden Fall war sie selbstsicherer als er. Und erneut der Gedanke, dass er möglicherweise nur eine Affäre für sie war. Ihre Karriere bedeutete ihr viel, das stand außer Zweifel. Aber warum sollte er sich jetzt schon Gedanken über das Scheitern einer Beziehung machen, die erst im Entstehen war? Und da Isabelle ohnehin zu ihrer Familie in die Steiermark fuhr, wäre es auch umsonst, in Wien zu bleiben, das leuchtete ihm schon ein ... aber die letzten Tage ... es war, als hätte er plötzlich zehn Kilo abgenommen, so leicht fühlte er sich ... es war nicht wie mit seiner letzten Beziehung ... mit Kerstin Unseld ... in Kitzbühel ... das war ja eine Affäre und keine Beziehung gewesen ... aber immerhin die letzte Frau, mit der er geschlafen hatte ... das schien ihm eine Ewigkeit her zu sein ... vielleicht war dadurch ein Vakuum entstanden, das jetzt gierig alles aufsog, was er an Zuneigung bekommen konnte ... er musste vorsichtig sein ... musste es langsamer angehen ...

Das Telefon riss ihn aus seinen Gedanken. Er sah aufs Display: Maria, ewige Liebe seiner Jugend und darüber hinaus.

Was wollte denn die jetzt? Er überlegte einen Moment und drückte auf die Empfangstaste.

„Das ist aber eine Überraschung“, sagte er, „hast du ein Geschenk vergessen, das ich dir in Wien besorgen und mitnehmen soll?“

„Ganz sicher“, erwiderte Maria lachend, „da wärst du bestimmt der Erste, den ich fragen würde ...“

„Na, was gibt's?“, fragte er leicht gekränkt.

„Nichts Bestimmtes ... ich wollte nur wissen, ob du zu Weihnachten hier bist und vorbeischauen willst ...“

„Wann hast du dir das gedacht?“

„Wie?“

„Wann du daran gedacht hast, mich anzurufen und das zu fragen?“

„Jetzt eben ... ist mir halt so eingefallen ... weil Weihnachten ist und wir uns so lang nicht gesehen haben ... so halt ... was ist daran so außergewöhnlich?“

„Dass du mich seit sicher einem halben Jahr nicht angerufen hast ... und dass ich es seltsam finde, dass du ausgerechnet jetzt anrufst ...“

„Warum ist das seltsam? Seltsam finde ich, dass du mich so anfährst, nur weil ich dich anrufe und frage, ob du uns besuchen willst ...“

„Wie geht's Katharina?“

„Gut ... war heuer zum ersten Mal Skifahren ... sie macht sich gut ...“

„Na ja ... kein Wunder bei den Genen ... und Marc?“

„Der ist ein bisschen gestresst ... hat vor drei Tagen nach Brüssel müssen und kommt erst heute zurück ... aber sonst: ganz gut ... also: Meldest du dich?“

„Ich weiß noch nicht ... ich bin wahrscheinlich nur zwei Tage da und will auf den Berg ...“

„Warum bleibst du nicht länger?“

„Liest du keine Zeitungen?“

„Stimmt ... wow ... ich habe dich ja im Fernsehen gesehen ... stilvoll wie immer ... der Kartenmörder ... das habe ich ganz vergessen ...“

„Ja, das ist das Gute am Landleben … man vergisst so leicht …“
„Johannes … hör auf …“
„Was heißt hör auf? Was habe ich denn gesagt?“
„Nichts … also, ich muss jetzt auflegen … ja, Herzchen, ich bin eh gleich fertig … wenn du Lust hast, meldest du dich halt … sonst eben nicht … pass auf dich auf!“
„Mach ich … grüß die Kleine schön.“
„Mach ich … ciao.“
Schäfer steckte das Telefon weg und sah aus dem Fenster auf die vorbeiziehende Vorstadt. Warum rief sie genau in diesem Moment an? Er stand auf und ging zur Toilette, wo er sich eine Zigarette anzündete. Welche Wahrnehmungen jenseits der wissenschaftlichen Zugänglichkeit hatten Frauen eigentlich? Wieso bestand Maria darauf, ihm gerade jetzt mit ihrer Stimme ins Herz zu stechen. Und warum war die Haut über seinem Herzen nicht viel dicker? Er rauchte noch eine zweite Zigarette. Als er die Toilette verließ, wartete davor schon eine Frau. Er beeilte sich, zurück ins Abteil zu kommen, konnte ihr Gezeter über diese Unverschämtheit allerdings nicht überhören.
Kurz vor St. Pölten schaltete er den Laptop ein. Am Westbahnhof hatte er zwei DVDs gekauft, um sich die Fahrzeit zu verkürzen: „Stranger Than Fiction“ mit Will Ferrell und „Stirb langsam 4.0“. Er begann mit Bruce Willis, wurde jedoch binnen einer halben Stunde so müde, dass er den Laptop zuklappte, seinen Mantel als Polster gegen das Fenster legte und einschlief.
Als er in Kitzbühel aus dem Zug stieg, kehrte unweigerlich und sofort der Sommer in seine Gedanken zurück, in dem die Stadt einen Monat lang im Bann eines Mannes gestanden war, der den Mord an seinem Vater nach dreißig Jahren brutal gerächt hatte. Bluttaten und dahinter verborgene Grausamkeiten, die dem Ort seiner Kindheit endgültig die Unschuld genommen hatten, die ohnehin nur in seiner Vorstellung existiert hatte. Die Fiktion eines letzten Paradieses war damit dahin gewesen – mit den vier Männern war auch etwas in ihm gestorben.
Freilich war bei seiner Ankunft die Erinnerung das Einzige, das mit Sommer zu tun hatte. Als er über die Achenpromenade in Richtung Stadtzentrum ging, lag dort ein halber

Meter Schnee – vielleicht hatte die Reform- und Rationalisierungswut ja auch den hiesigen Bürgermeister erfasst und es wurde nur mehr alle drei Tage Schnee geräumt.

Ihn störte es nicht. Das allgegenwärtige Weiß nahm der Wirklichkeit die Schärfe; es war kein Märchen, aber doch eine schöne Kulisse. Im Garten seines Elternhauses standen zwei Schneemänner: einer mit einem Stethoskop um den Hals, der andere mit einem Sheriffstern auf der Brust; ein Begrüßungsritual für die beiden Söhne, zu dem seine Mutter ihren Mann jedes Jahr zu Weihnachten in den Garten schickte; und wenn kein Schnee lag, musste er mit alten Leintüchern improvisieren.

„Steh nicht herum da draußen", rief ihm seine Mutter vom Küchenfenster aus zu, „ihr Stadtmenschen holt euch ja immer gleich eine Erkältung!"

Schäfer ging ins Haus, gab seiner Mutter einen Begrüßungskuss und folgte ihr ins Wohnzimmer, wo sein Vater eben begonnen hatte, den Christbaum zu schmücken.

„Servus, Papa", sagt er und gab ihm die Hand, „schaffst du's noch bis zur Bescherung?"

„Ja ja", erwiderte sein Vater mürrisch, „wenn es euch nicht passt, dann macht ihr es nächstes Jahr eben selber."

„Provozier ihn nicht noch mehr, Johannes", rief seine Mutter lachend aus der Küche, „mein armer Mann hat heute schon genug unter mir gelitten!"

Schäfer setzte sich an den Tisch und nahm eine der kleinen Holzfiguren, die sein Vater eigens für den Christbaum gebastelt hatte. Jedes Jahr im Dezember verbrachte er noch mehr Zeit als sonst in seiner Werkstatt – schnitzte, drechselte, fräste, schraubte –, um seine meisterlichen Miniaturmarionetten bis zum Heiligen Abend fertig zu bekommen. Und jedes Jahr am vierundzwanzigsten gab es die gleiche Diskussion: Der Vater wollte an irgendeiner Figur noch etwas perfektionieren, die Mutter drängte ihn, endlich den Baum aufzustellen, er hätte doch ohnehin genug Figuren aus den letzten Jahren, das verstünde sie nicht, das wäre eine Ehrensache, dann schmollten beide vor sich hin, bis die Kinder kamen, und nützten die streitfreie Zeit, um jeder für sich den Abend vorzubereiten.

Die Hände seines Vaters zitterten, als er eine Glaskugel an einem der oberen Äste befestigen wollte. Schäfer stand auf, um ihm zu helfen, störte seinen Vater damit jedoch nur in seiner Konzentration, worauf er das kleine Drahthäkchen neben den Zweig hängte und die Kugel zu Boden fiel.

„Ach, Hans, gerade die von der Mama“, schimpfte Schäfers Mutter, nachdem sie das klirrende Geräusch aus der Küche getrieben hatte.

„Da haben wir eh noch drei gleiche davon“, wiegelte der Vater ab.

„Die sind nicht gleich. Schau einmal genau hin, die sind handbemalt und ...“

„Das merkt aber niemand ...“

„Darum geht's auch gar nicht ...“

Schäfer nahm seine Mutter am Arm und führte sie zurück in die Küche, wo er sich ein Glas Wein einschenkte und sie dabei beobachtete, wie sie das Blaukraut abschmeckte.

Um sieben kam sein Bruder mit seiner Frau und Lisa. Nachdem sie alle gemeinsam zu Abend gegessen hatten, wurden die Geschenke verteilt. Von seinen Eltern bekam Schäfer einen Wok, von seiner Nichte den Comicroman „Watchmen“ und eine CD, von seinem Bruder einen iPod – was sie ebenso erheiterte wie berührte.

Lisa trug ihre neue Hasenfelljacke bis zum Schlafengehen, obwohl der Kachelofen im Wohnzimmer für fünfundzwanzig Grad gesorgt hatte. Zeitweise hing sie an Schäfer, dass es ihm schon unangenehm war. Sie war kein Kind mehr, und wenn sie sich an ihn drückte und er ihre Brüste an seinem Oberarm spürte, wusste er nicht, was er davon halten sollte. Vielleicht hatte ihn sein Beruf in dieser Beziehung übersensibilisiert, und er konnte die Zuneigung seines Patenkinds nicht genießen, ohne dabei an all die Perversen erinnert zu werden, die ihre Töchter, Nichten und Enkelinnen zu ihrer eigenen Befriedigung missbrauchten.

Nachdem die Familie bis auf ihn und seinen Bruder schlafen gegangen war, blieben sie noch zwei Stunden im Wohnzimmer, Schäfer auf der Ofenbank, den Rücken an die Kacheln gedrückt, Jakob auf der Couch, ein halbvolles Weinglas vor sich.

„Wie geht's dir mit ... deinen Stimmungen", fragte Jakob, während er in der Bedienungsanleitung für seinen neuen iPod blätterte.

„Gut ... auf und ab ... wie immer ... momentan: Tendenz nach oben ..."

„Nimmst du was?"

„Nein ..."

„Aber du gehst noch zu deinem Therapeuten?", fragte Schäfers Bruder und legte die Bedienungsanleitung weg.

„Ja", erwiderte Schäfer und griff zur Weinflasche, die zwischen ihnen auf dem Boden stand.

„Bringt es dir was?"

„Ich denke schon ... ich meine ..." Schäfer nahm einen Schluck Wein.

„Was?"

„Ach ... es ist bescheuert, aber ... es ... macht einfach keinen guten Eindruck, bei ..."

„Ich weiß nicht genau, wovon du jetzt redest ... es macht keinen guten Eindruck, dass du zu einem Therapeuten gehst?"

„Ja ... nein ... ich meine, ich bin Polizist und ..."

„Oh Gott, Johannes ... wir schreiben nicht mehr 1980, oder? ... Und du bist nicht der Terminator. Wer, wenn nicht jemand, der jeden Tag mit Mördern zu tun hat, hätte das Recht, einen Therapeuten aufzusuchen. Das sind sie dir schuldig!"

„Schon klar", erwiderte Schäfer, „reden wir von was anderem ... Wie geht's mit Lisa?"

„Verdrängen und ablenken", sagte sein Bruder verstimmt, „dass du das aufgibst, wäre schon ein Schritt in die richtige ..."

„Ja ja ja", wehrte Schäfer ab, „ich gehe ja hin und ich rede mit dem Mann, okay? ... Jakob, ich bin nicht dein Patient, ich kriege das schon hin."

„Natürlich, wie immer", entgegnete Schäfers Bruder eingeschnappt.

„Also, Rabenvater, wie geht's mit Lisa?" Schäfer beugte sich vor und zog seinen Bruder am Ohr.

„Gut …"

„Gut heißt, dass ihr beiden wieder einmal überhaupt nicht miteinander auskommt …"

„Wenn du Bescheid weißt, warum fragst du dann … sie redet ohnehin lieber mit dir …"

„Jetzt machst du mir aber keine Szene, oder, Brüderlein? Ich bin dreihundert Kilometer weit weg von ihr, habe keinerlei Kontrolle über sie und …"

„Keinerlei Kontrolle, hähä … Onkel Johannes hat gesagt, Onkel Johannes meint auch, dass …"

„Jetzt hör auf! Du bist ihr Vater … ich bin nur ein Platzhalter, den sie sich ausgesucht hat für … für …"

„Für was?", fragte Jakob schnippisch, „für alles, was ich nicht bin und kann?"

„Du weißt genau, dass das nicht stimmt. Ich habe keine Kinder und ich könnte Lisa, so gern ich sie habe, nicht länger als eine Woche aushalten … und sie mich auch nicht … jedes Mal, wenn sie ausgehen will, würde ich ihr einen Streifenwagen mitschicken … und jede Woche einen Drogenhund in ihr Zimmer schicken … ich könnte nie so ein guter Vater sein wie du …"

„Ach, lassen wir das … wie kommt ihr mit diesem Serienmörder voran?"

Kurz bevor Schäfer einschlief, kehrte noch einmal das Bild seiner Eltern wieder, wie sie vor dem Christbaum wegen der zerbrochenen Kugel zankten. Sein Vater hatte geglaubt, dass die restlichen drei genau gleich wären. Seine Mutter hatte ihn über den Unterschied aufklären wollen. Stippl kam ihm in den Sinn. Der Mechaniker war sowohl der Richtige als auch der Falsche. Deswegen hatten sie ihn verhaftet. Weil sie das Handgemalte nicht gesehen hatten. Alles andere stimmte.

30

Er wollte sich von dieser Schönheit einnehmen lassen, sich dem blauen Himmel und dem gleißenden Schnee ergeben – es gelang ihm nicht. Für kurze Momente begeisterte ihn das diamantene Glitzern der Schneekristalle, setzte ihm ein verzücktes Grinsen ins Gesicht – dann war es wieder der Mechaniker, an den er denken musste. Er dachte an die Übereinstimmung und an die Abweichung. Jemand, der sich ohne weiteres einen Range Rover nehmen, ihn beschädigen und reparieren konnte, ohne dass es dem Besitzer auffällt. Der wie Stippl den Schweizer ohne Anmeldung arbeiten lässt, ihm vielleicht versetztes Heroin gibt und ihn dann im Wald entsorgt. Es war fahrlässig, dass sie sich die in Frage kommenden Werkstätten noch nicht genauer vorgenommen hatten. Doch wozu sollte er sich an diesem Tag etwas vorwerfen? Immerhin hatte er den Fall ins Rollen gebracht. Und gleichzeitig so etwas wie Ordnung in sein Leben. Natürlich gab ihm die Jagd nach dem Mörder Energie und einen Halt – aber er durfte sich nicht wieder zu sehr verausgaben, nicht wieder über die Grenzen hinausgehen. Er sollte abschalten, schau dir dieses Panorama an, Schäfer ... Sonja Ziermann und Laura Rudenz – das war ein anderes Milieu und eine andere Vorgehensweise. Eine Frau zu ertränken, ihren Kopf unter Wasser zu halten, bis das letzte Zucken erstirbt ... das war grausamer und mit einer Lust am Töten verbunden, die nicht zum Bild des Menschen passte, der Matthias Rudenz und den Schweizer getötet hatte. Und Irene Chlapec? Zwanzig Jahre früher ... wann rückte denn Ballas endlich mit der Akte heraus; gut, er war in Budapest und in Pension ... dennoch sollte er Koller anrufen und ihn noch einmal anstoßen. Hatte es damals begonnen? Und warum? Wenn an der Theorie von Pürstl etwas dran war ... es musste einen Funken gegeben haben, eine Initialzündung, die das Spiel in Gang gesetzt hatte; etwas, das die Membran durchlässig gemacht und die Lust zu töten ins Hirn hatte sickern lassen. Menschen wie Figuren zu behandeln ... mischen, ausgeben, stechen, töten ... gewinnen ... als Ausgleich, weil man selbst viel verloren hat?

Weil man selbst wie eine Figur behandelt worden ist? Aber wann, und von wem?

Sein Bruder war stehen geblieben, um auf ihn, der lang nicht so gut trainiert war, zu warten, und hatte aus seinem Rucksack eine Trinkflasche geholt, die er ihm nun hinhielt. Schäfer nahm einen Schluck.

„Genialer Tag, oder?"

„Ja", antwortete Schäfer, „besser hätten wir es gar nicht erwischen können."

Sie waren auf dem letzten Hang unter dem Gipfel, als Schäfer einen Schmetterling bemerkte, der neben ihm auf Kopfhöhe unkoordiniert dahinflatterte. Er blieb stehen und sah dem Tier eine Weile zu. Was machte der hier oben auf fast zweitausend Meter? Hier hatte es trotz der Sonne bestimmt nicht mehr als drei Grad. Er ging weiter und versuchte den Schmetterling im Blick zu behalten, doch der flog voraus und war bald verschwunden. Schäfers Bruder hatte den Gipfel eine Viertelstunde vor ihm erreicht und wartete dort auf ihn.

„Hast du den Schmetterling gesehen?", fragte Schäfer, als er seine Atmung wieder unter Kontrolle hatte.

„Ja. Ist an mir vorbei, wie ich schon fast oben war ... komisch."

Schäfer legte seinen Rucksack ab und zog sich ein trockenes T-Shirt an.

„Manche Tiere sterben länger, als sie leben", meinte er und trank seine Wasserflasche in einem Zug halbleer.

Sie waren schon wieder auf dem Parkplatz und kratzten den Schnee von ihren Skiern, als Schäfers Telefon läutete.

„Sir Bergmann. Was gibt's? ... Und was haben wir mit einer Drogentoten zu schaffen? ... Verstehe ... Nein, ist wohl besser, wenn ich gleich fahre ... Nein, kein Problem ... Ja, bis bald."

„Schlechte Nachrichten?", fragte sein Bruder.

„Wie man's nimmt ... ich muss zurück ..."

Sie fuhren zu ihren Eltern, wo Schäfer duschte und seine Sachen packte. Sein Bruder suchte währenddessen im Internet nach Zügen und Flugverbindungen. Mit dem Zug wäre er auf jeden Fall schneller. Nachdem er sich von seinen Eltern und seiner Schwägerin verabschiedet und deren Bedauern über seinen verfrühten Aufbruch entgegengenommen hatte, ließ er sich von seinem Bruder und Lisa zum Bahnhof bringen. Auf dem Bahnsteig umarmte er seine Nichte, gab seinem Bruder die Hand und versprach, dass er sich so bald wie möglich wieder anschauen ließe.

Als die Gipfel der Kitzbüheler Alpen aus seinem Blickfeld verschwanden, fühlte er sich seltsam erleichtert. Weil er damit gerechnet hatte, dass es noch ein Opfer geben würde, und es nun endlich so weit war? Wobei es bislang keinen Anhaltspunkt gab, dass die tote Frau, die in der U-Bahn-Station Alser Straße gefunden worden war, irgendetwas mit den anderen Morden zu tun hatte. Eine Überdosis, wie der anwesende Arzt festgestellt hatte, keinerlei Anzeichen von fremder Gewalt, eingesperrt in einer Kabine der öffentlichen Toiletten, die Spritze noch in der Armbeuge.

Der einzige Grund, warum die Kollegen der Sicherheitswache Bergmann verständigt hatten, war ein Junkie, der nach dem Fund der Leiche ausgerastet war und gebrüllt hatte, dass die Manu ermordet worden wäre, wie der Willi, weil sie mit dem Major hatte reden wollen, und einer der beiden Uniformierten hatte eins und eins zusammengezählt und die Mordkommission informiert.

Manuela Fritsch, siebenundzwanzig – Schäfer spielte in seinem Kopf mit Namen und Alter der Frau, ob sie irgendwie ins Schema passte; doch musste sie das überhaupt? Vielleicht war sie eine Zeugin, die den Mörder des Schweizers kannte und sich an die Polizei wenden wollte. Wobei Schäfer sich bald eingestehen musste, dass die Wahrscheinlichkeit für etwas anderes sprach: siebenundzwanzig, für eine Heroinsüchtige ein typisches Todesalter; wenn sie, wie er annahm, schon über zehn Jahre spritzte, war es nur eine Frage der Zeit, bis der verkrustete Teelöffel zum letzten Mal auf den stinkenden Fliesenboden einer öffentlichen Toilette fiel.

Am Westbahnhof kaufte Schäfer drei Schachteln Zigaretten und stieg in die U-Bahn, um auf direktem Weg ins Kommissariat zu fahren. Er wollte mit dem Bekannten oder Freund der Toten, den Bergmann in Verwahrung genommen hatte, umgehend sprechen; bevor ihn Entzugserscheinungen, Paranoia, Aversionen gegen die Polizei oder plötzlicher Gedächtnisverlust als Zeugen womöglich wertlos machten. Schäfer genoss in der Szene aus ihm selbst nicht verständlichen Gründen einen guten Ruf und tat sich bei der Einvernahme von Drogensüchtigen verhältnismäßig leicht. Meistens war ihm das nur recht, beizeiten kam es auch ungelegen – eine gute Beziehung zu den Junkies konnte schließlich je nach Betrachter in christlicher Nächstenliebe ebenso begründet sein wie in einem ungesunden Naheverhältnis zu illegalen Substanzen.

Kurz nach sieben betrat Schäfer das Kommissariat, das in einem heiligen Schlaf dahinzudämmern schien. Halbe Beleuchtung, ausgeschaltete Kopierer, keine hektischen Schritte auf den Fluren. Er ging in sein Büro, stellte die Reisetasche ab und öffnete das Fenster. Wo war Bergmann? Schäfer nahm sein Handy und drückte die Kurzwahltaste. Auf dem Weg. Der Amtsarzt hätte den Mann untersucht und seine Vernehmungstauglichkeit bescheinigt. Zehn Minuten, Schäfer sollte inzwischen einen Raum vorbereiten und Kaffee aufsetzen.

„Jawohl, mein General", beendete Schäfer das Gespräch, leicht verstimmt wegen des befehlsmäßigen Tons seines Assistenten. Vielleicht wählte er deshalb die Kaffeeküche für die Befragung. Den ekelig verstunkenen Raum, den die Raucher unter ihnen als eine der letzten Bastionen ihrer Sucht gegen strikte Nichtraucher wie Bergmann verteidigten.

„In der Küche", beschwerte sich dieser umgehend nach seiner Ankunft, „das halte ich nicht lang aus."

„Zeigen Sie ein wenig Entgegenkommen", beschwichtigte ihn Schäfer und drückte dem verloren wirkenden Mann in Bergmanns Schlepptau zwei Schachteln Zigaretten in die Hand, die dieser mit einer spastischen Verbeugung entgegennahm. Hepatitis, dachte Schäfer, als er den sauren Geruch und die gelblichen Augen wahrnahm. Er führte ihn in die Kaffeeküche und trug Bergmann auf, eine Decke zu beschaffen.

„Kaffee?“, fragte Schäfer, während der Mann seine Hände umklammerte, die ihm ein Feuerzeug entgegenhielten.

Knisternd füllte sich die Kanne, Schäfer drehte am Knopf des Radios, um einen Sender mit klassischer Musik zu finden. Dann stellte er Milch und Zucker auf den Tisch, schenkte zwei Tassen voll und setzte sich dem Mann gegenüber.

„Hast du sie schon lang gekannt?“

„Die Manu? ... Zehn Jahre ... fünf ... ja ...“

Bergmann kam mit einer Wolldecke herein und legte sie dem Mann um die Schultern.

„Danke sehr ... auch für die Zigaretten“, sagte er mit einem devoten Kopfnicken und zündete sich eine weitere Zigarette an der ersten an.

„Dann habt ihr euch ganz gut gekannt“, fuhr Schäfer fort.

„Ja ja, so wie man sich halt kennt ...“

„Warum glaubst du, dass sie umgebracht worden ist?“

„Wegen dem Willi“, antwortete der Mann, während er unbeholfen versuchte, die glühende Asche, die gerade ein Loch in die Decke brannte, wegzuwischen.

„Was war mit dem Willi?“

„Mit dem war sie gut, die Manu ... war ein Guter, der Willi ...“

„Der Willi ist am Exelberg oben gefunden worden.“ Schäfer kam sich aufgrund seiner langsamen und überdeutlichen Sprechweise selbst wie unter Drogen vor.

„Ja.“

„Weißt du, wer ihn da hingebracht hat ... oder hat es die Manu gewusst?“

„Die Manu hat das sicher gewusst ... ich weiß nur, wo er gepfuscht hat ...“

„Wo!?“, platzte Bergmann heraus, worauf ihm Schäfer einen bösen Blick zuwarf. Hatte ihm das Christkind ein zu großes Paket Selbstbewusstsein gebracht oder was war los mit seinem Assistenten?

„Bei einem Mechaniker hat er gearbeitet, stimmt’s?“, bemühte er sich, dem eingeschüchterten Mann wieder in die Spur zu helfen.

„Ja, sicher."

„Weißt du, wo?", fragte Schäfer möglichst nebensächlich, obwohl seine eigene Anspannung ihn nicht mehr ruhig auf dem Stuhl sitzen ließ. Einen Namen, er wollte einen Namen.

„In Hernals ... oder drüben, in Ottakring ... da außen halt ..."

„Vielleicht sogar im Vierzehnten?", versuchte Schäfer das Gebiet einzugrenzen.

„Nein ... da gehen wir nicht hin."

„Fällt dir vielleicht ein Name ein?" Schäfer griff zur Kaffeekanne und füllte ihre Tassen auf.

„Nein", meinte der Mann nach einer Pause.

„Und wieso soll der den Willi umgebracht haben?"

Darauf wusste er ebenfalls keine Antwort. Eine halbe Stunde später gab Schäfer Bergmann auf, ein Taxi zu rufen, das den Mann in eine Notschlafstelle bringen sollte. Er drückte ihm zwanzig Euro in die Hand, wohl wissend, dass er das Geld sofort zu seinem Dealer bringen würde. Manche Menschen starben eben länger, als sie leben, erinnerte sich Schäfer an den Schmetterling oben am Berg, und eine tiefe Schwermut packte seine Brust mit einem Griff, der ihm den Atem nahm. Er ging zum Kühlschrank, nahm eine Flache Bier heraus und trank die Hälfte in einem Zug.

Da die in Frage kommenden Werkstätten über die Feiertage ohnehin geschlossen waren, sagte er sich, dass es Zeitverschwendung wäre, seine Kollegen hereinzuholen. Das Branchenverzeichnis konnte er selbst durchgehen, die Adressen notieren, auf die Schnelle die Eigentümer überprüfen. Er trank die Flasche leer, nahm sich eine zweite und ging ins Büro.

„Gehen Sie heim", wandte er sich an Bergmann, der auf die Tastatur einklopfte.

„Ich stelle noch schnell eine Liste mit den Werkstätten zusammen, damit wir morgen keine Zeit damit verlieren."

Schäfer öffnete die Bierflasche mit seinem Feuerzeug und nahm einen tiefen Schluck. Wenn wenigstens Isabelle in Wien wäre. Anrufen? Ich vermisse dich, kannst du nicht herkommen, in vier Stunden kannst du es schaffen ... wer war er denn, ein

Teenager? Er fuhr den Computer hoch, öffnete den Webbrowser und sah das Fernsehprogramm durch, das an den Weihnachtsfeiertagen meist reichlich Filme nach seinem Geschmack brachte. „Der große Blonde mit dem schwarzen Schuh“, „Mörder ahoi!“, „Leoparden küsst man nicht“ – wenigstens im Fernsehen war die Welt noch in Ordnung.

31

Auf dem Weg ins Kommissariat kaufte er ein paar Croissants, Apfeltaschen und Zimtschnecken. Ob er seinen Kollegen damit die Feiertagsarbeit versüßen oder sie im Gegenteil an die Weihnachtskekse erinnern würde, die zu Hause gemeinsam mit ihren Familien oder Partnern auf sie warteten ... egal, sie hatten diesen Beruf gewählt und damit den Umstand, dass Mörder anders tickten als nach dem Acht-bis-fünf-Schema. Am Vorabend hatte ihn Bruckner angerufen und gefragt, ob sie ohne ihn zurechtkämen, da seine Frau und seine Tochter die Grippe hätten und er sich um sie kümmern wolle. Gar keine Frage, hatte Schäfer geantwortet, wenn er irgendetwas brauche, aus der Apotheke oder sonst was, solle er sich melden. Bruckner, wie viele Menschen gab es noch, die so anständig waren wie dieser herzensgute Koloss. Nicht wegen der Sorge um seine Familie, die er vorgab, pflegen zu müssen – Schäfer kannte Bruckners Frau und wusste, dass sie auch noch mit vierzig Grad Fieber einen defekten Heizkessel zu reparieren imstande war. Und wenn es hart auf hart ging, würde Bruckner seine Kollegen nie im Stich lassen. Aus der Geschichte um die kranke Familie hörte Schäfer ganz etwas anderes heraus: Offiziell leite ich die Gruppe, aber es ist dein Fall, das wissen wir beide. Bruckner, der Engel, verkündete die frohe Botschaft.

Als er das Besprechungszimmer betrat, herrschte dort zu seiner Überraschung eine fast ausgelassene Stimmung. Neben Kovacs, Bergmann, Schreyer und Strasser waren noch zwei Fahnder des Kriminalamts anwesend, die berüchtigt waren für ihre obszönen Witze. Wahrscheinlich kicherte Inspektor Schreyer deshalb wie ein Schulmädchen vor sich hin, um den Mund und auf der Nasenspitze Staubzucker von den Vanillekipferln, die in einer aufgeschlagenen Alufolie vor ihm lagen.

„Wo ist der Punsch?“, fragte Schäfer, nachdem er sich ans Tischende gesetzt hatte.

„Wenn Sie auf einer Blutabnahme bestehen“, meinte einer der externen Fahnder, „da geht sich sicher noch ein Häferl aus.“

„Lumpenpack." Schäfer grinste und breitete die Akte vor sich aus. Er stand auf, ging zum Wandbord und skizzierte die Eckpunkte der bisherigen Ermittlungen. Danach erzählte er ihnen von der toten Manuela Fritsch. Dass sie ermordet worden war, galt als unwahrscheinlich: in einer stark frequentierten U-Bahn-Station eine junge Frau auf der Damentoilette überwältigen, ohne Spuren und ohne Zeugen – nein, solange die toxikologische Analyse nicht vorläge, gingen sie von einer selbst verschuldeten Überdosis aus und würden sich auf die Beziehung zum toten Schweizer konzentrieren. Der wäre laut Aussage eines Freundes der Geliebte von Fritsch gewesen und ermordet worden.

„Kovacs und Schreyer: Sie überprüfen bitte mit Kollege Bergmann die Werkstätten – kümmern Sie sich zuerst um die Betriebe im fünfzehnten, sechzehnten und siebzehnten Bezirk. Außerdem gehe ich davon aus, dass wir es mit einem Familienbetrieb oder wenig Mitarbeitern zu tun haben ... sonst hätte sich bestimmt jemand auf die Presseaussendung gemeldet. Strasser, Kainz, Lenzinger: Teilt euch so auf, dass jeweils einer den Ziermann und seine Tochter überwacht. Die anderen beiden ab zur Station Alser Straße und die Szene befragen: Eventuell hat sich der Schweizer, der dort als Willi bekannt war, manchmal als Stricher verdingt. Fragt sie danach und seht euch die Aufzeichnungen von den Überwachungskameras an. Nach den Feiertagen bekommen wir hoffentlich ein eigenes Team, das sich nur um den Personenschutz kümmert, und Unterstützung vom Suchtgiftdezernat ... was ist mit dem psychologischen Profil, das Sie angefordert haben?", wandte sich Schäfer an Bergmann.

„Ausständig ... ich bin dran."

„Gut ... ich werde mich um den Fall in Budapest kümmern, ob da irgendwas dran ist ... irgendwer sollte sich auch die Laskas und das Umfeld vom Rudenz noch einmal genauer ansehen ... hm ... also, an die Arbeit ... um sechs spendiere ich Punsch für alle." Schäfer stand auf, wartete, bis sich die auf die Tischplatte klopfenden Fingerknöchel beruhigt hatten, und verließ den Raum.

Dann saß er vor seinem Bildschirm, auf dem sich in kaum merkbarer Geschwindigkeit die Planeten um die Sonne drehten, und dachte nach. Wieso hatten sie nach über einem Monat immer noch fast nichts? Wieso gab es so gut wie keine Spuren, kaum brauchbare Zeugen, keine Zusammenhänge, die einen Durchbruch bedeuteten? Er musste etwas übersehen haben ... vielleicht stand er zu nahe davor ... oder zu weit weg ... Irene Chlapec wird 1992 ermordet ... sechzehn Jahre später liest Laura Rudenz in einem Buch über den Fall und wird umgebracht ... hat sie herausgefunden, wer die Frau ermordet hat?

„Gibt es eigentlich irgendeine Beziehung zwischen den Laskas und den Chlapecs?", wandte er sich an Bergmann, der verwundert aufschaute.

„Über die Chlapecs weiß ich so gut wie gar nichts ... die Sachen aus dem Buch ... das sollte doch der Koller anliefern ... warum?"

„Ich weiß nicht ... ich beginne, meinen eigenen Theorien zu misstrauen ..."

„Endlich", meinte Bergmann mit einem inszenierten Seufzen. „Aber so sehr ich in diesem Fall Ihre Skepsis teile, bringt sie uns jetzt nicht weiter ... jetzt sollten wir ausschließen, was völlig unmöglich ist, und dann bleibt hoffentlich das einzig Mögliche übrig ..."

„Hm ... na gut ... das Spiel ..." Schäfer stand auf und stellte sich ans Fenster. „Was ich mich frage: Wie tauschen die sich aus? ... Die werden sich ja nicht ins Kaffeehaus setzen, die Karten herausnehmen und dann locker darüber diskutieren, wenn sie als Nächstes töten ..."

„Internet?"

„Möglich ... aber das hinterlässt viele Spuren ... erst die Karte, dann der Stich, dann das Opfer ..."

„Oder umgekehrt ..."

„Dass sie im Vorhinein für jede Karte eine Person festlegen? ... Vielleicht ... das geht ziemlich spontan ... aber es muss eine Beziehung geben ... es gibt immer eine Beziehung ..."

„Vielleicht sollten wir einen Profiler anfragen ..."

„Jetzt aber! Dass wir uns noch einmal so einen Ich-habe-dreißig-Kurse-beim-FBI-belegt-Burschen einfangen, der uns dann erzählt, dass die Täter männlich sind, zwischen fünfundzwanzig und fünfundvierzig und emotional gestört ... da kämen wir beide auch in Frage ...“

„Würde passen: Wir wissen, wie man Spuren beseitigt, wie man die Forensiker täuscht ...“

„Richtig ... Sie haben den Schweizer am Exelberg entsorgt, als Sie zum Schießstand gefahren sind ... und das Heroin haben Sie sich aus dem Asservat besorgt ...“

„Gut ... dann übernehmen Sie die Ziermann ... da waren Sie im Krankenstand ...“

„Okay ... aber die Rudenz, das ist nicht mein Stil ... Badewannenmörder Bergmann ... passt besser ... dafür habe ich ihren Mann von der Straße gedrängt ...“

„Und die Chlapec?“

„Schnapsen wir uns aus“, grinste Schäfer. „Mein Gott, sind wir pietätlos ... Schande über Sie, Bergmann ...“

„Ja, nehme ich auf mich ... trotzdem: Wenn wir beide so etwas machen wollten, dann könnte es genau so ablaufen. Wir nützen unsere Alltags- und Arbeitskenntnisse, um ungestört spielen zu können ...“

„Ein leichtes Spiel ... wenn man sich so weit entmenschlichen kann ...“

„Aber warum sagen sie es uns dann ... warum legen sie uns eine Karte hin, wenn sie so gut darin sind, unentdeckt zu töten?“

„Hm“, Schäfer stellte sich ans Fenster, „möglicherweise, weil einer der beiden es nicht mehr aushält ... zuerst war es eine kranke Idee, geboren aus einem riesigen Haufen Frust und Kränkung, Machtgelüste ... dann kommen die Karten ins Spiel ...“

„Und warum? Warum fahren sie nicht einfach durch die Gegend und knallen einen ab?“

„Wegen der Regeln ... Gehen wir davon aus, dass wir es mit zwei Menschen zu tun haben, die zivilisiert und angepasst sind und sich in diesem Leben grundsätzlich wohlfühlen ... also keine Neonazis, die sich konkrete Feindbilder aufbauen und diese vernichten wollen ... zwei gefühlskalte, funktionierende Gesellschaftsmaschinen, die an einer Stelle lecken, die keiner sieht ... die brauchen Regeln ... auch, um zu morden ... dann töten sie zum ersten Mal: Kick! ... Dann noch einmal ... und jetzt ist die Frage, wie ihr Gefühlssystem reagiert: Empfinden Sie es als so große Genugtuung und Belohnung, dass sie süchtig danach werden ..."

„... oder hat einer mittlerweile schon eine Überdosis und spielt uns deshalb die Karte zu, damit wir ihn auf Entzug schicken ..."

„Schön gesagt ... ja, möglich ... und ... den müssen wir mürbe machen ..."

Am späten Nachmittag verließ Schäfer das Kommissariat und spazierte durch den ersten Bezirk ins Museumsquartier, wo er spontan in eine Ausstellung ging. Trotz des Feiertags waren kaum Besucher dort. Er schlenderte von einem Objekt zum nächsten, ließ seine Gedanken treiben, ohne sich ein ästhetisches Urteil zu bilden. Er brauchte einen Perspektivenwechsel. Wenn die Morde eine gewalttätige Reaktion auf selbst erlittenes Unrecht waren, wenn Symbolik und Vorgehensweise auf dieses Unrecht schließen ließen ... eine emotionale Taubheit als Voraussetzung ... wenn ihre eigene Persönlichkeit nie wahrgenommen wurde. Die Chlapecs waren Diplomaten ... Menschen, die von einem Ort an den anderen versetzt werden konnten ... Figuren im diplomatischen Spiel der Staaten ... und sie hatten es mit jemandem zu tun, der Tschechisch konnte und wusste, dass *chlapec* Bube bedeutet ... abwegig ... das war wie ein Stöckchen in den Wald zu werfen und darauf zu hoffen, dass dort zufällig ein Hund herumstreunte, der es apportierte. Er setzte sich in einen abgedunkelten Raum, wo eine Videoinstallation ohne Ton lief, und nahm sein Telefon heraus.

„Servus, alter Schlächter ... Ich hoffe, ich habe dich gestört ... Ich dich auch ... Sag: Hast du eigentlich schon etwas über dieses Diplomatenpaar herausgefunden ... Mein Gott, Koller ... Du hast inzwischen mehr Kalk im Hirn als Gips am Bein ... Genau die... Nein, brauchst du nicht, ich komme gern vorbei ... Jetzt gleich, natürlich ... Lüfte halt davor kräftig durch ... Bis gleich."

Auf dem Ring hielt er ein Taxi an und ließ sich zu Koller bringen. Als er dessen Wohnung betrat, wurde sein Blick zuallererst auf den fast zimmerhohen Ficus gelenkt, den der Gerichtsmediziner mit einem abstrusen Potpourri aus Glückwunschkarten, Spirituosenfläschchen aus Hotel-Minibars, Zinnsoldaten, angekohlten Strohsternen, Plastikspielzeug aus Überraschungseiern und getrockneten Orangenscheiben verschandelt hatte, die sich einen Wettkampf um die Aufmerksamkeit des geschockten Betrachters lieferten.

„Ach du Scheiße", platzte Schäfer heraus, „warum hängst du nicht gleich ein paar konservierte Körperteile auf?"

„Wenn du nicht gleich still bist, hänge ich dich auf", knurrte Koller, „willst du einen Punsch?"

„Wenn er nicht selbst gemacht ist, gern ..."

Koller schlurfte murrend in die Küche und kam mit zwei Tassen wieder, die er offensichtlich von einem Stand am Christkindlmarkt entwendet hatte.

„Da", sagte er und stellte Schäfer den Punsch auf den Couchtisch, „hoffentlich verbrennst du dir das Maul."

„Vielen herzlichen Dank, mein Lieber ... also: Was hast du für mich?"

Koller nahm einen grauen Kartonordner vom Beistelltisch und legte ihn sich aufgeschlagen in den Schoß.

„Na, dann sperr mal die Lauscher auf ..."

Das Ehepaar Chlapec. Er ein gebürtiger Tscheche aus reichem Haus, der in der Nachkriegszeit nach Österreich gekommen war, sie eine Kärntnerin, die sich zur selben Zeit in Wien als Schauspielerin und Musiklehrerin über Wasser hielt. Nach ihrer Heirat wohnten sie drei Jahre in Wien, ehe er eine Stelle als Botschafter bekam und von da an mit seiner Frau in verschiedenen europäischen Hauptstädten lebte. Zum Zeitpunkt ihrer Ermordung hatten sie bereits zwei Jahre in Budapest verbracht. Die Ermittlungen der ungarischen Polizei führten zu keinen Ergebnissen, die für den Ehemann als Mörder gesprochen hätten. Auch der Umstand, dass Franz Chlapec auf seine diplomatische Immunität verzichtet hatte und die Behörden bei ihren Untersuchungen bereitwillig unterstützte, ließ ihn als

Verdächtigen bald ausscheiden. Schließlich wurde der Mord zu den Akten gelegt. Franz Chlapec kehrte nach Wien zurück, nahm eine Stelle bei einer Privatbank an und starb 1994 an einem Schlaganfall.

„Und der Sohn?", wollte Schäfer wissen.

„Adoptivsohn", korrigierte ihn Koller, „keine Ahnung, was mit dem passiert ist. Er hat damals ihn Wien gelebt und war zur Tatzeit in der Steiermark, also war er ohnehin nicht verdächtig."

„Wie hat er geheißen?"

„Wie hat der geheißen ... ich kann mich nicht erinnern ... hab ihn auch nur einmal zu Gesicht bekommen, als er in die Gerichtsmedizin gekommen ist ..."

„Wieso ist die überhaupt bei dir gelandet?"

„Ach ... Ungarn nach der Wende ... da haben plötzlich so viele Reißaus genommen ... vor allem die besseren Ärzte ... außerdem war Ballas ein Freund von mir und wegen Chlapecs diplomatischem Status hat es da keine Probleme gegeben ... und der Junge wollte wahrscheinlich noch einmal seine Mutter sehen ..."

„Wie hat er ausgesehen?"

Koller zündete sich seine Pfeife an und starrte an die Decke.

„Ordentlich ... ich meine, im Vergleich dazu, wie die meisten seines Alters damals herumgelaufen sind ... kurze Haare, dunkelbraun oder sogar schwarz, glaube ich ... vielleicht hat er sogar einen Anzug getragen, weiß ich nicht mehr ... auf jeden Fall sehr ordentlich ..."

„Ordentlich ... wo ist sie begraben?"

„Auf dem Friedhof in Hadersdorf, soweit ich weiß ... sagst du mir jetzt endlich, wie das mit diesen Morden zusammenhängt?"

„Nein ..."

„Was heißt nein, du Falott ... ich setze da meine Beziehungen ein ..."

„Ruhig, alter Mann", unterbrach ihn Schäfer, „ich kann es dir nicht sagen, weil ich selber noch nichts weiß ... es ist nicht mehr als ein Gefühl ... "

„Gefühl", erwiderte Koller verächtlich, „rutsch mir doch den Buckel hinunter mit deinen Gefühlen!"

Als Schäfer vor dem Haus auf sein Taxi wartete, fragte er sich, warum er Koller nicht mehr erzählt hatte. Er war ein scharfsinniger Denker und hatte ihm nicht nur in seiner Arbeit als Gerichtsmediziner bei vielen Fällen weitergeholfen. Allein schon deswegen verdiente er es, dass Schäfer ihn einweihte. Doch dieses flüchtige Halbwissen: dass er die ermordete Irene Chlapec für eine wichtige Spur hielt, dass er sie mit dem Schweizer, Sonja Ziermann, Laura Rudenz und ihrem Mann in ein tragfähiges Netz einknüpfen wollte, schwache Knotenpunkte, Koller hätte ihm diesen Verdacht bestimmt zerpflückt, hätte spekuliert und ausgeschlossen, Wege versperrt und andere aufgetan. Und genau das konnte Schäfer im Moment nicht gebrauchen. Noch brauchte er das Schweben, den instabilen Geist, den Zustand ungefestigter Moleküle auf der Suche nach einem freien Elektron. Er kannte einen der Täter, da war er sich sicher. Er hatte ihn schon getroffen, auch davon war er überzeugt. Irgendwo in seinem Kopf waren dessen Bild und dessen Name. Und jetzt musste er so schnell wie möglich den Weg in den Winkel seines Hirns finden, wo sich dieses Wissen versteckte.

„Chirr?“, fragte der arabische Taxifahrer unwirsch, was Schäfer vermuten ließ, dass er ihn schon mehrmals gefragt hatte. Er gab ihm ein großzügiges Trinkgeld, wünschte eine gute Nacht und ging zur Haustür. Als er den Schlüssel aus der Hosentasche nahm, fiel ihm dieser auf den Boden. Er bückte sich und sah einen kleinen roten Lichtpunkt über das Glas der Tür fliehen. Scheiße! Er ließ sich fallen und rollte sich hinter ein Auto, zog seine Waffe und wartete einen Moment. Dann ging er langsam auf die Knie und spähte vorsichtig über die Motorhaube. Mit der linken Hand griff er in seine Jacketttasche und holte sein Telefon heraus. Sie sollten sofort zu seiner Wohnung kommen, aus allen Richtungen, und jeden Wagen aufhalten, der zu schnell fuhr.

Er ließ sich hinter das Auto sinken. Warum er? Dann fiel es ihm ein, dann hörte er die Sirenen, kurz darauf bremste sich ein Streifenwagen in zweiter Spur ein, zwei Polizisten sprangen heraus und rannten auf ihn zu. Schäfer stand auf, dann wurde ihm schlecht und er musste sich auf den Stiegenabsatz vor der Haustür setzen. Die beiden Uniformierten standen einen Moment ratlos vor ihm, bis einer vorschlug, die Rettung anzurufen, was ihm Schäfer augenblicklich untersagte. Ein paar Minuten später war Bergmann zur Stelle. Er setzte sich neben Schäfer und fragte ihn, ob alles in Ordnung wäre.

„Sagen Sie mir einen anderen Namen für mich."

„Ich ... ich verstehe nicht ganz."

„Wie kann man zu einem Schäfer noch sagen?"

„Ähm ... Hund?"

„Für den Beruf, Bergmann, für den, der Schafe hütet!"

„Hirte!"

„Richtig ... wie Kuoni der Hirte ... ich gehe davon aus, dass ich der Herzunter bin."

32

Nein, er wollte niemanden in der Wohnung; der Streifenwagen vor der Tür war ausreichend. Eine gute Stunde saß er im Dunkeln am Küchentisch, die entsicherte Pistole im Schoß, rauchte Kette, wünschte sich, der Täter würde es noch einmal probieren, eine Entscheidung herbeiführen, die Sache zu Ende bringen. Dieses Schwein, das war nicht ausgemacht, das verletzte alle Regeln, schließlich war er Polizist, Mitspieler, ein Gegner, aber kein Opfer; wie hatte aus diesem beschissenen Spiel so schnell Ernst werden können, wo er endlich geglaubt hatte, Herr der Lage zu sein; dann das, sein Puls beschleunigte sich, eine kribbelnde Hitze stieg ihm über die Wirbelsäule in den Nacken, er wurde panisch. Öffnete den Kühlschrank und nahm die Flasche Vogelbeerschnaps heraus, die ihm der Kitzbüheler Bürgermeister vergangenen Sommer als Dankeschön geschickt hatte. Klarer Geist, so hieß das Destillat wohl nicht ohne Grund, dachte Schäfer, nahm ein Wasserglas aus der Anrichte und schenkte großzügig ein. Zitternd, schwitzend wankte er zur Couch, legte sich eine Wolldecke um und setzte sich in den Vorraum auf den Fliesenboden. In der einen Hand die Waffe, in der anderen das Glas, jetzt kannst du kommen. Er horchte auf die Geräusche, die von außen zu ihm drangen, das Anfahren des Aufzugs, eine Klospülung, Schäfers Blick blieb an den Staubflocken hängen, die sich in den Ecken des Vorraums gesammelt hatten. Auf allen vieren begann er sie mit der Hand zusammenzukehren, knetete den Staub zu einem Klumpen, legte ihn neben sich, nahm einen Schluck Schnaps, stellte das Glas ab und legte sein Gesicht in die staubigen Hände. Er hörte ein paar hohe Absätze über den Steinboden klappern, Schlüssel im Schloss, Musik aus der Wohnung nebenan, die Studentin, die auf den seichten Pop der englischen Charts stand, Angel, hörte Schäfer heraus, Aaaaangel, oh, oh, Angel, und wer wachte über ihn? Zwei gleichgültige Beamte, von denen bestimmt einer schlief. Wenn er schlafen könnte, er schloss die Augen und dämmerte in eine verschwommene Ohnmacht hinein, begann zu träumen: Er sah sich inmitten von Kindern, die in Zweierreihe, Hand in Hand, eine nächtliche Straße entlanggingen, jedes trug eine selbst gebastelte Laterne, zu beiden Seiten schirmte ein Spalier Polizisten in Offiziersuniformen und mit geschulterten Gewehren den Umzug ab, an dessen Spitze Schäfer jetzt einen Reiter in einem Umhang aus schwerem Loden sah, da hörte er das Lied und wusste augenblicklich, wer der Mann auf dem schwarzen Pferd war: der Heilige Martin, der bald seinen Mantel mit dem Schwert teilen würde, um die eine Hälfte einem Bettler zu geben, ihm zu Ehren die Prozession, ich gehe mit meiner Laterne und meine Laterne mit mir, dort oben leuchten die Sterne, hier unten leuchten wir, ein Stich in seiner Brust, ein Riss, eine mächtige Emotion brach aus, überschwemmte ihn, er konnte sie nicht benennen, Heimweh, Trauer, irgendwie auch Liebe, er schluchzte auf, erwachte, nein, nein, der Damm durfte sich nicht schließen, er wollte doch weinen, dem Schmerz seinen Lauf lassen, ihn ausschwemmen mit den Tränen, die sich nun weigerten zu fließen, er stand auf und taumelte ins Bad, stützte sich mit beiden Händen gegen den Spiegel und sah sich ins Gesicht. Ich drehe durch, murmelte er, jetzt drehe ich völlig durch, er ging ins Wohnzimmer und nahm sein Telefon.

„Entschuldigen Sie den späten Anruf, Herr Breuer, aber ich brauche Ihre Hilfe ... Danke ... Ja, ich denke, ich habe gerade so eine Art Angstanfall und bin ... Schon, aber das letzte Mal, das ist schon ein paar Wochen her und ... Wahrscheinlich, weil mich jemand erschießen wollte ... Weiß ich nicht ... Ja, ich stehe unter Polizeischutz, aber das hilft mir jetzt nichts ... Ich muss schlafen ... Könnten Sie mir ein Rezept ausstellen für ein Beruhigungsmittel ... Das reicht mir völlig, ist nur, damit ich vorübergehend ... Ich kann ein Taxi schicken ... Vielen Dank ... Keine Sorge, ich nehme das ernst ... Danke ... Ihnen auch.“

Er beendete das Gespräch und rief ein Taxi an, schickte es zur Wohnadresse des Psychiaters, wo der Fahrer ein Ärztemuster eines Beruhigungsmittels abholen und den Beamten vor seinem Haus übergeben sollte.

Eine halbe Stunde später läutete es an der Tür. Schäfer öffnete und nahm das kleine Papiersäckchen entgegen. Ob sie einen Kaffee wollten, fragte er den Beamten. Der lehnte dankend ab und meinte grinsend, dass sie dann ja nicht mehr schlafen könnten. Am Kühlschrank lehnend las Schäfer den Beipackzettel durch, der fast bis auf den Boden reichte. Dann drückte er zwei Tabletten aus der Blisterpackung, warf sie in den Mund und spülte sie mit einem Glas Wasser hinunter. Er setze sich auf die Couch und schaltete den Fernseher ein. Surfte durch die Programme, bis er etwas in Schwarzweiß fand. Irgendwann begann der Ton sich von den Bildern zu lösen, Schäfer fühlte sich wie kurz vor einer Vollnarkose, er fiel zur Seite und in einen traumlosen Schlaf.

Um sieben Uhr weckte ihn die Türglocke. Schäfer öffnete und ließ Bergmann herein, der offensichtlich wenig bis gar nicht geschlafen hatte.

„Machen wir uns erst einmal einen Lazarus-Kaffee." Schäfer wankte in die Küche und holte zwei Tassen aus der Anrichte.

„Ich glaub das einfach nicht", meinte Bergmann kopfschüttelnd und setzte sich an den Tisch.

„Was? Mir ... oder das Ganze?"

„Dass der Sie aussucht ... der muss den Verstand verloren haben ..."

„Ja ... aber nicht erst gestern ... nur jetzt haut es denen offensichtlich alle Sicherungen heraus ..."

„Wie gehen wir weiter vor?"

Schäfer stellte zwei volle Kaffeetassen auf den Tisch, setzte sich und zündete sich eine Zigarette an. Er erzählte Bergmann, was er von Koller über das Ehepaar Chlapec erfahren hatte. Dass er an einen Zusammenhang glaubte.

„Und wo genau soll der bestehen?"

„Der Adoptivsohn. Wenn er mit seinen Eltern in Osteuropa unterwegs war, ist ihm das Tschechische zumindest vertraut. Und dieses Entwurzelte: zuerst adoptiert, dann mit den fremden Eltern von Land zu Land, das würde perfekt in das Schema einer Fremdbestimmung passen, eine Figur, die keinen Einfluss darauf nehmen kann, was mit ihr passiert ... es gibt keinen konkreten Hinweis, aber es könnte genau so sein ...“

„Und er fängt ausgerechnet mit seiner Adoptivmutter an? Weil er feststellt, dass sein Name auf Deutsch Junge heißt ... das passt mir irgendwie nicht zusammen ... außerdem: Wer ist der Zweite? Wenn der Sohn ein Alibi hat, muss der andere dafür verantwortlich sein ...“

„Richtig ... vielleicht war dieser erste Mord auch noch nicht Teil dieses Schemas ... möglicherweise haben sie die Frau nur umgebracht, damit der Sohn schneller an sein Erbe kommt ... und diese Tötung war die Initialzündung, die sie dann zu Serientätern gemacht hat ...“

Bergmann nahm einen Schluck Kaffe und rieb sich die Stirn.

„Und wie sieht dann die Verbindung zu den anderen Opfern aus? Ziermann, Rudenz ...“

„Ich bin mir nicht sicher“, musste Schäfer eingestehen, „möglicherweise ist Laura Rudenz den beiden auf die Spur gekommen ... über die Bücher, die sie gelesen hat ...“

„Der unbekannte Geliebte?“

„Vielleicht ...“

„Dann hätte er aber ein ganz anderes Motiv: dass er sie loswerden muss, weil sie Bescheid weiß ...“

„Auch, ja ... und Matthias Rudenz?“

„Stimmt ... die Karte, die habe ich ganz vergessen ...“

„Außerdem gibt’s da noch den Schweizer ... oder glauben Sie plötzlich, dass es reiner Zufall ist, dass wir fünf Tote haben, die zu den Spielkarten passen, und ich von einem Scharfschützen ins Visier genommen werde?“

„Ehrlich gesagt weiß ich nicht mehr, was ich glauben soll ...“

„Ist ja jetzt egal“, wehrte Schäfer ab, „konzentrieren wir uns auf die Autowerkstätten, die Bekannten von dieser toten Fixerin und natürlich auf diesen mysteriösen Adoptivsohn ...“

„Zur Fahndung ausschreiben?“

„Wir wissen ja nicht einmal, wie er heißt ... vielleicht lebt er gar nicht mehr ... nein, erst brauchen wir mehr Informationen ...“

„Wie sieht’s mit Ihnen aus?“

„Wieso?“

„Sie brauchen Personenschutz und ...“
„Im Büro fühle ich mich eigentlich sehr sicher ...“
„Ich organisiere ihnen jemanden ...“
„Gut“, meinte Schäfer und trank seinen Kaffee aus, „dann auf zur Arbeit.“

33

Um zehn Uhr trafen sie sich zu einer außerordentlichen Besprechung. Kamps Ersatz, Oberst Haidinger, war anwesend und wollte von Schäfer wissen, ob er sicher sei, dass es sich um ein Laserzielgerät gehandelt habe. Wie sollte er sicher sein? Vielleicht war es auch ein Lausbubenstreich gewesen – ein simpler Laserpointer, mit dem man ihn erschrecken wollte; er wäre der Erste, der sich diese Version wünschte. Haidinger sicherte ihm Personenschutz rund um die Uhr zu. Zudem überraschte er sie mit dem Versprechen, drei zusätzliche Beamte für den Fall abzustellen. Das sah nach Druck von außen aus, Schäfer sagte sich, dass er sich gleich anschließend eine Zeitung besorgen musste. Kovacs und Schreyer hatten die gewünschte Aufstellung der Mechaniker mit und übergaben ihm die ausgedruckte Liste. Neunzehn Werkstätten? Wo sollten denn die alle sein? Schäfer sah sich die Adressen an und musste sich eingestehen, dass seine Wahrnehmung imstande war, Dinge, die ihn nicht interessierten, völlig auszublenden. Na gut, der Reihe nach aufsuchen, erst einmal ohne großen Druck befragen, sie wären wegen eines unbekannten Toten hier und so weiter, wenn es unauffällig ginge, sollten sie die Mitarbeiter nach einem schwarzen Range Rover aushorchen, der in den letzten Wochen repariert worden wäre. Schäfer hielt inne, da er den Faden verloren hatte. Hörten ihn die anderen eigentlich so wie er sich selbst: schwerfällig und trüb, als ob er durch Olivenöl redete. Er hatte noch nie zuvor Tranquilizer genommen, vielleicht wirkten sie deshalb so stark. Gar nicht so unangenehm – wattig und kindlich gleichgültig, fast war ihm nach Grinsen zumute.

Im Büro wollte er als Erstes mit den Nachforschungen über den Adoptivsohn der Chlapecs beginnen. Er fuhr seinen Computer hoch und loggte sich in das zentrale Informationssystem ein. Er tippte den Namen ein, kreiste mit dem Cursor über dem Suchbutton, dann löschte er seinen Eintrag wieder. Vielleicht war es paranoid, doch Schäfer hatte das Gefühl, dass der Täter irgendwo in seinem näheren Umfeld war. Nicht nur wegen des versuchten Anschlags. Dass er möglicherweise sogar seine Arbeit überwachte. Einen Computer zu hacken, das war doch heutzutage ein Kinderspiel. Noch hatten sie jedenfalls den Vorteil, dass niemand sonst von seinem Verdacht bezüglich des jungen Chlapec wusste. Da wollte er auf keinen Fall riskieren, ihn aufzuscheuchen ... also der lange Weg: Einwohnermeldeamt, Bezirkshauptmannschaften, Jugendwohlfahrt, Magistrat ... er stand auf und zog den Mantel an.

„Wohin wollen Sie?“, rief Bergmann und sprang auf.

„Ähm ... hinaus ... habe was zu erledigen“, erwiderte Schäfer erstaunt.

„Ich gehe mit ... solange Ihnen noch kein Leibwächter zugeteilt ist ...“

„Bergmann“, seufzte Schäfer, „das ist so gar nicht meine Art ...“

„Und Beerdigungen sind nicht meine Art“, erwiderte Bergmann bestimmt und schlüpfte in seine Jacke.

Sie querten den ersten Bezirk und betraten ein Kaffeehaus am Ende der Kärntner Straße. In einem abgeschiedenen Winkel nahmen sie auf einer Polsterbank Platz, beide mit dem Rücken zur Wand. Schäfer nahm sein Telefon heraus.

„Kennen Sie die Nummer von der MA 11?“

„4000-8011.“

„Woher wissen Sie das?“, fragte Schäfer verblüfft und tippte die Nummer ein.

„Weil ich schon lang genug mit Ihnen zusammenarbeite ... nein ... es ist immer 4000, dann mal zwei, plus das jeweilige Magistrat.“

„Wenn mir das früher wer gesagt hätte ...“

„Hätten Sie es jetzt auch schon wieder vergessen ...“

„Bergmann, nur weil ich Ihnen mein Leben anvertraue, heißt das nicht, dass ... Grüß Gott, Major Schäfer vom Bundeskriminalamt, ich habe eine Frage bezüglich einer Adoption ...“

Wo hatte er eigentlich seinen Kopf? Er wusste, dass für solche Auskünfte in den meisten Fällen eine Genehmigung verlangt wurde. Also die Staatsanwaltschaft. Also Isabelle. Auf die Schäfer im Moment nicht sehr gut zu sprechen war. Wieso hatte sie ihn nicht angerufen, in seiner höchsten Not? Und überhaupt: Während der Feiertage war sie so gut wie nie zu erreichen gewesen, höchstens einmal eine SMS. Nur weil er selbst nicht immer verfügbar war, wenn sie es sich wünschte? Frauen.

„Rufen Sie sie an", sagte er zu Bergmann und holte sich eine Tageszeitung.

Während er mit einem Ohr dem Telefonat seines Assistenten lauschte – der sich mit der werten Frau Staatsanwältin sehr gut zu verstehen schien –, blätterte er die Zeitung durch, bis er im Chronikteil auf den Artikel stieß: Nächtlicher Alarmeinsatz, Polizei hält sich bedeckt, Attentatsversuch auf Beamten, der im Fall des Kartenmörders ermittelt? Großartig, ärgerte sich Schäfer, von wegen bedeckt halten, seine Kollegen, diese Plappermäuler, dazu noch eine Bildmontage von ihm, sein Kopf in die Karte des Herzunters montiert, Schweinepriester, gibt man diesen Pressetypen einen kleinen blutigen Happen, verfüttern sie einen gleich an die Haie.

„Was ist jetzt?", herrschte er Bergmann an, der noch immer telefonierte, nun aber eindeutig über private Dinge mit Isabelle redete.

„Nur die Ruhe", erwiderte Bergmann, nachdem er aufgelegt hatte, „wir können gleich vorbeikommen."

„Bestens ...", murrte Schäfer, schob seine Hand in die Jacketttasche, brach eine Tablette aus der Blisterpackung und steckte sie in den Mund. Noch so einen Anfall wie in der Nacht und er könnte sich einliefern lassen.

„Sie wissen schon, dass das auch leichter geht, oder?", fragte Bergmann vorsichtig.

„Was? Wie leichter?"

„Diese Anfragen ... dafür sind wir bei der Polizei, dafür haben wir ein zentrales Informationssystem ..."

„Dem traue ich nicht ..."

Bergmann rollte mit den Pupillen und trank seinen Kaffee aus.

„Ich weiß, was das bedeutet ... wenn Sie das mit Ihren Augen machen ..."

„Wie bitte?"

„Das heißt so viel wie: Oh Gott, jetzt spinnt er wieder! ... Halten Sie mich für paranoid?"

„Nein ... ich meine nur: Wer hat die Zeit, alle Anfragen, die über den Polizeiserver gehen, zu kontrollieren? Das würden wir nicht einmal selbst schaffen ..."

„Na gut ... wie Sie meinen ... aber weil wir schon einmal unterwegs sind ..."

„Verstehe ... also steht uns heute Kafka in Wien bevor ..."

„Warum diese Vorurteile gegen unsere Ämter, Bergmann? Wir sind auch nur Beamte ... Oberliga, schon klar ... aber jetzt müssen wir ein bisschen Volksnähe zeigen."

Vor der Oper nahmen sie ein Taxi, das sie in die Landesgerichtsstraße brachte. Die Staatsanwältin hatte nicht so schnell mit ihnen gerechnet und bat sie, in ihrem Vorzimmer zu warten. Schäfer setzte sich in einen Lederfauteuil und ließ seinen Blick über die Acrylgemälde an der Wand schweifen. Sehr abstrakt, sehr impulsive Pinselführung, explosiv, ein Fuchs vielleicht, aber eher der Franz.

„Warum grinsen Sie?"

„Ich? Ach, nichts, die Bilder da ... lustig."

Nach fünfzehn Minuten holte Wörner sie in ihr Büro. Schäfer erklärte ihr, was sie benötigten, und hatte kurze Zeit später die entsprechende Bewilligung in der Hand. Als die beruflichen Angelegenheiten erledigt waren, meinte Bergmann, dass er noch auf die Toilette müsse, was Schäfer und Wörner die Gelegenheit gab, sich kurz unter vier Augen zu unterhalten. Ob er getrunken hätte, wollte sie wissen. Weil er so abwesend wirke. Nein, getrunken nicht, aber die vergangene Nacht hätte ihn schon etwas mitgenommen, falls sie noch nicht davon gehört hätte. Natürlich, es täte ihr auch leid, dass sie sich noch nicht gemeldet hätte, aber der Stress zurzeit. Schäfer hatte keine Lust auf diese Diskussion. Er küsste sie flüchtig und verließ das Büro.

Wieder im Freien, bestand Schäfer darauf, zu Fuß zum Magistrat zu gehen. Das wären drei Kilometer, meinte Bergmann und schüttelte den Kopf. Frische Luft, Bewegung, das würde ihnen guttun und das Denken anregen, insistierte Schäfer. Seufzend knöpfte Bergmann den untersten und die obersten beiden Knöpfe seiner Jacke zu. Schäfer sah ihm dabei zu und wurde von einer kindlichen Rührung erfasst. Es war kalt, windig – doch seinem Assistenten war es nur wichtig, schnell zu seiner Dienstwaffe zu kommen. Er riskierte eine Erkältung, nur um Schäfer zu beschützen. Wie rührend, Bergmann, wie rührend. Was war denn das jetzt wieder für eine Regung? Offenbar verdrängte das Medikament seine Ängste und räumte das Feld für andere Emotionen. Eine schöne Vorstellung, so ein Mittel auch für sein berufliches Umfeld zu besitzen: Innenminister und Konsorten aus dem Weg räumen und schon ist Platz für das Edle und Hilfreiche des Polizistentums.

„Habe ich Ihnen eigentlich in letzter Zeit mal gesagt, was für ein ausgezeichneter Polizist Sie sind?"

„Ich glaube nicht." Bergmann drückte die Glastür des Magistratsgebäudes auf. „Aber danke."

„Ich meine das ernst." Schäfer trottete hinter ihm her, als ob sie in einem Supermarkt wären und Bergmann seine genervte Mutter. „In Ihrer Gegenwart fühle ich mich sicher. Behütet, richtig gut."

„Das freut mich." Bergmann sah auf die Infotafel und ging zum Lift, der sie in den dritten Stock brachte.

Wo die Chlapecs in Wien gewohnt hatten, erfuhren sie umgehend. Auch der Name des Adoptivsohns schien im Register auf: Er hieß Florian und war 1972 erstmals an der Wohnadresse der Chlapecs im dreizehnten Bezirk gemeldet worden. Offenbar hatte er Wien nach dem Tod seiner Mutter verlassen – es gab zwar drei Personen mit demselben Namen und einer Wiener Wohnadresse, doch zwei von ihnen waren über sechzig und der dritte noch keine dreißig. Mit der Herkunft des Jungen und seinen leiblichen Eltern konnte ihnen der Beamte nicht weiterhelfen. Die Adoptionsunterlagen aus der damaligen Zeit waren noch nicht digital erfasst und damit auch nicht zentral verfügbar. Sie sollten es im zuständigen Amt der Jugendwohlfahrt versuchen, das sich nur zwei Straßen weiter befand. Auf dem Weg dorthin mischte sich unter Schäfers flauschige Benommenheit eine angespannte Erregung. Er kannte den Vornamen, er wusste, wo Chlapec gewohnt hatte – er rückte ihm näher.

Und blieb gleich wieder stehen: Die zuständige Beamtin bei der Jugendwohlfahrt konnte nichts über einen Florian Chlapec oder eine entsprechende Adoption finden. Es gab einen Ordner im Archiv, doch die Dokumente fehlten. Wer diese Unterlagen an sich genommen haben könnte? Das sei kaum festzustellen. Zwar müsse sich jeder eintragen, der Einsicht in die Akten nehmen wolle; doch zum einen wären sie mit dem gesamten Archiv bereits zweimal umgezogen, und zum anderen unterlägen die Akten keinen besonderen Sicherheitsvorkehrungen. Wer ein bestimmtes Dokument aus dieser Zeit unbedingt beseitigen wolle, dem gelänge das auch. Am besten wäre es, sich an die Schule zu wenden, die Chlapec besucht hatte. Dort gäbe es Jahresberichte mit Fotos und ziemlich sicher ließe sich auch ein Lehrer finden, der den Jungen noch in Erinnerung hatte. Pro forma ließen sie sich Kopien der Anmeldelisten der letzten zwei Jahre geben und verabschiedeten sich.

„Wir haben ihn“, meinte Bergmann, als sie auf der Straße standen, „oder?“

„Ja und nein“, erwiderte Schäfer, „gehen wir ins Büro und telefonieren die Schulen durch.“

Zurück auf dem Kommissariat, trafen sie auf dem Gang Bruckner, der Schäfer nach einem kurzen Gespräch über den Tagesverlauf in sein Büro bat.

„Wie geht's deinen Mädels?", fragte Schäfer, wohl wissend, dass Bruckner nach dem Vorfall vom vorigen Abend unter keinen Umständen zu Hause geblieben wäre.

„Schon besser. Und dir?"

„Alles in Ordnung. Unkraut vergeht nicht."

„Hoffen wir's", meinte Bruckner, klopfte zweimal auf die Tischplatte und reichte Schäfer drei zusammengeheftete Zettel. „Das hat der Schreyer vor einer Stunde gebracht."

Schäfer überflog das Dokument, einen Auszug aus dem Melderegister der Kfz-Behörde. Ein schwarzer Range Rover, zugelassen auf eine Margarete Wolf, achtundsechzig, wohnhaft in Baden bei Wien.

„Sollte ich die kennen?"

„Nein, ich sehe den Namen auch zum ersten Mal. Schreyer war wieder einmal in Höchstform: Margarete Wolf ist die Mutter von Sandra Laska, Frau von Leo Laska."

„Der Bruder von Laura Rudenz ..."

„Genau ... der Wagen ist auf ihre Mutter zugelassen, gehört aber ihr ... damit spart sie sich wahrscheinlich was bei der Versicherung, weil die alte Dame seit fünfzig Jahren unfallfrei unterwegs ist ..."

„Die hat ein Auto um gut siebzigtausend Euro und meldet es auf ihre Mutter an, um ein paar Euro bei der Versicherung zu sparen?"

„Na, was glaubst du, wie die Reichen reich werden?", erwiderte Bruckner.

„Da fragst du den Falschen", meinte Schäfer, „wie gehen wir weiter vor?"

„Ich habe gerade mit der Staatsanwaltschaft telefoniert. Sobald ich die Bewilligung habe, beschlagnahmen wir den Wagen und geben ihn der Spurensicherung."

„Sollten wir nicht den jungen Laska und seine Frau davor besuchen und ein bisschen nervös machen?“

„Würde ich gern, aber die beiden verbringen ihren Weihnachtsurlaub auf den Malediven.“

„Na, dann verstehe ich es doch, dass sie bei anderen Ausgaben so umsichtig ist“, meinte Schäfer und legte die Zettel auf Bruckners Schreibtisch. „Das heißt aber auch, dass Leo Laska zumindest für den versuchten Anschlag gestern Abend nicht verantwortlich sein kann ... und seine eigene Schwester ...“

„So weit sind wir noch nicht ... warten wir erst die Untersuchung des Wagens ab“, erwiderte Bruckner.

Schäfer ging in sein Büro, machte sich einen doppelten Espresso und teilte Bergmann mit, was er eben erfahren hatte. Dann setzte er sich an den Computer und gab bei Google auf gut Glück Florian Chlapec ein – ohne Erfolg.

„Der Typ ist ein Phantom“, gähnte er zu Bergmann hinüber.

„Nicht mehr lang. Ich habe die Liste aller Schulen im Dreizehnten ... wollen Sie auch ein paar Nummern?“

„Her damit!“

Im Gleichtakt schoben sie ihre Telefone heran. Verstorben, in Pension, ausgewandert – um sieben Uhr hatten sie beide noch niemanden erreicht, der mit dem Namen Florian Chlapec etwas anfangen konnte. Doch zumindest standen in ihren Notizbüchern nun ein paar private Telefonnummern und Adressen von Personen, die in den Siebzigerjahren als Lehrer im dreizehnten Bezirk tätig gewesen waren. Bevor Schäfer wieder zum Hörer griff, lehnte er sich zurück und schloss die Lider. Wie zwei bleierne Golfbälle fühlte er seine Augäpfel nach hinten sinken, nach wenigen Minuten war er eingeschlafen.

„Warum haben Sie mich nicht geweckt ... es ist fast acht!“

„Es bringt nichts, wenn Sie übermüdet und unkonzentriert sind ... das bringt Sie nur noch mehr in Gefahr.“

Schäfer stand auf, ging auf die Toilette und wusch sich das Gesicht mit kaltem Wasser.

„Haben Sie jemanden erreicht?“, wollte er wissen, als er ins Büro zurückkam.

„Ja ... eine pensionierte Lehrerin. Sie erinnert sich an ihn, das ist aber auch schon alles. Dafür hat sie mir den Namen des Schulwarts gegeben, der dort dreißig Jahre gearbeitet hat. Leider geht er nicht ans Telefon."

„Haben Sie eine Adresse?"

„Ja ... Günther Holzleitner, wohnt am Fuß des Bisambergs ... fahren wir hin?"

„Auf, auf, Johann, und schonen Sie mir die Pferde nicht!"

Sie fuhren nach Floridsdorf und weiter zum Bisamberg, wo der pensionierte Schulwart Günther Holzleitner ein kleines Haus besaß. Bergmann ließ den Wagen durch eine schmale Gasse rollen, in der zu beiden Seiten alte Weinkeller in den Hügel gegraben waren, verschlossen mit schweren, verwitterten Eichentoren.

„Da ... achtunddreißig!"

„Und wo soll ich da parken?"

„Rein in die Wiese", meinte Schäfer, „der Boden ist sowieso gefroren."

In dem kleinen eingeschossigen Haus war kein Licht zu sehen. Sie läuteten, warteten einen Moment und gingen dann auf die Rückseite. Auch hier ließ nichts darauf schließen, dass Holzleitner zu Hause war. Dafür wurde beim Nachbarhaus die Terrassenbeleuchtung eingeschaltet und ein Mann Ende fünfzig, der offensichtlich ein steifes Bein oder eine Prothese hatte, humpelte ins Freie.

„Suchen Sie wen?", fragte er misstrauisch.

„Herrn Holzleitner", antwortete Bergmann und zog gleichzeitig seinen Ausweis heraus.

„Hat er was angestellt?"

„Nein. Wir brauchen nur eine Auskunft. Wissen Sie, wo er sein könnte?"

„Der ist immer irgendwo mit dem Hund unterwegs ... kann sein, dass er gleich kommt, kann sein, dass es Mitternacht wird."

„Wissen Sie, ob er ein Mobiltelefon besitzt?"

„Der Günther?" Der Mann lachte hustend. „Der ist froh, wenn er mit niemandem reden muss."

Schäfer nahm seinen Notizblock heraus und schrieb eine Nachricht, faltete sie und steckte sie mit seiner Karte an die Eingangstür.

„Wenn Sie ihn zurückkommen sehen", sagte er und überreichte dem Nachbarn ebenfalls seine Karte, „sagen Sie ihm bitte, dass er sich umgehend bei uns melden soll."

„Worum es geht, wollen Sie mir nicht sagen, oder?"

„Er hat nichts verbrochen und wir werden ihn nicht festnehmen." Schäfer wandte sich zum Gehen. „Schönen Abend noch."

Auf dem Rückweg hielten sie bei einem Würstelstand und stellten sich an einen Stehtisch, der mit einem Heizpilz ausgestattet war. Schäfer bestellte zwei Paar Braunschweiger und zwei Bier.

„Sind Sie sicher?" Bergmann deutete auf die Bierflasche.

„Wieso, muss ich fahren?"

„Nein, aber möglicherweise verträgt sich das nicht so gut mit ... wegen der Wechselwirkungen ..."

„Ihnen entgeht auch gar nichts", schnitt ihm Schäfer das Wort ab.

„Altes Polizistenleiden." Bergmann zuckte mit den Schultern und riss seine Semmel entzwei.

Während Bergmann Schäfer nach Hause brachte, rief er die zwei Beamten an, die für den Personenschutz zuständig waren, und bestellte sie vor Schäfers Wohnhaus. Zuvor sollten sie noch eine Runde um den Block fahren, einen Blick auf die abgestellten Autos werfen, auf Passanten, die sich irgendwie auffällig verhielten.

„Rufen Sie noch Bruckner an, was bei den Mechanikern herausgekommen ist?"

„Sicher", erwiderte Bergmann, stellte den Motor ab und öffnete die Wagentür.

„Was machen Sie?"

„Ich bringe Sie zur Wohnungstür ..."

„Wollen Sie nicht gleich bei mir schlafen?" Schäfer stieg aus und holte seinen Schlüsselbund aus der Hosentasche.

„Wenn Sie das möchten ..."

Er legte Bergmann zum Abschied die Hand auf den Oberarm, bedankte sich und wünschte ihm eine gute Nacht. Nachdem er den Schlüssel innen zweimal im Schloss gedreht hatte, legte er den Mantel ab, zog die Schuhe aus und ging ins Wohnzimmer. Er nahm seine Dienstwaffe ab, warf sie auf die Couch und setzte sich. Musik oder Fernsehen? Vielleicht sollte er wieder einmal lesen. Gute zehn Minuten starrte er in den Raum, ohne zu einer Entscheidung zu kommen. Dann drückte er auf die Fernbedienung und legte sich eine Wolldecke um die Schultern. Sein Körper sehnte sich nach Schlaf, doch sein Kopf wollte keine Ruhe geben. Und langsam kamen die Angst und das Zittern wieder. Dieser verdammte leere Raum. Er stand auf und holte seine Tabletten aus der Manteltasche. Drückte zwei aus der Verpackung, ging in die Küche, nahm eine Flasche Mineralwasser aus dem Kühlschrank und setzte sich wieder auf die Couch.

Das Läuten des Telefons riss ihn aus dem Schlaf. Er schaute aufs Display: zehn nach eins, eine ihm unbekannte Festnetznummer.

„Ja ... Schäfer ...“

„Holzleitner Günther ... Sie wollten was von mir.“

Schäfer setzte sich auf, worauf ihm die Waffe auf den Boden fiel, die wohl in seinem Schoß gelegen war.

„Ja, genau.“ Er bemühte sich, seine verworrenen Gedanken zu ordnen. „Sie waren doch Schulwart in Hietzing in ...“

„Im Gymnasium in der Schlossberggasse, ja, fast dreißig Jahre.“

„Können Sie sich an einen Florian Chlapec erinnern?“

„Chlapec ... auf Anhieb sagt mir das jetzt nichts ... da müsste ich in den Jahresberichten nachschauen ... was ist denn mit dem?“

„Ach, das wäre jetzt zu kompliziert.“ Schäfer stand auf, um seine Zigaretten zu holen. „Haben Sie die Jahresberichte bei Ihnen zu Hause?“

„Sicher“, erwiderte Holzleitner hörbar stolz, „alle Jahrgänge.“

„Kann ich mir die ansehen ... ich meine: gleich?“

„Um die Uhrzeit?!"
„Na ja, Sie scheinen ja auch noch wach zu sein."
„Na gut, dann stelle ich erst einmal einen Tee auf ... mögen Sie überhaupt Tee? Ich trinke am liebsten Melissentee ... der ist gut für die Nerven."
„Sicher, gern. Ich bin in zwanzig Minuten bei Ihnen."
Schäfer trank die Flasche Mineralwasser leer, drückte seine Zigarette aus und zog sich an. Er war dem Mann richtig dankbar dafür, dass er ihn angerufen hatte. Dass er ihm die Möglichkeit gab, die Wohnung zu verlassen. Er ließ den Lift kommen, entschied sich dann aber doch für die Stiegen. Einer der beiden Polizisten stand neben dem Auto und rauchte. Ob etwas nicht in Ordnung wäre, fragte er besorgt. Alles bestens, sie sollten ihn nur zum Bisamberg bringen.

Holzleitners Anblick überraschte ihn. Der ehemalige Schulwart trug eine Knickerbocker aus Wildleder, eine dicke Strickjacke und Holzpantoffeln. Zudem war sein halbes Gesicht von einem wild wuchernden weißen Bart verdeckt, während sein Kopf kahlgeschoren war. Er quetschte Schäfers Hand und ließ ihn eintreten. Ein rascher Blick durch die bescheidene kleine Wohnung ließ in Schäfer umgehend ein ungefähres Bild von Holzleitners Leben entstehen: wahrscheinlich ein gelernter Handwerker – Elektriker, Installateur oder Mechaniker –, der sich irgendwann entschieden hatte, den beschaulichen Beruf des Schulwarts trotz eines relativ geringen Einkommens einem Vollzeitjob in einer Werkstatt vorzuziehen, um sich auf seine wahren Leidenschaften konzentrieren zu können. In Holzleitners Fall war diese offensichtlich das Sammeln – wobei Schäfer nicht ausmachen konnte, worauf es sich konzentrierte. Von alten verstaubten Folianten über große Stücke grauen Schwemmholzes bis hin zu bayerischen Bierkrügen war das Haus, das nicht mehr Fläche besaß als Schäfers Wohnung, so vollgeräumt, dass sich bis auf eine Eckbank in der Küche und einen Fernsehstuhl im Wohnzimmer keine Sitzgelegenheit fand. Ungemütlich fand es Schäfer dennoch nicht. Auf Holzleitners Aufforderung hin setzte er sich hinter den Küchentisch, auf dem zwei Stapel alter Jahresberichte lagen.

„Schauen Sie ruhig schon hinein." Holzleitner hatte die Gedanken seines Gastes erraten. Er nahm zwei Tontassen aus der Anrichte, goss Tee hinein und stellte sie auf den Tisch.

„Wann soll das gewesen sein?" Holzleitner zog einen der Stapel näher zu sich heran.

„Anfang der Achtziger ... aber wahrscheinlich war er nur kurz dort ..."

Schweigsam blätterten sie vor sich hin, bis Holzleitner Schäfer eines der Bücher aufgeschlagen hinhielt.

„Der da", meinte er und klopfte mit dem rechten Zeigefinger auf ein Klassenfoto.

Schäfer nahm das Buch und sah sich den Jungen genau an. Das Bild war schwarzweiß und in mäßiger Qualität, der Kopf von Florian Chlapec nicht größer als ein Fingernagel – dennoch bekam Schäfer Herzklopfen. Er versuchte sich den Jungen dreißig Jahre älter vorzustellen. War das ein Gesicht, das ihm schon einmal untergekommen war? Die dichten dunklen Haare, die schmalen Augen ...

„Erinnern Sie sich an ihn?"

„Ja", sagte Holzleitner selbstsicher, griff sich das Buch und schlug eine der hintersten Seiten auf, wo er ein alphabetisches Verzeichnis der Schüler durchging. „Jahrgang achtundsechzig, geboren in Murau ... das weiß ich noch, dass er aus der Steiermark gekommen ist. Hat irgendwas mit seiner Mutter gegeben, über den Vater weiß ich gar nichts. Der Florian ..." Holzleitner blätterte zurück zum Klassenfoto. „Der war kein glücklicher Bub ... nach zwei Jahren haben ihn seine Eltern von der Schule genommen ... die sind irgendwo ins Ausland ..."

„Mit wem war er befreundet?"

„Da fragen Sie mich jetzt zu viel", erwiderte Holzleitner, legte das Buch weg und nahm seine Teetasse, „die meiste Zeit habe ich ihn allein gesehen."

Als Schäfer Holzleitners Haus verließ, war es kurz nach vier. Die beiden Beamten, die ihn hergebracht hatten, saßen im Wagen und kämpften offensichtlich gegen den Schlaf an. Auf der Fahrt zu Schäfers Wohnung brachte keiner ein Wort heraus. Er bedankte sich bei seinen Beschützern und stieg die Treppen hinauf. Nachdem er sich einen Kaffee gemacht und zwei Scheiben hartes Brot mit Butter und Marmelade bestrichen hatte, setzte er sich an den Küchentisch. Murau, dort mussten auf jeden Fall Unterlagen über Florian Chlapec zu finden sein – eine Adoption ist schließlich kein Kauf einer Waschmaschine. Wobei er allerdings auch davon ausgegangen war, in Wien etwas zu finden. Die Unterlagen mochten verloren gegangen sein; oder Chlapec hatte sie verschwinden lassen; hatte vielleicht sogar seinen Namen geändert. Aber irgendwelche Spuren hinterlässt jeder im Lauf seines Lebens. Bruckner würde sich um den Range Rover kümmern; der Rest der Gruppe um die Mechaniker und die Bekannten der toten Fixerin. Eigentlich kämen sie auch ganz gut ohne ihn aus, sagte er sich. Ein, zwei Tage wäre er auf jeden Fall entbehrlich; außerdem wollte er ja nicht auf Urlaub gehen; er wollte einer wichtigen Spur folgen. Er holte seinen Laptop aus dem Wohnzimmer, stellte ihn auf den Küchentisch und fuhr ihn hoch. Unter den gegebenen Umständen war es ohnehin besser, wenn er weg aus Wien war. Dafür hätten sie bestimmt Verständnis. Deswegen hatten sie doch auch Bruckner die Leitung des Falls übertragen. Weil er selbst noch nicht belastbar genug war; und jetzt auch noch das versuchte Attentat.

Kauend und schlürfend öffnete er den Webbrowser und suchte eine Zugverbindung nach Murau. Sechs Uhr dreiundzwanzig mit dem Eurocity bis Unzmarkt. Umsteigen und mit dem Regionalexpress bis Murau, Ankunft neun Uhr achtundfünfzig. Falls er im Zug einschlief, wäre er eben am Nachmittag in Venedig – eine Vorstellung, die ihm durchaus gefiel. Er duschte und zog sich an. Nahm eine Umhängetasche aus dem Schlafzimmerschrank, packte seine Toilettensachen, frische Kleidung, seinen Laptop sowie zwei Reservemagazine ein. Dann schlüpfte er in seine Schuhe, nahm seinen Mantel vom Haken und verließ die Wohnung.

„Bringen Sie mich zum Südbahnhof", forderte er die verdutzten Beamten auf, „und dann können Sie sich schlafen legen."

35

Wusste er überhaupt noch, was er tat? Wenigstens Bergmann hätte er Bescheid geben können! Doch wenn er seinen Assistenten mitten in der Nacht aus dem Schlaf holte, um ihm mitzuteilen, dass er sich allein auf den Weg in die Steiermark machte ... der würde ihn für unzurechnungsfähig erklären und ihn von der Sondereinheit aus dem Zug holen lassen. Er sah sich im Abteil um: drei Männer, zwei Frauen, wahrscheinlich Pendler; die jüngste der Frauen schlug ein Taschenbuch auf, der Mann im Anzug legte sich seinen Laptop auf den Schoß, die anderen lehnten sich an die aufgehängten Jacken und drehten ihre Köpfe in eine halbwegs angenehme Schlafposition. Normalerweise fuhr Schäfer erste Klasse und bemühte sich um einen Platz ohne Sitznachbarn – doch diesmal beruhigte ihn die Anwesenheit von unbekannten Menschen. Die Männer sah er sich nun genauer an, bemühte sich, Blickkontakt herzustellen. Doch wozu das Misstrauen? Außer den beiden Beamten wusste niemand, dass er am Südbahnhof einen Zug bestiegen hatte. Außerdem hatte er genau darauf geachtet, ob ihm auf dem Weg zum Bahnsteig jemand gefolgt war. Nachdem er eine kleine Flasche Pfirsichsaft getrunken und eine Topfengolatsche aus der Bahnhofsbäckerei gegessen hatte, lehnte auch er den Kopf an seinen Mantel und machte die Augen zu. Das Klassenfoto aus dem Jahrbuch kam ihm wieder in den Sinn: Wie könnte der Junge jetzt aussehen? Kannte Schäfer jemanden, der ihm entfernt ähnlich sah? Gesichter von Personen, die er in den letzten Monaten getroffen hatte, liefen wie eine Filmspur hinter seinen geschlossenen Lidern ab. Er öffnete die Augen einen Spalt, um zu sehen, was seine Sitznachbarn taten. Dann legte er seine rechte Hand unters Jackett und war bald eingeschlafen.

Wurde er in den letzten Tagen eigentlich nur mehr vom Telefon oder der Türklingel geweckt? Er griff in seine Innentasche, murmelte eine Entschuldigung und verließ das Abteil.

„Herr Holzleitner ... Sie sind schon auf ...“

„Um die Zeit immer ... was ist denn das für ein Lärm bei Ihnen?!“

„Ich bin im Zug."

„Ach so ... hören Sie: der Florian ... ich habe damals in der Rosenberggasse gewohnt, oben bei den Steinhofgründen ... da bin ich meistens durch den Wald hinaufspaziert, beim Dehnepark, wo der Teich ist ... kennen Sie den ...?"

„Glaube schon ... da haben wir einmal einen herausgefischt ..."

„Ja ... und da habe ich ihn ein paarmal gesehen mit einem anderen ... ich bin mir nicht ganz sicher, aber das wird wohl der Maurer gewesen sein ..."

„Maurer, wie noch?"

„Karl, Karl Maurer ... eher ein Ruhiger ..."

„Und was ist ...", wollte Schäfer mehr über den Jungen wissen, als die Verbindung abbrach. Er blieb ein paar Minuten auf dem Gang stehen und schaute auf das Display. Karl Maurer ... Bergmann musste den Mann sofort ausfindig machen. Schäfer ging durch zwei Waggons, bis er den Schaffner gefunden hatte, und fragte ihn nach dem Zugtelefon.

„Seit jeder ein Handy hat, gibt's das nicht mehr", sagte dieser teilnahmslos.

„Aber mein Handy funktioniert hier nicht", entgegnete Schäfer.

„Ja ... weil auf der Strecke oft kein Empfang ist."

Schäfer schüttelte den Kopf, ließ den Schaffner stehen und ging zurück in sein Abteil. Eng und stickig war es dort, es roch nach verbrauchter Luft. Er nahm seinen Mantel, seinen Laptop, ging in den Speisewagen, wo er einen Cappuccino bestellte. Ein Blick aus dem Fenster: triste Hügellandschaft im Raureif, kein Haus weit und breit ... kein Empfang, kein Telefon ... jetzt würden die anderen Gäste wohl bald die Fenster nach unten schieben und auf die Büffel schießen. Er sah auf die Uhr: halb neun. In einer Dreiviertelstunde wäre er in Unzmarkt, von dort aus könnte er Bergmann anrufen ... was sollte bis dahin schon passieren. Maurer, Maurer, Karl Maurer ... war ihm dieser Name nicht schon einmal untergekommen? Aber wo, verdammte Tabletten, sie gossen seine Synapsen in Bernstein, er kniff die Augen zusammen und öffnete sie wieder, als wollte er sein Gehirn zu Liegestützen zwingen. Karl.

Maurer. Die Müdigkeit legte sich wie eine Röntgenschutzdecke auf ihn. Diesen Tag würde er nicht überstehen, ohne zwischendurch irgendwo eine Stunde zu schlafen. Er sank nach vorne, immer wieder nickte er kurz weg; riss seinen Kopf rechtzeitig nach oben, bevor er auf die Kaffeetasse geknallt wäre. Kurz vor Unzmarkt verlangte er die Rechnung und zog seinen Mantel an, was der Speisewagenkellner erleichtert zur Kenntnis nahm. Der Regionalexpress nach Murau stand schon am Bahnsteig gegenüber. Schäfer blieben vier Minuten, die er nützte, um hastig eine Zigarette einzusaugen. Dann stieg er ein und setzte sich in den offenen Waggon. Langsam rollte der Zug aus dem Bahnhof. In dieser Gegend war er noch nie gewesen; sie erinnerte ihn an den Norden von Slowenien, wo er einmal ein paar Tage die dortige Polizei bei einem Mordfall unterstützt hatte. So sah sein Leben aus: Die meisten Orte und Landstriche, die er kannte, assoziierte er automatisch mit Ermordeten. Sogar im Urlaub in Griechenland war er einmal mit einem Doppelmord konfrontiert gewesen – damals hatte er sich ernsthaft gefragt, ob nicht er selbst die Verbrechen anzog; wie Columbo, der sogar auf einem Kreuzfahrtschiff über einen Mord stolperte; war das sein Drehbuch? Er dachte an das letzte Gespräch mit seinem Therapeuten, blieb mitten in einem Gedanken hängen, weil ihm einfiel, dass er Bergmann anrufen wollte. Schon wieder kein Empfang – auch das schien ihm mittlerweile seltsam inszeniert.

Als er in Murau aus dem Zug stieg, setzte er sich noch am Bahnsteig auf eine Bank und nahm sein Telefon aus dem Mantel.

„Hallo Bergmann ... Unterwegs ... Möchte ich Ihnen nicht sagen ... Ach ja ... Wenn wir das so einfach hinbringen, wieso sollte es für jemand anderen viel schwieriger sein, ein Telefon abzuhören ... Nein, keine Sorge, ich bin weit genug weg ... Unterstehen Sie sich, mich orten zu lassen ... Mein Telefon piept, dürfte der Akku bald aufgeben ... Hören Sie jetzt zu: Finden Sie alles über einen Karl Maurer heraus ... Ja, den Namen hat mir der Holzleitner gegeben. War offenbar ein Schulfreund von Chlapec ... Bergmann?“

Schäfer sah auf das dunkle Display. Durchaus verständlich: Er konnte sich gar nicht mehr erinnern, wann er das Telefon zuletzt ans Ladegerät angeschlossen hatte.

„Entschuldigung", sprach er einen vorbeikommenden Gleisarbeiter an, „wo ist hier der Polizeiposten?"

„Polizei?", wiederholte der Mann und schaute ihn prüfend an, „eh in der Bahnhofstraße ... gehen Sie aus dem Bahnhof raus, hundert Meter auf der rechten Seite ..."

Als Schäfer besagte Straße entlangging, brach die Sonne durch die Wolken und es wurde umgehend ein paar Grad wärmer. Er verlangsamte sein Tempo und hielt das Gesicht nach oben. Bergmanns Tageslichtlampe in Ehren – aber das Original ist eben nicht zu übertreffen. Über den rotgeschindelten Dächern der Stadthäuser sah er den Kirchturm aus dem Zentrum herausragen. Er beschloss, zu tun, was er fast immer tat, wenn er auf dem Land Informationen aus der Vergangenheit brauchte: den Pfarrer aufsuchen. Das Polizeirevier, das in einem sonnigen Dornröschenschlaf zu liegen schien, ließ er links liegen und spazierte ins Ortszentrum. Als er die Mur überquerte, wurde es plötzlich dunkler; er sah nach oben, wo ein breites Wolkenband rasch über den Himmel zog. Ein paar Sekunden blieb Schäfer auf der Brücke stehen. Dann begann er zu laufen. Sah zu seiner Rechten eine Trafik, die er mit seinem Dienstausweis in der Hand betrat. Er bräuchte ein Telefon, sofort. Die Besitzerin solle bitte vor der Tür warten, bis er fertig sei; er schlüpfte aus seinem Mantel und gab ihn der sprachlosen Frau; damit ihr wenigstens nicht kalt würde.

„Bergmann", bellte er ins Telefon, „die Liste, die Kovacs mir gestern gegeben hat ... Liegt auf dem Schreibtisch ... Ist da eine Kfz-Werkstatt Maurer drauf ... Gehen Sie ins Branchenverzeichnis!"

Er nahm sich eine Schachtel Zigaretten aus dem Regal, da seine eigenen in der Manteltasche waren.

„Karl?", sagte er und hustete den Rauch aus, „rufen Sie Is... die Wörner an. Die soll einen Haftbefehl ausstellen ... Auf keinen Fall warten Sie ... Stellen Sie ein Team von der Wega auf und nehmen Sie ihn fest … Natürlich … Ich rufe in zehn Minuten wieder an, da bin ich in einem Posten … Nehmen Sie das Headset mit … ich will das mitbekommen … Kümmern Sie sich nicht um mich, Bergmann, geben Sie Gas, und passen Sie auf!"

Er legte auf, öffnete die Tür und bat die Besitzerin der Trafik herein, die seinen Mantel nur über den Arm gelegt hatte. Er bezahlte die Zigaretten und verabschiedete sich. Fünf Minuten später drückte er die Tür des Polizeireviers auf, hob seinen Ausweis in die Höhe, ging direkt ins Wachzimmer und nahm sich ein Telefon. Bergmanns Mobilnummer … hatte er natürlich nicht im Kopf. Er wählte die Nummer der Sicherheitsdirektion und ließ sich verbinden. Sirenen, Motorengeräusche, quietschende Reifen – die Operation schien in vollem Gang zu sein.

„Wo sind Sie?"

„Lerchenfelder Gürtel … zehn Minuten noch … Hubschrauber ist auch schon in der Luft …"

„Sehr gut." Schäfer versuchte seinen Puls durch konzentriertes Atmen zu beruhigen. „Tragen Sie eine Weste?"

„Hab ich im Auto."

„Seien Sie vorsichtig und lassen Sie die Jungs von der Wega vor …"

„Sie glauben, dass er auf uns schießt?"

„Wenn Sie nicht schnell genug sind: ziemlich sicher …"

Schäfer zündete sich eine Zigarette an und bat den Beamten, der neben ihm saß und gespannt zuhörte, mit einer Handbewegung um einen Aschenbecher.

„Wo sind Sie jetzt?"

„Jörgerstraße … nehmen Sie die Straßenbahnspur …"

„Es würde uns helfen, wenn wir ihn lebend bekommen …"

„Das müssen Sie mir nicht extra sagen … meine Tötungslust hält sich in Grenzen …"

„Ich weiß schon … nur dass Sie die Jungs unter Kontrolle halten …"

„Wollen Sie mir eigentlich nicht verraten, was Sie in Murau tun?"

„Woher ... okay, Festnetz ... na gut ... ohnehin egal ... ich war gestern Nacht bei Holzleitner, dem Schulwart ... hat mir gesagt, dass Chlapec aus Murau kommt, jetzt suche ich seine Mutter ... vielleicht hat er wieder ihren Namen angenommen."

„... in der Lienfeldergasse ... wollen Sie in der Leitung bleiben?"

„Sicher ... ich sage kein Wort."

Er hörte die Bremsgeräusche, das Schlagen der Autotüren, Gemurmel, Rufe, das war Bruckners Stimme, Laufschritte, die Schnürstiefel der Wega, das Entsichern der Waffen, das Knattern der Rotorblätter, der Hubschrauber war eingetroffen, das Megafon: „Herr Maurer, hier spricht Oberleutnant Bruckner ... das Gebäude ist umstellt ... kommen Sie mit erhobenen Händen ..."

Ein entferntes Krachen, eine Schusssalve.

„Bergmann, was ist da los? ... Bergmann!"

Aufgeregtes Geschrei, Kommandos, laufende Stiefel, die Autotür, die Sirene, der Anlasser, quietschende Reifen.

„Er ist durch ein Gartentor auf der Rückseite hinaus ... fährt mit einem schwarzen BMW auf der Hernalser Hauptstraße stadtauswärts ... die Kollegen in der Neuwaldegger Straße wissen Bescheid ... Sie schießen nur im äußersten Notfall, haben Sie mich verstanden? ... Der kann uns jetzt nicht mehr entwischen!"

„Bergmann! Reden Sie mit mir?"

„Auch ... wir sind an ihm dran ... in der Neuwaldegger Straße ist Schluss ..."

„Geben Sie ihm Zeit, wenn's sein muss ... machen Sie ihn nicht zu nervös ..."

„Ich denke, so wie der fährt, ist er schon mehr als nervös ..."

„Schon klar ... aber er soll sich keine Kugel in den Kopf jagen ...", meinte Schäfer, der Angst hatte, Maurer könnte ums Leben kommen, ohne dass sie zuvor mit ihm gesprochen hatten.

„Er fährt zu einer Tankstelle ... Leutnant?"

Schäfer hielt den Atem an – wie die drei Polizisten, die mittlerweile neben ihm standen. Er hörte Bruckners Stimme aus dem Funk. Zurückhalten. Langsam. Da ist ein Mann im

Verkaufsraum. Er hat eine Geisel. Die Scharfschützen sind vor Ort. Drei Männer nehmen im obersten Stock des Wohnhauses gegenüber der Tankstelle ihre Position ein. Jemand muss die Festnetznummer der Tankstelle besorgen; und den Namen des Verkäufers. Der Hubschrauber soll weg. Stellt die verdammte Sirene ab. Gut, rufen Sie an.

„Herr Maurer, ich bin Leutnant Bruckner. So, wie es aussieht, befinden wir uns hier in einer Situation, aus der wir alle gern heil herauskommen möchten ... niemand wird auf Sie schießen, wenn Sie ruhig bleiben und Ihre Waffe nicht benutzen ... darauf haben Sie mein Wort, Herr Maurer ... natürlich können wir die Scharfschützen abziehen ... hören Sie: Sie können Ihre Lage entscheidend verbessern, wenn Sie Herrn Preclik gehen lassen ... dann können wir in aller Ruhe weiterreden ... niemand wird schießen, wenn ich es nicht befehle ... ich glaube Ihnen, dass das nicht Ihre Idee war ... aber wir sind auch nicht hier, um Sie zu verurteilen ... wir wollen Sie und Herrn Preclik aus dieser Situation befreien ... Herr Maurer: Wenn ich zu Ihnen hineinkomme, dann können wir das persönlich besprechen ... nur wir beide ... ich bin unbewaffnet ... dafür lassen Sie Herrn Preclik gehen ...“

Schäfer traute sich kaum zu atmen. Er sah die Bilder vor sich, als wäre er selbst vor Ort: Bruckner zieht seine Lederjacke aus und eine schusssichere Weste über, legt seine Dienstwaffe aufs Autodach und geht langsam über die Straße. Hinter den Absperrbändern die Schaulustigen, die ersten Reporter und Kameraleute.

„Bruckner ist jetzt drin“, hörte man im Wachzimmer in Murau Bergmanns Stimme aus dem Telefonlautsprecher.

Schäfer schwitzte und hatte so starkes Herzrasen, dass er einen der Beamten um ein Glas Wasser bat und eine Tablette schluckte. Einer der Polizisten öffnete ein Fenster, um den Rauch hinauszulassen.

„Was ist los?“

„Sie reden ... ich glaube, in der Gegend war es noch nie so ruhig wie jetzt ... der Typ von der Tankstelle kommt raus ...“

„Sehr gut ... bravo, Bruckner ...“

Dann fiel ein Schuss. In Murau hörten sie, wie eine Scheibe zerbrach, danach Rufen, das helle Knattern der Sturmgewehre, Schüsse aus den Glocks, dazwischen Bergmann, der befahl, das Feuer einzustellen, eine Ewigkeit schien es zu dauern, bis der letzte Schuss verhallt war. Eine alte Frau betrat das Wachzimmer, wartete vergeblich darauf, dass einer der Polizisten sich um sie kümmerte. Schließlich wurde der Rangniedrigste auf Weisung des Revierinspektors in den Empfangsbereich geschickt.

„Ich möchte eine Anzeige machen ..."

„Bergmann?"

„Worum geht's denn?"

„Der hat auf Bruckner geschossen ... und ... ich muss jetzt auflegen ... hier ist die Hölle los."

„In der Kirche fehlt ein Bild!"

Schäfer stützte seine Ellbogen auf und legte das Gesicht in die Hände. Bitte nicht Bruckner!

„Was für ein Bild?"

„Beim Seiteneingang ... wo die ganzen Votivbilder hängen ..."

„Votivbilder?"

„Ah, Sie wissen ja überhaupt nichts ... wenn es bei einem Hofbrand keine Toten gegeben hat, oder wenn eine Ernte besonders gut war, haben die Leute früher Bilder malen lassen und dort aufgehängt."

„Na gut", seufzte der junge Inspektor, „wie heißen Sie denn?"

„Anna Winkler, geboren 2. Januar 1921 in Murau, Köchin im Ruhestand."

Schäfer drehte sich um, stand auf und ging in den Empfangsbereich.

„Ähm, Entschuldigung", wandte er sich an die Frau, „wenn Sie hier fertig sind: dürfte ich Ihnen dann ein paar Fragen stellen?"

„Ich muss noch einkaufen gehen“, sagte die Frau. „Kommen'S mit, dann können'S mir tragen helfen.“

„Ja“, war das Einzige, das Schäfer dazu einfiel. Er bat sie, einen Augenblick zu warten, damit er sich von einem der Beamten ein Diensttelefon ausborgen konnte. So schnell wie möglich musste er wissen, wie es um Bruckner stand. Er verabschiedete sich von den Murauer Kollegen und versprach, sie auf dem Laufenden zu halten. Als er sich umdrehte, spürte er ihre Blicke auf ihm. Der Moment, in dem sie enger zusammenrückten und sich verbunden fühlten; sobald einer von ihnen verletzt oder gar getötet wurde; wenn der Beruf zur Religion wurde. Wie sollte man denn gesund bleiben, wenn die stärksten Emotionen, die man empfand, immer mit den tragischsten Erlebnissen zusammenhingen?

„Gehen wir“, sagte er zu der alten Frau und hielt ihr die Tür auf.

Auf dem Weg zum Supermarkt hörte er ihr mit einem Ohr zu, wie sie den Zustand einer Welt beklagte, in der selbst ein Votivbild in der Kirche von Murau nicht mehr vor diesem Gesindel sicher sei. Er murmelte ein paar zustimmende Worte, da er sie nicht mit seiner wahren Meinung vor den Kopf stoßen wollte. Sie war eine alte Frau; was wusste er schon davon, was sie mitgemacht hatte; außerdem würde sie ihm unter Umständen wichtige Informationen liefern.

„Essen Sie bei uns?“, wollte sie wissen, als sie beide vor der Feinkosttheke standen.

„Wenn es Ihnen nichts ausmacht ...“

„Dann gibst du mir drei Schnitzel“, wandte sie sich an den Mann hinter der Theke.

Während ihrer Tour durch den Supermarkt erfuhr Schäfer, dass sie am Tag ihrer Pensionierung mit dem Kochen aufgehört hatte. Nicht, dass sie es ungern getan hätte – aber irgendwann musste Schluss sein. Jetzt kochte ihr Mann für sie. Viel hielt sie nicht von seinen Fertigkeiten, gestand sie Schäfer;

doch was für ein Genuss, nach so vielen Jahren im Gastgewerbe selbst bedient zu werden!

Schäfer drängte es, sie über Chlapec zu befragen. Nur ließ sie ihm keine Gelegenheit und so musste er warten, bis sie bei ihr zu Hause waren.

„Hubert, wir haben einen Gast!“, rief sie, als sie in den Vorraum traten.

Einen Augenblick später wurde Schäfer von Herrn Winkler begrüßt – einem kleinen Mann, dem ein verschmitztes Lächeln ins leicht rötliche Gesicht geschrieben war, und der auf Schäfer wirkte, als könnte er trotz seiner bestimmt achtzig Jahre ein paar Meter Brennholz allein hacken.

„Freut mich.“ Schäfer schüttelte seine Hand und folgte ihm in die Küche.

„Was macht denn ein Polizist aus Wien hier bei uns?“, fragte Winkler, während er die Einkäufe einräumte.

„Haben Sie von den Morden gehört ... den mit den Karten?“

„Ja.“ Der Mann hielt in seinem Tun inne und drehte sich zu Schäfer hin, der inzwischen am Küchentisch Platz genommen hatte.

„Einen haben wir. Den anderen suchen wir noch.“

„Und der soll hier bei uns sein?“

„Nein“, beruhigte ihn Schäfer, „aber es gibt eine Spur, der ich nachgehen will.“

„Aha ... und wieso ... also was hat das mit uns zu tun?“ Der Mann war leicht verunsichert.

„Gar nichts. Ich habe Ihre Frau auf dem Revier gesehen und mir gedacht, dass jemand, der so lang in Murau lebt, sicher einiges weiß.“

„Was denn zum Beispiel?“

„Kennen Sie einen Florian Chlapec?“

„Sagt mir im Augenblick nichts“, meinte Winkler und fuhr mit dem Einräumen der Lebensmittel fort.

„Chlapec ist der Name des Ehepaars, das ihn adoptiert hat“, sagte Schäfer, „das muss Anfang der Siebziger gewesen sein. Wie der Junge davor geheißen hat, weiß ich nicht.“

„Aber das müsste doch die Bezirkshauptmannschaft wissen …"

„Wahrscheinlich", gab Schäfer zu, „kennen Sie dort jemanden?"

„Ja … den Wirz … der ist jetzt auch schon in Pension, aber wenn es schon so lang her ist …"

„Haben Sie eine Nummer von ihm?"

„Warten Sie einen Moment." Winkler ging hinaus und kam einen Augenblick später mit einem Adressbuch zurück.

„Wagner, Wunderlich, Wasserrettung, Wildbachverbauung … was meine Frau da alles aufschreibt … da: Wirz. Soll ich ihn anrufen?"

„Wenn es Ihnen nichts ausmacht …"

Winkler nahm das Telefon und tippte die Nummer ein.

„Hans? … Servus, der Hubert … Ja, bestimmt … Nein, da lasst mich die Anna nach letztem Jahr nicht mehr hin … Genau … Sag: Hast du einen Moment Zeit, dass du vorbeischaust? … Da ist nämlich ein Polizist aus Wien bei uns, der will was wissen über einen Bub, der adoptiert worden ist … Anfang der Siebziger, sagt er … Ja … Jederzeit … Dann decke ich für einen mehr auf … Bis gleich … Servus."

Er legte auf und sah Schäfer zufrieden an.

„In zwei Stunden kommt er vorbei … muss davor noch seinen Zaun herrichten … essen wir halt einmal später … aber der kann Ihnen sicher weiterhelfen … der hat ein Gedächtnis wie ein Rabe …"

„Hat ein Rabe so ein gutes Gedächtnis?"

„Ja, was glauben Sie … die Viecher, die vergessen nichts …"

„Aha", meinte Schäfer, den erneut die Müdigkeit übermannte. „Sagen Sie: Gibt's hier in der Nähe eigentlich eine Pension, wo ich mir ein Zimmer nehmen kann?"

„Wir haben auch Zimmer", erwiderte Winkler, „also, wir sind jetzt keine Pension … offiziell …"

„Ich bin auch nicht von der Gewerbeaufsicht", sagte Schäfer, „ich würde mich nur gern ein, zwei Stunden hinlegen … letzte Nacht bin ich nicht dazu gekommen …"

„Ja dann." Winkler wirkte sichtlich erleichtert. „Anna!"

Zehn Minuten später bezog Schäfer eine Kammer unter dem Dach, die ihn augenblicklich an einen Film erinnerte, den er kürzlich gesehen hatte: Es war um eine Weinbäuerin gegangen, die sich in einen Partisanen verliebt und diesen am Dachboden versteckt hatte. Ein schmales Einzelbett, ein Waschbecken und ein riesiger Schrank, den Schäfer sich erst gar nicht zu öffnen traute – aber Gepäck hatte er ohnehin keines.

Er öffnete das Fenster und zündete sich eine Zigarette an. Die Aussicht war in Ordnung: der Schlossberg, die Altstadt ... er nahm das geliehene Telefon aus der Tasche, wählte die Nummer der Sicherheitsdirektion und ließ sich mit Bergmann verbinden.

„Sagen Sie mir was Gutes, Bergmann."

„Bruckner ist okay ... zwei Rippen gebrochen und zwei Schrotkugeln im Arm ... die neuen Westen scheinen wirklich besser zu sein ..."

„Danke!" Schäfer atmete laut aus.

„Das Tragische ist, dass Maurer laut Bruckner gar nicht auf ihn schießen wollte ... er hat ihm das Gewehr hingehalten, dann hat sich ein Schuss gelöst ... Bruckner ist durch die Scheibe geflogen ... tja ... und dann gab's kein Halten mehr ... wobei wir eigentlich verdammtes Glück gehabt haben ..."

„Na, Hauptsache Bruckner geht es gut ..."

„Das natürlich auch ... aber ich habe jetzt die Tankstelle gemeint: Dass die bei dem Beschuss nicht in die Luft geflogen ist, grenzt an ein Wunder ..."

„Daran habe ich noch gar nicht gedacht ... Herr im Himmel, das hätte wirklich in die Hose gehen können ... hat der Maurer irgendwas gesagt?"

„Ja ... dass es nicht seine Idee war ... "

„Keinen Namen, nichts?", seufzte Schäfer resigniert.

„Nichts ... dass es ihm leidtut ..."

„Das hilft mir jetzt auch nicht weiter. Ich bleibe über Nacht hier, Bergmann ... treffe mich später mit einem von der BH, der sich vielleicht an die Adoption erinnern kann."

„Erreiche ich Sie unter dieser Nummer?"

„Ja … und tun Sie mir bitte einen Gefallen: Rufen Sie am Posten in Murau an und sagen Sie den Kollegen, dass es Bruckner gut geht …“

„Mache ich … passen Sie auf sich auf!“

Schäfer warf die Zigarette mangels Aschenbecher in den Garten hinaus, schloss das Fenster und legte sich aufs Bett. Ein paar Minuten später stand er wieder auf, öffnete die Tür, horchte in den Gang hinaus, machte die Tür wieder zu und drehte den Schlüssel um.

Die Federn der Matratze quietschten, eine drückte ihm in den Rücken und er wälzte sich herum, bis er eine erträgliche Position gefunden hatte.

„Da haben sie es ja bei uns in der U-Haft besser“, murmelte er und schlief bald darauf ein.

Da sie zu viert waren, hatte Herr Winkler aus den drei Schnitzeln kurzerhand Geschnetzeltes gemacht. Dazu gab es Kartoffelrösti und grünen Salat. Schäfer schmeckte es ausgezeichnet. Er fragte sich, ob Frau Winklers abschätziger Kommentar über die Kochkünste ihres Mannes daher rührte, dass sie noch viel besser kochte, oder weil er selbst mit hausgemachter Kost nicht eben verwöhnt war.

„Fantastisch“, schmatzte Schäfer, „lange nicht mehr so gut gegessen.“

„Jetzt übertreiben Sie aber, Herr Inspektor“, meinte Frau Winkler.

„Hättest du halt kochen müssen“, erwiderte ihr Mann grinsend.

„Also die Frau“, brachte sich Wirz, der ehemalige Mitarbeiter der Bezirkshauptmannschaft, ein, „das muss die Franziska Mautner gewesen sein … sonst fällt mir keine ein, die zu der Zeit einen Buben zur Adoption freigegeben hat.“

Wäre es jetzt allzu unhöflich, aufzustehen und Bergmann anzurufen? Schäfer blieb sitzen.

„Warum hat sie ihn nicht behalten?“, wollte er wissen.

„Ja … das war so eine Geschichte … sie war selber ein lediges Kind und ihre Mutter ist früh gestorben … also waren auch keine Großeltern da ... und dann hat sie in Graz gearbeitet und dürfte da in die falschen Kreise gekommen sein ..."

„Welche Kreise?"

„Gesagt hat man, dass Sie sich prostituiert hat ..."

„Und das Kind war ..."

„Nein ... das war ziemlich sicher von einem Slowenen, der im Werk in Donawitz gearbeitet hat ... den haben sie abgeschoben wegen irgendwelchen Drogengeschichten ... das weiß ich nicht genau ..."

„Wie hat der geheißen?"

„Pah ... da fragen Sie mich jetzt zu viel ... Toma, glaub ich ... oder Tomislav ..."

„Ja", erinnerte sich Frau Winkler, „das war ein fescher Kerl ... ganz ein dunkler, aber ganz blaue Augen ..."

„Kennen Sie den Nachnamen?"

„Nein ... die Franziska hat keinen Kindsvater angegeben ... da müssten Sie in Donawitz nachfragen ..."

„Wenn er vorbestraft war, wird sich schon was finden", meinte Schäfer und ließ sich Bier nachschenken.

Bevor Winkler die Nachspeise auftischte, ging Schäfer vors Haus, um mit Bergmann zu telefonieren. Er teilte ihm den Namen von Chlapecs Mutter mit und bat ihn zu versuchen, etwas über dessen Vater herauszufinden. Was es in Wien Neues gäbe. Sie hätten Maurers Werkstatt und die Wohnung durchsucht und dort den Pass des Schweizers gefunden. Wilhelm Reust, achtundzwanzig, geboren in Bern. Sobald sie Zeit dafür hätten, würden sie sich mit den Schweizer Kollegen in Verbindung setzen, um seine Familie ausfindig zu machen. In seinem Fluchtwagen hätten sie außerdem eine Waffe sichergestellt: eine alte Walther, vermutlich eine Wehrmachtspistole. Bingo, das musste die Waffe sein, mit der Irene Chlapec in Budapest ermordet worden war. Ab in die Ballistik damit. Irgendwelche Hinweise auf den Komplizen? Nein, dafür hätten sie jetzt auch nicht wirklich Zeit. Die Medien spielten verrückt, das Feuerwerk an der Tankstelle lief alle zehn Minuten auf irgendeinem Sender. Wildwest-Methoden bei der Wiener Polizei, Verdächtiger stirbt im Kugelhagel, Dauerfeuer trotz höchster Explosionsgefahr. Die würden sich bald wieder beruhigen, meinte Schäfer. Schließlich hätten sie einen der beiden geschnappt; und wenn jemand auf einen Polizisten schießt, kann es schon passieren, dass ein paar Sicherungen fliegen, da braucht sich keiner darüber zu wundern. Bergmann sollte sich keine Vorwürfe machen und lieber ein gutes Glas Wein trinken – das hätte er sich verdient.

Zum Nachtisch gab es Bratäpfel mit Preiselbeeren und Vanillesauce. Schäfer aß zwei Stück und verlor sich wieder einmal in Hirngespinsten über eine Versetzung aufs Land. Gleich nach dem Essen verabschiedete sich Wirz und versprach Schäfer, am nächsten Tag bei einem ehemaligen Kollegen nachzufragen, ob der etwas über Chlapecs Vater wüsste. Zusammen mit Herrn Winkler räumte Schäfer den Tisch ab. Danach sahen sie sich im Wohnzimmer die Nachrichten an. Mit einem Kloß im Hals und Gänsehaut am ganzen Körper verfolgte Schäfer den Einsatz an der Tankstelle. Wie der Hundert-Kilo-Mann Bruckner durch die Scheibe des Verkaufsraums geschleudert wurde; wie die Polizisten das Feuer eröffneten; alles in Trümmer und Fetzen schossen; Maurer, der wie unter Stromstößen zusammenbrach; sie hatten wirklich komplett die Kontrolle verloren; und obwohl es im Nachhinein ohnehin unmöglich war, festzustellen, wer von ihnen den ersten Schuss abgegeben hatte, würde es eine langwierige interne Ermittlung geben, das stand für Schäfer außer Frage. Die Winklers gingen nach den Nachrichten ins Bett – er solle jedoch bitte so lang aufbleiben und fernsehen, wie er wolle; wenn er Hunger oder Durst hätte, solle er sich bedienen.

Schäfer wünschte ihnen eine gute Nacht und streckte sich auf der Couch aus. Hoffentlich würden die beiden jetzt keine Albträume haben. Er nahm die Fernbedienung, um nach einem harmlosen Film zu suchen. Leider gab es nur drei Sender, also ließ er eine deutsche Serie laufen, die ihn bald mehr ärgerte als ablenkte. Er hatte aber auch keine Lust, auf sein Zimmer zu gehen und Weberknechte zu zählen. Also ging er in die Küche, nahm eine lokale Zeitung, die auf der Eckbank lag, und blätterte sie durch. Eigentlich sollte er seinen Laptop holen und den Stand der Dinge festhalten. So wie er im Moment arbeitete, waren Fehler unausweichlich. Erster Preis des Fleckviehzüchterverbands ... schöne Kuh, da gab es nichts zu bemängeln ... der Inspektor, der Frau Winklers Anzeige aufgenommen hatte, war beim Skirennen auf dem Kreischberg Dritter geworden ... auf dem Bild in der Zeitung wirkte er viel jünger als in Uniform ... die schienen hier tatsächlich noch ein Leben außerhalb des Dienstes zu haben ... sollte er Isabelle anrufen? ... Vielleicht machte sie sich ja Sorgen ... hoffentlich ... dann hätte sie aber auch ihn anrufen können ... die Nummer seines neuen Handys hatte sie ... nicht ... aber sie könnte ja Bergmann anrufen ... er wusste ihre Nummer ja auch nicht auswendig ... nein, er war maulfaul ... Einbruch in eine Vereinskantine, Zigaretten und Getränke gestohlen ... tausend Euro Schaden waren auch eine Form der heilen Welt ... Schäfer legte die Zeitung weg und ging zurück ins Wohnzimmer. Blieb ein paar Minuten vor dem Fernseher stehen, schaltete ihn aus, drehte das Licht ab und stieg die enge Holztreppe zu seinem Zimmer hinauf. Er ließ sich angezogen aufs Bett fallen, zog sich die Tuchent über und starrte an die Decke. Maurer war tot. Was würde sein Komplize jetzt machen? Abhauen, sich versteckt halten, völlig durchdrehen? In einem finalen Akt sich selbst umbringen und möglichst viele andere mitnehmen? Verdammt, ein Amoklauf war das Letzte, was sie jetzt noch bräuchten. Wenn ihn sein Aufenthalt hier nicht weiterbrachte, was dann? Dann musste er noch einmal bei den Opfern ansetzen ... bei denen er keine Verbindungen zu Maurer vermutete. Die Ziermanns, sie Lehrerin, er Ministerialbeamter ... die Rudenz ... das war eine Gesellschaftsschicht, in der ein einfacher Mechaniker üblicherweise nicht verkehrte. Die ganzen Beziehungen der Laskas, der Bruder und dessen Verbindungen ... und der Name! ... Ein Mautner war ihm nicht untergekommen ... dass der Junge nach dem Tod seiner Adoptiveltern den Nachnamen des Vaters angenommen hatte, war durchaus möglich ... vielleicht hatte er auch seinen Vornamen geändert ... Thomas... er war im Lauf der Ermittlungen doch irgendeinem Thomas begegnet ... aber wo?... Schäfer stand auf, ging zum Waschbecken und schluckte eine Tablette. Dann zog er sich bis auf die Unterwäsche aus und legte sich wieder hin. Er schloss die Augen. Das Licht ließ er an.

37

Gleich nach dem Frühstück machte sich Schäfer auf den Weg zur Bezirkshauptmannschaft. Über der Stadt hing dichter Nebel, dazu blies ein feuchtkalter Wind, der aus allen Richtungen zu kommen schien. Es waren kaum Menschen auf der Straße. Als Schäfer bei der Bezirkshauptmannschaft ankam und die Tür verschlossen vorfand, wusste er auch, warum: Samstag, kein Parteienverkehr. In der Hoffnung, dass irgendein Beamter liegengebliebene Akten abarbeitete, ging er einmal ums Gebäude – umsonst. Was sollte er jetzt tun? Einen Beamten aus dem Wochenende holen und zwingen, das Archiv nach über dreißig Jahre alten Unterlagen zu durchforsten, auf der Suche nach dem Namen eines Mannes, der dort vielleicht gar nicht zu finden war? Noch dazu ohne die Bewilligung der Staatsanwaltschaft. Übers Wochenende hierbleiben? Unvorstellbar – die Gegend hatte wohl nicht umsonst eine der höchsten Selbstmordraten. Er machte kehrt und ging Richtung Bahnhof. Als er am Revier vorbeikam, überlegte er, seinen Kollegen das Telefon zurückzugeben; doch dann könnte ihn Wirz nicht erreichen; das wollte er nicht riskieren. Der Zug nach Unzmarkt fuhr um zehn Uhr dreißig – Schäfer blieb noch gut eine Stunde, die er im Bahnhofsbuffet verbringen wollte, wo die drei einzigen Gäste sich langsam, aber sicher in den Selbstmord zu trinken schienen: Bier und Schnaps am Morgen; Schäfer bestellte einen doppelten Espresso und ein Mineralwasser und setzte sich an den hintersten Tisch. Ob sie eine aktuelle Tageszeitung hätten, fragte er die Kellnerin. Ohne ihm zu antworten, griff sie unter den Tresen und brachte ihm die „Kleine Zeitung".

Auf der Titelseite war ein Foto abgebildet, das Bruckner beim Sturz durch die Scheibe zeigte; verzerrt und unscharf; offensichtlich mit einem Mobiltelefon aufgenommen. Schäfer schlug die Zeitung auf und las den Bericht, der sich über vier Seiten erstreckte.

Maurers Geschichte – oder was die Medien in der kurzen Zeit über ihn herausgefunden hatten – war in einem eigenen

Kasten abgedruckt. Bis auf ein Sittlichkeitsvergehen Anfang der Neunziger hatte er einen einwandfreien Leumund. Wollte Schäfer der Zeitung Glauben schenken, war Maurer einmal angezeigt worden, einen Fünfzehnjährigen verführt zu haben. Er war mit einer bedingten Strafe davongekommen. Maurer ein Homosexueller ... lag darin die Abhängigkeit, in der er sich von seinem Komplizen befunden hatte? Schäfer legte die Zeitung weg und ließ seinen Blick durchs Lokal schweifen. Einer der Männer, die an der Bar standen, hatte offenbar genau darauf gewartet. Er schwankte auf Schäfers Tisch zu, griff sich mit beiden Händen an den Gürtel und fragte, ob ihm irgendetwas hier nicht passe. Obwohl Schäfer solche Situationen schon hunderte Male ohne Aggressionen bewältigt hatte, schoss ihm diesmal sofort das Adrenalin in den Körper. Er wusste nicht, was er erwidern sollte; schaute dem Mann nur in die Augen, als könnte der es wissen. Davon fühlte sich dieser allerdings nur bestätigt, trat noch näher heran und stützte sich mit den Fäusten auf die Tischplatte. Schäfer griff langsam ins Jackett, zog seine Dienstwaffe und richtete sie mit zitternden Händen auf den Mann. Als die Kellnerin umgehend zum Telefon griff, schrie er sie an, dass sie sofort den Hörer auflegen solle. Einige Minuten hörte man nur eine volkstümliche Band aus dem Radio jodeln. Dann stand Schäfer auf, schickte den Mann mit einem Wink der Waffe an die Bar zurück und bestellte die Rechnung. Während die Kellnerin ängstlich auf ihn zukam, holte er seinen Ausweis heraus und hielt ihn ihr vors Gesicht. Er bezahlte und verließ das Lokal ohne ein Wort. Am Bahnsteig setzte er sich auf eine Bank und legte das Gesicht in die Hände. Was war da eben passiert? Er sollte zurückgehen und dem Arsch das Gesicht einschlagen. Stattdessen drückte er die vorletzte Tablette aus dem Blister und schluckte sie trocken hinunter. Zwanzig Minuten später fuhr der Zug ein. Schäfer stieg ein, suchte sich ein leeres Abteil und versuchte, sich zu beruhigen. In Unzmarkt musste er nur fünfzehn Minuten auf den Anschlusszug nach Wien warten. An einem Automaten kaufte er eine Flasche Orangensaft und ging rauchend am Bahnsteig auf und ab. Bergmann anzurufen, täte ihm bestimmt gut.

Er konnte sich nicht dazu durchringen; er schämte sich, fühlte sich als Versager, weil er seine Waffe gebraucht hatte, um sich gegen einen Dorftrottel durchzusetzen; wenn er ihn wenigstens erschossen hätte ... er hasste es ... diese Gegend, diese beschissenen Gewalttäter, diesen Beruf ... er drehte die Saftflasche auf und schluckte auch noch die letzte Tablette.

Nachdem er ein leeres Abteil gefunden hatte, wartete er, bis der Zug abfuhr, und rief dann die Auskunft an, um Isabelles Nummer zu bekommen. Leider nicht möglich – Geheimnummer. Selbst sein Hinweis, dass er Polizist war, half ihm nicht weiter. Er überlegte, wen er noch fragen könnte. Als er sich entschloss, Bergmann anzurufen, hatte er abermals keinen Empfang.

Die folgenden Stunden dämmerte er zwischen Ohnmacht, nervöser Erregung und debiler Apathie. Mithilfe der Tabletten war es ihm gelungen, seine emotionalen und organischen Funktionen halbwegs unter Kontrolle zu halten – ein Notstromaggregat, das ihn jedoch nur vorübergehend vor dem Zusammenbruch des Systems bewahrte, so viel war ihm bewusst. Würde das vorbei sein, sobald er den zweiten Mann gefasst hätte? Oder war es genau das, was ihn überhaupt noch aufrecht hielt? Kurz vor Wien rief ihn Isabelle an. Ihr neutraler Tonfall brachte ihn auf. Warum war sie nicht wütend oder besorgt oder beides? Wo er denn wäre und was er dort mache, war das Einzige, das sie wissen wollte. Als ob sie seine Vorgesetzte wäre, der er Rechenschaft schuldig war. Er stand vor der Wahl, wie ein Kind loszuheulen oder sie schroff abzuwehren.

„Nichts ... Ich mache meine Arbeit ... da kann ich euch nicht jeden meiner Schritte mitteilen ... außerdem hat Bergmann gewusst, wo ich bin ... und dank deiner Geheimnummer bist du auch nicht gerade einfach zu erreichen ... Ja, mache ich ... Versprochen ... Bis bald."

Großartig. So sehr er sich nach Nähe und Geborgenheit sehnte, so wenig konnte er es sich vorstellen, jetzt bei ihr zu sein. Er wollte nicht reden ... es war zu groß und zu mächtig, um es in Worte zu fassen ... wenn er sich selbst nicht verstand ... nein, er wollte allein sein. Als er am Südbahnhof aus dem Zug stieg, befürchtete er schon, dass Isabelle oder Bergmann am Bahnsteig stünden, um ihn abzuholen. Niemand erwartete ihn. Er ging durch die Bahnhofshalle, kaufte sich ein Sandwich und eine Schachtel Zigaretten und hielt auf dem Vorplatz nach einem Taxi Ausschau. Warum er den Fahrer nach ein paar Minuten anwies, nach Hütteldorf statt zu seiner Wohnung zu fahren, wusste er selbst nicht zu beantworten. Intuition, würde er später sagen; dass Maurers Komplize sich nach dessen Tod und ihrem gescheiterten Spiel dorthin zurückziehen würde, wo sie in ihrer Jugend laut dem Schulwart immer wieder anzutreffen gewesen waren. Das war die logische Erklärung. Die weniger rationale: Schäfer sehnte sich nach Ruhe. Doch nicht nach dem warmen Komfort seiner Wohnung. Er sehnte sich nach einer Höhle, wie sie ein Bär während des Winterschlafs behauste. Dass der Schnee und die Kälte ihn einhüllten, seinen Pulsschlag herabfuhren, sein Denken ausschalteten und ihn in ein langes unbekümmertes Koma voll bunter und friedlicher Träume sinken ließen.

„Wohin genau?", wollte der Taxifahrer wissen.

„Linzer Straße, Ecke Rosentalgasse."

Schäfer bezahlte, nahm seine Tasche und stieg aus dem Wagen. Die Straße, die er nun in Richtung Wald ging, hatten wahrscheinlich auch Maurer und sein Freund genommen, wenn sie von der Schule kamen. Eine Sackgasse, die entlang eines schmalen Bachs, der kaum Wasser führte, und überdacht von den riesigen Kronen alter Ahornbäume bis an den Waldrand führte, wo ein Schranken die Weiterfahrt auf einem breiten Kiesweg verhinderte. Aufgrund der hohen Bäume schien hier bereits die Dämmerung hereingebrochen zu sein. Zu seiner Linken war ein Spielplatz mit einem bunten Karussell, einem Klettergerüst, einer Wippschaukel und zwei Hängeschaukeln, die der Wind sachte hin und her bewegte. Eine Joggerin kam ihm entgegen, gefolgt von einem Golden Retriever, der Schäfer freundlich beschnüffelte. Er kraulte ihm den Kopf, was er beim Weitergehen augenblicklich bereute. Nasser Hund – er hob ein paar Blätter vom Boden auf und rieb sich die Hände ab.

Der Weg wurde schmaler und begann leicht anzusteigen; auf der nächsten Anhöhe wusste Schäfer den Teich, aus dem sie vor ein paar Jahren einen Selbstmörder gefischt hatten. Hatte es hier begonnen? Hatten Maurer und Chlapec, oder wie immer er jetzt heißen mochte, hier ihren mörderischen Pakt geschlossen? In jugendlicher Langeweile Karten gespielt, bis in ihren kranken Köpfen die Idee gereift war, die sie zusammenschweißen und über die anderen erheben würde. Der Anstieg brachte ihn außer Atem; er musste kurz stehen bleiben; jämmerlich, ein Pensionist würde ihn überholen. Dann stand er vor dem Silberteich; Nebelschwaden hingen über dem schwarzen Wasser; eine einsame Stockente beeilte sich, nach Hause zu kommen. Auf einer Bank am gegenüberliegenden Ufer sah Schäfer einen Mann sitzen – Hände in den Manteltaschen, eine schwarze Mütze auf dem Kopf; ein trauriges Bild. Was mit uns ringt, wie ist das groß, fiel Schäfer eine Gedichtzeile von Rilke ein, als er langsam auf den Mann zuging. Sein Telefon läutete. Schnell griff er in die Innentasche seines Jacketts – in dieser fast heiligen Stille war ihm das penetrante technische Fiepen peinlich.

„Ja, Schäfer ...", sprach er leise ins Telefon und scharrte mit einem Schuh im Kies. Der Mann gegenüber stand auf und kam auf Schäfer zu.

„Herr Schäfer, hier ist Wirz, Sie wissen schon, aus Murau ..."

„Natürlich, Herr Wirz, ist ja noch nicht so lang her ..."

„Ich habe einen alten Bekannten angerufen, der mit dem Toma in Donawitz im Werk war ..."

„Ja ... und?", fragte Schäfer ungeduldig.

„Der Mann heißt ..."

„Lopotka ...", ergänzte Schäfer tonlos, „Herr Wirz, ich muss auflegen."

Er brach das Gespräch ab und ließ das Telefon sinken.

„Welch Überraschung." Der Anwalt der Laskas sah ihn an und deutete ihm mit seiner Waffe, die Arme zu heben. Mit der Linken griff er unter Schäfers Jackett, knöpfte das Holster auf und zog die Glock heraus.

„Gehen wir ein Stück“, sagte Lopotka freundlich, während Schäfer sich nahe einer Ohnmacht fühlte.

„Macht es Ihnen was aus, wenn wir uns hinsetzen? Ich fühle mich ein wenig schwach.“

„Die Bank da hinten.“ Lopotka drückte ihm die Waffe in den Rücken.

Langsam gingen sie um den Teich herum, bis sie beim Zufluss ankamen, wo sie sich auf eine unter zwei Weiden versteckte Bank setzten. Ein paar Minuten saßen sie schweigend da und starrten aufs Wasser hinaus.

„Was machen Sie hier?“, drehte sich Lopotka zu ihm hin.

„Ich weiß es nicht“, antwortete Schäfer wahrheitsgemäß, „Maurer war früher öfters hier ... mit Ihnen?“

„Sie sind mehr als seltsam, Schäfer ... erst hetzen Sie mir die halbe Polizei auf den Hals, lassen sich unter Personenschutz stellen ... und dann kommen Sie allein hierher ... sind Sie lebensmüde?“

„Woher hätte ich wissen sollen, dass ich Sie heute hier antreffe ... ist ja nicht gerade die Jahreszeit für einen lauschigen Abend am Teich ...“

„Ich nehme an, dass es bei mir zu Hause und in der Kanzlei bald auch nicht mehr so gemütlich sein wird ...“

„Das war nur eine Frage der Zeit ...“

„Das war keine Frage der Zeit!“, wurde Lopotka lauter, „Sie waren das! Die Karte im Wagen ... die Presse ... das ganze Ermittlungsteam ...“

„Woher wissen Sie das?“, blieb Schäfer sachlich.

„... da wäre niemand draufgekommen ...“ Lopotkas Hände begannen zu zittern. „... die Laura, das dumme Luder ... wen hätte es gewundert, wenn die sich selbst ersäuft ...“

„Und Sie nennen mich seltsam ...“, meinte Schäfer und legte die Hände in den Schoß. „Als Anwalt sollten Sie schon wissen, was die Polizei tut ...“

„Nichts hätte sie getan ... bei dem Junkie nicht, bei meiner beschissenen Adoptivmutter nicht, bei Laura nicht ...“

„Und Sonja Ziermann?“

Lopotka sah Schäfer verwundert an und schüttelte den Kopf.

„Sie glauben wirklich an dieses Spiel ...", sagte er halb amüsiert, halb verzweifelt. „Das nennt man wohl Ironie des Schicksals ... ein perfekter Mord ... und dann kriegt man uns dran, weil sich irgendwer einbildet ... übrigens muss ich Sie jetzt bitten, Ihr Telefon ins Wasser zu werfen ..."

„Wie Sie meinen." Schäfer griff in die Manteltasche und schleuderte das Telefon weit in den Teich hinaus. „Und jetzt?"

„Und jetzt ..." Lopotka versank in Gedanken.

„Warum eigentlich Schnapskarten?", wollte Schäfer wissen.

„Hören Sie auf", antwortete Lopotka nach minutenlangem Schweigen, „hören Sie auf mit diesen lächerlichen Spinnereien ... ich habe Ihnen schon gesagt, dass es nie ein Spiel gegeben hat ... haben Sie sich das zusammengereimt oder irgendein anderer Verrückter?"

Schäfer schaute auf den Teich hinaus. Warum sollte Lopotka ihn belügen? Eben hatte er den Mord an Laura Rudenz und seiner Adoptivmutter gestanden.

„Sie haben sich sehr nahe gestanden ... Karl und Sie."

„Vergleichsweise ... ja ..."

„Zwei Kinder, die ohne ihre leiblichen Eltern aufwachsen mussten ... Karl nur mit seinem Großvater ... und sobald Sie sich irgendwo halbwegs eingelebt haben, ziehen Ihre Eltern weiter und entwurzeln Sie wieder ..."

„Was soll das psychologische Geschwafel?", erwiderte Lopotka wütend, „glauben Sie, dass ich diese Tricks nicht durchschaue? In das Gegenüber einfühlen, Mitgefühl zeigen ... ich bin Anwalt ..."

„Ich versuche nur zu verstehen", entgegnete Schäfer. Er hauchte auf seine Hände und begann seine Zehen anzuziehen und wieder auszustrecken. Was hatte Lopotka vor? Gemeinsames Erfrieren?

„Warum Ihre Mu... Ihre Adoptivmutter?", wandte er sich an Lopotka, der mit der Waffe in seinen Händen spielte.

„Geld. Er war ohnehin knapp vorm Abkratzen ... aber sie ... die hätte bestimmt noch dreißig Jahre durchgehalten ..."

„Und Maurer hat da ohne Skrupel mitgespielt?"

„Skrupel ... keine Ahnung ... ja, schon ... aber Karl hat immer gemacht, was ich ihm sage ..."

„Er hat Sie geliebt", rutschte es Schäfer heraus.

„Sie schweigen jetzt", erwiderte Lopotka und hielt ihm die Waffe an den Kopf. „Diese beschissenen Stricher ... dieser verdammte Schweizer ... ich habe ihm gesagt, dass er da einmal Schwierigkeiten bekommt ... und dann kratzt der tatsächlich in seiner Wohnung ab ..."

Schäfer wollte etwas sagen, doch er war zu müde. Der Park begann im Dunkel zu versinken. Unwahrscheinlich, dass um diese Uhrzeit noch jemand vorbeikam. Der noch dazu misstrauisch werden und die Polizei informieren würde, anstatt einen weiten Bogen um die zwei Männer zu machen. Warum hatte er niemanden über sein Vorhaben informiert? Wie dumm konnte man sein?

„Die Bücher...?", fragte er langsam, mit geschlossenen Augen. Er durfte nicht einschlafen.

„Die Bücher...", wiederholte Lopotka und schüttelte den Kopf. „Laura hat über den Mord an Irene gelesen ... wir haben darüber geredet ... ich habe ihr gesagt, dass das meine Adoptivmutter war ... keine Ahnung, warum ... dann hat die Fragerei angefangen: Aber wieso hast du deinen Namen geändert, wer sind denn deine wirklichen Eltern ... dieses hysterische Weib ..."

„Und dann die Badewanne ... aus dem anderen Buch ..."

„Genial, oder? Sie hat mir selbst verraten, wie ich sie loswerden kann, ohne dass irgendein Verdacht auf mich fällt ... ich sitze im Wagen, warte, bis ihr vertrottelter Mann zu seiner Schnepfe fährt ... dann sehe ich, dass im Bad Licht angeht ... ich warte noch eine Viertelstunde, marschiere ins Haus ... sie hat sich so gut wie gar nicht gewehrt ... ging alles ziemlich schnell ..."

„War das Kind, das sie verloren hat, eigentlich von Ihnen?", wollte Schäfer wissen.

„Kann sein ... ihr Mann ..."

„Warum haben Sie ihn umgebracht?"

„Wieso soll ich ihn umgebracht haben?“, fragte Lopotka und schaute Schäfer verwundert an. „Ah, Sie kommen von dem Spiel nicht weg ... Sie Trottel ... wegen so was fliegt das alles auf ...“

„Und jetzt?“

„Ich weiß, was wir jetzt machen“, meinte Lopotka bitter amüsiert, „wir bleiben einfach hier sitzen ...“

„Sie können mich mal“, erwiderte Schäfer, stand auf und wankte langsam davon.

Nach zehn Metern wurde ihm schwindlig, er sah die Umrisse der Baumkronen, dann brach er zusammen. Am Rande seines Bewusstseins nahm er wahr, wie Lopotka ihn an den Beinen packte und über die Erde schleifte.

Während sein Kopf über die Wurzeln schlug, überkam ihn eine warme Ruhe, ein gleichgültiges Glück, wie er es lang nicht mehr erlebt hatte. Hans Albrecht kam ihm in den Sinn, der schrullige Antiquar vom Alberner Hafen, und was er zu ihm gesagt hatte: Der Tod erinnert einen auch an das Leben. Dann fiel ihm der Traum ein, den er Tage zuvor in seinem Vorraum geträumt hatte: der Laternenmarsch der kleinen Kinder zum St.-Martins-Tag. Das Lied, jetzt verstand er es in seiner ganzen Bedeutung. Er zwang sich, seine Lider einen Spalt weit zu öffnen, um den Himmel zu sehen. Dort oben leuchten die Sterne, hier unten leuchten wir. Mein Licht ist aus, ich geh nach Haus. Rabimmel, rabammel, rabumm.

38

Schäfer verkniff sich die Frage, ob er schon im Himmel wäre. Damit würde er der Krankenschwester, die neben ihm stand und seinen Blutdruck maß, bestimmt nur ein erzwungenes Lächeln entlocken. Doch die Wärme, die Ruhe, die reinen weißen Laken, die Manschette, die sich um seinen Arm presste und ihm ein Gefühl von Geborgenheit gab; Bergmann und Isabelle, die sich nun aus ihren Besuchersesseln erhoben und ihm unsicher zulächelten – so würde sich der Himmel durchaus ertragen lassen.

„Wo ist Lopotka?“, wandte er sich an Bergmann, nachdem die Krankenschwester das Zimmer verlassen hatte.

„Tot.“

„Warum?“

„Er ist in den Teich gegangen.“

„So ... und was war mit mir?“

„Er hat Sie auf den Steg gelegt und mit seinem Mantel zugedeckt ...“

„Wie haben Sie mich überhaupt gefunden?“

„Herr Wirz aus Murau hat uns angerufen ...“

„Der Wirz ... dem schulde ich was ...“

„... dann haben wir geschaut, welche Sendestation Ihren letzten Anruf übertragen hat ... den Rest hat die Hundestaffel erledigt ...“

„Ich Idiot ...“

„Ganz meine Meinung“, stimmte ihm Isabelle zu und schluckte den nächsten Satz hinunter.

„Wie haben Sie überhaupt gewusst, dass Sie ihn dort finden?“

„Das habe ich gar nicht“, gähnte Schäfer, „der Holzleitner hat mir gesagt, dass sich Maurer und Lopotka immer wieder am Silberteich getroffen haben ... ich wollte mir das ansehen ... habe mir gedacht, dass sie vielleicht dort immer noch ihren Spielplatz haben und sich ...“

„Ihre Opfer aussuchen?“, fragte Bergmann.

„Tja ... diesbezüglich habe ich inzwischen meine Zweifel“, gab Schäfer zu. „Lopotka hat den Mord an Laura Rudenz gestanden. Und dass er seinen Freund Maurer überredet hat, seine Adoptivmutter Irene Chlapec zu töten ... damit er schneller an das Erbe kommt ... aber von einem Kartenspiel wollte er partout nichts wissen ..."

„Sie glauben, dass ..." Bergmann hörte mitten im Satz auf.

„Was weiß ich ..." Schäfer seufzte. „Laut Lopotka ist der Schweizer in Maurers Wohnung an einer Überdosis gestorben ... dann haben sie ihn wahrscheinlich gemeinsam zum Exelberg verfrachtet ... und von Sonja Ziermann wollte er überhaupt nichts wissen ..."

„Sehr seltsame Geschichte", meinte Isabelle.

„Hmh", machte Schäfer. „Ich weiß nicht, warum er lügen hätte sollen ... ob er jetzt zwei Morde gesteht oder vier ... wenn er sich sowieso umbringen will ..."

„Vielleicht, um Sie zu ärgern", mutmaßte Bergmann.

„Nein ... das glaube ich nicht ... er hat einen sehr ehrlichen Eindruck gemacht ..."

„Ein richtiges Gespräch unter Männern", witzelte Isabelle, was Schäfer mit einem Schulterzucken kommentierte.

„Bleibt noch die Frage nach Matthias Rudenz ...", meinte Bergmann.

„Was ist mit dem Wagen von der Frau von Leo Laska?", wollte Schäfer wissen.

„Haben wir noch keine Ergebnisse ... sollten aber in den nächsten Tagen kommen ..."

„Wie geht's eigentlich ..."

In dem Moment ging die Tür auf und Oberst Kamp trat ein. Er hielt einen pathetisch großen Strauß weiße Callas in der Hand, den er auf dem Beistelltisch ablegte, bevor er sich über Schäfer beugte und ihn an sich drückte.

„Verdammt, Major", tönte er, „einen Monat früher und wir hätten uns ein Zimmer teilen können."

„Dann hätte es bestimmt hier einen Mord gegeben", meinte Schäfer lächelnd.

„Na na, jetzt übertreiben Sie nicht ... wir kommen doch ganz gut miteinander aus ..."

„So habe ich das auch nicht gemeint. Eher dass ... also, wenn wir beide längere Zeit irgendwo sind, dann hätten wir sicher bald einen Fall am Hals ... Patient stirbt unter mysteriösen Umständen ...“

„Du schaust zu viel Columbo“, brachte sich Isabelle ein, worauf sich Kamp überrascht umdrehte.

„Ihr duzt euch?“

„Ach ...“ Schäfer wusste nicht, was sagen.

„So ein Fall schweißt eben zusammen“, half ihm Isabelle.

„Ja“, meinte Kamp leicht verwirrt, „also: Gratulation jedenfalls ... an Sie alle ... das war ... das war nicht leicht ... draußen wartet übrigens ein Bekannter von Ihnen, ein Journalist ...“

„Gerhard?“

„Kann sein“, erwiderte Kamp, „ich habe ihm gesagt, dass er sich noch ein wenig gedulden muss ...“

„Das wird noch was werden“, meinte Schäfer, „die ganzen Berichte ... die Presse ... die interne ...“

„Kein Problem“, erwiderte der Oberst, „Sie gehen jetzt sowieso auf Urlaub. Für diese administrativen Aufgaben finden wir schon jemanden ... oder, Chefinspektor?“

„Bestimmt“, seufzte Bergmann, „mit dem Personalüberschuss, den wir dank dieses Falls haben ...“

Nach dem Abendessen kam der Oberarzt vorbei und fragte ihn, wie er sich fühle. Müde, erschöpft; aber ansonsten gut; besser als in den letzten paar Wochen. Die Tabletten, die er genommen hatte, wären keine Lutschpastillen, damit müsse er vorsichtig sein. Natürlich. Wann er denn nach Hause gehen könne. Was seinen körperlichen Zustand betraf: am nächsten Tag. Bis auf eine Unterkühlung, eine leichte Gehirnerschütterung und ein paar Abschürfungen war ihm ja nichts passiert. Aber er hätte ganz gerne, dass Schäfer mit dem Psychiater spräche. In seinem ohnehin labilen Zustand; dann so eine traumatische Erfahrung; Todesangst; das sollte er nicht auf die leichte Schulter nehmen. Er hätte ohnehin einen fähigen Therapeuten; mit dem würde er das schon in den Griff kriegen. Der Arzt sah ihn zweifelnd an, wünschte ihm eine gute Nacht und verließ das Zimmer. Gleich darauf griff Schäfer zur Fernbedienung und drehte den Fernseher auf. Die Bilder flimmerten über seine Netzhaut, ohne weitergeleitet zu werden. Er war so müde. Wann würde er sich endlich wieder kräftig und lebendig fühlen? Gut zwei Monate waren vergangen, seit sie Sonja Ziermann am Alberner Hafen gefunden hatten. Monate, die er mehr überlebt als gelebt hatte. War eigentlich seine Dienstwaffe im Schrank? Doch wer sollte ihm jetzt noch etwas anhaben wollen. Für einen Moment hatte Schäfer die Vorstellung, dass Lopotka im Zimmer neben ihm lag: benommen von der Narkose, mit Schmerzen, die kein Opiat würde wegnehmen können. Das verlassene Kind; der heimatlose Junge; der verlorene Mann. Dieses Monster, bemühte sich Schäfer, sein Mitgefühl zu ersticken. Er dachte an die beiden jungen Frauen, die er auf dem Aluminiumtisch der Gerichtsmedizin hatte liegen sehen. Ziermann, der am Verlust seiner Königin zerbrach. Rudenz, dem seine Heirat zuerst Unglück und dann den Tod gebracht hatte. Er trieb in das Reich zwischen Wachheit und Schlaf ab; sah Irene Chlapec, die ihm trotz der Einschüsse in der Brust zulächelte und winkte; als ob ihr erst die Klärung des Falles das Recht gäbe, ins Land der Toten zu gehen; Tränen rannen Schäfer über die Wangen; da war der Schweizer, der die Jackenärmel hochschob und den Motor des Ärztewagens instand setzte; die Hände voll schwarzer Schmiere, die Unterarme voller Einstiche; später würden die Füchse an seiner Leiche nagen. Maurer, den Schäfer nie zu Gesicht bekommen hatte: ein verlorenes Kind, ein verführter junger Mann, ein verzweifelter Liebender. Und Lopotka? In der Stille des Zimmers, die Schäfer jetzt unheimlich erschien, löste sich die Grenze zwischen Schuld und Unschuld. Er weinte. Wegen der scheinbaren Sinnlosigkeit des Sterbens, der er nichts entgegenzusetzen hatte. Wegen der eigenen Verluste, die er nicht benennen konnte.

Er schlief ein und wachte wieder auf, ohne zu wissen, wie spät es war. Dankbar lächelte er die Krankenschwester an, die mit dem Einschalten des Lichts diese endlose Nacht beendete. Es musste vielen so gehen; warum sonst würden sie das Frühstück so früh servieren? Mit großem Appetit machte er sich über den Obstsalat, die frischen Semmeln, das weiche Ei und das Kännchen Kaffee her. Das war doch kein Standardfrühstück; das hatte bestimmt Kamp veranlasst. Nachdem die Schwester das Geschirr abgeräumt hatte, schlich Schäfer in einen Aufenthaltsraum am Ende des Flurs, wo er einen Pfleger um eine Zigarette bat. Die anwesenden drei Männer begegneten ihm mit großem Respekt; ach ja, er hatte diese beiden Mörder überführt; dass die Version, mit der die Medien zurzeit Auflagen schindeten, sich nicht mit der Wahrheit deckte, musste er ja noch niemandem erzählen; ja, er war wohl wieder einmal für kurze Zeit ein Held. Bei der Vormittagsvisite teilte er dem Oberarzt mit, dass er das Krankenhaus verlassen wolle. Dazu müsse er einen Revers unterschreiben; nach medizinischer Auffassung wäre sein Zustand zwar stabil, doch eine psychiatrische Untersuchung unbedingt anzuraten.

„Im Krankenhaus sterben die Leute", meinte Schäfer und stand schon am Kasten, um seinen verdreckten Mantel herauszuholen, „hat schon meine Oma immer gesagt ... die war bestimmt noch verrückter als ich und ist dreiundneunzig geworden."

Der Oberarzt seufzte und gab der Krankenschwester auf, ihm das entsprechende Formular zu bringen.

„Wie heißt Ihr Therapeut?"

„Breuer ... im Neunten."

„Ah", meinte der Arzt erleichtert, „da sind Sie ja in guten Händen."

Als Schäfer auf den Klinikvorplatz trat, brach die Sonne durch den Hochnebel. Er hielt das Gesicht ins Licht und schloss für einen Moment die Augen. Den Radweg entlang schlenderte er zur übernächsten U-Bahn-Station. Stoßzeit – der Bahnsteig war voll von Menschen. Schäfer stieg in die U-Bahn. Er hatte keine Angst.

39

Nicht nur weil er drei Stationen früher ausgestiegen war, erschien Schäfer der Weg ins Kriminalamt wie eine lange, aber geruhsame Wanderung. Er gab sich Zeit, widmete sich seiner Umgebung, die sich dafür mit Augenblicken seliger Wahrhaftigkeit revanchierte. Im Grünstreifen zwischen Straße und Gehweg stand eine Taube inmitten einer kleinen Insel von ausgeschütteten Brotkrumen. Um sie herum vollführten ein paar Spatzen einen aufgeregten Tanz, der die Taube so nervös machte, dass sie den kleinen flinken Vögeln verzweifelt nachtippelte, um sie für den Mundraub zu bestrafen, und darüber selbst das Fressen vergaß. Kurz darauf stürmte ein Retriever heran und machte seine Sicht der Dinge klar. Als Schäfer auf eine Kreuzung zukam, schaltete die Fußgängerampel gerade auf Grün. Er ging langsamer, wartete, bis das Licht blinkte und wieder auf Rot sprang. Die Hände in den Manteltaschen sah er auf der anderen Seite eine junge Mutter, die sich zu ihrer kleinen Tochter hinabbückte und ihr die Nase putzte. Grün. Beim Überqueren des Zebrastreifens achtete er darauf, nur die weißen Felder zu betreten. Die junge Frau sah ihn mit einem unsicheren Lächeln an – erdverkrusteter Mantel und seltsame Spiele, das war wohl etwas zu viel. Das ist kein Dreck, das ist die Gabe des befriedeten Schlachtfelds, murmelte er, die Lorbeeren aus dem Dehnepark – das ist der Schatz vom Silberteich! Schäfer erinnerte sich, wie schaurig erregt sein Bruder Jakob und er vor dem Fernseher gesessen waren, als Winnetou und seine treuen Gefährten auf dem Weg zum Silbersee durch die Schlucht reiten mussten, in der Hunderte heimtückische Schlangen auf ihre Opfer warteten. Und wenn ich auch wanderte im finsteren Todestal, so fürchte ich kein Unglück. Denn Du bist bei mir, Dein Stecken und Dein Stab die trösten mich.

In der Trafik gegenüber dem Kriminalamt, in der Schäfer Zigaretten und Tageszeitungen kaufen wollte, gab ihm der Trafikant mit einem aufgeregten Fuchteln und entsprechender Mimik zu verstehen, dass er bitte warten möge, bis die anderen

Kunden das Geschäft verlassen hätten. Als es zehn Minuten später so weit war – bis dahin hatten sich die Kunden die Klinke in die Hand gegeben –, trat der Trafikant hinter dem Verkaufspult hervor und begrüßte Schäfer, indem er ihm die Hand gab und die andere um seinen Unterarm legte. Was für eine Ehre! Als ob Schäfer nicht fast jeden Tag dort erschiene. Ob er denn gewusst hätte, dass seine Frau mit Mädchennamen Sommer hieß? Na, er könne sich bestimmt vorstellen, wie erleichtert sie jetzt beide seien. Nicht auszudenken! Dass so was in Amerika, wo so was ja an der Tagesordnung wäre ... aber bei ihnen in Wien ... weit ist es gekommen, kein Wunder bei den vielen Ausländern, aber zum Glück gäbe es noch Leute wie ihn, die diesem Gesindel zeigten, wo der Bartl den Most holt. Schäfer brachte weder die Energie auf, den Trafikanten darüber aufzuklären, dass es sich in diesem Fall um zwei heimische Täter handelte, noch zu gestehen, dass die Theorie der Spielkarten so gut wie vom Tisch war, schweigsam lächelnd badete er in den Huldigungen des Mannes, das Geld solle er gefälligst stecken lassen, käme gar nicht in Frage, unter Umständen hatte er seiner Frau das Leben gerettet, mittlerweile drängten sich drei Kunden im Verkaufsraum, denen Schäfer umgehend als Held der Stadt vorgestellt wurde, worauf er sich immer noch höflich lächelnd bedankte und mit dem Hinweis auf die bevorstehende Pressekonferenz verabschiedete.

„Puh", stieß er vor der Trafik einen Seufzer aus ... Held von Wien ... er sah seine heruntergekommene Kleidung an ... wenn ihm ein mitleidiger Fremder eine Münze in die Hand drückte, würde er sich nicht wundern. Als er die Straße überquerte, sah er vor dem Haupteingang des Kriminalamtes eine Traube von Reportern. Was machten die hier? Dass die Pressekonferenz bevorstand, war doch eine Notlüge gewesen. Die hatte doch bereits am Vortag stattgefunden. Er blieb stehen und überlegte. Dann ging er um den Block herum und betrat das Gebäude durch die Tiefgarage. Bis er sein Büro erreichte, verging eine gute halbe Stunde. Händeschütteln, Schulterklopfen, ja, es ginge ihm gut, nein, mit einer Beförderung rechne er unter diesem Polizeipräsidenten nicht wirklich.

„Da hätte ich ja gleich den Haupteingang nehmen können“, begrüßte er Bergmann, „sind ja schlimmer als die Presse, unsere Kollegen.“

„Was machen Sie hier?“, fragte Bergmann gleichzeitig erfreut und vorwurfsvoll.

„Ich arbeite hier ... das weiß doch mittlerweile ganz Wien“, erwiderte Schäfer und warf die Zeitungen auf Bergmanns Schreibtisch.

„Ja ... jetzt bekommen Sie sicher die Stirb-langsam-Kollektion geschenkt ...“

„Höre ich da so was wie Neid heraus?“ Schäfer schmunzelte, während er an der Espressomaschine hantierte.

„Nein“, meinte Bergmann bestimmt, „diese Rolle dürfen Sie gern behalten ... übrigens sitzt Leo Laska bei Bruckner ...“

„Was?“ Schäfer drehte sich abrupt um und verschüttete dabei seinen Kaffee.

„Ja ... wäre möglich, dass er sein Gewissen erleichtern will ...“

„Der Range Rover ...“, schloss Schäfer.

„Der ist tatsächlich kurz nach Rudenz' Unfall repariert worden“, antwortete Bergmann, nahm eine Küchenrolle und wischte Schäfers Kaffee vom Schreibtisch. „Aber Laska ist freiwillig gekommen ...“

„Kommt von den Malediven zurück, seine Schwiegermutter macht ihm die Hölle heiß, weil die Polizei den Wagen beschlagnahmt, der auf ihren Namen zugelassen ist ... und dann sieht er ein, dass es sehr eng wird ...“

„Und mit einem Geständnis bleiben ihm zwei, drei Jahre erspart ...“

„Rudenz ... armes Schwein ...“, sagte Schäfer kopfschüttelnd und setzte sich an seinen Platz. Unschlüssig starrte er auf den schwarzen Bildschirm, als die Tür aufging und Bruckner eintrat. Ohne ein Wort zu sagen, zog er sich den Besucherstuhl heran, legte einen Ausdruck auf den Schreibtisch und sah Schäfer ratlos an.

„Alles in Ordnung bei dir?“, fragte Schäfer, dem ein unentschlossener und kraftlos wirkender Bruckner nicht geheuer war.

„Pff“, stieß Bruckner einen Seufzer aus, „ja und nein ... der Laska kommt angekrochen, als ob ich der Bischof von Canossa wäre, und gesteht, dass er den Rudenz von der Straße abgedrängt hat ... die eigentlichen Verdächtigen sind tot ... wir haben einen uralten Fall von den Ungarn aufgeklärt ... ich blicke da nicht ganz durch ...“

„Polizeiarbeit“, meinte Schäfer und nahm das Vernehmungsprotokoll an sich, „wir wirbeln den Untergrund auf, und wenn das Wasser wieder klar ist ...“

„Das heißt, diese ganze Geschichte mit den Karten ...“, unterbrach ihn Bruckner, worauf Bergmann in seiner Arbeit innehielt und gespannt von seinem Bildschirm aufsah.

„Tja“, erwiderte Schäfer zögerlich, „so, wie es aussieht, war das eine falsche Fährte, die uns dennoch ans Ziel gebracht hat ...“

„Na, du machst mir Spaß“, meinte Bruckner. „Und du glaubst, dass wir damit so einfach durchkommen ... immerhin haben wir einen Mann erschossen, weil wir ihn für einen Serienmörder gehalten haben ...“

„Was willst du? ... Er hat mit einer Schrotflinte auf dich geschossen! Und ohne Weste wärst du ... wie geht’s eigentlich deinen Rippen?“

„Geht schon ... lachen und husten vermeide ich ...“

„Wissen Sie etwas von einer internen Ermittlung?“, brachte sich Bergmann ein.

„Ist meines Wissens längst am Laufen“, erwiderte Bruckner.

„Wovor habt ihr eigentlich Angst?“, wollte Schäfer wissen. „Ist doch gut ausgegangen ...“

Seine beiden Kollegen schauten ihn argwöhnisch an, bevor Bruckner ausführte: „Ähm ... fürs Protokoll: Wir ermitteln in, warte ... fünf angeblichen Mordfällen, gehen von einem Täterduo aus, das seine Opfer nach Spielkarten aussucht, versetzen Tausende Menschen in Todesangst, nur weil sie Herbst oder Winter heißen, bekommen daraufhin vom Ministerium ich will gar nicht wissen wie viel Steuergeld und dann stellt sich heraus, dass alles ein Irrtum war ... dass wir einem Phantom hinterhergejagt sind? Na, deine Ruhe möchte ich haben ...“

„Und?“, erwiderte Schäfer süffisant. „Waren vielleicht wir es, die diese Theorie in die Welt gesetzt haben? Die Presse hat damit angefangen, der Bürgermeister hat entsprechend reagiert, voilà ... warum sollen wir für unsere Arbeit nicht ausnahmsweise einmal die Mittel bekommen, die uns zustehen?“

„Irgendwas verschweigst du uns“, schloss Bruckner, stand auf und griff sich mit schmerzverzerrtem Gesicht an die Rippen. „Auf jeden Fall sollten wir uns noch einmal kurzschließen, bevor uns die Interne in die Mangel nimmt ... adiós muchachos.“

In den folgenden Stunden war Schäfer ausschließlich damit beschäftigt, Anrufe zu empfangen, seine Nichte, seine Eltern, sein Bruder, ein paar Journalisten, die er durchstellen ließ, weil er ihnen einen Gefallen schuldete. Klar ging es ihm gut, alles halb so schlimm, jetzt würde er eine Woche Urlaub nehmen und dann wieder die Stadt von den Kräften des Bösen befreien, hähähä. Er verstand ihre Aufregung nicht, verstand auch nicht, warum sich Bruckner und Bergmann solche Sorgen wegen der internen Ermittlung machten. Sie hatten doch gute Arbeit geleistet: drei Morde aufgeklärt, den Schweizer identifiziert ... was Sonja Ziermann anging ... nun, da hatte es sich wohl wirklich um einen Unfall gehandelt ... auch wenn Schäfer beim Gedanken an ihren Tod immer noch ein ungutes Kribbeln im Hinterkopf verspürte ... doch alles andere: Hereinspaziert, die Schulterklopfer!

Kurz vor fünf, als Schäfer gerade dabei war, das Büro zu verlassen, bekam er überraschend Besuch von Robert Schrammel und seiner Hündin Aurora.

„Wollte nur mal schauen, wie’s dir geht“, meinte Schrammel und reichte Schäfer die Hand, „nachdem ich so lang nichts von dir gehört habe.“

„Das ist nett“, freute sich Schäfer und kraulte der schwanzwedelnden Hündin den Kopf.

„Sie hat dich nicht vergessen ...“

„Bist eben ein gescheiter Hund ...“

„Hast du Lust, übernächstes Wochenende mit uns in den Wald zu gehen? Ich fahre in die Ötschergräben ... da kenne ich einen Platz, wo wir uns die Auerhahnbalz anschauen können ... wenn wir Glück haben."

„Gern ... beim Balzen kann ich vielleicht sogar noch was lernen ..."

„Gut ... ich habe die Jagdhütte von einem Freund, da können wir übernachten."

„Warte", meinte Schäfer, als sich Schrammel zum Gehen wandte, „ich gehe mit euch hinaus ... bis morgen, Bergmann."

Kwigg, kwigg, kwigg ... als Schäfer auf der Couch lag und an die Decke starrte, kam im das Telefonat in den Sinn, das er Wochen zuvor mit Bergmann geführt hatte: die Scheibenwischer, die nicht richtig funktionierten ... kwigg, kwigg, kwigg ... genau so scheuerten seine Gedanken über die Ereignisse der letzten Monate, beim Versuch, eine klare Sicht zu gewinnen ... kwigg, kwigg, kwigg ... da waren ein paar unsaubere Stellen ... Er stand auf und ging in die Küche, wärmte einen halben Liter Milch auf, schenkte sich eine Tasse ein und rührte einen Löffel Honig dazu. Gedankenverloren setzte er sich auf den Küchenboden, drückte seinen Rücken an den Heizkörper und schlürfte die warme Milch. Was Bruckner und Bergmann betraf, die sich von Mugabe und der internen Ermittlung Ameisen in die Unterhose streuen ließen: das kratzte ihn wenig; da war er sicher, ein Ass im Ärmel zu haben, das er dem Polizeipräsidenten in den nächsten Tagen mit höllischem Grinsen auf den Tisch knallen würde. Es war Sonja Ziermann, deren Geist noch in seinem herumspukte; und im Augenblick wusste er nichts mit dieser Heimsuchung anzufangen. Ging es darum, dass sie eine schöne Frau gewesen war und ihn deshalb länger als nötig beschäftigte? Um die Intensität des Dramas, dessen Zeuge er geworden war? Oder kitzelten ihn die Engelsflügel der jungen Frau, weil ihre irdische Zeit tatsächlich durch ein Verbrechen beendet worden war? Aber wer und warum? Also noch einmal ganz an den Anfang zurück, zum Alberner Hafen ... kwigg, kwigg, kwigg ... als die Umdrehungen in seinem Gehirn in den roten Bereich führten, schüttelte Schäfer den Kopf wie ein Hund, der gerade aus dem Wasser gestiegen ist, ging ins Wohnzimmer, ließ sich auf die Couch sinken und drehte den Fernseher auf. Zapp, zapp, zapp … Stirb langsam, Teil eins … manchmal war es besser, seinen Geist werken zu lassen, ohne ihn dabei zu beobachten.

40

Am folgenden Vormittag blieb er nur eine gute Stunde im Kommissariat. Er besprach mit Bergmann, was alles in den Ermittlungsbericht gehörte, telefonierte mit einer Bekannten bei den Wiener Linien und bat sie um eine Auskunft, trank zwei Milchkaffee und hielt seinen Assistenten von der Arbeit ab, indem er ihn in eine Diskussion über die Füße von Bruce Willis in „Stirb langsam" zu ziehen versuchte. Ein barfüßiger Lauf über Glasscherben, die Splitter – quasi Dornen – unter größten Schmerzen selbst zu entfernen, die Blutspuren, die dem Feind seine Spur verrieten ... Bergmann musste doch zugeben, dass die philosophische und theologische Dimension dieses Handlungsstrangs über die bloße Erzählung hinausführte. Ja ja, kann schon sein, erwiderte Bergmann seufzend, worauf Schäfer seinen Mantel packte und das Büro mit dem nebulösen Hinweis verließ, dass er noch wo hinmüsse. Den Hinweis Bergmanns, dass er eine Reinigung aufsuchen sollte, überhörte er.

Er schlenderte in den ersten Bezirk, zündete aus einer Laune heraus im Stephansdom eine Kerze an und ging dann ins Fabios – das Lokal, in dem er mit Isabelle vor einigen Wochen den ersten gemeinsamen Abend verbracht hatte. Kaum hatte er das Restaurant betreten, kam der Oberkellner schnellen Schritts auf ihn zu und machte mit den Händen eine Geste, als wollte er Hühner verscheuchen. Was hat denn dieser Arsch für ein Problem, dachte Schäfer.

„Und Abgang", schnauzte ihn der Mann an, „lass dir ja nicht einfallen, meine Gäste hier anzubetteln, du Penner ..."

Als er Schäfer am Arm packen wollte, machte dieser eine halbe Drehung, drehte dem Kellner den Arm auf den Rücken, griff ihm mit der linken Hand in den Nacken und drückte ihn gegen die Garderobe.

„Ganz schlechte Ansage, du verwichster Pinguin." Er griff in seine Manteltasche, zog seinen Ausweis heraus und hielt ihn dem Mann vor die Nase. „Greif mich noch einmal an und ich hau dir auf den Schädel, dass du durch deine Rippen glotzt wie ein Affe aus dem Käfig."

„Bitte ... bitte“, stammelte der Mann, zu dem sich nun zwei weitere Kellner gesellt hatten, „tut mir leid ... ich habe ... wegen ihrem Mantel und ...“

Schäfer ließ den Mann los und überlegte kurz, ob sein zugegebenermaßen unschickliches Outfit diesen Mann dazu berechtigte, ihn aus dem Lokal zu werfen. Nein.

„Ab in die Küche“, befahl er dem Mann, „und ihr Wiesel kümmert euch um eure Gäste ... Melissentee für alle, damit hier niemand einen Herzinfarkt bekommt.“

Auf dem Weg in die Küche grinste Schäfer die konsternierten Gäste an und empfahl ihnen, sich wieder ihrem Essen zu widmen, bevor das Fleisch noch kälter würde als ihr eigenes. Haha, großartig fühlte er sich, wann hatte man schon Gelegenheit, einem Widerstand gegen die Staatsgewalt auf diese Weise beizukommen.

„Ich benötige Ihre Unterstützung“, teilte er dem Oberkellner mit, nachdem er ihn auf einen Plastikstuhl neben dem Kühlraum gedrückt hatte. „Ein paar Auskünfte über einen hochrangigen Politiker, der hier des Öfteren verkehrt“, fuhr er fort und machte sich auf einen Rundgang durch die Küche, um die Deckel zu heben und da und dort einen Happen zu sich zu nehmen.

Als er wieder auf die Straße trat, fühlte er sich wie an einem der ersten Frühlingstage. Kindisch aufgekratzt, hormonell hochtourig, tierisch unvernünftig ... Fetzenschädel, denen hatte er es gegeben. Gut möglich, dass demnächst eine Beschwerde auf ihn zukäme – aber mit den Informationen, die er eben erhalten hatte, wäre es ein Leichtes, diese wie einen Krümel original toskanischen Ciabattas vom Tisch zu fegen.

Am Graben setzte er sich auf eine Bank neben zwei amerikanische Touristen, zündete sich eine Zigarette an und rauchte mit Genuss. Als sein Telefon läutete, standen die beiden Touristen auf und entfernten sich leise meckernd.

„Du holde Fee des städtischen Verkehrsnetzes“, begrüßte er seine Bekannte von den Wiener Linien, „was hast du für mich ... Sehr schön ... und wo erreiche ich den Fahrer? ... Ich habe geglaubt, die fahren immer die gleiche Strecke ... Verstehe ... Abwechslung ist gut, ja ... Vielen Dank, meine Liebe ... Ich schulde dir was ... Na, jetzt werde nicht frivol, du sprichst mit einem hochrangigen Beamten der österreichischen Exekutivgewalt ... Servus."

Nachdem er Bergmann angerufen und ihn gebeten hatte, ihm ein Foto ans Handy zu senden, stand er auf und machte sich, eine volkstümliche Tiroler Weise pfeifend, auf den Weg zur U-Bahn. Am Praterstern stieg er aus und ging zur Bushaltestelle, wo er einen Linienbus bestieg und sich in die Sitzreihe hinter den Fahrer setzte. Nach einer halben Stunde waren sie an der Endstation angelangt. Der Fahrer stellte den Motor ab, zog seinen Anorak an und verließ mit den Fahrgästen den Bus. Als er die Tür verriegelte, stellte sich Schäfer vor und ersuchte ihn um ein paar Minuten seiner Zeit.

„Gehen Sie auf einen Kaffee mit", erwiderte der Mann, „eine Viertelstunde habe ich, dann muss ich wieder weiter."

Sie querten die Straße, betraten ein Billardcafé und stellten sich an die Bar.

„Es geht um einen Mann, der immer wieder auf Ihrer Route unterwegs ist", erklärte Schäfer und holte sein Handy heraus. Er öffnete die Bilddatei, die ihm Bergmann gesendet hatte, und reichte dem Mann das Telefon.

„Nein", erwiderte der Mann kopfschüttelnd, nachdem er das Bild eingehend betrachtet hatte, „der sagt mir gar nichts ... aber ich bin auch nicht der einzige Fahrer auf dieser Linie ..."

„Natürlich", meinte Schäfer und nahm das Handy wieder an sich. Wäre auch zu schön gewesen. Aber dass sich ein Busfahrer nach ein paar Monaten noch an jeden Fahrgast eines bestimmten Tages erinnert, war auch eine sehr verwegene Hoffnung gewesen.

„Sie wollen wissen, ob der zu einer bestimmten Uhrzeit im Bus gesessen ist", schloss der Fahrer, riss das Zuckersäckchen auf und leerte es in seinen Kaffee. Schäfer hatte sich nach einem Blick hinter die Bar für ein Mineralwasser entschieden und trank aus der Flasche.

„Ja ... aber ich glaube, das kann ich jetzt vergessen."

„Hm ... eine Möglichkeit gibt's vielleicht doch", meinte der Fahrer, dem diese Herausforderung sichtlich Spaß zu machen begann. Schäfer sah ihn fragend an.

„Er muss zweimal umsteigen, bevor er den Sechsundsiebziger nimmt ... am Westbahnhof in die U3 ... dann am Enkplatz ..."

Schäfer nickte zustimmend, weil er dem Mann in diesen Belangen ohnehin glauben musste.

„Westbahnhof können'S vergessen ... da geht's zu wie am Sonntag im Prater ... aber wenn er am Enkplatz zur Haltestelle geht, kommt er bei zwei Kameras von uns vorbei ... und in der Mannswörther Straße halte ich bei einer Computerfirma, die das ganze Gelände überwachen ... Amerikaner ... wenn Sie Glück haben ..."

„Sie sollten sich umschulen lassen", meinte Schäfer grinsend.

„Ach, Schmarrn", winkte der Mann ab, „mich haben's schon beim Bundesheer nicht genommen ... hoffentlich kriegen Sie nie eine Waffe in die Hand, hat der bei der Musterung gemeint ... ich hoffe auch nicht, habe ich gesagt ... ja ... ich fahre eh gern Bus ..."

Als Schäfer wieder in der Innenstadt war, setzte er sich in ein Gasthaus und bestellte ein Gulasch. Das mit dem Essen musste er in den Griff bekommen; nicht immer warten, bis ihm vor Hunger schwindlig wurde.

Er nahm sein Handy heraus und rief seine Bekannte bei den Wiener Linien an. Hoffentlich ging das mit den Videoaufzeichnungen ohne einen richterlichen Befehl. Er hatte keine Lust auf Begründungen, plausible Verdachtsmomente und den ganzen Quatsch. Es war ohnehin schon ungewiss genug, ob die Bänder überhaupt noch existierten und nicht schon gelöscht worden waren.

„Drei Monate behaltet ihr die auf? ... Das geht sich aus ... Und an wen darf ich mich da vertrauensvoll wenden? ... Das dürfte doch für dich kein Problem sein ... Also, wenn es einmal einen Mitarbeiterkalender der Verkehrsbetriebe gibt, dann gehörst du aufs Titelblatt, meine Schöne ... Ja, warte, ich schreibe es auf eine Serviette ... Und wie heißt der? ... Beckmann ... Danke dir, ich bin dir was schuldig."

Der Kellner stellte das Gulasch ab, Schäfer machte sich darüber her wie ein Bettler, der sich nach einem ganzen Tag auf Almosenjagd endlich eine warme Mahlzeit leisten konnte. In Anbetracht seines Mantels käme manch anderem Gast wohl genau dieser Gedanke. Wie hatte er überhaupt so aus dem Haus gehen können? Als ob er nichts anzuziehen hätte. Zum Schämen. Mittlerweile begann ihm auch sein Auftritt im Fabios am Gewissen zu kratzen. Egal. Er wischte sich den Mund ab, lehnte sich zurück und seufzte zufrieden auf. Köstlich war es, teilte er dem Kellner mit, als dieser den Teller abräumte. Dann erinnerte sich Schäfer, dass er auf die Serviette die Nummer des Mannes geschrieben hatte, der ihm die Überwachungsbänder besorgen konnte. Er sprang auf, eilte dem Kellner hinterher und griff sich den zusammengeknüllten Papierfetzen vor den überraschten Augen des Küchenpersonals. Den ersten Bezirk sollte ich in den nächsten Wochen meiden, sagte er sich, als er über die Freyung ins Kommissariat spazierte.

„Haha!", begrüßte er Bergmann, der unsicher von seiner Arbeit aufschaute.

„Wie soll ich das verstehen?"

„Hm", machte Schäfer, „als Ausdruck meiner Freude, Sie hier eifrig am Werk zu sehen ..."

„So so ... heißt das, dass Sie uns in Ihrem Urlaub mit täglichen Besuchen beglücken?"

„Nicht so voreilig, Bergmann ... noch leiste ich hier wertvolle Ermittlungsarbeit ... und jetzt weghören, bitte ... ich verlasse jetzt kurz den tugendhaften Pfad des Gesetzes", sagte Schäfer und griff zum Telefon.

„Darf ich fragen, um welche Überwachungsvideos es da geht?", wollte Bergmann wissen, nachdem Schäfer sein Gespräch mit Beckmann beendet hatte und zufrieden vor sich hin summte.

„Alles, was Sie nicht wissen, kann vor Gericht nicht gegen Sie verwendet werden, werter Bergmann ... verwendet werden, werter Bergmann ... das sind ganz schön viel E in einem Satz ..."

„Ich mache mir Sorgen um Ihre Gesundheit", erwiderte Bergmann.

„Daher auch meine Liebe zu Ihnen“, meinte Schäfer und ging zur Tür.

„Bringen Sie Ihren Mantel zur Reinigung“, hörte er Bergmann noch rufen, dann hüpfte er schon die Treppen hinunter und machte sich auf den Weg zu seinem Treffen mit Beckmann.

Die DVD mit den Überwachungsvideos wog schwer in Schäfers Manteltasche. Er war im Begriff, ohne Genehmigung der Staatsanwaltschaft Einblick ins Leben fremder Menschen zu nehmen. Das galt als Amtsmissbrauch. Und wenn sich der ewig wache Teufel diesmal nicht auf seine Seite schlug, konnte er das Video nicht als Beweis verwenden und würde stattdessen selbst vor Gericht landen. Du legst es wirklich darauf an, dass sie dich hinausschmeißen, sagte er sich, während er in einem türkischen Feinkostladen fürs Abendessen einkaufte. Und mit so einer Akte wirst du höchstens in einem Flüchtlingslager als Kindergärtner genommen. Schluss jetzt, mahnte er sich. Erst einmal schauen, was auf dem Video überhaupt drauf ist. Dann dem Mann einen Besuch abstatten – ich war zufällig in der Gegend, da habe ich mir gedacht und so – und ihn damit gehörig verunsichern. Oder im besten Fall sofort ein Geständnis bekommen. Er reichte dem Ladenbesitzer das Geld über den Tresen, verabschiedete sich auf Türkisch und betrat zehn Minuten später seine Wohnung. Den Mantel warf er im Vorraum auf den Boden, um ihn nicht noch einmal versehentlich anzuziehen, dann ging er in die Küche und richtete sich eine kalte Platte. Mit dem Laptop neben dem Teller schob er sich gefüllte Weinblätter, Oliven, Schafkäse, Fischpastete und Weißbrot in den Mund und schaute sich gleichzeitig das Überwachungsvideo an. Nach einer Viertelstunde stand er auf, holte sein Handy und rief Bergmann an.

„Ja, ich bin’s ... Zu Hause, wo sonst? ... Sie kennen sich doch mit diesen Filmprogrammen aus ... Was weiß ich, was es da gibt ... VLC, QuickTime ... Ich möchte eine höhere Geschwindigkeit einstellen, sonst sitze ich da drei Stunden ... Moment ... Ja, habe ich ... Ah, da galoppieren die Rösser ... Nein, das war alles ... Seien Sie nicht so ungeduldig, ich erzähle es Ihnen schon noch ... Danke, Bergmann, bis morgen."

Mit dem Laptop am Schoß und dem Aschenbecher in Reichweite saß er auf der Couch und starrte auf den Bildschirm, wo Passanten vorbeieilten, Hunde an Laternen pissten und alle paar Minuten ein Bus vorbeikam. Er war schon kurz davor einzuschlafen, als ihm eine Bildsequenz wie ein Stromstoß von der Netzhaut ins Großhirn fuhr. Da war er. Schäfer drückte die Pausetaste, ließ den Film ein paar Sekunden zurücklaufen und schaute ihn noch einmal in Zeitlupe an. Kein Zweifel, das war er. Schäfer setzte sich auf und stellte den Laptop auf den Couchtisch. Was jetzt? Er konnte sich keinen Haftbefehl beschaffen; nicht einmal Isabelle würde ihn dabei unterstützen. Außerdem war die Präsenz des Mannes an diesem Ort kein Beweis. Er konnte genug Gründe anführen, warum er sich an diesem Ort aufgehalten hatte. Nur nichts überstürzen, Schäferchen, mahnte er sich, schlaf darüber und dann sehen wir weiter.

41

Eine alte Fahrradkette, ein Feuerzeug in Form eines Schweinekopfes, eine kaputte Spieluhr, ein Ladegerät, eine Fernbedienung für ... es dauerte eine Ewigkeit, bis Schäfer den Schlüssel für die Handschellen gefunden hatte. Wann hatte er die Dinger denn zum letzten Mal verwendet; wahrscheinlich würde er sie auch an diesem Tag nicht brauchen. Nein, der Mann war nicht der Typ dafür, plötzlich abzuhauen. Vielleicht gab es für das alles auch eine ganz andere Erklärung. Nicht, dass Schäfer daran glaubte – aber in den letzten Monaten hatte er sich oft genug getäuscht, als dass sein Vertrauen in sich selbst nicht ein paar Bruchstellen erhalten hätte. Aus seiner Serientätertheorie war ein fast banales Verbrechen geworden – ein Mord aus Gier, ein zweiter aus Angst vor dem Entdecktwerden. Matthias Rudenz sinnloses Opfer eines fehlgeleiteten Racheakts. Der Schweizer verreckt an einer Überdosis. Und jetzt Sonja Ziermann: Auch wenn Schäfer ihren Mörder zu kennen glaubte, war er sich über das Motiv noch nicht im Klaren. Er hatte eine Ahnung, mehr nicht.

Er frühstückte ausgiebig, verließ das Haus erst kurz vor zehn, nahm die U3 bis zum Westbahnhof und stieg dann in die U6 um. Bei der Volksoper stieg er aus und ging die Währinger Straße stadtauswärts. Knapp zehn Minuten später betrat er das Geschäft. Ein heller Glockenklang hallte durch den Verkaufsraum. Keine Kunden, kein Personal, nur Stille, ein schweigsames Echo der Vergangenheit, dachte Schäfer, als er seinen Blick über die alten Bücher gleiten ließ, die in Regalen aus dunklem Holz standen, bis zur Decke hinauf, eine hölzerne Klappleiter, um die Exemplare in den obersten Reihen erreichen zu können, Schäfer hörte eine Klospülung, dann Schritte aus dem Hinterraum.

„Grüß Gott, Herr Albrecht."

Der Antiquar, den Schäfer zuletzt Anfang November am Alberner Hafen getroffen hatte, nahm seine Lesebrille ab und sah seinen Besucher schweigend an, bevor er den Blick zu Boden senkte.

„Soll ich … darf ich uns davor noch einen Tee machen?“, fragte er so leise, dass Schäfer ihn kaum hören konnte.

„Ja.“

Schäfer folgte Hans Albrecht ins Hinterzimmer, einem bestimmt dreißig Quadratmeter großen Raum, der allerdings mit riesigen Folianten, alten Magazinen, zusammengerollten Karten und anderen Zeugen der Vergangenheit so vollgepackt war, dass der Ebenholztisch in der Mitte des Raums gerade einmal zwei Besuchern Platz bot. Albrecht schob die Unterlagen auf dem Tisch zu einem unordentlichen Stapel zusammen und bat Schäfer, sich zu setzen. Dann nahm er einen Eisentopf von einer Anrichte und verschwand zwischen zwei Regalen. Schäfer hörte, wie Albrecht den Topf mit Wasser füllte. Ein paar Minuten hörte er das Wasser rauschen, er stellte sich vor, wie der Mann über der Spüle stand, in den überlaufenden Topf starrte und darin das Gesicht von Sonja Ziermann sah. Albrecht kam mit geröteten Augen zurück, stellte den Topf wieder in die Anrichte, sah sich verloren um, verschwand abermals zwischen den Regalen und kam mit einem silbernen Tauchsieder wieder, den er einsteckte und in den Topf hängte. Schäfer wurde schläfrig. Er stand auf, zog seine Jacke aus und hängte sie über den Stuhl. Machte ein paar Schritte zu einem Regal und sah sich die Buchrücken an. Er wollte zornig sein, ausrasten, in der zeugenlosen Stille dieser Kammer dem Mann Seite um Seite seiner vergilbten Schinken in den Rachen stopfen, bis er daran erstickte. Doch er war nur müde und zunehmend traurig.

„Ich habe seither jeden Tag daran gedacht, mir das Leben zu nehmen …“, holte Albrecht ihn aus seiner Versenkung.

„Das macht Sie nicht weniger schuldig“, erwiderte Schäfer und setzte sich, nachdem Albrecht zwei Tassen, Milch und Zucker auf den Tisch gestellt hatte.

„Ich weiß.“ Albrecht schaute zur Anrichte, wo das kochende Wasser über den Topf spritzte, stand auf und zog den Stecker. Er nahm ein Teeei, füllte es aus einer runden schwarzen Dose, auf der in goldener Schreibschrift Darjeeling stand, hängte es in die Teekanne und goss das Wasser hinein.

„Ich bin froh, dass Sie gekommen sind ... und nicht ein anderer." Als Schäfer nichts erwiderte, fuhr Albrecht fort: „Weil Sie damals so verloren gewirkt haben, so hilflos ..."

„Und deshalb haben Sie mich belogen", unterbrach Schäfer ihn, „Ihr ganzes Gelaber über die Donau und den Friedhof, über diese Zeremonie ... Blendwerk ... ganz schön raffiniert, das muss ich Ihnen lassen."

„Ich glaube, Sie überschätzen mich", entgegnete Albrecht leise, stellte die Teekanne auf den Tisch und setzte sich. Ein paar Minuten saßen sie sich gegenüber und schwiegen sich an. Der hellgoldene Tee dampfte in ihren Tassen, begleitet vom Ticken der altertümlichen Wanduhr.

„Nichts davon war geplant", meinte Albrecht schließlich nach einem Räuspern.

„Ich weiß", erwiderte Schäfer, den die Situation mehr und mehr zu bedrücken begann.

„Und dennoch haben Sie mir schon damals im Auto gesagt, warum ich es getan habe ..."

Schäfer sah ihn fragend an und versuchte sich die Szene in Erinnerung zu rufen.

„Sie haben gesagt, dass einen der Tod ans Leben erinnert ..."

„Manchmal erinnert er einen auch nur an den Tod", antwortete Schäfer mürrisch, dem die Intimität zwischen ihnen unangenehm wurde. Aufstehen, abführen, einsperren, das sollte er tun.

„Ich habe sie da stehen gesehen ... am Ufer ... ich bin zu ihr hin, um ein paar Worte zu wechseln ... vielleicht ist sie ja in einer ähnlichen Verfassung wie ich, habe ich mir gedacht ... dann hat sie sich gebückt, ist ausgerutscht und ins Wasser gefallen ..."

Schäfer sah von seiner Tasse auf.

„Sie haben sie nicht gestoßen?"

„Nein ... wo denken Sie hin", erwiderte Albrecht fast entrüstet. „Entschuldigen Sie bitte ... das war ... ich bin hingelaufen, hab mich ans Ufer gekniet und wollte ihr aus dem Wasser helfen ... dann ist es ... irgendwie ... über mich gekommen ..."

„Sie sind ihr auf die Hände getreten und haben sie dann unter Wasser gedrückt, bis sie tot war", ergänzte Schäfer.

„Ja."

„Warum?"

„Ich ... da war so eine Kraft da ... ich wurde so lebendig ... je länger ich sie ansah, wie sie ... umso stärker wurde ich ... lebendiger ..."

„Und warum rufen Sie dann die Polizei an?", wollte Schäfer wissen, „wir hätten Sie nie gekriegt."

„Ich habe sie doch nicht einfach im Wasser liegen lassen können", meinte Albrecht und begann heftig zu weinen, „das kann man doch nicht machen."

„Gehen wir", sagte Schäfer und stand auf.

„Ja." Albrecht nahm seinen Mantel vom Haken, sah sich um, drückte den Lichtschalter und ging in den Verkaufsraum. „Haben Sie keine Handschellen?"

„Doch", erwiderte Schäfer, „aber ich denke nicht, dass Sie mir davonlaufen wollen ..."

„Ich bin ein Verbrecher und möchte auch so behandelt werden", sagte Albrecht bestimmt, worauf Schäfer die Handschellen aus der Jacke nahm und sie dem Mann anlegte.

Ein seltsames Bild gaben sie ab, wie sie in der U-Bahn nebeneinandersaßen, wie zwei alte Bekannte auf dem Weg zu einem Schachturnier. Nur die Handschellen irritierten und zogen die Blicke der Passagiere auf sie. „Ist das ein böser Mann?", fragte ein kleiner Junge seine Mutter, die ihn hochhob und sich in den nächsten Waggon entfernte.

„Wie sind Sie überhaupt draufgekommen?", fragte Albrecht, als sie am Westbahnhof umstiegen.

„Details", meinte Schäfer, „unser Gespräch ist mir wieder eingefallen ... Ihre Faszination für den Tod, Ihre Aussage, dass Sie die Verzweiflung mit dem Grauen bezwingen wollten ... vor allem Ihre akribischen Beschreibungen: wie viele Leichen da angespült worden sind, in welchem Jahr der Friedhof errichtet worden ist ... das Einzige, was nicht dazu gepasst hat, war dieses Detail ... als Sie mir erzählt haben, wie Sie Sonja Ziermann gefunden haben ... irgendwas haben Sie da gesagt von einer grünen Folie, unter der ihr Gesicht Sie angeschaut hätte ... allerdings war es zu der von Ihnen angegebenen Zeit schon fast dunkel ... das hat nicht gepasst ... da ist das Wasser schon schwarz ... da müssen Sie schon genau hinschauen, dass Sie überhaupt etwas unter der Oberfläche erkennen ... dann habe ich mir ein paar Überwachungsvideos besorgt und gesehen, wie Sie kurz nach eins am Enkplatz in den Achtundsiebziger steigen ...“

Albrecht blieb stehen und sah Schäfer überrascht und bewundernd an.

„Sie wären ein guter Schriftsteller ... so feinsinnig und...“

„Ja ja, schon gut“, erwiderte Schäfer, nahm Albrecht am Arm und schob ihn durch den Eingang ins Kriminalamt.

Bruckner war nicht an seinem Platz, also brachte Schäfer Albrecht in sein eigenes Büro, wo Bergmann sie mit verständnisloser Miene empfing.

„Herr Albrecht möchte eine Aussage machen“, erklärte Schäfer und drückte den Mann auf den Besucherstuhl. „Schaffen Sie das ohne mich, Bergmann?“

Bergmann nickte und stand auf, ohne ein Wort über die Lippen zu bringen.

„Na gut, dann bis später.“

„Herr Schäfer“, rief Albrecht ihm nach, als Schäfer schon an der Tür war.

„Ja?“

„Danke.“

Schäfer zuckte müde mit den Schultern, drehte sich um und ging.

So. Mehr fiel ihm nicht ein, als er sich nach einem langen Spaziergang am Donaukanal auf eine Bank setzte und das Gesicht in die Sonne hielt. So, das war es also. Hier saß er nun. Schäfer. Und jetzt? Er nahm sein Telefon heraus und rief Harald Ziermann an. Teilte ihm mit, dass sie den Mörder seiner Frau gefasst hatten. Schäfer hatte unzählige Fragen erwartet, aber es kam so gut wie gar nichts. Nach einem Moment des Schweigens legte er auf. Er hatte sein Bestes getan. Doch Harald Ziermann würde ihn immer mit einem schrecklichen Verlust in Verbindung bringen. Wie immer. So war es, das Ende einer flüchtigen Schicksalsbekanntschaft.

Ihm wurde kalt, doch blieb er sitzen, bis die Sonne hinter den Häusern des ersten Bezirks abgetaucht war.

Eine Möwe landete vor ihm und sah ihn erwartungsvoll an. Er hob die Hände und zuckte entschuldigend mit den Schultern, worauf der Vogel sich wegdrehte, sich im Davonstaksen noch zweimal umdrehte und schließlich mit drei kräftigen Flügelschlägen über den Kanal ans andere Ufer segelte. So, was jetzt? Schäfer stand auf, sah noch eine Weile dem Wasser beim Treiben zu und querte dann die Salztorbrücke Richtung Innenstadt. In einer Boutique in einer Seitengasse probierte er zwei Hemden und einen dünnen Kaschmirpullover. Dummerweise, ohne in die Kabine zu gehen, weshalb die Verkäuferin beim Anblick seiner Waffe einen kurzen hysterischen Schrei ausstieß. Schäfer beruhigte sie und zeigte ihr seinen Ausweis. Der erste Bezirk schien sich in letzter Zeit gegen ihn verschworen zu haben, dachte er, bezahlte eilig und verließ das Geschäft. Sein Handy läutete. Bergmann. Der ihm mitteilte, dass die ganze Gruppe ein paar Tische in einem Lokal im siebten Bezirk reserviert hatte. Schließlich gab es endlich wieder einmal etwas zu feiern. Und er wäre natürlich der Held des Abends. Schäfer zögerte mit einer Zusage. Zu seinem eigenen Erstaunen hatte er keine Lust, sich volllaufen zu lassen. Da war einmal nichts, was er verdrängen, vergessen oder betäuben wollte. So so, erwiderte er schließlich, Held des Abends.

Na, dann wolle er sie nicht enttäuschen. Aber davor käme er ohnehin noch ins Kommissariat. Dann könnten sie zusammen hingehen.

Als er an Kovacs' und Schreyers Büro vorbeikam, blieb er einen Augenblick stehen, ging dann langsam weiter, drehte wieder um und drückte die Tür auf. Kovacs war allein im Zimmer. Zum Glück, sagte sich Schäfer, der sich nicht vorstellen konnte, in Gegenwart von Schreyer irgendeine Form von Emotion zu zeigen. Er zog einen Stuhl heran und setzte sich rittlings darauf, was ihm im selben Augenblick lächerlich vorkam.

„Ähm ... ja?", sagte Kovacs, nachdem ihr Vorgesetzter offensichtlich vergessen hatte, was er hier wollte.

„Ja ...", begann Schäfer zaghaft, „Sie waren gut ... ich meine: Sie haben in den letzten Monaten wirklich gute Arbeit geleistet ... also, wenn Sie einen Fehler gemacht haben, dann ist es mir zumindest nicht aufgefallen ..."

„Solange Ihnen die eigenen auffallen", erwiderte Kovacs grinsend und fügte schnell hinzu: „Entschuldigung, war ein Scherz."

„Jedenfalls ... das war gut, wollte ich sagen ... und wenn Sie einverstanden sind, möchte ich Sie gern fix in der Gruppe haben ... bei uns geht es zwar manchmal eher unkonventionell zu ... aber Sie können bestimmt viel lernen ... von Kollege Bergmann und ..."

„Und von Ihnen", ergänzte Kovacs.

„Ja ... möglicherweise", erwiderte Schäfer und konnte nicht umhin, wegen ihres glückseligen Strahlens selbst zu lachen. „Also dann ... wir sehen uns ja ohnehin heute Abend ..."

Kaum saß er an seinem Schreibtisch, als er einen Anruf aus dem Sekretariat des Polizeipräsidenten bekam.

„Der Herr Hofbauer will Sie sprechen."

„Der Mugabe will mich sehen", antwortete Schäfer auf Bergmanns fragenden Blick.

„Na, dann steht vielleicht doch eine Beförderung ins Haus ..."

„Erstens hoffe ich es nicht, zweitens bin ich mir sicher. Bis später."

„Lassen Sie sich nicht unterkriegen!“, rief ihm Bergmann nach.

Dass er über eine Beförderung nicht erfreut wäre, entsprach der Wahrheit. Der Innendienst zermürbte ihn schon nach ein paar Tagen. Zudem hatte er Kamps Aufstieg miterlebt und beneidete ihn nicht im Geringsten um dessen Position. Sosehr ihn die Verbrecher, mit denen er tagtäglich zu tun hatte, oftmals anwiderten – im Vergleich zur Kameradschaft des Polizeipräsidenten und des Innenministers erschienen sie ihm fast wie Verbündete.

„Setzen Sie sich.“ Hofbauer gab vor, in eine Akte vertieft zu sein, und ließ Schäfer ein paar Minuten warten, bevor er den Ordner zuschlug. „Major Schäfer“, sagte er schließlich, als hätte er sein Gegenüber eben erst erkannt, „wir hätten uns schon viel früher unterhalten sollen.“

„Warum?“

„Nun“, meinte der Polizeipräsident und lehnte sich zurück, „ich bin gern darüber informiert, wie meine Beamten arbeiten.“

„Ganz gut, wenn man nach der Presse geht.“

„Die Presse“, sagte Hofbauer und drehte seinen Stuhl in Richtung Fenster, „die ist ein Fähnchen im Wind. Aber Sie scheinen zu denen ja ganz gute Beziehungen zu haben ...“

„Über die Jahre lernt man halt zusammenzuarbeiten ...“

„Eine gute Einstellung, Major. Wenn Sie sich in Zukunft auch Ihren Vorgesetzten gegenüber so verhalten, können Sie auf eine glänzende Karriere vertrauen.“

„Ich bin eigentlich ganz zufrieden.“

„Das kann ich mir vorstellen.“ Hofbauer bemühte sich um ein Lachen. „Aber, nicht dass wir uns missverstehen: So, wie wir Sie nach oben bringen können, so schnell können wir Sie auch in der Provinz verschwinden lassen.“

„Mit welcher Begründung?“

„Sie sind ... unberechenbar ... und was Ihre Loyalität betrifft, stehen Sie weit außerhalb des noch tolerierbaren Bereiches ...“

„Bei allem Respekt, Herr Hofbauer“, erwiderte Schäfer, „meine Loyalität zum Polizeidienst steht wohl nicht zuletzt aufgrund der jüngsten Erfolge außer Frage.“

Lächelnd schlug Hofbauer den Ordner auf seinem Schreibtisch auf und blätterte ein paar Seiten vor.

„Möglicherweise ist es Ihnen entgangen, dass sich die Dienstaufsicht in den letzten Monaten mit Ihnen beschäftigt hat ...“

„Wenn ich mich da jedes Mal darum gekümmert hätte, was die Dienstaufsicht macht, dann gute Nacht.“

„Nun, dieses Mal werden die Ergebnisse allerdings nicht einfach unter den Tisch fallen, so wie es bei meinem Vorgänger des Öfteren der Fall gewesen sein dürfte. Schauen wir uns doch einmal ein paar Details dieser Untersuchung an: Treffen mit einem Journalisten im Restaurant Salzgries ... was für ein Zufall, dass gerade dessen Zeitung als erste über den Fall Bescheid wusste. Private Einkäufe während der Dienstzeit, ungebührliches Benehmen nach einem Lokalbesuch in Ottakring, Verdacht auf Legung falscher Indizien ... da hat sich einiges angesammelt ...“

„Sie haben mich bespitzeln lassen.“ Schäfer konnte es nicht fassen. „So sieht also die Polizeireform aus ...“

„Na na, Herr Major, nur nicht ausfällig werden ... Bespitzeln ist doch etwas übertrieben, wir sind doch nicht bei der Stasi ... es ist ja auch nicht so, dass ich der Einzige bin, dem Ihr Verhalten Sorge bereitet ... und dass gewisse Kontrollmechanismen gerade im Bereich der Polizeiarbeit unumgänglich sind, darüber sind wir uns wohl einig ...“

„Kontrollmechanismen ...“ Schäfer schüttelte den Kopf. „Dass ich mich mit einem Bekannten treffe oder vor den Weihnachtsfeiertagen kurz einkaufen gehe, kann man mir kaum als Amtsmissbrauch auslegen ...“

„Wie Sie ganz treffend formulieren: Es ist eine Frage der Auslegung. Sie könnten sich mit diesem Reporter getroffen haben, um an zweckdienliche Informationen zu gelangen, oder um rechtswidrig Interna weiterzugeben ... Ihre diversen Ausflüge könnten der Ermittlung gedient haben oder Freizeitgestaltung auf Kosten des Steuerzahlers gewesen sein ... Wie soll es denn Ihrer Meinung nach gesehen werden?“

„Was wollen Sie von mir?“

„Das glaube ich bereits erwähnt zu haben: Loyalität, Disziplin … und ein Konformgehen mit den Erfordernissen unserer Reform …“

„Soll ich vielleicht auch noch Ihrer Partei beitreten?“

„Wenn Sie das ernsthaft in Erwägung ziehen …“

Schäfer schaute dem Polizeipräsidenten für einen Moment in die Augen. Meinte der das ernst?

„Der lange schwarze Schacht in die schattenseitigen Regionen des Körpers …“, murmelte Schäfer.

„Wie bitte?“

„Nichts … ich frage mich nur, ob ich auf diese Weise arbeiten will … besser gesagt, das tun, was Sie als Arbeit bezeichnen …“

„Ich veranstalte hier kein Wunschkonzert!“ Hofbauer stand auf, schob sich beide Daumen seitlich in den Hosenbund und starrte Schäfer wütend an. „Ihr habt mich lange genug verarscht … ab jetzt heißt es parieren oder Sie fliegen raus … und glauben Sie mir: Ich habe auch außerhalb der Politik genug Einfluss, um Ihnen … Unterschätzen Sie mich nicht, Schäfer!“

„Würde ich nie“, meinte Schäfer mit einem leichten Schmunzeln, beugte sich nach vorne und klappte eine hölzerne Zigarrenkiste auf Hofbauers Schreibtisch auf. „Darf ich?“

Der Polizeipräsident sah Schäfer verständnislos an, zögerte einen Moment, gab mit einer Handbewegung sein Einverständnis und setzte sich wieder. Schäfer nahm eine Zigarre, zog sie bedächtig zwischen Oberlippe und Nase durch, steckte sie in den Mund, nahm sein Feuerzeug aus der Hosentasche und zündete sie an. Nach einem versehentlichen Lungenzug hustete er eine Rauchwolke über den Schreibtisch, klopfte sich ein paarmal auf die Brust und lehnte sich in seinem Sessel zurück.

„Entschuldigung“, sagte er, „ich bin keine Zigarren gewohnt … das ist mehr etwas für die gesellschaftlichen Kreise, die sich in den feinen Restaurants des ersten Bezirks treffen, nehme ich an.“

Der Polizeipräsident starrte Schäfer angespannt an, erwiderte jedoch nichts.

„Das Fabios zum Beispiel“, fuhr Schäfer fort, „da haben Sie doch bestimmt schon des Öfteren mit einem Ihrer Bekannten eine gute Zigarre geraucht …“

„Ich weiß nicht, wohin uns Ihr Geschwafel führen soll“, erwiderte Hofbauer.

„Na ja ... obgleich dieses Lokal nicht meinen Gewohnheiten entspricht, war ich vor ein paar Wochen zufällig dort zu Gast ... ich hätte Sie selbstverständlich begrüßt, aber Sie waren gerade in ein Gespräch vertieft ...“

Schäfer machte eine Pause, zog vorsichtig an seiner Zigarre und sah Hofbauer an, dessen Gesichtsmuskulatur leicht zu zucken begann.

„Damals habe ich mir nicht viel gedacht dabei ... ich habe Lopotka ehrlich gesagt nicht einmal erkannt ... aber später dann, in Anbetracht der Umstände ... da war ich natürlich gezwungen, diesem Verdacht nachzugehen und die Beziehungen dieses Mannes genauer zu untersuchen ... zum Glück führt das Fabios eine sehr genaue Reservierungsliste ... unser Polizeipräsident in wiederholter Gesellschaft mit einem Mehrfachmörder ... da stellt man sich doch die Frage, wie dieser Mann so einfach seine Identität verschleiern konnte ... ob es da nicht Helfer gegeben haben muss ... das ist natürlich eine reine Spekulation ... eine Auslegungssache ... aber Sie wissen ja, wie die Medien sein können ...“ Schäfer spannte seinen Körper an, weil er davon ausging, dass sich der Polizeipräsident jeden Moment auf ihn stürzen würde. Doch der sah ihn nur hasserfüllt und schweigend an. „Nun gut, ich muss jetzt los, unser Team hat heute etwas zu feiern ... Herr Präsident: Danke für die Zigarre und einen schönen Abend noch!“

Schäfer stand auf, verbeugte sich und ging pfeifend zur Tür hinaus. So, rief er sich triumphierend zu, als er vor dem Präsidium auf der Straße stand und die Zigarre durch ein Kanalgitter fallen ließ, jetzt habe ich doch Lust auf ein paar Gläser.

43

Auf dem Esstisch fand er eine Nachricht von Isabelle. Sie hatte ihn nicht wecken wollen, weil er so tief geschlafen hatte. Als ob er nicht fähig wäre, nach einer kurzen Umarmung genauso tief weiterzuschlafen. Er ging in die Küche, öffnete den Kühlschrank und machte sich ein ausgiebiges Frühstück. Während der Tee zog, ging er auf den Balkon, um zu prüfen, ob es schon warm genug war, um im Freien zu sitzen. Nicht wirklich, aber mit einer dicken Jacke würde es schon gehen. Bevor er das Tablett nach oben trug, legte er eine von Lisas CDs ein und drehte den Lautstärkenregler weit nach rechts. Werktag, später Vormittag, da würde sich niemand beschweren. Eine gute Stunde saß er in der Sonne und ließ sich das Frühstück schmecken. Er musste wieder mehr auf seine Ernährung achten. Sechs Kilo hatte er in den letzten drei Monaten abgenommen. Und mit dem Radfahren würde er auch wieder anfangen. Sein Mountainbike stand schon seit letztem Sommer unbenutzt im Keller. Überhaupt würde er sich mehr um sich selbst kümmern. In den vergangenen Nächten war er ein paarmal aus bösen Albträumen erwacht. Nichts Neues, die Waschmaschine seiner Seele – doch vielleicht konnte er sich mithilfe seines Therapeuten auch davon befreien. Um sechs Uhr hatte er seinen Termin, und er hatte sich in seinem Notizbuch aufgeschrieben, worüber er reden wollte. Warum hatte er nicht schon früher eingesehen, wie schlecht es um ihn stand? Egal, dachte er sich und räumte den Tisch ab.

Nachdem er eine E-Mail seiner Nichte ausführlich beantwortet und sie gebeten hatte, sich in seinem Namen bei ihrem Freund zu bedanken, ging er ins Schlafzimmer und suchte im Kasten nach passender Freizeitkleidung. Seinen Mantel und ein paar Anzüge müsste er in die Reinigung bringen – die rochen ja schon wie der Hundezüchter Grafensteiner. Mit einer Trainingshose und einem Fleecepullover bekleidet ging er in die Küche und füllte eine Trinkflasche auf. Er packte sie zusammen mit einem Schokoriegel und einer Regenjacke in einen kleinen Rucksack, zog seine Trekkingschuhe an und verließ die

Wohnung. Im Keller wischte er mit einer Zeitung den Staub vom Fahrrad und trug es die Stiegen hinauf.

Erst am Gürtelradweg bemerkte er, dass die Reifen viel zu wenig Luft hatten. Er hielt bei einer Tankstelle und pumpte sie auf. Er war schon auf der Friedensbrücke, als er noch einmal kehrtmachte und ins Kriminalamt fuhr. Durch die Tiefgarage gelangte er zum Fahrstuhl und fuhr ins Untergeschoss, wo sich das Asservat befand. Er benötige ein Beweismittel im Fall Sonja Ziermann, teilte er dem diensthabenden Beamten mit.

„Der hat doch ein volles Geständnis abgelegt", erwiderte der Mann erstaunt.

„Na, dann braucht ihr den Kram ohnehin nicht mehr", meinte Schäfer und wunderte sich wieder einmal über den widerstandslosen Informationsfluss bei der Polizei. Der Beamte zuckte mit den Achseln, verschwand zwischen den Metallregalen und kam kurz darauf mit einem Karton zurück.

„Viel ist es nicht", meinte er und schob Schäfer den Karton hin.

„Nein", bestätigte Schäfer und hob den Deckel ab.

Über den Schottenring fuhr er zum Franz-Josefs-Kai und dann den Donaukanal entlang flussabwärts. Für einen Arbeitstag waren erstaunlich viele Menschen unterwegs: Jogger, Radfahrer, Spaziergänger ... und wenn sie nur eine halbe Stunde Zeit hatten, wollten sie den blauen Himmel nicht versäumen, die angenehme Temperatur, diesen Tag, wo der Frühling dem Winter einen ersten Schuss vor den Bug setzte. Auf der Donauinsel legte Schäfer eine Pause ein. Seine Muskeln spannten – für seine Kondition war er wohl doch etwas zu schnell losgefahren. Er setzte sich auf eine Bank, trank einen Schluck und sah auf das grüne unbewegte Wasser der Neuen Donau, in dem sich die ufernahen Bäume spiegelten. Schön. Er streckte sich durch, machte ein paar Dehnungsübungen und fuhr weiter. Zwanzig Minuten später hatte er den Alberner Hafen erreicht. Weil ihn das Gesäß schmerzte, stieg er ab und schob das Fahrrad über den groben Schotterweg. Ein paar Fischer dösten am Ufer in ihren Liegestühlen, Bierflaschen in den Kühlboxen, daneben wie als Alibi die Angel in der Haltevorrichtung. Schäfer erreichte die Stelle, wo sie im November Sonja Ziermann aus dem Wasser geholt hatten. Er legte das Fahrrad in die Wiese, packte seinen Rucksack aus und setzte sich auf seine Regenjacke. Nachdem er den Schokoriegel gegessen und die Wasserflasche leer getrunken hatte, legte er sich auf den Rücken und sah in den Himmel. Er musste aufhören, alles verstehen zu wollen. Das machte es nicht besser. Er griff abermals in seinen Rucksack, stand auf und ging zum Wasser vor, zog Schuhe und Socken aus, setzte sich und hielt die Füße hinein, bis es wehtat. In seinen Händen hielt er eine orangefarbene Plastikente. Er beugte sich vor und setzte sie in den Fluss. Er schaute ihr nach, bis sie verschwunden war.

Georg Haderer
Schäfers Qualen
Kriminalroman
272 Seiten, fest gebunden mit Schutzumschlag
€ 17.90/sfr 31.90
ISBN 978-3-85218-598-9

Die österreichische Krimi-Neuentdeckung: der erste Fall von Polizeimajor Schäfer – blutig, pointiert und bis zur letzten Seite spannend.

Die Vergangenheit ist ein Hund – und wenn sie zubeißt, lässt sie einen nicht mehr los. Diese schmerzhafte Erfahrung macht Johannes Schäfer von der Wiener Kriminalpolizei, als er in einem Mordfall in Kitzbühel ermittelt: Ein Unternehmer aus der Stadt wurde bewusstlos geschlagen und an einem Gipfelkreuz aufgehängt. Wenig später geschieht ein zweiter brutaler Mord. Dass die Fälle zusammenhängen, scheint auf der Hand zu liegen – aber plant der Täter noch weitere Morde? Und wie passt der ehemalige RAF-Terrorist ins Bild, auf den Schäfer bei seinen Nachforschungen stößt? Georg Haderer beweist in seinem Krimi-Debüt echte Page-Turner-Qualitäten: Blutig gefärbtes Lokalkolorit, pointierte Dialoge und satirische Seitenhiebe auf die Kitzbüheler Gesellschaft gehen hier einher mit einer atemlos spannenden Mörderjagd und einem Ermittler, der seine Vergangenheit öfter, als ihm gut tut, mit Vogelbeerschnaps vergessen will. Spannend wie Arne Dahl, emotional wie Fred Vargas und abgedreht wie Wolf Haas.

„Mit einer abgründigen Kitzbühel-Story und einem unkonventionellen Ermittler liegt Neuentdeckung Georg Haderer im Trend heimischer Krimiautoren.“
FORMAT, Michaela Knapp

„Ein unaufgeregter, nachdenklicher Krimi.“
Ingeborg Sperl, www.krimiblog.at

„Ein packender Krimi im klassischen Whodunit-Stil mit einem Major, der mit sich und der Welt nicht ganz im Reinen ist, chaotisch und unkonventionell ermittelt und trotzdem die Sympathie seiner Leserschaft von Anbeginn gewinnt.“
LitArena, Ingrid Reichel